조선후기 통신사 필담창화집 번역총서 21

桑韓塤篪 七・八・十

상한훈지 칠・팔・십

조선후기 통신사 필담창화집 번역총서 21

桑韓埙篪 七·八·十

상한훈지 칠·팔·십

김정신·구지현 역주

보고사

이 역서는 2008년도 정부재원(교육과학기술부 학술연구조성사업비)으로 한국연구재단의 지원을 받아 연구되었음(KRF-2008-322-A00073)

이 번역총서는 2012년도 연세대학교 정책연구비(2012-1-0332) 지원을 받아 편집되었음.

차례

일러두기

1. 통신사 필담창화집 번역총서는 제1차 사행(1607)부터 제12차 사행(1811) 까지, 시대순으로 편집하였다.

2. 각 권은 번역문, 원문, 영인자료(우철)의 순서로 편집하였다.

3. 300페이지 내외의 분량을 한 권으로 편집하였으며, 분량이 적은 필담 창화집은 두 권을 합해서 편집하고, 방대한 분량의 필담창화집은 권을 나누어 편집하였다.4. 번역문에서 일본 인명과 지명은 한국 한자 음 그대로 표기하고, 처음 나오는 부분의 각주에 일본어 발음을 표기 하였다. 그러나 번역자의 견해에 따라 본문에서 일본어 발음대로 표기 를 한 경우도 있다.

5. 번역문에서 책명은 『 』, 작품명은 「 」로 표기하였다.

6. 원문은 표점 입력하였는데, 번역자의 의견에 따라 표기하는 것을 원칙 으로 하였지만, 가능하면 한국고전번역원에서 정한 지침을 권장하였 다. 이 경우에는 인명, 지명, 국명 같은 고유명사에 밑줄을 그어 독자 들이 읽기 쉽게 하였다.

7. 각 권은 1차 번역자의 이름으로 출판되었는데, 최종연구성과물에 책임 연구원과 공동연구원의 이름이 반드시 들어가야 한다는 한국연구재단 의 원칙에 따라 최종 교열책임자의 이름으로 출판되는 책도 있다.

8. 제1차 통신사부터 제12차 통신사에 이르기까지 필담 창화의 특성이 달라지므로, 각 시기 필담 창화의 특성을 밝힌 논문을 대표적인 필담 창화집 뒤에 편집하였다.

상한훈지

1. 개요

『상한훈지(桑韓塤篪)』는 1719년 정사 홍치중(洪致中)·부사·황선(黃璿)·종사관 이명언(李明彦) 등 통신사 일행이 덕천길종(德川吉宗, 도쿠가와 요시무네)의 습직(襲職)을 축하하기 위해 일본에 건너갔을 때, 미농(美濃, 미노)·미장(尾張, 오와리) 등지에서 그곳 문사와 조선 문사 간에 주고받았던 필담과 창화를 1720년 뇌미용졸재(瀬尾用拙齋)가 일본 경도(京都, 교토) 경화서방(京華書坊) 규문관(奎文館)에서 편집 간행한 필담창화집이다.

2. 저자사항

『상한훈지』의 편자이면서 동시에 간행자인 뇌미용졸재(瀬尾用拙齋, 세오 요세쓰사이, 1691~1728)는 강호(江戶, 에도)시대 중기의 유학자 겸 한시인(漢詩人)이다. 성(姓)을 '세노오'라고도 읽는다. 이름은 유현(維賢)이고, 자(字)는 준부(俊夫)이며, 별호는 규문관(奎文館), 통칭은 원병위

(源兵衛)이다. 용졸자(用拙子)라고도 하였다. 경도(京都) 사람이며, 가업(家業)으로 경도에서 환옥(丸屋, 마루야) 서점을 운영하였다. 고의학파(古義學派)의 창시자인 이등인재(伊藤仁齋, 이토 진사이, 1627~1705)에게 배웠고, 만당(晚唐)과 송시풍(宋詩風)으로 서정시를 즐겨 지었던 입강약수(入江若水, 이리에 자쿠스이, 1671~1729) 등과 교제하였다. 서점을 운영하는 등 서책에 관심이 많아 인재(仁齋)·동애(東涯)·약수(若水) 등의 저서를 출판하였다. 1719년 통신사행 때 조선의 제술관 신유한(申維翰, 1681~1752), 서기 장응두(張應斗, 1670~1729)·성몽량(成夢良, 1718~1795) 및 양의(良醫) 권도(權道)·의원 백흥전(白興詮) 등과 필담을 나누었고 시를 주고받기도 하였는데, 이때 나눈 필담과 창화가 본서(本書) 제10권에 수록되어 있다. 편저로『상한훈지』이외에도『계림창화집(鷄林唱和集)』·『팔거제영(八居題詠)』등이 있다.

3. 구성 및 내용

『상한훈지』는 총11권 11책으로 되어 있다. 권별 구성과 수록 내용을 살펴보면 다음과 같다.

제1권에는 서문·열조한사내빙고(列朝韓使來聘考)·한사관직성명(韓使官職姓名)·목차·범례·본문 등으로 구성되어 있다. 서문은 1720년 음력 2월 보름에 송산(松山) 찬하관(餐霞館)에서 전전시동(前田時棟, 마에다 도키무네, 1673~1744)이 지었다. 본문에는 천룡사(天龍寺)의 월심성담(月心性湛, 겟신 쇼탄)·동복사(東福寺) 즉종원(卽宗院)의 석상용창(石霜

龍菖, 세키소 아야메)·동도(東都, 에도)의 미견정수(尾見正數, 오미 마사카즈)·미장(尾張, 오와리)의 취황당(翠篁堂, 스이코도)·택발헌(宅潑軒, 다쿠핫켄)·산기붕숭(山崎朋崇, 야마자키 도모타카) 등이 조선의 제술관 신유한, 서기 장응두·성몽량·강백(姜栢, 1690~1777) 및 의원 백흥전 등과 주고받은 필담과 창화가 수록되어 있다.

제2권에는 미주(尾州, 비슈, 尾張國)에서 조비내문연(朝比奈文淵, 아사히나 분엔, ?~1734)·목하난고(木下蘭皐, 기노시타 란코)·복도학저(福島鶴渚, 후쿠시마 가쿠쇼)·야중구경(野中久敬, 노나카 히사타카)·정출보합(井出保合, 이데 모치아이) 등이, 제3권에는 농주(濃州, 노슈, 美濃國)에서 북미춘포(北尾春圃, 기타오 슌보, 1658~1741)·북미춘죽(北尾春竹, 기타오 슌치쿠)·북미춘륜(北尾春倫, 기타오 슌린, 1701~?) 등이, 제4권에는 역시 농주에서 북미춘륜이, 제5권에는 농주에서 북미도선(北尾道仙, 기타오 도센)·북미춘달(北尾春達, 기타오 슌다쓰)·북미춘을(北尾春乙, 기타오 슌옷토)·관해산(菅海山, 간 가이잔)·대죽현포(大竹玄圃, 오타케 겐포) 등이 조선 문사들과 주고받은 필담과 창화가 수록되어 있다.

이어 제6권에는 강주(江州, 고슈, 近江國) 언근(彦根, 히코네)에서 소야전성영(小野田盛英, 오노다 모리히데)이, 대진(大津, 오쓰)에서 복부제성(服部齊省, 핫토리 나리사다)·본산구기(本山求其, 혼잔 규키)·화전서암(和田恕菴, 와다 조안)·중촌유기(中村由己, 나카무라 유코)·의립불극(衣笠不克, 기누가사 후가쓰)·서촌관란(西村觀瀾, 니시무라 간란) 등이, 그리고 낭화(浪華, 나니와, 지금의 오사카)에서 일비자주(日比自周, 히비 지슈)·송정만취(松井晚翠, 마쓰이 반스이)·서촌관란 등이 조선 문사들과 주고받은 필담과 창화가 수록되어 있다. 제7권에는 낭화에서 수족병산(水足屛山, 미즈타리 헤이

잔, 1671~1732)·수족박천(水足博泉, 미즈타리 하쿠센, 1707~1732)·전전국
동(前田菊洞, 마에다 기쿠도)·이등용주(伊藤龍洲, 이토 류슈, 1683~1755) 등
이 조선 문사들과 주고받은 필담과 창화가 수록되어 있다.

제8권에는 비후주(備後州, 빈고슈, 備後國)에서 문강동교(門岡東郊, 가
도오카 도코)가, 방주(防州, 보슈, 周防國) 상관(上關, 가미노세키)에서 우도
궁규재(宇都宮圭齋, 우쓰노미야 게이사이, 1677~1724)·반전규양(飯田葵陽,
이다 기요)·조지구가(朝枝玖珂, 아사에다 구카, 1697~1745) 등이, 제9권에
는 반전규양(飯田寬齋, 이다 간사이)·임강재(林剛齋, 하야시 고사이) 등이
조선 문사들과 주고받은 필담과 시가 수록되어 있다.

제10권은 「한객필어(韓客筆語)」라 하여 뇌미용졸재와 공등교우(工藤
矯宇, 구도 교우) 등이 조선 문사들과 주고받은 필담과 창화가 수록되어
있고, 향보(享保) 경자년(1720) 용졸산인(用拙散人) 곧 뇌미용졸재가 쓴
자서(自序)가 수록되어 있다. 마지막 제11권에는 수족습헌(水足习軒, 미
즈타리 슈켄)·전전엽암(前田葉庵, 마에다 요안, 1677~1752)·속옥문란(粟屋
文蘭, 아와야 분란)·호천정재(戶川整齋, 도가와 세이세이) 등이 조선 문사
들과 주고받은 필담과 창화가 수록되어 있다.

제1권에 수록되어 있는 「열조한사내빙고(列朝韓使來聘考)」는 정치(貞
治) 5년(1366)부터 향보(享保) 4년(1719)까지 고려와 조선에서 일본에 빙
문한 시기와 사행원들의 성명과 자호 등의 대략을 기록한 자료이고,
「한사관직성명(韓使官職姓名)」은 통신삼사신(通信三使臣)부터 기수(旗
手) 8명까지 총 475인의 사행원 명단을 기록한 자료이다. 창화시의 내
용은 양국 문사들 간의 우의를 돈독히 하는 것 이외에도 아름다운 산
수 자연을 예찬하고 이별을 아쉬워하며 객수를 달래는 내용이 주를

이루고 있다. 필담의 내용 또한 다양한데 그 가운데 주목할 만한 것으로는 조선 양의 권도와 일본 의원 북미춘죽이 난치병환자들의 치료법에 대해 여러 차례 나눈 의담(醫談)을 들 수 있다.

4. 서지적 특성 및 자료적 가치

『상한훈지』는 목판으로 된 일본형보판(日本亨保版)이며, 11권 11책이다. 글 주변 사방에 단선 테두리가 있는 사주단변(四周單邊)이고, 행마다 선이 없는 무계(無界)이다. 10행 19, 20자이며 주(註)는 두 줄 소자(小字)로 된 주쌍행(註雙行)이다. 판심(版心)은 상내향단엽흑어미(上內向單葉黑魚尾)이고 판심제(版心題)는 '桑韓塤篪 卷一 奎文館'·'桑韓塤篪 補遺 奎文館' 등 매 권마다 일정하지 않다. 제1권 내표지(內表紙)와 본문 첫머리마다 '朝鮮總督府圖書館藏書之印'이라는 소장인이 찍혀 있다. 표제는 '桑韓塤篪'이고 표지명은 '桑韓唱和塤篪集'이다. 『상한지훈(桑韓篪塤)』 혹은 『상한훈지집(桑韓塤篪集)』이라고도 하며, 또한 외표지(外表紙)에 '桑韓唱和塤篪集'으로 되어 있어 『상한창화훈지집(桑韓唱和塤篪集)』으로 더 알려져 있다. 제10권 끝에 '亨保五年(1720)庚子夏五月穀旦瀨尾源兵衛藏板'이라는 간기(刊記)가 있다. 국립중앙도서관에 소장되어 있는 판본(古朝51-나152)을 저본으로 하여 번역하였다.

『상한훈지』는 18세기 초 일본의 문화수준·생활상·풍습·의학 등 다양한 분야의 지식과 정보가 담겨 있는 역사적으로 가치가 높은 문헌이다. 본 자료를 통해 18세기 초 조선과 일본의 외교 양상을 구체적

으로 살펴볼 수 있을 뿐만 아니라 일본인이 조선과 조선 사신, 나아가
조선의 문화 수준을 어떻게 인식하고 있는지 그것을 객관적으로 살펴
볼 수 있다. 무엇보다도『상한훈지』는 신유한(申維翰)의『해유록(海遊
錄)』등 조선 문사들이 쓴 사행록(使行錄)과 함께 통신사 연구에 크게
도움이 되는 귀중한 자료이다.

상한훈지 권칠

桑韓塤篪　卷七

상한훈지 권칠

『상한훈지(桑韓塤篪)』 권칠

향보(享保) 기해년(1719) 가을 9월 8일, 조선국 학사 신유한과 서기 강백·성몽량·장응두 등을 대판(大阪)[1]의 객관 서본원사(西本願寺)에서 만나 시를 주고받으며 필담을 나누었다.

통자(通刺)

저의 성은 수족(水足)씨이고 이름은 안직(安直), 자는 중경(仲敬)입니다. 자호는 병산(屛山)이라 하고 호는 성장당(成章堂)이라 하며, 서번(西藩) 비후주후(肥後州侯) 원습유(源拾遺)의 문학(文學)입니다. 일전에 선린의 우호를 닦고자 귀국의 사신이 우리 일본으로 향했다는 말을 듣고, 의(儀)의 봉인(封人)이 공자를 뵙고자 하는 뜻을 가졌던 것[2]

---

1 대판(大阪) : 지금의 오사카.

2 의(儀)의 봉인(封人)이 공자를 뵙고자 하는 뜻을 가졌던 것 : 『논어(論語)』「팔일(八佾)」에서 춘추 시대 의(儀)의 봉인(封人)이 일찍이 공자(孔子)를 뵙기를 청하여 말하기를 "군자가 이곳에 이르면 내가 일찍이 만나 보지 않은 적이 없었다.[君子之至於斯也 吾未嘗不得見也]" 하므로, 종자(從者)가 공자를 뵙도록 주선해 주자, 봉인이 공자를 뵙고 나와서 말하기를 "그대들은 어찌 부자가 벼슬자리 잃은 것을 걱정할 것 있겠는가.

처럼 한번 만날 수 있기를 간절히 바랐습니다. 이에 수륙으로 백 수십 리의-우리나라의 리수(里數)로 말한 것이다- 험난한 길을 떠나 늦여름 이 곳에 먼저 도착하여, 서쪽을 바라보며 사신이 왕림하여 주시기를 이 제나 저제나 기다린 지 여러 날이 되었습니다.

지금 세 분의 사신과 여러 관원들의 행차가 무탈하고 편안하게 하 구에 도착하여 객사에 여장을 푸셨으니, 이는 천인이 돌보신 것이며 조야(朝野) 모두의 기쁨입니다. 이는 조선과 일본 양국의 경사이며 지 극한 복이라 할 것입니다.

이 아이의 이름은 안방(安方)이고 호는 출천(出泉)으로, 저의 보잘 것 없는 자식입니다. 금년 나이가 13세로 경사(經史)를 대략 외우며 문 자를 조금 압니다. 아이가 통신사가 온다는 말을 듣고는 여러 군자들 의 수레와 말, 의관의 화려함과 위의(威儀)・문장(文章)의 아름다움을 한번이라도 보고 싶다고 소원하였습니다. 이에 멀리 험난한 산과 바 다를 건너 제가 있는 비후주(肥後州)에서 데리고 왔습니다.

천하에 도가 없어진 지 오래이거니, 하늘이 장차 부자를 목탁으로 삼을 것이다.[二三子 何患於喪乎 天下之無道也久矣 天將以夫子爲木鐸]"라고 하였다.

보잘 것 없는 시 2수를 삼가 조선학사 청천 신공께 드리니 평[3]해 주시기 바랍니다
鄙詩二章, 謹奉呈朝鮮學士青泉申公館下, 伏蘄郢政

병산

사신이 잠시 성시 가에 머무니	星使暫留成市邊
장엄한 의관 조선[4]에서 왔다네	衣冠濟濟自潮仙
기이한 재주 천리 바람에 포효하는 범과 같고	奇才虎嘯風千里
장대한 기운 구천의 구름을 나는 붕새와 같네	大氣鵬飛雲九天
일찍이 아름다운 명성 듣고 덕망을 그리워했는데	早聽佳名思德範
풍채를 뵙고 사리 갖춘 말씀을 사모하게 되었네	今看丰采慕言詮
예부터 금마가 가장 호방하며 빨랐고	古來金馬最豪逸
둔마에는 모름지기 채찍을 휘둘렀지	須爲駑駘著一鞭
방정한 거동에 위의가 서렸으니	矩行規步有威儀
멀리 은태사가 전해 준 풍화로다	風化遠傳殷大師
여러 사신 중에서도 중망이 특별하니	列位賓中名特重
문재와 실덕을 어찌 의심하랴	文才實德又奚疑

---

3 평[郢政] : 춘추시대 초(楚)나라 영(郢) 땅에 도끼놀림의 달인(達人)이 있었는데, 친구의 콧잔등에 하얀 횟가루를 발라놓고 도끼 날로 콧등을 내려쳐도 백발백중 횟가루만 날아가고 콧등은 언제나 멀쩡하였다고 전한다. 이 고사에서 유래한 글자가 영부(郢斧)・영착(郢斲)・영정(郢政=郢正)으로서, 상대방에게 도끼로 난도질하듯 가차 없이 평가해주기를 바란다는 겸양의 언사이다.

4 조선(潮仙) : 조선(朝鮮)을 가리킨다. 『동사보감(東史寶鑑)』에 "조선(朝鮮)의 음은 조선(潮仙)인데, 산수(汕水)로 인하여 명명된 것이다."라고 하였다.

병산의 시에 화답하다
奉酬屛山惠韻

청천

낙엽 가에서 거문고 소리 들으니	邂逅鳴琴落木邊
봉장추 한 곡에 신선이 된 듯하네	將雛一曲亦神仙
구름은 삼신산[5] 약초길에 피어나고	雲生藥艸三山徑
해는 만 리 하늘 부상[6] 위로 떠오르네	日出榑桑萬里天
책[7] 속에 심오한 비결이 많이 있으니	自道靑編多妙契
단조[8] 속에 진리가 있다 말하지 마오	休言丹竈有眞詮
청담 속에 가을 볕 짧음을 슬퍼하며	淸談其憎秋曦短
새벽길 망아지에 채찍 들길 주저하네	明發征駒懶擧鞭
사신의 정악 속에 빈객 의례 성대하고	皇華正樂盛賓儀
문채와 풍류는 우리의 스승이네	文采風流是我師
태평한 주도가 시작됨을 경하하니	其賀太平周道始
백년의 우의 의심치 않으리라	百年肝膽莫相疑

---

5 삼산(三山) : 중국 전설에 나오는 상상의 세 신산(神山)으로, 봉래산(蓬萊山)·방장산 (方丈山)·영주산(瀛洲山)을 말한다.

6 부상(榑桑) : 전설상 해 돋는 곳에서 자란다는 신목(神木)으로 일본을 가리킨다. 부상 (扶桑), 부상(榑桑), 부목(榑木)이라고도 한다.

7 청편(靑編) : 청사(靑史). 책의 이칭(異稱).

8 단조(丹竈) : 신선의 단약(丹藥)을 만드는 부엌이나 선약(仙藥)을 만들 때 사용하는 화덕.

진사 강공께 올립니다. 오언율시 칠언절구
奉呈進士姜公五言律七言絶

병산

선린우호의 한나라 배	善隣漢使槎
사신 수레 구름 가를 건너왔네	冠盖涉雲崖
나란히 앉아 풍채를 우러르며	連榻仰風采
지어주신 시에서 나라의 정화를 보네	寄詩觀國華
소나무 대나무에 천년의 달빛 비추고	松篁千歲月
계수나무 국화는 가을의 꽃을 피웠네	桂菊一秋花
부평초처럼 우연히 만났으니	萍水偶相遇
기이한 유람에 무엇을 더 더하랴	奇遊又曷加

천고에 떨칠 노중련[9]의 기개로	魯連千古氣離群
동해 바다 만 리 구름을 헤쳐 왔네	踏破東溟萬里雲
한번 만남에 뛰어난 재주 먼저 알았으니	邂逅先知才調別
가슴 속 별들을 토하여 문장을 이루었네	胸中星斗吐成文

---

9 노중련[魯連] : 전국 시대 때 제(齊) 나라의 고사(高士) 노중련. 진(秦) 나라에서 황제를 자처하는 꼴을 보기보다는 차라리 동해에 빠져 죽겠다.[蹈東海而死]고 말한 고사가 있다. 『史記』 卷83.

병산공의 시에 차운하여 드립니다. 오언율시 칠언절구
次贈屏山詞案五言律七言絶

아득한 은하수를 향해가는 사신 배	迢迢上漢槎
섭진 가에 오랫동안 묶어두었네	久繫攝津涯
나그네 마음 기러기 따라가는 날	客意鴻賓日
계절은 국화꽃이 만개하였네	天時菊有華
나라 밖 일로 담소를 마치자	談窮海外事
거울 속 꽃송이에 시심이 동하네	詩動鏡中花
고국은 지금 중양절[10]이련만	故國登高節
타향에 있으니 시름만 깊어가네	他鄉恨轉加

그대의 시와 학문 홀로 우뚝하니	知君詩學獨無群
붓 아래 동해 구름 겹겹이 이는 듯	筆下東溟幾朶雲
만 리 밖 부상에서 만나	邂逅扶桑萬里外
국화 옆 백주 마시며 문장을 논하네	黃花白酒細論文

진사 성공께 드리다 오언율시 칠언절구
奉呈進士成公五言律七言絶 屏山

병산

반가운 손님 모두 영웅호걸인데	嘉客盡豪雄

---

10 등고절(登高節) : 높은 곳에 올라 국화주를 마시는 중양절(重陽節)을 일컬음.

관사 안에 한데 모여 있구나　　　　盍簪舍館中

말은 성 밖 북쪽에서 울고　　　　　馬嘶城市北

별은 바다 동쪽을 가리키네　　　　星指海天東

휘두르는 붓 기운 활기가 넘치고　　揮筆氣幾活

시심을 읊으니 온갖 기교 다 모였네　賦詩心匠工

용문의 높이 그 얼마일까　　　　　龍門高幾許

오르고 싶으나 아득한 하늘같네　　欲上似蒼穹

상아 돛대 비단 닻줄로 푸른 바다 건너와　牙檣錦纜涉滄瀛

사신 잠시 대판성에 머무르네　　　　玉節暫留大坂城

이곳도 삼수가 합한 데서 유래하였으니　此地由來三水合

멀리 떠나왔어도 이국이라 여기지 마오　遠遊莫做異鄉情

　귀국은 삼수(三水)[11], 즉 옛 습수(濕水)·주수(洲水)·산수(汕水)가 합
하여 이름을 얻었다고 들었습니다. 이곳 대판 또한 고진(高津)·부진
(敷津)·난파진(難波津)이 합하여 삼진포(三津浦)라고 부르기도 합니다.
때문에 뒷시의 3, 4구에서 이렇게 읊은 것입니다.

---

11 삼수(三水) ; 『사기(史記)』, 「조선전(朝鮮傳)」 주(注)에 장안(張晏)이 이르기를 '조선
　(朝鮮)에 습수(濕水)·열수(洌水)·산수(汕水) 3수가 있는데, 이것이 합쳐 열수(洌水)가
　되었다.'라고 하였다.

병산이 보여준 시운에 화답하다 오언율시 칠언절구
奉和屛山惠示韻五言律七言絕

소헌

재주가 어찌 팔차[12]의 웅대함에 미치리오만	才豈八叉雄
사신 행렬에 뒤섞여 따라오게 되었네	猥來蓮幕中
한수 북쪽의 집을 떠나오며	辭家漢水北
석교 동쪽의 해를 보았네	觀日石橋東
봉래섬 거문고가 울리려는데	蓬島琴將化
파릉의 시구가 아직 공교하지 못하네	巴陵句未工
기쁘게도 그대가 친림해 주었으니	喜君勞玉趾
구름을 헤치고 푸른 하늘 보았네	披霧見靑穹

천리 산을 넘고 바다를 건넜으니	千里踰山又涉瀛
그대의 높은 뜻 요성의 위만 같네	感君高義魏聊城
강랑의 비단 꿈에서 이미 돌려주었으니[13]	夢中已返江郎錦
멀리서 찾아주신 정리에 무엇으로 보답할까	曷副慇懃遠訪情

당나라 위만(魏萬)[14]이 삼천 리 길을 떠나와 멀리 이백을 방문하였

---

12 팔차(八叉): 당(唐)나라의 시인 온정균(溫庭筠)의 별호(別號).

13 강랑의 비단 꿈속에서 이미 돌려주었으니[夢中已返江郎錦]: 남조(南朝) 때의 문장가 강엄(江淹)이 만년(晩年)에 꿈속에서 장경양(張景陽)이라는 사람에게 비단폭을 돌려준 뒤로부터 문장이 갑자기 퇴보하기 시작했다는 고사를 인용한 것이다.(『南史』卷59,「江淹列傳」)

14 위만(魏萬): 당(唐) 나라 사람으로, 왕옥산(王屋山)에 살아, 호(號)를 왕옥산인(王屋山人)이라 하였다. 이백(李白)은 '왕옥으로 돌아가는 왕옥산인 위만을 보내며.[送王屋山

다. 요성(聊城)은 곧 위만의 고향이므로 이렇게 표현하였다.

진사 장공께 드리다 오언율시 칠언절구
奉呈進士張公五言律七言絶

병산

삼한의 사신이 부상에 들어오니	韓使入扶桑
이웃 간 맹약은 영원하리라	隣盟百代長
문장의 꽃이 해외에서 피어나니	文花開海外
강가 객관에 즐거움이 가득하네	喜氣滿江堂
담장처럼 빽빽이 둘러싼 사람들	臨席人如堵
열띤 마음으로 풍도를 사모하네	慕風心欲狂
드높은 위의에 미칠 수 없으니	高儀階不及
고개 들어 푸른 하늘만 우러르네	翹首仰蒼蒼
오동잎 흩날리는 저물녘 해는 붉고	梧葉飄零夕日紅
사신 맞는 객사 안엔 가을바람 소슬하네	鴻臚館裏感秋風
정겨워라 나 또한 천애의 나그네이니	多情我亦天涯客
삼한과 부상이 다르다 하지 마오	莫以韓桑作異同

人魏萬還王屋]'라는 시를 지었고, 위만은 이백의 글을 모아 『이한림집(李翰林集)』을 만들었다.

병산이 보여주신 시운에 차운하다 오언율시 칠언절구
奉次屛山惠示韻五言律七言絶

국계

푸른 바다 사이한 삼한과 부상	滄海接韓桑
만 리 먼 길을 건너 왔네	脩程萬里長
험한 파도 악어 굴을 헤치고	險波經鰐窟
신령한 선경 용궁을 지나왔네	靈境歷龍堂
고아한 그대의 새 시에 감탄하니	歎子新篇雅
변화 없는 나의 광증이 부끄럽구나	慙吾舊態狂
흉금을 미처 논하지도 못했는데	論襟猶未了
저녁 산 어둑하니 수심이 간절하네	愁絶暮山蒼

서리 맞은 단풍 숲 곳곳이 붉은데	霜後楓林幾處紅
구월 가을바람에 나그네 마음 처량하네	客懷慘慄九秋風
그대를 알게 됨이 늦었음을 한탄하니	逢君卻恨相知晚
말은 비록 달라도 뜻은 같다네	言語雖殊志則同

제가 스스로를 헤아리지 못하고 하찮은 시를 지어 신유한, 강백, 성몽량, 장응두 네 분에게 봉정하였는데, 여관에서 네 분이 각기 화답하여 주시니 기쁨을 가늘 수 없습니다. 거듭 감사합니다. 공들께서 글을 짓는 신묘함은 신출귀몰하고 빠르기는 마치 날아가는 화살과 같습니다. 저희들이야 어찌 감히 근처에라도 미칠 수 있겠습니까. 시 한 수를 빠르게 지어 삼가 네 분께

올립니다.

병산

중양절이 다가오니 가을 기운 상쾌한데	節近重陽秋氣爽
오색 구름 주위에 문규성이 모여 있네	文奎星集五雲端
천 폭에 붓 놀리니 바람 안개 일어나고	筆飛千紙風煙起
백편의 시 이루니 물줄기가 서늘하네	詩就百篇流水寒
책을 끼고 광대한 천지를 유람하며	執卷眼究天地大
뗏목에 몸을 싣고 아득한 바다 건너왔네	乘槎身渡海瀛寬
속세 밖 신선인 듯 취해도 태연하니	泰然物外神仙醉
그 태도에 감탄이 절로 나네	態度令人增感嘆

병산이 지어준 운에 급히 화답하다
走和屏山艸贈韻

청천

반짝반짝 성긴 별이 나무 끝에 걸려 있고	歷歷疎星懸樹杪
끼룩끼룩 기러기는 처마 끝에 울고 있네	嗈嗈鳴鴈亦簷端
소년이 천추곡을 연주하니	少年解奏千秋曲
구월 찬바람에 길손 시름 깊어가네	客子長愁九月寒
긴 밤 호각 소리엔 뜻이 담긴 듯하고	永夜角聲如有意
이른 새벽 한잔 술은 마음을 달래주네	明晨杯酒若爲寬
이별 앞에 선동의 팔을 거듭 잡으니	臨分重把仙童臂
바다에서 그대 그리며 얼마나 탄식할까	滄海思君幾發嘆

병산의 운에 차운하다
走次屛山韻

소헌

채봉이 새끼를 거느리니 새끼 더욱 훌륭한데	彩鳳將雛雛更好
푸른 오동 끝에서 훨훨 날아 왔네	翩然來自碧梧端
빼어난 눈썹은 푸른 산기운[15] 띠었고	秀眉宛帶靑嵐氣
아름다운 시구는 백설의 차가움 머금었네	佳句俱含白雪寒
금을 뿌린 듯한 국화 중양절이 가까우니	時菊散金重九近
바다 같은 나그네 시름 넉넉히 달래주네	客愁如海十分寬
관문 물어 찾아온 뜻 진실로 높으니	問關命駕眞高義
새 시 한 수 읊고 나서 또 한 번 감탄하네	一唱新篇又一嘆

수족병산공이 청한 화답시를 드리다
奉呈水足屛山座次要和

비목자 권도(權道)

함께 온 부자 너무도 훌륭하니	同來父子甚間都
마치 미주의 소순과 소식 부자 같구나	宛似眉州大小蘇
내 마침 거문고를 조율했으니	我有瑤琴方拂柱
그대 위해 봉장추를 연주하리라	爲君彈出鳳將雛

---

15 푸른 산기운[靑嵐氣] : 해질녘 산에 어리는 푸르스름하고 흐릿한 아지랑이.

비목재가 보여주신 운에 차운하다
走次卑牧齋辱示韻

병산

이틀 머문 낭화는 옛 황제의 도읍이라	信宿浪華舊帝都
나를 달래주는 새 시에 기운이 솟는 듯하네	新詩療我意如蘇
고개 들어 구름 나는 붕새를 바라보니	仰看雲際大鵬擧
울 아래 병아리는 아무래도 따라잡기 어렵다네	翹企難攀籬下雛

석상에서 대마도의 송포[16]공께 드리다
席上奉呈對州松浦詞伯

병산

낭속[17] 나루에서 맺은 맹약	結盟浪速津
가을하늘 아래 연회가 성대하구나	勝會感秋旻
계림의 빈객을 이미 접했는데	已接鷄林客
대마도 사람을 또 만났네	又逢馬府人
금란의 약속을 지키려	金蘭應其約
시를 지어 우의를 도모하네	詞賦欲相親
그대 좋은 시구 아낌없이 쏟아내니	玉唾君無吝
주머니 속 남모를 보물로 숨겨두리라	秘爲囊裏珍

---

16 송포(松浦): 대마도의 유관(儒官) 송포하소(松浦霞沼)를 가리킨다.
17 낭속(浪速): 대판(大阪), 즉 오사카를 가리킨다.

필어(筆語)

一.

병산 물음 : "듣자하니 주자의 『소학』[18] 원본이 귀국에서 간행되었다고
하니 부럽기 짝이 없습니다. 우리 일본에서 간행된 것으로는 선유(先
儒)인 산기암재(山崎闇齋)[19]씨가 『소학집성(小學集成)』[20]에 수록된 주자
의 본주를 뽑아서 정한 것이 있습니다. 귀국의 원본과 『소학집성』에
수록된 본주 사이에 더하거나 줄인 곳, 다르고 같은 곳이 있습니까?"

청천 답함 : "주자의 『소학』은 우리나라에 간본(刊本)이 있어서 사람
이 모두 외워서 익히고 있으며 오로지 주자의 본주만을 숭상하고 있
습니다. 귀국의 산기씨가 초록한 책은 아직 보지 못하였으므로 어디
가 다르고 같은지 모르겠습니다."

---

18 『소학』: 일상생활의 예의범절, 수양을 위한 격언, 충신·효자의 사적 등을 모아 놓은
주자학의 수신서(修身書). 송나라 주희가 그의 제자 유자징(劉子澄)을 시켜 편찬한 것이
다. 1187년(남송 순희 14)에 완성되었으며, 내편(內篇) 4권, 외편(外篇) 2권의 전 6권으
로 되어 있다.

19 산기암재(山崎闇齋) : 야마자키 안사이(1619-1682). 에도시대의 유학자·주자학자·
신도가(神道家)·사상가. 안사이는 일본 유학사에서 충실하게 주자를 연구하고 추종하
였고, 이를 바탕으로 주자학의 한 계열인 기문학(崎門學 : 키몬학) 및 수가신도(垂加神
道)를 주창하였다. 기문학의 사상은 수호학(水戶學 : 미토학)·국학(國學)등과 함께 막
부 말기의 존왕양이(尊王攘夷)사상에 큰 영향을 미쳤다.

20 『소학집성(小學集成)』: 원대의 유학자 하사신(何士信)이 편찬한 10권의 『제유표제주
소소학집성(諸儒標題註疏小學集成)』을 말한다. 편자 하사신의 학문 활동 상황은 잘 알
려져 있지 않고, 이 책의 편찬 및 간행 시기 또한 명확하지 않다. 『소학집성』은 본문의
다양한 주석(註釋), 그리고 주요한 내용을 그림으로 담은 도설(圖說)의 형식을 통하여
『소학』의 내용을 쉽게 이해할 수 있도록 배려하였다. 또한 『소학집성』이라는 제목에서도
드러나듯이 주희 당시 『소학』의 본주 및 그 이전과 이후에 만들어진 여러 주석서의 내용
을 한눈에 파악할 수 있도록 간추려 집성하고 있다.

　　병산 물음 : "『근사록(近思錄)』²¹도 귀국에서는 원본이 있어 간행하였
지요? 귀국의 서생들은 엽채(葉采)의 집해(集解)²²를 읽고 강학하는 근
간으로 삼고 있습니까?"

　　청천 답함 : "『근사록』 또한 간본이 있으며, 서생들은 모두 엽씨의 주
를 외우고 학습합니다.

　　一.

　　병산 물음 : "귀국의 선유(先儒)인 한훤당(寒暄堂) 김굉필(金宏弼)²³은
점필재(佔畢齋) 김씨²⁴를 따라 배웠다고 하는데, 점필재는 어떠한 분입

---

21 『근사록(近思錄)』: 송(宋)나라 주희와 여조겸이 함께 엮어 편찬한 성리학 입문서. 주
　　돈이, 정호, 정이, 장재 등의 저서나 어록 중에서 학문의 큰 강령과 관련이 있으면서
　　일상생활에 절실한 장구(章句) 622조목을 추려 낸 '선집(選集)'이다. 총 14장으로 구성되
　　었으며, 제1장에서 성리학의 근본을 밝힌 뒤 2장부터 학문하는 자세, 수양의 방법, 정치
　　와 교육 등 일상의 바른 생활법을 제시하였다.
22 엽채(葉采)의 집해(集解) : 1248년 엽채(葉采)가 편찬한 『근사록집해(近思錄集解)』를
　　가리킨다. 엽채는 주희의 제자인 진순(陳淳)의 제자로서 15세에 주희가 저술한 『근사록』
　　에 뜻을 세운 이래 30년 평생을 바쳐 1248년 마침내 이 『집해』를 완성해 냈다. 이 책은
　　그의 술회대로, "주로 주희의 해석에 기초하고, 나머지는 스승의 문하에서 보고 들은 것
　　들, 그리고 여러 학자들이 변론한 것들"을 참고하여 서술되었다.
23 한훤당(寒暄堂) 김굉필(金宏弼, 1454~1504) : 조선 전기의 문신·학자로 본관은 서
　　흥(瑞興), 자는 대유(大猷), 호는 사옹(簑翁) 또는 한훤당(寒暄堂), 시호는 문경(文敬)이
　　다. 김종직(金宗直)의 문하에 들어가 『소학』을 배운 것을 계기로 평생 『소학』에 심취하
　　여 스스로 '소학동자'라 일컬었고 『소학』의 화신이라는 평을 들었다. 갑자사화가 일어나
　　자 무오당인이라는 죄목으로 극형에 처해졌다. 이후 조광조를 비롯한 제자들의 정치적
　　성장에 힘입어 성리학의 기반 구축과 인재 양성에 끼친 업적이 재평가되었다. 정여창(鄭
　　汝昌)·조광조(趙光祖)·이언적(李彦迪)·이황(李滉)과 함께 오현(五賢)으로 문묘에
　　종사되었다. 저서에 『경현록(景賢錄)』, 『한훤당집(寒暄堂集)』, 『가범(家範)』 등이 있다.
24 점필재(佔畢齋) 김씨 : 김종직(金宗直, 1431-1492). 본관은 선산(善山), 자는 계온

니까? 이름은 무엇입니까?"

청천 답함 : "점필재 김씨의 이름은 종직입니다."

一.

병산 물음 : "귀국의 『유선록(儒先錄)』[25]에 수록된 이회재(李晦齋)[26]의
「답망기당서(答忘機堂書)」[27]는 그 언설이 정미하고 뜻이 깊어 실로 도
학군자라 할 만합니다. 우리나라의 학자들 중 우러러 사모하는 이들
이 많습니다. 회재가 지은 『대학장구보유(大學章句補遺)』와 『속혹문(續
或問)』『구인록(求仁錄)』 등의 책을 아직 보지 못한 것이 유감스럽습니

(季)·효관(孝盥), 호는 점필재(佔畢齋), 시호는 문충(文忠)이다. 1431년 경상남도 밀양
에서 부친 김숙자의 막내로 태어났다. 문장과 경술(經術)에 뛰어나 이른바 영남학파(嶺
南學派)의 종조(宗祖)가 되었고, 조선초 성리학을 이룬 대학자로 평가되었다.

25 『유선록(儒先錄)』: 역대 선현들의 성명과 출처(出處)를 기록한 『국조유선록(國朝儒
先錄)』을 가리킨다. 1570년(선조3), 선조의 명으로 부제학 유희춘(柳希春)이 김굉필, 정
여창, 조광조, 이언적 등 사현(四賢)의 행적을 모아서 편찬하였다.

26 이회재(李晦齋) : 회재(晦齋) 이언적(李彦迪, 1491~1553). 자는 복고(復古)이고 호는
회재(晦齋) 또는 자계옹(紫溪翁)이라고도 하였으며 본관은 여주(驪州)이다. 1514년 중종
9년 별시 문과에 급제하여 1547년 명종 2년 57세의 나이로 정미사화(丁未士禍)에 연루
되어 평안도 강계부(江界府)에 유배되기까지 사림세력을 대표하는 학자이자 관료로서
적극적인 정치활동을 펼쳤다.

27 이회재의 「답망기당서(答忘機堂書)」: 중종 12년(1517)부터 13년(1518)까지 이언적
은 망기당(忘機堂) 조한보(曹漢輔)와 서신을 통해 무극태극(無極太極) 논쟁을 벌였다.
이 논쟁은 「태극도설(太極圖說)」에 대한 단순한 해석의 차이를 넘어 주자학적 세계관과
노장 및 불교·도교와의 차이를 '리(理)' 중심의 본체론에 입각하여 역설함으로써 16세기
조선에서 주자학이 여타의 학문들에 대해 배타적인 지위를 점해가는 시발점을 이루고
있다. 특히 태극(太極)을 리(理)로 규정하면서 그 리에 능동적이며 창조적인 도덕성을
부여한 이언적의 주장은 뒷날 리를 우위에 두고 심성론을 철학의 주축으로 삼아 도덕적
가치를 강조하였던 이황의 철학에 토대를 제공하였다.

다. 생각하기에 각각의 책마다 특별한 입언명의(立言命意)가 있을 것이
니, 대략이나마 듣고 싶습니다."

청천 답함 : "회재가 저술한 『대학장구보유』의 대의는 '지어지선(止於
至善)'장에 있는데, '본말(本末)'장이 착오가 있다고 의심하여 '지어지선'
장으로 대신한 것입니다.[28] 그러나 회재 선생 또한 참람하고 망령된
짓이라 여겨 스스로를 낮추고 널리 유포하지 않았습니다. 후생으로서
이 책을 본 사람이 적으니 지금 하나하나 자세하게 거론하기는 어려
울 듯합니다."

一.

병산 물음 : "제가 일찍이 퇴계(退溪) 이씨[29]의 『도산기(陶山記)』[30]를

---

28 회재가 저술한 …… 대신한 것입니다 : 이언적은 평생의 학문적 정리라 할 수 있는
『대학장구보유(大學章句補遺)』『속대학혹문(續大學或問)』을 통하여 주자의 격물치지
(格物致知)에 관한 보설(補說)을 부정하였다. 대신 『고본대학(古本大學)』의 "物有本末
事有終始 知所先後 則近道也 知止而后有定 定而后能靜 靜而后能安 安而后能慮 慮而
后能得" 절을 "此謂知本 此謂知之至也" 절 앞에 배치하여 '격물치지'의 해석으로 삼았
다. 그 이유에 대해 이언적은 "物有本末 事有終始의 뜻이 포함하는 바가 매우 광범한데
주자는 다만 명덕(明德)과 신민(新民)으로서 사물[物]의 본말을 삼고 지지(知止)와 능득
(能得)으로서 일[事]의 종시를 삼아 그 뜻이 편협하고 넓지 못하다"라고 밝히고 있다.
인간에게 부여된 성(性)을 철저히 구명하고 이를 극한으로까지 확충해간다는 격물치지의
목적에서 이언적은 주자와 다르지 않으나 심(心)의 지각, 인식능력에 보다 주목하고 이를
최대한 확충하려 한 데에서 이언적 격물치지 해석의 특징을 찾아볼 수 있다.
29 퇴계(退溪) 이씨 : 이황(李滉, 1501~1570). 본관은 진보(眞寶), 자는 경호(景浩), 호는
퇴계(退溪)·퇴도(退陶)·도수(陶叟). 조선 중기의 문신이자 유학자로 주자의 사상을 깊
게 연구하여 조선 성리학 발달의 기초를 형성했으며, 이(理)의 능동성을 강조하는 이기호
발설(理氣互發說)을 주장하였다. 주리론(主理論) 전통의 영남학파(嶺南學派)의 종조
(宗祖)로 숭앙된다.

읽었는데 도산의 산수 경관이 범상치 않음을 알게 되었습니다. 듣기에 도산은 영지산의 한 줄기라 하는데, 지금 팔도 가운데 어느 주 어느 군에 속해 있습니까? 도산서당(陶山書堂),[31] 농운정사(隴雲精舍)[32] 등은 아직 그 자취가 남아 있습니까?"

청천 답함 : "도산은 경상도 예안현에 있는 곳으로 서당과 정사는 여전히 건재합니다. 지금은 다시 그 옆에 묘우(廟宇)[33]를 세워 봄·가을로 제사를 지내고 있습니다."

병산 물음 : "이퇴계가 지은 도산팔절(陶山八絶) 중 '소강절은 푸른 하늘이 눈앞에 있다고 했고 대장간에서 고철조각 줍는 것을 주자가 웃었지[邵說青天在眼前 零金朱笑覓爐邊]'[34]의 구절 중에서 '영금주소(零金朱笑)'는 무슨 뜻입니까?

청천 답함 : "'영금주소(零金朱笑)'의 뜻은 상세히 알지 못하겠습니다. 아마도 시가(詩家)에서 특별히 쓰는 시어인 듯합니다."

---

30 『도산기(陶山記)』: 이황이 안동 도산에 서당을 짓고 후학을 기르며 썼던 기문(記文)과 시 등을 선조 5년(1572)에 판각한 책.

31 도산서당(陶山書堂) : 퇴계(退溪) 이황(李滉)이 제자들을 가르치며 학덕을 쌓던 곳으로, 1575년(선조8) 한호(韓濩)의 글씨로 된 사액(賜額)을 받아 도산서원이 되었다.

32 농운정사(隴雲精舍) : 도산서당 서쪽에 있는 8칸 짜리 작은 건물로 당시 도산서당에서 공부하던 학생들이 묵었던 기숙사이다. 퇴계 이황 선생이 제자들에게 공부에 열중하기를 권장하는 뜻에서 한자 공(工)자 모양을 본떠서 만들었다.

33 묘우(廟宇) : 신위(神位)를 모신 사당.

34 소강절은 푸른 하늘이 …… 주자가 웃었지(邵說青天在眼前 零金朱笑覓爐邊) : 『退溪先生續集』卷之二, 詩, "伏蒙天恩, 許遂退閒, 且感且慶, 自述八絶"의 고증에는, "주자가 진량(陳亮)에게 답한 편지에, '지금 만약 까닭 없이 자기 집에 있는 야광주 구슬을 버리고 길거리를 뛰어다니면서 대장간이나 뒤져 쇠부스러기나 찾는다면 정말 이상하지 않겠는가'라고 하였다."는 내용이 나온다.

一.

　병산 물음 : "일찍이 귀국의 석각서(石刻書) 중 겨우 종이 반 장 정도 남아 있는 책을 보았는데, 제목이 『송계원명이학통록(宋季元明理學通錄)』³⁵이라 되어 있고 그 아래 퇴계 이씨가 저술하였다고 기록되어 있었습니다. 혹시 이 책의 전편이 남아 있습니까? 있다면 책의 대의와 권수가 얼마나 되는지 가르쳐주셨으면 합니다."

　청천 답함 : "『이학통록』은 지금 우리나라에도 전하는 책이 거의 없습니다."

　병산 물음 : "듣기에 퇴계 이후로도 한강(寒岡) 정씨,³⁶ 율곡(栗谷) 이씨,³⁷ 우계(牛溪) 성씨,³⁸ 사계(沙溪) 김씨³⁹ 등이 끊이지 않고 배출되어

---

35 『송계원명이학통록(宋季元明理學通錄)』 : 이황(李滉)이 주희(朱熹)를 비롯한 송·원·명나라 주자학자들의 행장·전기(傳記)·어록 등을 정리 서술한 책. 이황은 주희와 그 문인 및 사숙제자(私淑諸子) 등 송·명나라 때의 주자학파는 본집에, 그리고 이학의 범주에 있으나 주자학의 정통에서 빗겨간 학파는 외집에 수록한다는 원칙 아래 『주자실기(朱子實記)』·『주자어류(朱子語類)』·『송사(宋史)』·『원사(元史)』·『사문유취(事文類聚)』 등을 참고하여 본집을 완성하였다. 이후 외집을 준비하다가 완성하지 못한 채 이황이 죽자, 1576년(선조 9) 조목(趙穆) 등 문인들이 완성하여 안동에서 초간본을 간행하였다. 그 뒤 1743년(영조 19)에 도산서원에서 12권 6책의 목판본으로 중간(重刊)되었고, 그 뒤에도 여러 차례에 걸쳐 중간되어 12권 8책본, 10권 5책본 등 여러 판본이 전해지고 있다.
36 한강(寒岡) 정씨 : 정구(鄭逑, 1543~1620). 본관은 청주(淸州), 자는 도가(道可), 호는 한강(寒岡), 시호는 문목(文穆)이다. 저서에 『심경발휘(心經發揮)』, 『오선생예설(五先生禮說)』, 『성현풍범(聖賢風範)』 등이 있다.
37 율곡(栗谷) 이씨 : 이이(李珥, 1536~1584). 본관은 덕수(德水), 자는 숙헌(叔獻), 호는 율곡(栗谷)·석담(石潭)·우재(愚齋), 시호는 문성(文成)이다. 퇴계 이황과 더불어 조선 시대 중기의 성리학계를 양분하여 이른바 기호학파(畿湖學派)를 선도하였다. 저서에 『율곡전서(栗谷全書)』, 『성학집요(聖學輯要)』 등이 있다.
38 우계(牛溪) 성씨 : 성혼(成渾, 1535 ~ 1598). 조선 중기의 문신·학자. 본관 창녕(昌寧). 자 호원(浩源). 호 우계(牛溪)·묵암(默庵). 시호 문간(文簡). 동서 분당기 때 서인

도학이 대대로 이어졌다 하니 이는 실로 귀국의 광영입니다. 이분들은 모두 경서를 해설하여 저술한 책들이 있을 텐데, 이분들이 남긴 책들의 제목이 무엇인지요?"

청천 답함 : "한강(寒岡)은 『오복도(五服圖)』[40]를 저술하였고 율곡(栗谷)은 『성학집요(聖學輯要)』,[41] 『격몽요결(擊蒙要訣)』[42] 등의 책을 저술하였으며, 우계는 본집(本集)을 남겼습니다. 사계(沙溪)에게는 『상례비요(喪禮備要)』[43]가 있습니다."

과 정치노선을 함께 했고 이이와 함께 서인의 학문적 원류를 형성했다. 그의 학문은 이황과 이이의 학문을 절충했다는 평가를 받았으며, 사위인 윤황(尹煌, 1572~1639), 외손인 윤선거(尹宣擧, 1610~1669), 외증손인 윤증(尹拯, 1629-1714)에게 계승되면서 서인(西人) 소론의 중심 계보를 형성하였다.

39 사계(沙溪) 김씨 : 김장생(金長生, 1548~1631). 자는 희원(希元), 호는 사계(沙溪)이며 조선 후기 예학(禮學)의 대표적 인물이다. 송익필(宋翼弼)과 이이(李珥)의 문하에서 학문을 배웠다. 여러 차례 관직에 제수되었으나 대부분 사양하고 나가지 않았으며 고향인 연산에서 학문과 교육에 힘썼다. 늦은 나이에 벼슬을 시작하고 과거를 거치지 않아 요직이 많지 않았지만 인조반정 이후로는 서인의 영수격으로 영향력이 매우 컸으며, 이귀(李貴)와 함께 인조 초반의 정국을 서인 중심으로 안착시키는 데 결정적인 구실을 하였다.

40 『오복도(五服圖)』 : 정구가 저술한 예서(禮書) 오복연혁도(五服沿革圖)를 말한다. 오복(五服), 즉 다섯 가지의 상복(喪服)을 의례(儀禮), 가례(家禮), 황조제(皇朝制), 국제(國制)로 구분하여 그 연혁을 도식화한 책으로, 정구가 1617년(광해군9)에 완성하였고 그의 제자 이윤우(李潤雨)가 1629년(인조7)에 담양 군수(潭陽郡守)로 있을 때 간행하였다.

41 『성학집요(聖學輯要)』 : 율곡(栗谷) 이이(李珥)가 제왕(帝王)의 학문을 주제로 경전(經典)과 사서(史書)에서 학문과 정치에 관련된 격언을 모아서 분류하고 편차한 책이다. 선조 8년 7월에 진차하였으며 진차(進箚)·서(序)·목록도(目錄圖)·통설(統說)·수기(修己)·정가(正家)·위정(爲政)·성현도통(聖賢道統)으로 분장되어 있다.

42 『격몽요결(擊蒙要訣)』 : 1577년(선조10)에 율곡(栗谷) 이이(李珥)가 황해도 해주(海州)에서 강학(講學)할 때에 초학자를 위하여 편찬한 책으로, 2권 1책으로 이루어져 있다.

43 『상례비요(喪禮備要)』 : 『주자가례(朱子家禮)』를 위주로 하고, 그 밖의 고금 제가(諸

一.

병산 물음 : "『동국통감(東國通鑑)』⁴⁴은 귀국에서 틀림없이 간행되었을 텐데도, 이러한 책이 없다고 들었습니다. 과연 그러합니까?"

청천 답함 : "『동국통감(東國通鑑)』은 간행되어 세상에 전해지고 있습니다."

청천이 답한 9건은 서기 장응두가 기록하였다.

아룁니다
稟

　　　　　　　　　　　　　　　　　　　　　　　　　　병산

제 아들 안방(安方)이 후한 은혜를 입었으니 감사한 마음을 금할 수 없습니다. 옛날 귀국의 선유(先儒)인 정여창(鄭汝昌)⁴⁵이 여덟 살 때, 그

家)의 예설(禮說)을 참고로 하여 초상(初喪)에서 장제(葬祭)까지의 의식을 기록한 상례 지침서이다. 신의경(申義慶)이 지은 것을 김장생(金長生)이 교정하여 증보하였고, 다시 김집(金集)이 교정하여 1648년(인조26)에 간행하였다.

44 『동국통감(東國通鑑)』: 신라 초기부터 고려 말기까지를 기록한 편년체 사서. 56권 28책으로 이루어진 활자본(活字本)이다. 1485년(성종 16)에 서거정(徐居正) 과 정효항(鄭孝恒) 등이 왕명(王命)에 따라 편찬하였다. 삼국 이전의 역사는 자료 부족으로 인하여 체계적인 서술이 불가능하였기 때문에 외기로 처리하였으며, 신라 통일의 의미를 부각시키기 위해 신라기를 독립시켰다. 그러나 삼국 중 어느 한 나라, 즉 신라를 정통으로 내세우지는 않았고 대등하게 서술하였다. 모두 382편의 사론이 실려 있다. 그중 178편은 기존 사서에서 뽑은 것이고 나머지는 찬자 자신들이 써놓은 것이다.

45 정여창(鄭汝昌, 1450-1504) : 조선의 문신·학자. 자는 백욱(伯勖), 호는 일두(一蠹),

부친인 정육을(鄭六乙)이 명나라 사신인 절강의 장녕(張寧)에게 데리고
가 보이고 아명(兒名)을 지어줄 것을 부탁하였더니, 장녕이 여창이라
는 이름과 명설(名說)을 지어주었다고 합니다. 지금 공께서 이 아이에
게 이름이나 별호를 지어 주신다면 아이의 광영일 뿐만 아니라 저희
일가의 다행일 것입니다. 보잘 것 없는 아들의 재질이야 정씨 집안의
아이[정여창]와 비교할 수 없겠으나, 공께서는 오늘날 명나라 사신 장
녕과 같은 분이시니 승낙하여 주시기를 간절히 바랍니다.

청천

이름이 안방(安方)이니, 자는 사립(斯立), 호는 박천(博泉)이라 하십
시오. 이름이 매우 아름다우니 자는 '그것을 세운다[立之]'⁴⁶는 뜻으로
하였습니다. 출천(出泉)은 적합하지 않은 듯하니 '보박연천 시출지의
(普博淵泉 時出之義)'⁴⁷의 뜻으로 고치면 어떠하겠습니까? 오늘은 밤이

시호는 문헌(文獻). 본관은 하동(河東). 김굉필(金宏弼)과 함께 김종직의 문인이 되고,
한동안 지리산(智異山)에 들어가 3년 동안 오경(五經)과 성리학(性理學)을 연구했다.
1498년(연산군 4) 무오사화로 종성(鍾城)에 유배, 사망했는데 1504년 갑자사화가 일어
나자 부관 참시(剖棺參屍) 되었다. 당시 성리학(性理學)의 대가로서 경사(經史)에 통달
하고 역행실천(力行實踐)을 위한 독서를 주로 했다.

46 그것을 세운다[立之] : 출전은 『논어(論語)』「자장(子張)」25장 4절, "夫子之得邦家
者 所謂立之斯立 道之斯行 綏之斯來 動之斯和 其生也榮 其死也哀 如之何其可及
也"이다.

47 보박연천 시출지의(普博淵泉 時出之義) : 『중용(中庸)』제 31 장에서 "오직 천하의
지극한 성인만이 뛰어나게 총명하고 지혜로워서 천하에 군림할 수가 있다. …… 한없이
넓고 크며 깊고 고요한 덕성이 때에 맞게 밖으로 드러나며, 한없이 넓고 큰 덕성은 하늘과
같고 한없이 깊고 고요한 덕성은 심연과 같다.[唯天下至誠 爲能聰明睿知足以有臨也
…… 溥博淵泉 而時出之 溥博如天 淵泉如淵]"고 하였다. 본문의 '普博淵泉'은 '溥博淵

이미 깊었으니 특별히 자호(字號)에 대한 설을 원하신다면 내일 아침 수재(秀才)를 오게 하여 다시 한 번 만나보고 싶습니다. 비록 바빠 겨를이 없으나 어찌 고심하여 쓰지 않을 수 있겠습니까?

병산

아이의 자호(字號)에 대한 가르침을 이렇게 빨리 내려주시니 얼마나 영광스러운지 모르겠습니다. 자호설은 2, 30자 이내로 짧게 써주시면 됩니다. 내일은 서둘러 여장을 꾸리느라 바쁘고 분주할 터이니 찾아뵙기가 어려울 것입니다. 대면할 기회는 오늘 저녁뿐이니 간절한 마음으로 부탁드립니다.

자호설
字號說

기해년(1719) 중양절을 하루 앞두고 내가 대판성에 머무르고 있었는데 수족(水足)씨의 열세 살 된 아들을 보게 되었다. 호는 출천(出泉)인데 명함을 가지고 스스로 소개하기를 "저의 이름은 안방(安方)입니다. 독서와 시 읊기를 좋아하며 행서와 초서를 압니다. 군자의 가르침을 받들고 싶습니다."라고 하였다. 기쁜 마음으로 반나절 동안 시를 지어 써보게 하니 시필의 훌륭함은 한혈구(汗血駒)⁴⁸와 같았고, 옥설처럼 맑

泉'의 오기(誤記)로 보인다.

고 깨끗한 모습으로 그림같이 단아하게 한 쪽에 앉아 있었다. 흘끗 한 번 쳐다보니 하늘을 높이 나는 봉황이 될 만하여, 그의 머리를 두세 번 쓰다듬어 주었다. 자(字)는 '사립(斯立)'이니 '입신대방(立身大方)'의 상을 취한 것이요, 호(號)는 '박천(博泉)' 니, '때에 맞게 밖으로 드러난다[時出]'는 뜻을 담은 것이다. 손으로 써서 주며 서로 잊지 말자고 하였다. 그러자 그가 일어나 절하며 감사의 말을 하기를 "감히 명이 욕되지 않도록 밤낮없이 노력하겠습니다."라고 하였으니, 이 말은 갖추어 적어 둘 만하다.

조선국 선무랑(宣務郞) 비서저작(秘書著作)겸 직태상시(直大常寺) 신유한이 대판성의 사신객관 서본원사에서 짓다.

병산

이렇게 「자호설(字號說)」을 얻으니 감격스런 이 심정에 어찌 끝이 있겠습니까. 거듭 감사드립니다.

국계

○ 저의 성은 장(張)이요, 이름은 응두(應斗)이고 자는 필문(弼文), 호는 국계(菊溪)입니다. 지금 종사관의 서기로 이곳에 와 공의 고아한 모습을 뵙습니다. 멀리 비후주(肥後州)로부터 천리 길을 마다않고 쓸쓸

---

48 한혈구(汗血駒) : 하루 천리를 간다는 좋은 말의 별칭이다. 옛날 중국 한(漢) 나라 장군 이광리(李廣利)가 대완왕(大宛王)의 머리를 베고 그가 타던 좋은 말을 얻었는데, 땀이 피 흐르듯 하였으므로 한혈구라 불렀다고 한다.

한 객사를 찾아주시니 참으로 감사합니다. 게다가 이렇게 아융(阿戎),
영형(寧馨)같은 훌륭한 아드님을[49] 만나보니 매우 사랑스럽습니다. 다
만 말이 서로 통하지 않아 필담에만 의지하여 소통하니 안타깝기 그
지없습니다.

병산

따뜻하게 말씀해주시니 너무도 감사합니다. 아들이 은혜와 보살핌
을 두터이 받았는데, 뜻밖에 황필(黃筆)과 현홀(玄笏), 색지(色紙)까지
내려주시니, 아이와 함께 감사드립니다.

국계

공께서는 이와 같은 아이를 낳으시고 또 이와 같이 가르치셨으니
하나도 걱정할 게 없으시겠습니다. 조금 성취하였다 하여 나태하지
않게 계속 연마하고 가르치십시오. 변변치 않은 물건이야 어찌 감사
받을 일이겠습니까.

---

49 아융(阿戎), 영형(寧馨)같은 훌륭한 아드님[阿戎寧馨] : 아융(阿戎)은 진의 왕융(王
戎)을 가리키는데 어렸을 때부터 매우 총명하였다고 한다. 영형(寧馨)은 진송(晉宋) 시
대의 속어(俗語)로 '이러한 아이[寧馨兒]'라는 감탄사의 준말이다. 진나라 때 왕연(王衍)
이 어려서부터 매우 총명하고 풍채가 뛰어났는데, 그를 눈여겨 본 산도(山濤)가 "어떤
아낙네가 이러한 아이를 낳았단 말인가?[何物老媼 生寧馨兒]"라고 감탄하였다고 한다.
이에 아융, 영형 모두 남의 아들에 대한 미칭으로 쓰이게 되었다.

병산

보잘것없는 아이를 특별히 사랑해 주시고 종이와 붓까지 내려주시니 감사한 마음을 이기지 못하겠습니다. 하하.

소헌

지금 아드님을 보니 아름다운 자태에 재주 또한 비상하니 평범한 아이가 아닙니다. 육가(陸家)의 천리구(千里駒)[50]나 사택(謝宅)의 나무[51]라 할 만하니 그 보배로움에 어찌 끝이 있겠습니까. 약간의 종이와 붓으로 돈독한 뜻을 전했을 뿐인데 도리어 치사를 받게 되니 부끄럽고 부끄럽습니다.

병산

공들께서 세 분 사신을 따라 동쪽으로 오실 때, 저는 어린아이 한 명을 데리고 배를 띄워 서쪽을 향해 왔습니다. 이러한 만남은 다시 오기 어려울 터이니 이별이 슬프고 슬플 뿐입니다.

---

50 육가의 천리구[陸家千里駒] : 육가는 진(晉) 나라 때 문장으로 유명한 육기(陸機) 형제를 가리키며, 구(駒)는 장래에 천리마가 될 망아지라는 뜻으로 총명한 자제를 상징한다.
51 사택(謝宅)의 나무[謝宅之樹] : 진(晉)나라의 명사(名士)인 사안(謝安)이 여러 자제들에게 "왜 사람들은 모두 자기의 자제가 출중하기를 바라는가?" 하고 묻자, 조카 사현(謝玄)이 "이것은 마치 자기 집 정원에서 지란(芝蘭)과 옥수(玉樹)가 자라기를 바라는 것과 같습니다." 하였다. 이로부터 사택지수(謝宅之樹)는 훌륭한 자제를 뜻하게 되었다.(『晉書』 卷79, 「謝玄列傳」)

향보(享保) 기해년(1719) 중양절을 하루 앞두고 조선학사와 서기 등을 낭화(浪華)[52]의 빈관(賓館)에서 만나 수창하고 필담을 나누었다.

삼가 조선학사 신선생에게 드리다
謹奉呈朝鮮學士申先生

출천

동쪽 향해 온 사신의 행로가 무탈하여	韓使東臨路不難
부평초 서로 만나 금란의 우정을 맺었네	相逢萍水約金蘭
천리 가을바람에 깃발이 펄럭이고	秋風千里旌旗動
삼산 달빛 아래 검패[53]가 서늘하네	夜月三山劍佩寒
안개 너머 봉우리들 원근이 나뉘고	煙外數峰分遠近
하늘 가 망망대해 파도가 솟아나네	天邊大海湧波瀾
얼마나 그리웠나, 이역만리 옥당객	何思殊域玉堂客
새벽 봉황이 지금 난간에 기대 있네	晤鳳如今其倚欄

수만 리 바닷길에 사신의 귀한 행차[54]가 무탈하고 선생의 기거동작도 장건하십니다. 사신의 행차가 잠시 이곳에 머무르니 지극히 축하

---

52 낭화(浪華): 대판, 즉 오사카의 옛 이름.
53 검패(劍珮) : 조신(朝臣)의 칼과 패옥(珮玉)을 가리킴.
54 금범(錦帆) : 금범은 비단으로 만든 배의 돛을 가리키는 말로 귀한 행차를 뜻한다. 수양제(隋煬帝)가 비단 돛[錦帆]에 채색 닻줄[綵纜]로 치장한 용주(龍舟)를 타고 유람한 일에서 유래하였다.

할 만한 일입니다. 지금 다행히 섬돌 앞 협소한 이 곳을 꺼리지 않으시고 저에게 기세와 의기가 양양한 모습을 보여주셨습니다. 고개 들어 청운을 우러르니 저의 바람은 거의 이루어진 듯합니다. 이 광영을 어찌해야 합니까. 올린 시는 비평을 해주시길 삼가 청합니다. 화운시를 내려주신다면 대려구정(大呂九鼎)[55]처럼 진귀한 보물로 삼겠습니다.

빼어난 재질을 지닌 출천이 준 운에 화답하다
奉酬出泉秀才惠贈韻

청천

바다로 육지로 노니느라 고단함도 모르고	海陸追遊未覺難
너울대는 의대에 가을 난초 꿰었네	婆娑衣帶結秋蘭
우혈[56]에서 책 찾으니 남산의 빛이요	書探禹穴南山色
풍성에서 검 뽑으니[57] 북두성의 찬 기운이라	劍拔豊城北斗寒

---

55 대려구정(大呂九鼎) : 대려는 주(周)나라 종묘의 큰 종이고, 구정은 삼대(三代)의 보기(寶器)이다. 모두 나라의 중대한 보물로서, 여기에서는 신유한의 글이 그만큼 귀하다는 심정을 나타낸다.

56 우혈(禹穴) : 중국 절강성(浙江省) 회계산(會稽山) 위에 있는 우(禹) 임금의 유적(遺蹟)으로서, 우(禹)임금이 순수(巡狩) 중 회계산에 이르러 붕(崩)하니 그곳에 장사하였다 한다. 또한 우혈은 사마천이 유력했던 곳이기도 하다. 사마천은 20세 때 견문을 넓히기 위해 우혈을 비롯한 천하의 대관(大觀)을 보고 호연지기를 길러 명문장가가 되었다고 한다.(『史記』 卷130, 「太史公自序」)

57 풍성에서 검 뽑으니[劍拔豊城] : 진(晉)나라 때 장화(張華)가 예장(豫章) 사람 뇌환(雷煥)에게 두성(斗星)과 우성(牛星) 사이에 특이한 기운이 있는 것이 무엇을 의미하는지 묻자, 뇌환이 대답하기를, "그것은 보검(寶劍)의 정채가 하늘에까지 닿았기 때문이며, 현재 예장 풍성(豊城)에 있다."고 하였다. 이에 장화가 그를 풍성의 영(令)으로 보내

뜬구름 아래 손잡을 땐 상쾌한 기운 짙더니　　握手浮雲濃爽氣
저물녘 이별하는 마음엔 놀란 파도만 가득하네　　離心落日滿驚瀾
청평한 글짓기[58]는 훗날의 일이겠지만　　清平起艸他年事
젊은 그대가 옥난간에 기대 읊는 모습을 바라보네　　綠髮看君詠玉欄

삼가 서기 강선생에게 드리다
謹奉呈書記姜先生

출천

교린 위해 동서로 멀리 정성을 다하니　　隣好東西遠致誠
가을바람 맑은 길에 비가 개었구나　　秋風清道雨初晴
햇빛 받은 비단 돛이 천지에 찾아오고　　錦帆映日來天地
물결 빛낸 옥절이 바다를 건너 왔네　　玉節輝波涉海瀛
한 말 술에 채색 붓 휘두르니　　一斗杯中揮彩筆
오천 리 밖까지 아름다운 이름을 떨치네　　五千里外發英名
이역이라 아는 이 없다 말하지 마오　　勿言異域無相識
밤마다 구름 가에 달빛이 밝으리니　　夜夜雲崖月色明

그 보검을 찾게 하였더니, 감옥으로 사용했던 집터에서 석함(石函)이 하나 나왔고, 그 석함 속에 용천(龍泉)과 태아(太阿)라는 쌍검(雙劍)이 있었다고 한다.(『晉書』 卷36, 「張華列傳」)

58 청평한 글짓기[清平起艸] : 맑고 평온한 글이라는 일반적인 뜻 외에도 이백(李白)이 지은 「청평조사(清平調詞)」처럼 훌륭한 글을 의미하기도 한다.

출천의 운에 화답하다
和出泉韻

경목자

쇠벼루로 공부하니 정성이 지극하고	鐵硯工夫有至誠
빈관에서 시 논하니 맑고도 새롭구나	論詩賓館屬新晴
운격에 기골이 많음을 보았는데	已看韻格多奇骨
바다 닮은 문장까지 배우려 하는구나	欲學文章法大瀛
어린 나이 동오[59]는 신묘한 재주 많았고	早歲童烏多玅藝
약관의 왕발[60]은 높은 명성 있었지	弱年王勃有高名
언제일까 남두성[61] 가 바라보며	何時南斗星邊望
한 점 밝은 규화를 바라볼 날이	佇見奎花一點明

삼가 서기 성선생에게 드리다
謹奉呈書記成先生

출천

맹약을 잇고자 하늘 동쪽을 향하니	尋盟千里向天東
안개 낀 파도 따라 바람에 실려 왔네	雲浪煙濤只任風
삼도[62] 밖 새벽 햇살 파도를 비추고	曉日射波三島外

---

59 동오(童烏) : 한(漢) 때 양웅(揚雄)의 아들. 총명한 영재를 가리킨다.
60 왕발(王勃) : 초당사걸(初唐四傑)의 한 사람으로, 6세 때 이미 글을 지을 줄 알아 천재로 칭송이 자자하였다.
61 남두성(南斗星) : 북두칠성과 가까이 있는 여섯 개의 별인 남육두성(南斗六星)을 가리킨다. 북두성은 죽음을 관장하였고 남두성은 삶을 관장하였다.

바다 가운데 가을 돛은 달에 걸려 있네 　　秋帆挂月大洋中
한 면에 파도치니 유리처럼 푸르고 　　潮聲一面琉璃碧
온 산에 단풍나무 비단같이 붉어라 　　楓樹萬山錦繡紅
이국이라 말 다르다 하지 마오 　　勿謂殊邦言語別
예원63에서는 붓끝으로 통하는 법이라오 　　藝園更有筆頭通

출천 동자에게 화답하여 드리다
和贈出泉童子

소헌

한 통의 고운 구슬 바다 동쪽에서 나왔으니 　　一筒明珠出海東
어린 나이에 시 배움은 가풍에서 유래했네 　　稚齡詩學自家風
등불 아래 제 키 높이의 책을 외운 아이가 　　等身書誦清燈下
저녁 석양에 사신 일행64을 찾아왔네 　　貫月槎尋暮色中
뛰어난 자질은 봄날 자주빛 지초 같고 　　妙質方春芝秀紫
빼어난 글은 화창한 날 붉은 신기루 같구나 　　華篇晴日蜃浮紅
신 신는 것도 잊은 채 웃으며 맞이하니 　　笑迎不覺忘吾屣
왕문에 인사 온 것을 심히 기뻐하노라 　　喜甚王門孔刺通

---

62 삼도(三島) : 봉래(蓬萊), 방장(方丈), 영주(瀛州)를 가리킨다.
63 예원(藝園) : 문인(文人)들이 모이는 시회(詩會).
64 관월사(貫月槎) : 『습유기(拾遺記)』에는 관월사에 대해 "요 임금이 황제의 자리에 오른 지 30년이 되어, 큰 뗏목이 서쪽바다에 떠올라 밤에는 빛이 나고 낮에는 없어졌다. 사해(四海)로 떠돌아다니다 12년에 한 바퀴를 도는데 이를 관월사(貫月槎)라고 부른다."라는 설명이 있다. 여기에서는 통칭 사신의 행차라는 뜻으로 쓰였다.

삼가 서기 장선생께 드리며
謹奉呈書記張先生

출천

망망한 푸른 바다 신선 배가 떠오니	渺茫碧海泛仙槎
고려 신라 이래 천년의 우호를 닦아왔네	修好千年自麗羅
사신이 오신 지금 의기가 드높고	玉節來時高意氣
상아 돛대 지나는 곳 물결이 도도하네	牙檣過處浩烟波
사신 행차 위엄서린 예용을 보았고	已看冠蓋禮容重
강산에 많은 시상도 정녕 알겠구나	定識江山詩思多
오늘 북풍 불어 기러기 떠나가니	此日北風鴻雁去
고향 편지 만리 길에 부치면 어떠하리	鄉書萬里竟如何

수족동자의 청운에 차운하다
走次水足童子清韻

국계

은하수 오르는 배 처음으로 멈추니	漢使初停上漢槎
낭화의 가을 풍경 온통 가득하구나	浪華秋景政森羅
물위로 바람 부니 비단 노을 펼쳐지고	水風吹去霞披錦
섬 안개 걷히니 달빛 물결 일렁이네	島靄收來月漾波
돌아갈 날 언제일까 탄식하며	歎我歸期何日定
뛰어난 시상 가득한 그대를 부러워하네	羨君奇思此時多
직무에 연회에 영송을 바삐 하다	東勞西燕忙迎送
소매 잡고 이별하니 이 마음 어떠하랴	摻袂臨岐意若何

신선생에게 드리다
奉呈申先生

출천

천고의 교린을 닦고자 조선에서	脩隣千古自朝鮮
돛 그림자 바람 따라 일본에 이르렀네	帆影隨風到日邊
묻노니 바다와 산은 좋은 시의 재료라	爲問海山好詩料
시낭 가득 주옥같은 시문이 몇 편이나 되는지요	滿囊珠玉幾詞篇

출천에게 화답하다
奉酬出泉

청천

해 돋는 동쪽 바다[65] 햇살이 선명한데	扶桑浴日日華鮮
사신의 외로운 배 바닷가에 머무르네	漢使孤槎逗海邊
이곳에 선동 있어 얼굴이 눈 같은데	上有仙童顔似雪
입으로 서왕모의 백운편[66]을 읊는구나	口吟王母白雲篇

---

65 부상욕일(扶桑浴日) : 부상(扶桑)은 동해 속의 신목(神木)으로, 해가 뜰 때 이 나뭇가
  지를 떨치고서 솟구쳐 올라온다고 한다. 또『회남자(淮南子)』「천문훈(天文訓)」에 "해는
  양곡에서 떠올라 함지에서 목욕한다.[日出於暘谷 浴於咸池]"라는 말이 나온다.
66 서왕모의 백운편[王母白雲篇] : 주 목왕(周穆王)이 곤륜산(崑崙山)에 이르러 선녀인
  서왕모와 요지(瑤池) 가에서 잔치를 벌일 적에 서왕모가 주 목왕의 장수를 비는 뜻으로
  불렀다는 가요(歌謠)의 이름이다.

강선생에게 드리다
奉呈姜先生

출천

만리 먼 바다 동쪽에 오신	遠來萬里海雲東
나는 듯한 익선[67]이 잠시 섭진에 머무르네	飛鷁暫留攝水中
온화한 계림 손님을 만나니	逢接鷄林和氣客
가을바람에도 봄바람에 앉은 듯하네	秋風卻似坐春風

출천에게 화답하다
和贈出泉

경목자

그대 보니 알겠구나 시도가 동쪽에 전해졌음을	見爾深知詩道東
푸른 못 속 부용꽃이 아름답게 피어났네	芙蓉秀出綠池中
훗날 만났던 곳을 떠올리면	他時欲記相逢地
가을바람 국화 언덕 기러기 나는 물가이겠지	岸菊汀鴻九月風

---

67 익선(鷁船) : 뱃머리에 익(鷁)이란 새를 그려 넣은 배. 익은 바람에 잘 견디는 새라고
  하며, 이 때문에 뱃머리에 그 모양을 새기거나 그려 놓았다고 한다.

성선생에게 드리다
奉呈成先生

출천

한국의 뛰어난 인재 멀리 유람하니	韓國豪才作遠遊
아름다운 그 이름 동쪽에 먼저 전해졌네	芳名先入日東流
강남의 밝은 달 하늘 끝 풍경과	江南明月天涯色
가을 금강 단풍 중에 어느 것이 더 나은가	孰與金剛楓樹秋

출천에게 화답하다
和出泉

소헌

천리 유람 길 사신을 찾아온	爲訪皇華千里遊
어린 소년 한묵이 풍류가 있구나	髫齡翰墨又風流
낭화강가 등왕각에는	浪華江上滕王閣
물빛과 끝없는 하늘이 온통 가을이라네[68]	水色長天一樣秋

---

68 낭화강가 등왕각에는 …… 온통 가을이라네[浪華江上滕王閣 水色長天一樣秋] : 당나
라 초기의 기재(奇才)였던 왕발(王勃)의 「滕王閣序」를 변형하여 인용한 시구이다. 홍주
자사(洪州刺使) 염백서(閻伯嶼)가 등왕각(滕王閣)을 중수한 기념으로 중양절에 베푼 연
회에 나이 어린 왕발이 나타나 서문을 지었는데, 그 중 "저녁노을 외로운 따오기와 가지
런히 날고, 가을 물은 긴 하늘과 한 빛이다.[落霞與孤鶩齊飛 秋水共長天一色]"란 구절
로 많은 이들을 탄복시켰다고 한다.(『古文眞寶後集』 卷2, 「滕王閣序」)

장선생에게 드리다
奉呈張先生

출천

한국의 어진 이 사신되어 멀리서 오셨으니	奉使遠來韓國賢
동쪽 향해 넘어 온 산천만도 그 얼마인가	東行跋涉幾山川
선린을 보배 삼자 두 나라가 약속하니	兩邦相約善隣寶
객사 밖 비갠 구름 가을 기운 완연하네	館外晴雲秋氣鮮

출천의 시에 화답하다
奉酬出泉詩榻

국계

전현을 사모하는 소년의 고아한 뜻	髫齡雅志慕前賢
반강69과 유천70을 두루 섭렵했네	涉獵潘江及柳川
부친과 잠시 만난71 바로 이곳에서	正與阿翁傾蓋地
그 아들72의 선명한 오장73까지 보았네	鳳毛兼覯五章鮮

---

69 반강(潘江) : 진(晉)나라 문학가인 반악(潘岳)을 가리킨다. 반강은 남조 양(南朝梁)의
종영(鍾嶸)이 그의 『시품(詩品)』 상권에서 "반악의 재질은 강과 같다.[潘才如江]"고 평
한 데에서 비롯되었다.

70 유천(柳川) : 유종원을 가리킨다. 한유와 유종원의 문장을 비교하며, "韓如海, 柳如河,
韓如河, 柳如川"이라 평가한 말을 인용한 것이다.

71 경개(傾蓋) : 경개여고(傾蓋如故)의 준말이다. 『사기(史記)』 卷83, 「추양열전(鄒陽列
傳)」에 "수레 덮개를 기울이고 잠깐 이야기했지만 오랜 벗처럼 느껴지는 경우도 있다.[傾
蓋如故]"라는 말이 나온다.

72 봉모(鳳毛) : 부조(父祖)처럼 뛰어난 재질을 소유한 자손을 가리키는 말이다.(『世說新

의채(儀采)가 단아하여 훌륭합니다. 그러나 날이 저물고 경황이 없어 차분히 마주하기 어려우니 안타까울 뿐입니다.

또 수족동자에게 주다
又贈水足童子

소헌

등왕각서 쓴 왕발의 나이에	滕閣王生歲
단산의 봉모가 상서롭구나	丹山瑞鳳毛
청홍전 몇 폭을 드리니	青紅牋數幅
그대 유연한 붓을 마음껏 놀려보시게	資爾弄柔毫

닥종이의 끝머리에 '옥설과 같아 사랑스럽다[玉雪可念]'라는 네 글자를 크게 써서, 붓, 묵, 종이와 함께 출천(出泉)에게 주었다.

語』, 「容止」)

73 오장(五章) : 단혈장간쇄오장(丹穴將看刷五章)에서 나온 말로, '단혈'은 전설 속의 산 이름을 가리킨다. 『산해경(山海經)』, 「남산경(南山經)」에 "단혈이라는 산에……새가 있는데, 그 모습이 닭과 같고 다섯 가지 빛깔의 무늬가 있다. 이름하여 봉황이다.[丹穴之山……有鳥焉, 其狀如雞, 五采而文, 名曰鳳凰.]"라는 내용이 있다.

삼가 성선생이 주신 시에 차운하고 아울러 신·성 두 공이 주신 물건에 감사하다
謹次成先生辱賜韻 兼奉謝申成兩公惠貺

출천

봉명곡[74]의 사율에	詞律鳳鳴曲
오색 깃털이 춤추는 듯한데	卻疑舞彩毛
송연[75]에, 옥판에	松煙將玉版
큰 붓까지 내려주시네	賜及似椽毫

소헌의 시에 차운하여 다시 수재 수족에게 주다
次嘯軒韻復贈水足秀才

국계

어린 봉황 장차 날개를 펼치려 하고	鵷雛將奮翮
무표[76]는 이미 아름다운 터럭을 지녔네	霧豹已班毛
총명한 소년 참으로 사랑스러워라	夙惠眞堪愛
등잔 앞에서 채색 붓을 놀리는구나	燈前弄彩毫

---

74 봉명곡(鳳鳴曲) : 상서로운 태평 시대를 노래한 곡. 『시경(詩經)』, 「권아(卷阿)」에 "저 높은 산봉우리, 봉황이 울고, 동쪽 산등성이, 오동나무 서 있구나.[鳳凰鳴矣, 于彼高岡, 梧桐生兮, 于彼朝陽.]"라고 하였는데, 봉황은 태평시대에만 출현하고, 또 봉황이 깃드는 오동나무 역시 원래 산등성이에서는 자라지 않는데 태평시대에는 산등성이에서 자란다고 한다.

75 송연(松煙) : 소나무를 태운 그을음으로 만든 묵(=松烟墨).

76 무표(霧豹) : 안개비가 올 적에는 제 털 모양을 더럽힐까 염려하여 밖을 나오지 않고 굴 속에 꼭 숨어 있는 표범을 가리킨다.

출천동자에게 써 주다
書贈出泉童子

비목자

총명하고 영특한 이 소년　　　　　　　　　　此子甚聰慧

열세 살에 능히 시를 짓는구나　　　　　　　十三能作詩

비루하다 도연명의 집[77]이여　　　　　　　陋矣陶家買

대추 배만 찾을 줄 아는구나　　　　　　　　唯知覓棗梨

양의[78] 권공이 주신 시를 받들어 차운하다
奉次良醫權公辱賜韻

출천

운 좋게도 군자를 모시고 앉았더니　　　　幸陪君子席

오언시를 나에게 내려주시네　　　　　　　賜我五言詩

부끄럽구나 재주 없는 객이　　　　　　　　自媿樗才客

밤과 배만 찾는 것이　　　　　　　　　　　只知飫栗梨

---

77 비루하다 …… 대추 배만 찾을 줄 아는구나[陋矣陶家買 唯知覓棗梨] : 진(晉)나라의
도연명(陶淵明)은 5명의 아들을 두었으나 모두 학문을 좋아하지 않았다. 이에 도연명이
책자시(責子詩)에서, "비록 5명의 아들이 있으나 모두 종이와 붓을 좋아하지 않네. 아서
(阿舒)는 나이가 이미 16세이나 게으르기 비할 데 없고, 아선(阿宣)은 15세가 되었으나
학문을 좋아하지 않고, 옹(雍)과 단(端)은 13세가 되었으나 6과 7을 모르고, 통(通)은
9세가 되었지만 오직 배와 밤만 찾는구나.[雖有五男兒 總不好紙筆 阿舒已二八 懶惰故
無匹 阿宣行志學 而不愛文術 雍端年十三 不識六與七 通子垂九齡 但覓梨與栗]"라고
하였는데, 이것을 인용하여 출천의 영특함을 칭찬한 것이다.
78 양의(良醫) : 사절단의 주치의이자 의학 분야 교류 담당자.

창졸간에 한 수의 절구를 읊어 출천동자와 이별하며 주다
猝吟一絕贈別出泉童子

국계

나이 아직 어리지만	箅齒方英紗
재주 이미 노성했네	觀才已老成
장차 크게 될 것을 아끼나니	愛其將遠到
이로써 깊은 정을 표하노라	持此表深情

황필(黃筆) 한 자루, 먹 하나, 색지 2장을 줄 터이니 시를 지어 읊으십시오. 부지런히 힘쓰고 게으르지 않는다면 반드시 크게 될 것이니, 노력하고 또 노력하십시오.

출천 수재에게 급히 지어 주다
走艸贈出泉秀才

국당

등잔 앞 함박 미소로 선동을 마주하니	燈前一笑對仙童
영특하기가 물속에 핀 연꽃 같구나	炯似蓮花出水中
내일 아침 나그네 배 다시 떠나면	客帆明朝又將發
파도치는 바다를 슬피 돌아보리라	怊然回首海雲動

국당공께서 주신 시를 받들어 화답하다
奉和菊塘彦丈惠贈韻

출천

얼마나 행운인가 해서의 한 아이	何幸海西一小童
대청 가득 호걸들과 시맹을 맺었네	結盟豪傑滿堂中
가을 밤 달빛 아래 새 시를 읊으며	新詩薰誦秋宵月
동쪽 울 아래 국화[79]를 함께 감상하네	倂見菊花籬落東

함께 자리 한 송포하소 선생께 드리다
席上奉呈松浦霞沼先生　出泉

출천

해내의 준재가 뛰어난 재주 드러내니	俊才海內發豪英
변두리 아이도 그 이름 기억 하네	僻地兒童亦記名
그대 오늘 만났으니 침묵하지 마시고	今日相逢君勿默
낙엽 가득한 숲 속에 금옥의 시구 울려주소서	滿林秋葉玉金鳴

---

79 동쪽 울 아래 국화[菊花籬落東] : 진(晉)나라 도잠(陶潛)의 시에 "동쪽 울타리 아래에
　서 국화 꽃잎을 따다가, 유연히 남쪽 산을 바라보노라.[采菊東籬下 悠然見南山]"라는
　명구(名句)를 변용하여 인용한 것이다.(『陶淵明集』 卷3, 飮酒) 참조.

필어(筆語)

一.

출천이 말함 : "신유한·성몽량·장응두 세 선생께서 귀국의 붓과 묵, 종이를 하사해 주시니 은혜가 매우 큽니다. 거듭 감사드립니다."

一.

하소가 물음 : "'옥설과 같아 사랑스럽다[玉雪可念]'는 구절은 퇴지(退之)의 말[80]인데, 공께서 출천에게 써 주셨습니다. 무슨 뜻입니까?"

소헌이 답함 : "소년의 **빼어난** 영특함을 사랑하여 퇴지의 말을 써서 주었습니다."

一.

소헌이 말함 : "소년의 문필이 훌륭합니다. 바라건대 저에게 사시(謝詩)를 지어주십시오."

출천이 답함 : "마땅히 화답하여 드리겠습니다."

시를 지어 앞에 내놓자 소헌이 말하였다. "시가 매우 아름답습니다. 옥같이 아름다운 사람이 옥같이 아름다운 시를 지었으니 사랑스러울

---

80 퇴지(退之)의 말 : '퇴지'는 당송팔대가의 한 사람인 한유(韓愈)의 자(字)이다. '옥설가념(玉雪可念)'은 한유(韓愈)의 「전중소감마군묘지명(殿中少監馬君墓誌銘)」에서 마계조(馬繼祖)의 어릴 적 모습을 묘사하기를 "눈썹과 눈은 그림 같고 머리털은 칠흑 같으며 피부는 옥설과 같아 사랑스러웠다.[眉眼如畫 髮漆黑 肌肉玉雪可念]"라고 한 구절을 인용한 것이다.

뿐입니다."

一.

비목자가 말함 : "성명을 말씀해 주십시오."

출천이 답함 : "성은 수족(水足)이며 이름은 안방(安方), 별호는 출천
(出泉)입니다."

비목자가 물음 : "몇 살입니까?"

출천이 답함 : "정해(丁亥)생으로 13살입니다."

비목자가 말함 : "시를 지어 주십시오. 우선 기다리겠습니다."

시를 지어 앞에 내 놓았다.

一.

출천이 말함 : "붓 몇 자루를 신유한, 성몽량 두 선생께 올립니다."

청천이 답함 : "이것은 내가 마땅히 그대에게 주어야 하거늘, 그대가
나에게 주려 하는군요."

소헌이 말함 : "동자가 정(情)을 주니, 이는 물건이 아름다운 것이 아
니라 아름다운 사람이 준 것입니다."

一.

출천이 물음 : "공의 성명은 무엇입니까?"

국당이 답함 : "저의 성은 정(鄭)이요, 이름은 후교(后僑), 별호는 국

당(菊塘)입니다. 족하의 성명과 거주하는 곳을 써서 보여주셨으면 합니다."

출천이 답함 : "저의 성은 수족(水足)이고, 이름은 안방(安方)입니다. 서해로(西海路) 비후주(肥後州) 사람으로, 병산(屛山)의 아들입니다."

향보(享保) 4년[81] 10월 6일 대판의 본원사에서 사시(巳時)[82]부터 신시(申時)[83]까지 조선국 제술관 신유한, 서기 성몽량·장응두와 함께 필어로 수창하였다.

삼가 청천 신유한 공, 소헌 성몽량 공, 국계 장응두 공 세분께 아룁니다.

一.

국동이 말함 : "저의 성은 등원(藤原)이요, 이름은 유기(維祺), 자는 좌중치(佐仲治), 호는 국동(菊洞)입니다. 지금 들으니 여러 선생들께서 이미 빙례(聘禮)를 마치시고 장차 영예롭게 귀국하신다 하니 경하 드립니다. 오늘 직접 배알하게 되니 이야말로 천행입니다. 앞서 고향에 있

---

81 향보(享保) 4년 : 교회[享保] 4년은 1719년이다. 신유한의 『해유록(海遊錄)』 9월 11일 자 기록에는 "선동천황(仙洞天皇)의 셋째 아들은 이름이 경인(慶仁)인데 기축년에 사위(嗣位)하였으며 나이 지금 26세. 연호(年號)를 향보(享保)라 하여 지금 4년이 되었다. 석가모니가 이름만 있고 성이 없는 것과 같다.[仙洞天皇第三子名慶仁, 己丑嗣位, 年今二十六歲. 改元爲享保四年. 如佛之有名無姓.]"라고 기록한 내용이 있다.

82 사시(巳時) : 십이시(十二時)의 여섯째 시. 오전 아홉 시부터 열한 시까지이다.

83 신시(申時) : 십이시(十二時)의 아홉째 시. 오후 세 시에서 다섯 시까지이다.

으면서 스스로의 분수를 잊은 채 해바라기가 해를 향하듯 시를 지어
방주(芳洲) 형⁸⁴을 통해 여러 공들게 바쳤는데, 잘 전달이 되었는지 모
르겠습니다. 아직 화답시를 받지 못하였으니 원컨대 주옥같은 화답시
를 얻어 고향에 가지고 돌아가 자랑거리로 삼았으면 합니다."

소헌이 답함 : "보내주신 시에 대한 화답시를 방주(芳洲)에게 맡겼는
데 아직 받아보지 못하셨습니까? 먼 길을 마다않고 찾아와 주셨으니
후의에 진심으로 감사합니다. 시는 옥설에 햇살이 비추는 듯하여 사
람을 경탄케 하였습니다. 부친께서는 평안하십니까? 일찍이 시를 보
내주셨으니 어찌 형주를 만나는 것⁸⁵과 다르다 하겠습니까?

국동이 말함 : "부친의 조야한 시와 저의 보잘 것 없는 시를 빠르게
살펴봐 주시고 화답시를 이미 방주공에게 맡기셨다니 감사한 마음 형
용할 길이 없습니다. 부친에게도 정성스러운 안부 인사를 전해주시니
감사합니다."

---

84 방주(芳洲) 형 : 아메노모리 호슈[雨森芳洲, 1668-1755]. 에도시대 전, 중기의 유학자.
간분[寬文] 8년 5월생. 에도에서 기노시타 쥰안[木下順庵]에게 배웠고 그의 추천으로
겐로쿠[元祿] 2년 쓰시마 부중번(府中藩)에서 일했다. 조선과의 외교를 담당하여 양국
간 평화적 우호관계를 증진시키는 데 많은 노력을 기울였다.
85 형주를 만나는 것[識荊] : 면식(面識)을 갖게 된 것이 영광스럽다는 뜻으로, 상대방에
대한 경사(敬辭)이다. 이백(李白)이 당(唐) 나라 때 형주의 자사(刺史)였던 한조종(韓朝
宗)에게 보낸 「여한형주서(與韓荊州書)」에서 "생전에 만호후에 봉해지지 못할진댄 오직
한번 한 형주를 만나는 것이 소원이다.[生不用封萬戶侯 但願一識韓荊州]"라고 한 말에
서 유래한 말이다.

청천 학사께 드리다
奉呈青泉學士

국동

나그네 교유하는 낭속의 물가	萍水相交浪速濱
우뚝한 기격은 견줄 이가 없구나	峥嶸氣格更無倫
문장은 한·유요 시는 도·사이니[86]	文伴韓柳詩陶謝
그야말로 청구의 제일인이네	自是青丘第一人

국동이 주신 시를 받들어 화답하다
奉和菊洞惠韻

청천

주현(朱絃)[87] 한 곡조가 낭속 강가에 울리니	朱絃一拍浪江濱
학같이 높은 자태 무리 중에 빼어나네	野鶴昂昂態絶倫
나는 뗏목 타고 나루를 묻는 사람	我是乘槎問津者
그대 보니 봉래섬 주진인[88]이로구나	看君蓬島朱眞人

---

86 문장은 한·유요, 시는 도·사이니[文伴韓柳詩陶謝] : 당나라 문장가인 한유(韓愈)와
유종원(柳宗元), 남조(南朝) 송(宋) 나라 초기의 시인인 도잠(陶潛), 사영운(謝靈運)을
병칭한 것이다.
87 주현(朱絃) : 통상 좋은 거문고 줄을 뜻하나, 여기에서는 뛰어난 시문을 뜻하는 말로
쓰였다.
88 주진인(朱眞人) : 도사 소현랑(蘇玄郎)의 제자로 영지를 복용하고 신선이 되었다는
고사의 주인공이다.

성서기에게 드리다
奉呈成書記

국동

천리를 지나온 비단 돛 하늘가에 이르러 錦帆千里至天涯
빈관에서 만남에 아름다운 시 풀어내네 賓館相逢抒雅詩
그대처럼 재덕 갖춘 이 몇이나 있으려나 才德如君幾人在
갈 길 바빠 회포 풀지 못함이 한스럽구나 忽忽恨不盡襟期

국동이 보여주신 시에 화답하다
和菊洞見示

소헌

고생 끝에 멀리서 낭화 물가 찾아오니 辛勤遠訪浪華涯
옥설의 맑은 기상 그리운 마음 달래주네 玉雪淸標慰所思
사귐에 어찌 노소 구분 있겠소 交契何曾有老少
산수곡을 연주하면 종자기[89]가 되리다 且將山水許鍾期

---

89 산수곡을 연주하면 종자기가 되리다[且將山水許鍾期] : 춘추 시대 백아(伯牙)가 타고 그의 벗 종자기(鍾子期)가 들었다는 거문고 곡조인 고산유수곡(高山流水曲)과 관련된 고사를 인용한 것이다. 백아가 마음속에 '높은 산[高山]'을 두고 거문고를 타면 종자기는 이를 알아듣고 "아, 훌륭하다. 험준하기가 태산과 같다.[善哉 峨峨兮若泰山]"라고 하였으며, 백아가 마음속에 '흐르는 물[流水]'을 두고 거문고를 타면 종자기는 이를 알아듣고 "아, 훌륭하다. 광대히 흐름이 강하와 같다.[善哉 洋洋兮若江河]"라고 하였는데, 이를 지음(知音)이라 하여 친구 간의 깊은 교유를 가리킨다.(『열자(列子)』, 「탕문(湯問)」)

장서기에게 드리다
奉呈張書記

국동

삼장책시[90]에 장원으로 급제하고	策試三場第一名
지금은 해외로 와 문명을 떨치네	今來海外以文鳴
붕새와 메추라기 뜻은 비록 다르나	大鵬斥鷃志雖異
절집 누대에서 만나 회포를 푼다오	相會寺樓其述情

국동의 시에 차운하여 화답하다
次酬菊洞淸韻

국계

편지가 오고 가매 이름 이미 알았고	遞筒來去已知名
문단에 떨친 명성 늘 부러웠지	每羨騷壇早大鳴
비주와의 거리가 삼백 리인데	此去備州三百里
소매에 시 넣고 찾아오니 다정도 하구려	袖詩相訪最多情

좌중의 신학사가 글을 써서 보여주며 말하였다.

"일전에 내가 대판을 떠나 동쪽으로 향해 올 때 국동이 보내온 시와
편지를 얻어 보았는데, 경탄하며 손에서 놓지 못하고 봉황의 길조라
여겼습니다. 거칠게나마 화답시를 지어 나의 마음을 담아 보내고 떠

---

90 삼장책시(三場策試) : 과거(科擧)의 초시(初試), 복시(覆試), 전시(殿試)를 말한다.

나왔으나, 머리 한번 쓰다듬어 주지 못한 것이 아쉬웠습니다. 이윽고 일을 마치고 서쪽으로 돌아오는 길에 다시 대판에 머물렀는데 홀연히 맑고 아름다운 용모의 한 소년이 시를 폐백으로 삼아 자기의 명호(名號)를 말하니, 바로 국동이었습니다. 내가 그대의 시를 얻어 보아 그 사람을 상상해 보았고, (이제) 그 사람됨을 직접 보아 이미 본 바를 징험하였지요.

아, 무릇 기린은 좀처럼 세상에 나지 않으니, 기린을 본 사람은 백에 한 사람도 없습니다. 기린이라 칭송하는 까닭은 천하가 모두 같습니다. 내가 그대의 외양(外樣)을 보니 모두 세간에서 흔히 볼 수 있는 모습이 아닌 지라 더욱 믿음이 갔고 내 두 눈을 믿을 수 없을 정도였습니다. 안타까운 것은 나라가 달라 말이 같지 않은 까닭에 조용히 서로를 바라볼 뿐이었고, 또 슬프게도 곧 이별하여 떠나야 하니, 그대가 장대하게 일대의 대업을 이루는 것을 다시 어느 곳에서 볼 수 있겠습니까. 이 글을 써서 내 뜻을 보입니다."

국동이 답함 : "제가 지난달에 고향을 떠나 낭속(浪速)에서 잠시 머물렀는데 사신 여러분들을 기다리며 미처 떠나지 못하고 있었습니다. 지금 성 선생님이 말씀을 해주셔서 일전에 바친 제 보잘 것 없는 시가 무사히 전달된 것을 알게 되었고, 감사하게도 은혜로운 화답시에 외람된 격찬까지 받았습니다. 옛말에 "명성이 실정보다 지나침을 군자는 부끄러워한다.[聲聞過情 君子恥之]"[91]라고 하였으니, 제가 어찌 감당

---

91 명성이 실정보다 …… 부끄러워한다.[聲聞過情 君子恥之] : 출전은 『맹자』, 「이루(離婁)」하(下)편이다.

할 수 있겠습니까. 얼굴이 화끈거리도록 부끄럽고 감사할 따름입니다. 족하께는 총명한 아드님[令郎岐嶷][92]이 있으신지요?"

국계가 답함 : "뒤늦게 딸 하나를 두고 아들은 없으니 한스럽습니다."

一.

국동이 아룀 : "족하께서는 아들[家督]을 두셨습니까?"

소헌이 답함 : "아들만 하나 두었는데, 이름은 원기라 합니다."

一.

국동이 물음 : "족하님께서는 아들[主器]을 두셨습니까?"

청천이 답함 : "뒤늦게 아들 둘을 두었는데, 맏이의 나이가 지금 여덟 살입니다."

一.

국동이 말함 : "이 자리에 함께 한 팔전절옹(八田節翁)은 아들 석헌(碩軒)을 데리고 왔는데, 한객(韓客)과 더불어 창화하고 싶어 합니다. 석헌의 나이는 방년 16세입니다."

장응두가 석헌에게 글을 써서 보여주며 말하였다. "그대의 모습을 마주하니 단아하고 깨끗하며 바르고 정숙합니다. (또한) 그대의 시를 보니 말이 간략하면서 뜻은 간곡합니다. 그대의 나이 겨우 15세가 지

---

92 총명한 아드님[令郎岐嶷] : 영랑(令郎)은 남의 아들에 대한 경칭(敬稱)이며, 기억(岐嶷)은 어린아이가 영리하고 지혜로움을 가리킨다.

났다고 들었습니다. 어린 나이임에도 모습은 성인 같고 시는 덕망 있
는 선비가 지은 것 같아 한때 구한다 해도 많이 얻을 수 있을 것 같지
않습니다. (그대는) 무성(武城)의 봉서(鳳嶼), 비주(備州)의 국동(菊洞)
과 아름다운 이름을 나란히 할 만하니, 더욱 노력하십시오."

　내가 옆에서 보고 있다가 국계에게 물었다. " 석헌에게 보여주신 무
성의 봉서란 사람은 어떤 사람입니까? 그의 성명을 알고 싶습니다."

　국계가 답함 : "성은 하구(何口)이고 이름은 호(皡), 호는 봉서(鳳嶼)입
니다.[93] 나이는 17세로 총명하기가 남보다 뛰어나며 문재가 재기발랄
합니다. 사람됨이 단아한 선비와 같고, 방주씨의 친구 아들입니다. 그
대가 문장으로 함께 교유할 만합니다."

　一.

　국동이 물음 : "학사께서 등과(登科)하셨을 때 시부문장(詩賦文章)의
주제는 무엇이었습니까?"

　청천이 답함 : "을유년(1705, 숙종 31) 가을 시로써 진사 을과[二等] 18
번째로 합격하였고, 시제는 '다음날 하조장인을 방문하였으나 만나지
못하였다.[明日訪荷蓧丈人不逢][94]였습니다. 계사년(1713, 숙종 39) 가을에

93　성씨는 하구(河口)이고, 이름은 호(皡), 호는 봉서(鳳嶼)입니다 : 신유한의『해유록(海
　　遊錄)』 10월 13일 기록에 우삼동의 소개로 찾아온 하구호(河口皡)가 나이 17세에 경서와
　　역사에 널리 통달하고 각 체(體)의 시와 문을 지음이 뜻과 운치(韻致)가 있었다는 언급이
　　있다.
94　다음날 하조장인을 방문하였으나 만나지 못하였다.[明日訪荷蓧丈人 不逢] : 하조장인
　　(荷蓧丈人)은 공자의 제자인 자로(子路)가 만난 노인으로 촌에 숨어 사는 은인현자(隱人
　　賢者)였다. 다음날 자로의 말을 들은 공자가 자로에게 다시 찾아가도록 하였으나 하조장

는 부(賦)로써 합격하였는데 갑과[第一等]의 장원이었고, 주제는 '작고 석탕참(作誥釋湯慙)'95이었습니다. 을유년의 좌주(座主)96는 현 승상 이이명(李頤命)97이고, 계사년의 좌주는 현 판서 조태구(趙泰耉)98입니다."

一.

국동이 아룀 : "족하는 등과하실 때 시(詩)로 하셨습니까? 문(文)으로 하셨습니까?"

소헌이 답함 : "계사년 봄에 시로 등과하여 진사가 되었습니다. 시제는 '기성의 달밤을 맞이하다[箕城月夜遇]'였고, 사간(司諫) 정씨가 시를 평하였습니다."

인은 이미 찾을 수 없었다.(『논어(論語)』,「미자(微子)」)

95 작고석탕참(作誥釋湯慙) : 『서경(書經)』,「중훼지고(仲虺之誥)」의 내용을 제재(題材)로 신유한이 지은 부(賦). 「중훼지고」의 내용은 탕임금이 무력으로 하나라의 걸왕(桀王)을 정벌할 수밖에 없었던 정당성을 석명(釋名)하는 것이다. 탕참(湯慙)의 참(慙)은 참덕(慙德)으로, 탕임금이 요순과 같은 선양(禪讓)이 아닌 무력을 통해 왕이 된 것을 스스로 덕이 옛 성현에 미치지 못해서라 부끄러워 한 것을 가리킨다.

96 좌주(座主) : 과거의 급제자의 시관(試官).

97 이이명(李頤命, 1658-1722) : 본관 전주(全州), 자 지인(智仁)・양숙(養叔), 호 소재(疎齋). 우의정・좌의정 등을 역임. 1717년(숙종 43) 정유독대(丁酉獨對)를 통해 세자[경종]의 대리청정을 주청하였고, 1721년(경종 1) 세제(世弟, 영조)의 대리청정을 건의하다가 유배되어 사사(賜死)되었다.

98 조태구(趙泰耉, 1660~1723) : 본관 양주(楊州), 자 덕수(德叟), 호 소헌(素軒)・하곡(霞谷). 우의정・영의정 등 역임. 신임옥사 이래 소론 정권을 수립, 국론을 주도하였다. 1725년(영조1) 신임옥사의 원흉으로 탄핵을 받고 관작이 추탈되었다.

一.

국동이 아룀 : "족하께서는 급제하실 때 시(詩)로 하셨습니까? 부(賦)로 하셨습니까? 그 주제를 알려주십시오."

국계가 답함 : "시제는 '군왕이 자리에 드는 것을 우두커니 바라보다[佇見君王按玉宸]'였습니다."

一.

국동이 아룀 : "제 호인 국동(菊洞) 두 글자를 크게 써서 보여주십시오. 가지고 돌아가 집의 편액으로 삼고 싶은데, 어떻습니까?"

청천이 붓을 잡아 국동 두 글자를 크게 쓰고 종이 끝자락에 몇 마디를 써 넣었다.

"국화를 사랑하는 이는 도연명 이후로 들은 적이 없습니다.[99] 지금 그대가 국화를 사랑하여 이름으로 삼았으니 도연명을 사모하는 것입니까? 그렇지 않다면 국화를 진실로 사랑하는 사람이 아닙니다. 국화 아래에서 거문고를 타며 도연명의 시를 읊고 있자니, 도연명이 마치 여기에 있는 듯합니다."

99　국화를 …… 들은 적이 없습니다.[菊之愛 淵明後無聞] : 송대 유학자인 염계(濂溪) 주돈이(周敦頤)는 「애련설(愛蓮說)」에서 꽃을 사람에 비하자면 국화는 은자(隱子), 모란은 부귀한 자, 연꽃은 군자라고 하고, 그 글의 말미에서 "국화를 사랑하는 이는 도연명 이후로 사랑하는 이가 있다는 말을 들은 적이 없지만 나와 같이 연꽃을 사랑하는 이는 누구인가. 모란을 사랑하는 이는 응당 많으리라.[菊之愛, 陶後鮮有聞, 蓮之愛, 同予者何人. 牡丹之愛, 宜乎衆矣]"라고 썼다.

一.

국계 (장응두)가 귤 한 알을 권하며 글로 써서 말하였다. "일찍이 그 대의 시를 보았는데, 지금 고아한 예모를 접하니 오랫동안 알아온 사람을 만난 듯 사랑스럽습니다. 헤어지고 싶지 않으나 손님과 마주하기에는 소란하고 부산스러워 차분히 이야기를 나누지 못하였으니 안타까울 뿐입니다. 내일 고향으로 돌아가신다지요? 혹 하루를 더 머무르며 다시 찾아주시면 어떠하겠습니까?"

국동이 답함 : "보잘 것 없는 재주로 이와 같은 은혜와 사랑을 받으니 마음 깊이 감사드립니다. 그러나 고향에 계신 아버님을 멀리 떠나와 오랫동안 보살펴 드리지 못하였으니 내일은 배에 올라 떠나야 합니다. 다시 만날 날을 기약하지 못하고 이별 후에는 오로지 밝은 달만 쳐다보며 서로를 그리워할 것이니, 서글픈 이 심정을 어찌 해야 할지요. 하사하신 귤은 비록 육랑(陸郞)[100]을 본받고자 해도 모친이 세상에 안 계시니, 마음이 아플 뿐입니다. 오늘 비로소 밝은 헤아림을 입게 되었으니 기쁘고 다행함을 말로 다 할 수 없습니다. 이제 이별을 고하고자 하니 만 리 거친 바닷길에 모쪼록 무탈하시기 바랍니다. 암담하고 서글픈 마음 이루 다 할 수 없습니다."

---

100 육랑(陸郞) : 삼국 시대 오(吳) 나라의 육적(陸積)을 말함. 여섯 살 되던 해에 원술(袁術)을 만나 감귤 대접을 받았는데 모친에게 드리려고 몰래 감귤을 가슴속에 품고 나왔던 고사가 있다.

멀리서 청천 신공께 드리다
遙奉寄靑泉申公

국동

저의 성은 등원(藤原)이요, 이름은 유기(維祺), 자는 좌중치(佐仲治),
호는 국동(菊洞)입니다. 동서의 길이 통하게 되어 여러 군자들이 오신
다는 소식을 들었습니다. 비록 훌륭한 풍모를 뵙고자 하여도 우리나
라와는 거리가 너무 멀리 떨어져 있어 오랜 뜻을 이룰 수 없었습니다.
경모하는 나머지 저의 보잘 것 없음을 부끄러워하지 않고 삼가 칠언
율시 한 수를 지어 객관에 보냅니다. 혹시라도 답답한 마음을 풀 수
있을까 하여, 의문 사항 몇 가지도 따로 올립니다. 바라건대 넓은 바
다와 같은 아량을 베푸셔서 화답시를 내려주시고 아울러 자상한 가르
침을 주신다면 저의 지극한 바람이 이루어질 것입니다.

고매한 뜻과 기운 뭇 인재를 압도하니	凌雲志氣壓群英
심부름꾼 아이도 그 명성을 익히 아네	走卒兒童亦記名
팔두[101]의 재주는 산악 같이 우뚝하고	八斗才高山嶽等
삼도부[102]를 지으니 귀신도 놀라하네	三都賦就鬼神驚
요동[103]의 여름날 궁궐에 하직하고	遼東暑日辭宮闕

---

101 팔두(八斗) : 재주가 많다는 말. 『남사(南史)』, 「사영운전(謝靈運傳)」에 "영운이 말
하기를 '온 천하의 재주가 모두 한 섬인데 조자건(曹子建)이 8두(斗)를 얻었고 내가 1두
(斗)를 얻었고 나머지는 고금(古今) 사람들이 차지했다.' 하였다."는 말이 있다.
102 삼도부(三都賦) : 좌사(左思)가 10년 동안 구상하여 「삼도부(三都賦)」를 지었는데,
황보밀이 서문을 써서 칭찬을 하자 부자와 귀족들이 서로 다투어 베끼는 바람에 낙양의
종이 값이 일시에 폭등했다는 고사가 전한다.(『晋書』 卷92, 「文苑傳」左思)

바다 밖 가을바람에 사신 깃발 휘날렸네　海外秋風吹旌旌

경모의 마음 깊으나 몸이 따르지 못하니　景仰心深身未逐

조수에 맡겨 숨겨놓은 정을 풀어놓네　今憑潮信述微情

등원국동(藤原菊洞)의 시에 감사하다
奉謝藤原菊洞詩案下

청천

　수천리 길을 조각배에 몸을 싣고 이무기와 고래가 출몰하는 파도를 헤치며 왔습니다. 칠척(七尺)의 이 몸이 다행히 정신이 혼미해지는 것은 면하였으나 직무를 수행함에 미진한 바가 있어 자리에 엎드려 신음만 하고 있었습니다. 그러던 차에 홀연히 족하의 율시 한 수와 몇 줄의 글을 받아 보게 되었습니다. 글이 환하게 빛이 나고 생기가 도는 것이 사람으로 하여금 벌떡 일어나 앉아 가을 향 같은 시를 거듭 음미하게 하였습니다. 듣자하니 그대의 나이 겨우 15세라 하니 젖니를 갈 어린 나이임을 알겠습니다. 필체의 올곧고 굳건함이나 시의 청수(淸秀)한 품격은 이미 한혈(汗血)·용구(龍駒) 같은 준마가 단숨에 곤륜산에 오르는 기세를 갖추고 있군요. 어리석은 제 눈에는 일찍이 보지 못한 왕엄산(王弇山)[104]의 '보도(寶刀)' 두 구절 이상으로 훌륭하였습니다.

---

103 요동(遼東) : 여기에서는 조선을 가리킨다.

104 왕엄산(王弇山) : 명(明)나라의 문장가 왕세정(王世貞)을 말한다. 호를 엄주산인(弇州山人)이라고도 했던 왕세정은 시(詩)와 고문(古文)을 좋아하여, 역시 시와 고문으로 당대 이름을 날린 이반룡(李攀龍)과 함께 문맹(文盟)을 주관하였다. 이반룡(李樊龍)과

그대의 금년 나이가 부선(鳧先)[105]보다 어린 까닭에 소문이 자자합니다. 밤이나 찾는 세상의 아이라면 어찌 더불어 논할 수 있겠습니까. 그러나 학문에 힘쓰고 많은 것을 구하는 뜻으로 성실히 노력하기를 그치지 않는다면 이로 말미암아 나아갈 수 있는 곳이 높이겠습니까? 바다이겠습니까? 제 생각에는 은하수까지 닿을 것입니다. 저처럼 세간에서 실제보다 지나친 명성[狂聲]을 받아 다만 푸른 바다의 구름과 안개에만 만족한다면 실제의 성취는 없을 것입니다. 이는 서시(西施)를 흉내 내어 억지로 분칠을 뒤집어씌운다면 또한 코를 가리고 피하기에 겨를이 없을 것[106]과 같습니다. 족하에게 화답하는 시를 지은 것은 대개 족하의 글이 경탄하며 넋을 잃고 바라볼 만큼 훌륭하여 스스로 그만둘 수 없어서였으니, 장독 뚜껑[覆瓿][107]이라도 삼아준다면 심히 다행이겠습니다. 구구한 성명(姓名)은 이미 존공(尊公)에게 답장하며 알려드렸습니다. 질문하는 내용을 써주신 별록(別錄)은 아직 방주씨의 책상자에 있으니 훗날을 기약하고자 합니다.

함께 이왕(李王)으로 일컬어진다.

105 부선(鳧先) : 16세의 어린 나이로 명나라 문장가 왕세정과 편지를 주고받았다는 사람.

106 서시(西施)를 흉내 내어 …… 겨를이 없을 것[以强冒鉛華唐突西子 方且掩鼻之不暇] :『맹자(孟子)』,「이루(離婁)」하편에서 "서자(西子) 같은 미인도 오물(汚物)을 뒤집어쓰고 있으면 사람들이 모두 코를 가리고 지나갈 것이다."라고 한 맹자의 말을 변용한 것이다. 서자는 월(越)나라의 미인(美人)인 서시(西施)를 가리킨다.

107 장독 뚜껑[覆瓿] :『한서(漢書)』,「양웅전(揚雄傳)」에 "유흠(劉歆)이 양웅이 지은 법언(法言)을 보고 '왜 세상에서 알지도 못하는 글을 이토록 애써 지었을까. 나중에는 장독 뚜껑밖에 되지 않을 것 같다.'라고 했다."는 내용이 나온다. 자기의 저술을 겸칭(謙稱)하는 말이다.

휠휠 날아온 편지 꽃처럼 아름다우니   翩翩尺素美如英

십오 세 남아 명성 이미 자자하구나   十五男兒已盛名

구름 잠긴 산마루에 깃드니 선학이 평온하고   雲嶠棲成仙鶴穩

불야주[108]를 찾아내니 늙은 용이 경탄하네   夜珠探出老龍驚

국화 핀 마을 입구 소매에 바람이 불고   黃花洞口風吹袂

푸른 바다 나룻가 깃발에 달빛이 가득하네   碧海津頭月滿旌

역사[109] 돌아갈 때 몇 마디를 부치고   驛使歸時聊寄語

물줄기 길고 하늘 광활하니 그대의 정을 기다리네 水長天闊望君情

멀리 강서기에게 보내다
遙奉寄姜書記

국동

　사신의 화익선(畫鷁船)[110]이 험준한 길을 헤쳐 오며 역풍[石尤風][111]을
만나지 않고 이미 난파(難波)[112]의 해안에 도달하였다고 하니 축하드립
니다. 제 나이는 십오 세로, 하늘 끝 먼 곳에 있어 사신 행차를 뵈올

---

108 불야주(不夜珠) : 밤에도 빛이 난다는 구슬을 가리킨다.

109 역사(驛使) : 급한 연락을 취하기 위해 역마(驛馬)로 보내는 심부름꾼.

110 화익선(畫鷁船) : 뱃머리에 익(鷁)이란 새를 그려 넣은 배. 익은 바람에 잘 견디는
　　새라고 하며, 이 때문에 뱃머리에 그 모양을 새기거나 그려 놓았다고 한다.

111 역풍[石尤風] : 우랑(尤郎)이라는 사람이 부인인 석씨(石氏)의 만류에도 불구하고
　　장사를 위해 먼 길을 떠났다가 돌아오지 못하자 부인 또한 남편을 그리워하다 죽게 되었
　　다. 이 후로 장사치들은 배를 띄울 적에 역풍을 만나면 '석우풍'이라 일컬으며 떠나지
　　않았다고 하는데, 이로부터 석우풍은 역풍을 일컫는 말이 되었다.(『江湖紀聞』)

112 난파(難波) : 대판(大坂)의 이칭(異稱).

수 없는 것이 심히 안타까울 따름입니다. 이에 삼가 장구(長句) 한 편을 여러 사신들께 올립니다. 미천한 뜻을 어여삐 여기시어 화답시를 내려 주신다면 책상자에 보관하여 영원히 보물로 삼겠습니다.

초여름 동래를 출발하여	東萊解纜槐夏天
낙엽 날릴 때 배를 대었네	一葉飛時正繫船
수륙의 여정이 만 리에 달하니	水陸驛程應萬里
강산을 읊은 시가 천 편은 되었으리	江山詩數滿千篇
진의 피난민[113]과 불사약 구한 일[114] 들었으리니	避秦採藥曾聞古
바다 건너와 책 구함을 어찌 뒤로 하리오	入海求書豈讓先
이역 길은 통했으되 정은 도리어 막혔으니	異域路通情郤隔
이생에서 좋은 인연 부질없이 뒤로 하네	此生空負好因緣

화답시가 없다.

---

113 진의 피난민[避秦] : 도잠(陶潛)의 「도화원기(桃花源記)」(『陶淵明集』卷6)에 의하면, 무릉(武陵)의 한 어부(漁父)가 시내를 따라 끝없이 올라가다가 문득 별천지 같은 도화림(桃花林)을 만나서 들어가 보니, 그곳에는 진(秦)나라 때 피란(避亂) 온 사람들이 살고 있었다고 한 고사에서 온 말이다.

114 불사약 구한 일[採藥] : 『사기(史記)』, 「진시황본기(秦始皇本紀)」에, "제(齊)나라 사람 서복(徐福)이 상소하여, 바다 가운데 삼신산(三神山)이 있고 그곳에는 신선(神仙)과 불사약(不死藥)이 있으니, 재계를 한 다음 어린 남녀 아이들을 데리고 가서 구해 오겠다고 요청하자, 진시황이 그의 말을 듣고 수천 명의 동남동녀(童男童女)를 데리고 가서 불사약을 구해 오게 하였다." 하였다. 이 외에도 『백낙천시집(白樂天詩集)』卷3에 악부시(樂府詩)의 「해만만(海漫漫)」이란 글에는, "사람들이 전하는 말에, '바다 가운데 삼신산이 있고 그 산 위에는 불사약이 나는데, 이것을 먹으면 신선이 된다.' 하자, 진시황과 한 무제가 이 말을 믿고 해마다 방사(方士)를 보내 약을 캐 오게 하였다."는 내용이 있다.

멀리 성서기에게 보내다
遙奉寄成書記

국동

사신 행차가 무사히 대판에 도착하였다 들었습니다. 대장부의 큰 포부가 이루어지고 고래와 악어의 재앙에서 벗어났으니 그 기쁨과 다행스러움을 알만 합니다. 저는 변방에서 태어나 성대한 위의(威儀)를 직접 뵐 수 없는 것이 실로 일생일대의 큰 한입니다. 이에 부끄러움을 무릅쓰고 삼가 시 한 수를 지어 객관으로 부칩니다. 화답시를 내려주신다면 비록 높은 벼슬[軒冕]115에 오르는 영광이라 할지라도 이보다 더할 수는 없을 것입니다.

삼한의 사신 명 받들고 바다를 건너오니	三韓銜命涉波濤
도착도 전에 성대한 명성 먼저 날아왔네	未至盛名先已翺
신선 섬에 가을 오니 온갖 나무 낙엽지고	仙島秋來千樹瘦
바다 하늘 구름 개니 둥근 달이 솟아있네	海天雲盡一輪高
뛰어난 시상 샘솟아 아름다운 시구를 토해내고	奇思橫發吐佳句
빼어난 자태로 거침없이 큰 붓을 휘두르네	逸態自然揮健毫
미천한 몸이라 날개 돋지 못하니	不克微軀生羽翼
한 번 가 사신을 뵈올 길이 없구나	無緣一往拜旌旄

---

115 높은 벼슬[軒冕] : 헌면은 수레와 면류관이라는 말로, 관작과 봉록 등 높은 벼슬을 뜻한다.

국동공에게 화답하다
和呈菊洞几下

소헌

멀지 않은 곳[116]에서 보내온 한 통의 편지에 기뻐 어쩔 줄 몰랐습니다. 게다가 어린나이에 보여준 맑은 운치의 시는 이미 노성한 풍격이 있어 경탄을 금할 수 없었습니다. 조금만 더 노력하고 단련한다면 고수의 자리에 오를 수 있을 것입니다. 이대(二代)에 걸쳐 아름다운 자취를 이어나간다면 문필의 가문에 어찌 성사(盛事)가 아니겠습니까. 안타까운 것은 옥설과 같이 청아한 자태를 직접 보면서 개원·천보[開天][117] 연간의 글처럼 뛰어난 글을 칭송하지 못한다는 것입니다.

어린 소년의 붓 끝에 파도가 일고	童年筆下有波濤
화려한 문단에 상서로운 봉황이 나네	耀彩詞林瑞鳳翔
시와 편지에 마음 뺏겨 해 저묾이 안타깝고	芸簡苦心嫌日渴
울 밑 국화 가을 흥취는 산과 함께 드높구나	菊籬秋興與山高
나 같은 둔재야 보잘 것 없는 재주라서	駑才自信非雄手
천리마 명성에 터럭 하나 더할 수 없구나	驥價何能長一毫
대패와 남금[118]은 원래 나라의 보배이니	大貝南金元國寶

---

116 멀지 않은 곳[莽蒼] : 『장자』 「소요유(逍遙遊)」에, "망창(莽蒼)을 가는 자는 세 끼 먹을 양식만 가지고 가도 배가 든든하지만, 백 리를 가는 자는 한 방아 거리의 양식을 가져야 하고, 천 리를 가는 자는 석달 양식을 가져야 한다." 하였고, 그 주에, "망창(莽蒼)은 근교(近郊)의 빛이라." 하였다. 얼마 멀지 않은 거리를 말한 것이다.

117 개원천보[開天]: 개원과 천보는 당 현종(唐玄宗) 때의 연호로 뛰어난 시인이 많이 배출된 시기이다.

준 땅 교외에서 우뚝한 간모를 보리라[119]   浚郊將見子干旄

멀리 장서기에게 바치다
遙寄呈張書記

국동

저의 나이 이미 15세[120]이나 천성이 학문에 뜻을 두는 것과는 멀었습니다. 그러나 자애로운 부친의 가르침 덕분에 7세에 학문에 나아가 하루도 빠짐없이 밤낮으로 노력하였습니다. 지금 여러 훌륭하신 선생님들이 이곳에 오셨다는 말을 듣고, 해바라기가 해에 기울 듯 정을 이기지 못하여 삼가 절구시 한 수를 여러분들께 올립니다. 바라건대 작은 정성이나마 가엾게 여기시어 아름다운 화답시를 속히 내려주셨으면 합니다.

가을이라 서풍이 소슬한데   西風蕭索屬商秋
신선 배가 우리 고을에 이르렀네   仙客乘槎至我州

---

118 대패남금(大貝南金) : 대패는 가장 큰 바다 조개로, 무게가 육십 관(六十貫) 정도나 나가고, 갈면 백옥(白玉) 같은 광택이 나므로 여러 가지 장식품으로 쓰인다. 남금은 중국 남방 형주(荊州)·양주(楊州)에서 생산되는 황금으로 값이 일반 황금의 두 배가 된다.

119 준 땅 교외에서 우뚝한 간모를 보리라[浚郊將見子干旄] : 지위 있는 사람이 현자(賢者)를 찾아옴을 뜻한다. 『시경(詩經)』, 「용풍(鄘風)」의 간모(干旄) 편은 위 문공(衛文公)의 신하가 쇠꼬리로 장식한 간모를 수레에 꽂고서 현인의 훌륭한 말을 듣기 위해 만나러 가는 내용인데, 그 중 "우뚝한 간모가 준읍의 교외에 있도다.[孑孑干旄 在浚之郊]"라는 구절을 인용한 것이다.

120 15세[舞象] : 무상(舞象)은 15세의 성동(成童)을 가리킨다.

계림과 우호를 통하는 오늘　　　　　　　　今遇鷄林通好日

문유에서 모실 수 없어 한스럽구나　　　　　恨吾不得侍文遊

멀리 국동이 보내주신 시에 차운하다
遙次菊洞惠寄韻

국계

붉은 낙엽 노란 국화 눈 앞 가득 가을인데　　　赤葉黃花滿眼秋

아름다운 시 한 수 어디에서 온 것인가　　　　一篇瓊律自何州

그대 응당 시사 두보를 이으리니　　　　　　杜陵詩史君應繼

십오 세에 사장에서 이미 시를 지어 교유하네　十五詞場已吐遊

　나이 아직 어린데도 시를 능숙히 지을 수 있는 사람은 옛날에도 얻기 어려웠습니다. 혹 한 두 명 거론할만한 사람이 있다 해도 가문의 명성을 계승할 수 있는 사람은 얻기가 더욱 쉽지 않습니다. 지금 국총(菊叢)의 아들인 국동은 나이 겨우 15세인데 재기(才器)가 숙성하고 집안의 가르침을 깊이 따르고 있으니 능히 성병(聲病)[121]에 대해 이해할 수 있을 것입니다. 나이는 어리나 시에 능한 사람이 지금 여기에 있군요. 시에 능숙한 것을 귀하게 여길 뿐만 아니라 시에 능하여 가문의 명성을 이어갈 수 있음을 귀하게 생각합니다. 나에게 시를 주었는데

---

121 성병(聲病) : 시를 지을 때 평(平), 상(上), 거(去), 입(入) 등 사성(四聲)을 조합하여 구성하는데, 그 구성이 일정한 규칙에 들어맞는 것을 성(聲)이라 하고 그렇지 못한 것을 병(病)이라 한다.

그 뜻이 아름다워 감상하기를 그칠 수 없으니 마치 그 사람을 보는 듯합니다. 이에 보내 온 운자를 써서 바람결에 띄워 보냅니다.

청천 신공에게 드리다
奉呈青泉申公

용주[122]

일본[123]에서 명성을 얻고자 한다면	欲收野馬臺中名
사장에서 으뜸의 시를 지어야 한다네	應撰詞場第一英
멀리서도 알겠네 궁궐 안 사신의 예를 행하는 곳	遙識丹墀修聘處
당 안 가득 '훌륭한 사신이여'[124] 감탄하는 소리를	滿堂其唱使乎聲

---

122 용주(龍洲) : 성은 이등(伊藤), 이름은 원희(元熙), 자는 광풍(光風), 별호는 의재(宜齋). 월전주(越前州)의 문학(文學)이다.

123 야마대(野馬臺) : 야마대(耶馬臺), 야마추(邪馬推)로도 적었다. 일어의 야다모[太和] 화주(和州)의 음역(音譯)인데 중국 사람이 일본을 일컫는 말이다.

124 훌륭한 사신이여[使乎] : 춘추 시대 위(衛)나라 현대부(賢大夫) 거백옥(蘧伯玉)이 공자에게 사자(使者)를 보내왔는데 공자가 그와 더불어 앉아서 묻기를 "부자가 요즘은 무엇을 하시는가?" 하자, 대답하기를 "부자는 허물을 적게 하려고 노력하여도 잘 안 된다고 합니다."라고 했다. 그 사자가 나간 뒤에 공자가 그를 칭찬하여 이르기를 "사자여, 사자여.[使乎使乎]"라고 한 데서 온 말로, 사호는 곧 훌륭한 사신을 가리킨다.(『論語』, 「憲問」)

용주가 주신 시에 화답하다
奉酬龍洲惠贈

청천

높은 누대에서 소매잡고 이름난 분을 만나보니	把袂高樓見大名
용주의 시필 참으로 빼어나네	龍洲詩筆自豪英
깃발 세운 정자에 아리따운 여인들 늘어서서	旗亭玉女青娥隊
양주제일곡125을 멀리서 노래하네	遙唱涼州第一聲

추수 강공126에게 드리다
奉呈秋水姜公

용주

고국을 떠나 산 넘고 물 건넘이 얼마인가	去國以來幾梯航
먼 벽지에서 사신 글을 기쁘게 보았네	窮遐喜見漢官章
배가 돌아가 청구에 도착하면	歸帆佗日青丘地
해동과 아매향127은 구름으로 막히겠지	雲隔海東阿每鄉

---

125 양주제일곡[涼州曲] : 당 나라 때 세상이 태평하자 사람들이 보통 악곡에 싫증나서 외국의 악곡을 좋아하게 되었는데, 그 중에서 서량(西涼)에서 들여온 중앙아시아 지방의 곡조를 양주곡(涼州曲)이라 하였다.

126 추수(秋水) 강공(姜公) : 진사(進士) 강백(姜栢), 호는 경목자(耕牧子) 또는 추수(秋水)이다. 1719년의 통신사행에 서기로 참여했다.

127 아매향(阿每鄉) : 일본을 가리킨다. 성이 아매(阿每)이고 자는 다리사비고(多利思比孤)라는 왜왕이 수(隋)나라와 통사(通使)한 사실이 『수서(隋書)』에 나온다.

용주가 주신 시에 화답하다
奉酬龍洲惠贈

추수

대판성 앞에 사신 배를 매었으니	大坂城頭繫客航
그대를 만나 문장을 논하고 싶네	逢君且欲說文章
그대의 문장은 동남의 기운과 가깝지 않으니	文章不爾東南氣
산하가 서로 다르다 말하지 마오	休道山河各異鄕

소헌 성공에게 드리다
奉呈嘯軒成公

용주

일찍이 과거에 응시하여 급제하였고[128]	折桂早應擢禮闈
호방한 문장으로 시종신에 뽑혔네	宏詞銓選刷驂騑
꽃 질 때 고향 떠날 줄 어찌 알았으랴	豈圖花落辭鄕國
돌아가면 꽃잎 날리는 모습 다시 보리라	歸去還看花片飛

---

128 일찍이 과거에 응시하여 급제하였고[折桂早應擢禮闈] : 예위(禮闈)는 과거(科擧)의 회시를, 절계(折桂)는 과거급제를 가리킨다. 현량 대책(賢良對策)에서 장원을 한 극선(郤詵)에게 진 무제(晉武帝)가 소감을 묻자, 극선이 "계수나무 숲의 가지 하나를 꺾고, 곤륜산(崑崙山)의 옥돌 한 조각을 쥔 것 같습니다."라고 답변하였는데, 섬궁, 즉 월궁에 계수나무가 있다는 전설이 여기에 덧붙여져, '섬궁절계(蟾宮折桂)'를 과거급제에 비유하게 되었다.(『晉書』 卷52, 「郤詵列傳」)

용주가 주신 시에 화답하다
奉酬龍洲惠贈

소헌

꽃 질 때 대궐을 하직하고	落花時節別金闈
산 넘고 물 건너며[129] 사모편[130]을 읊었네	原隰長吟四牡騑
바다 위에서 학을 탄 벗 홀연 만나니	海上忽逢騎鶴侶
봉래산 달밤에 흥이 먼저 솟구치네	蓬山夜月興先飛

국계 장공에게 드리다
奉呈菊溪張公

용주

사신 배 멀리 바다 서쪽에서 이르니	仙槎遠自海西來
백사장 강가에 오리 기러기 돌아오네	沙白江頭鳧鴈回
제비 참새가 어찌 기러기 고니의 날개를 바랄까	燕雀敢望鴻鵠翼
만나서 시재 겨루자는 말은 하지 말아 주오	休言相值鬪詩才

---

129 산 넘고 물 건너며[原隰] : 언덕과 습지. 왕명을 받든 사신의 행로를 가리키는 시어(詩語)이다. 『시경(詩經)』, 「소아(小雅)」〈황황자화(皇皇者華)〉에 "휘황한 꽃이여, 언덕과 습지에 피었도다.[皇皇者華, 于彼原隰]"라는 말에서 유래하였다.

130 사모편[四牡騑] : 『시경(詩經)』, 「소아(小雅)」의 편명으로, 임금이 사신(使臣)을 불러 주연을 베풀면서 그 수고로움을 위로하는 내용이다.

용주가 주신 시에 화답하다
奉酬龍洲惠贈

국계

가을바람 부는 바다에 사신 배가 떠오니	秋風滄海泛槎來
봉래의 안개구름 돌아보길 몇 번인가	蓬島煙雲首幾回
문장과 술 어우러진 오늘 회합 즐거우니	今日喜成文酒會
그대 시율에 감탄하며 재주 많음을 걱정하네[131]	歎君詩律患多才

다시 청천께 드리다
再奉呈青泉

용주

조물주 문아한 인재를 낳고자	造物欲生文雅雄
문사에게 유람을 배우게 했네	故教騷士學飄蓬
파도가 놀라니 백설이 구름 가에서 날리고	濤驚白雪飛雲際
달이 떠오르니 황금이 바다에서 부서지네	月出黃金碎海中
사행길 관산에 신녀의 비가 내리고[132]	客路關山神女雨
드높은 가을 천지 대왕풍이 불어오네	高秋天地大王風

---

131 재주 많음을 걱정하네[患多才] : 재주가 많음을 역설적으로 말한 것이다. 한유(韓愈)의 「수배십육공조순부서역도중견기(酬裴十六功曹巡府西驛途中見寄)」에 "재주 많은 이는 스스로 고생하고 쓸모없는 사람은 그럭저럭 지낸다.[多才自勞苦 無用祇因循]"는 구절을 인용한 것이다.

132 신녀의 비가 내리고[神女雨] : 초(楚)의 양왕이 무산에서 유락(遊樂)할 때, 꿈에 신녀(神女)와 침석(枕席)을 같이했는데, 신녀가 자신이 조운모우(朝雲暮雨)하면서 모시겠다는 말을 하고 떠나자 사당을 세워 위로했다는 고사를 인용한 것이다.

그대에게 부탁한 짧고 긴 시구들 　　　　　　屬君化作短長句
책으로 만들어 시부총이라 부르리 　　　　　　登梓會稱詩賦叢

다시 용주에게 드리다
再奉龍洲

청천

한나라의 빼어난 양원의 사부[133] 　　　　　　梁園詞賦漢時雄
다 헤진 푸른 도포로 어찌하여 떠도는가 　　　　寥落靑衫奈轉蓬
만 리의 객성은 멈춘 노 너머에 있고 　　　　　萬里客星停棹外
삼신산의 신선달은 술잔 속에 떠있구나 　　　　三山仙月把盂中
서관에는 진인의 기운이 아득하고 　　　　　　西關杳杳眞人氣
동해에는 대국의 바람이 출렁이네 　　　　　　東海泱泱大國風
만나서 시 논함에 누구를 우선할까 　　　　　　邂逅談詩誰最急
난초 가득 의대 갖춘 그대를 보네 　　　　　　看君衣帶集蘭藂

---

133 양원의 사부[梁園詞賦] : 양원은 서한(西漢) 경제(景帝) 때 양 효왕(梁孝王)이 만든 토원(兎園)이다. 거기에서 술에 취해 춤추고 즐기며 사부(辭賦)에 능한 사람을 좋아했는데, 매승(枚乘)과 추양(鄒陽)이 제일 걸출했다 한다.(『史記』 卷117, 「司馬相如列傳」)

다시 추수에게 드리다
再呈秋水

용주

만나기 전부터 북두태산 같은 명성을 우러르니	未逢先仰斗山名
꿈속의 넋이 만나 밤새도록 맑았네	相値夢魂一夜淸
호련[134]은 본래 평범한 그릇이 아니고	瑚璉本非堂下器
운화[135] 소리는 이 세상 것 같지 않네	雲和豈是世中聲
파도 붉으니 영물이 조수 머리에 보이고	波紅靈物潮頭見
하늘 검으니 큰 거북이 바다 아래 누워있네	天黑巨鰲海底橫
끝없이 험난한 풍파를 헤치고	經歷風濤無限險
큰 고을에서 맺은 시맹 함께 기뻐하네	相歡大邑結詩盟

다시 용주에게 드리다
再奉龍洲

추수

봉래산 신선의 명성 들은 지 오래인데	蓬山仙侶久聞名
웃으며 만나니 신선의 기골이 맑구나	一笑相逢神骨淸
소매 속 봄빛은 진녀의 시[136]요	袖裏春光秦女艸

---

134 호련(瑚璉) : 기장과 피를 담아 종묘(宗廟)에 바치는 예기(禮器). 중국 하(夏) 나라에
    서는 연(璉)이라 하였고, 상(商) 나라에서는 호(瑚)라 하였으며, 주(周) 나라에서는 보궤
    (簠簋)라고 하였다.

135 운화(雲和) : 훌륭한 거문고[琴]의 별칭.

136 진녀의 시[秦女艸] : 당나라 위장(韋莊)이 지은 장편 서사시 진부음(秦婦吟)을 가리

객지의 가을빛은 월음의 소리[137]로다　客中秋色越吟聲
선심의 고요한 경지를 마주하니 감탄스럽고　歎吾對境禪心寂
묵진이 종횡하는 시장의 그대가 부럽구나　羨子逢場墨陣橫
국화꽃이 흐드러지게 피었음을 알려주니　報道黃花開爛漫
꽃그늘 아래에서 시맹 맺음이 어떠하오　不妨花下結詩盟

다시 소헌에게 드리다
再呈嘯軒

용주

새벽녘 멀리 말 울음소리 들리니　馬嘶數里未天明
푸른 절벽 붉은 봉우리 영송함이 몇 번인가　翠壁丹峰幾送迎
비 갠 뒤 호숫가 풀은 푸르름을 더하고　雨後添靑湖外艸
바닷가 역참 곁 성채는 흰빛이 선명하네　潮頭分白驛邊城
이틀 머문 사찰에 봉새 난새 모여들어　紺園信宿鳳鸞集
보지[138]에서 노니니 금석[139]이 울리네　寶池徜徉金石鳴
가슴 속이 혼연하여 물아의 경계가 없으니　渾爲胸中無物我

킨다.
137 월음의 소리[越吟聲] : 전국 시대 월(越)나라 사람 장석(莊舃)이 초(楚)나라에서 벼슬하다가 병이 들자 자기도 모르는 사이에 고향을 그리며 월나라 노랫가락을 읊조렸다는 고사를 말한다.(『史記』卷70,「陳軫列傳」)
138 보지(寶池) : 불가(佛家)에서 말하는 팔공덕(八功德)의 물. 그 물을 마시면 모든 선근(善根)이 잘 자란다고 함.(『觀無量壽經』)
139 금석(金石) : "글을 땅에 던지면 금석 같은 소리가 난다.[擲地作金石聲]"라는 뜻으로 훌륭한 글을 말함.(『晉書』,「孫綽傳」)

신의를 앞세운 만남이 아름답구나   相逢先信可憐生

.

다시 용주에게 드리다
再奉龍洲

소헌

오강에 단풍 지니 최신명에게 부끄러운데[140]   楓落吳江愧信明

동쪽 오니 기쁘게도 뭇 신선들이 맞아주네   東來喜得衆仙迎

맹약을 주관해 감히 제단의 우이를 잡고[141]   主盟敢執齊壇耳

무기를 거두고 묵자성 지킬 것[142]을 생각하네   卷甲思嬰墨子城

종이 위로 구슬이 무수하게 쏟아지고   落紙珠璣千顆亂

붓을 멈추니 금철이 일시에 울리네   停毫金鐵一時鳴

십 년 만에 화조로 놀라운 시를 지어내니   十年花鳥驚人語

이 가을에 그대가 수척해질 것[143]을 알겠구려   知爾秋來太瘦生

---

140 오강에 단풍 지니 최신명에게 부끄러운데[楓落吳江愧信明] : 당나라 청주(靑州) 익
    도(益都) 사람 최신명(崔信明)의 "단풍잎 지니 오강이 차갑구나.[楓落吳江冷]"라는 구절
    을 인용하며, 최신명에게 자신의 시재가 미치지 못함을 겸손하게 표현한 것이다.

141 우이를 잡고[執牛] : 집우이(執牛耳)와 같은 말로, 동맹(同盟)의 주도권을 잡음을 일
    컫는다. 춘추전국 시대에 제후들이 맹약을 맺을 때, 맹주(盟主)가 소의 귀를 쥐고 베어
    그 피를 마시고 서약한 데서 유래한다.

142 무기를 …… 지킬 것 : 묵자(墨子)는 먹, 또는 한묵(翰墨)을 가리키는데, 여기에서
    무기를 거두고 묵자성을 지킨다는 것은 자신의 문필을 낮추고 상대방의 시문을 높이는
    겸양의 말이다.

143 수척해질 것[太瘦生] : 시 짓는 고통으로 비쩍 마르는 것을 말한다. 여기서의 '생(生)'
    은 어조사이다.

다시 국계에게 드리다
再呈菊溪

용주

뱃전에 꽃잎 질 때 계림을 떠나와	花飛舟楫發鷄林
낭화에 닻줄 매니 가을이 깊었네	繫纜浪華秋也深
밝은 달 여러 번 만월 되니 나그네 시름겹고	桂魄頻圓游子恨
붉은 거북으로 수차례 점을 치니 아내의 마음이네	棗龜屢卜細君心
처마 밑 풍경 바람에 울리면 뉘 집에 머무실까	風搖簷鐸誰家宿
달빛 은은한 창가에서 시 읊조리겠지	月到篷牕下處吟
범 웅크리고 용이 서린 아름다운 땅에	虎踞龍蟠佳麗地
지나는 곳마다 금옥소리 울릴 것을 알겠구나	定知經歷動金音

다시 용주에게 드리다
再奉龍洲

국계

일찍부터 명성이 문단에 진동하니	早年聲譽擅詞林
바다 같은 학문 그 깊이가 얼마인가	學海波瀾幾許深
신선 피리 채색 노을 시상을 더하고	鼇笛彩霞添藻思
높은 하늘 밝은 달 금심[144]을 비추네	鶴天明月照琴心
사가의 높은 명성 청산의 시구요[145]	謝家價重靑山句

---

144 금심(琴心) : 거문고 소리를 통하여 자신의 마음을 표현하는 것을 말한다.
145 사가의 높은 명성 청산의 시구요[謝家價重靑山句] : 사가(謝家)는 진(晉)나라 때 유

영객의 높은 재주 백설곡이로다[146]   郢客才高白雪吟

잇단 편지와 시편 뛰어나고 풍성하니   累牘連篇奇且富

천고를 거슬러 유음을 이었구나   泝洄千古續遺音

청천 신공에게 드리다
呈靑泉申公記曹

의재[147]

지난 번 너그러이 받아주셔서 삼가 함께 자리할 수 있는 기회를 얻었습니다. 붓을 잡아 글을 짓고 축수의 술잔을 돌리니, 마치 몸이 당나라로 날아가 이태백・왕마힐[148]과 함께 서로 어울려 노니는 듯 했습니다. 가만히 생각해보면 어린 시절 이래 이러한 일이 없었습니다. 족하께서는 만상(萬象)을 가슴에 품으시고 필력은 천군(千軍)을 쓸어낼 듯하시니[149] 실로 사단(詞壇)의 위청・곽거병[衛霍][150]이라 할 것입니다.

명한 시인인 사조(謝朓)를 가리킨다. 이 구절은 이백(李白)의 「제동계공유거(題東溪公幽居)」 중 "청산에 가까운 집 사조와 같고, 푸른 버들 드리운 문 도잠에 가깝네.[宅近靑山同謝朓 門垂碧柳似陶潛]"의 구절을 인용한 것이다.

146 영객의 높은 재주 백설곡이로다[郢客才高白雪吟] : 영(郢)은 초(楚) 나라의 수도로, 그곳에서 불리어지는 백설곡은 따라 하기 힘든 상대방의 고아(高雅)한 노래를 뜻한다.

147 의재(宜齋) : 용주(龍洲)의 별호이다.

148 왕마힐[摩詰] : 왕유(王維)의 자(字). 왕유는 중국 당(唐)의 시인이자 화가로서 자연을 소재로 한 서정시에 뛰어나 '시불(詩佛)'이라고 불리며, 수묵(水墨) 산수화에도 뛰어나 남종문인화의 창시자로 평가 받는다.

149 필력은 천군을 쓸어낼 듯하시니[筆掃千軍] : 두보(杜甫)의 취가행(醉歌行)에 "문장의 근원은 삼협의 물을 기울인 듯하고, 필력의 전진은 천군을 쓸어낼 기세로다.[詞源倒流三峽水 筆陣獨掃千人軍]"라고 한 데서 온 말로, 문장이 힘차고 웅장한 것을 가리킨다.

문장은 용맹한 장수와 같이 힘차고 또 사람됨은 단아하고 평안하며 과묵하십니다. 한창 바쁜 중에 옆에서 방해하는 일이 있어도 홀로 담담하게 무위(無爲)하며 명리(名利)를 멀리 하십니다. 도(道)를 즐기고 세(勢)를 잊고자 하는 군자는 결코 쇄세지리(瑣細支離) 하지 않지만 이익과 명예를 좇는 무리는 거짓되고 경박한 말속(末俗)에 빠지고 맙니다. 족하와 같은 분은 흔히 만날 수 있는 분이 아니니 거듭 존경할 따름입니다.

이별 후 다시 담정(潭庭)에 찾아가 가르침을 듣고자 하였으나 관문(關門)의 삼엄함 때문에 따라가는 일을 허락받지 못하였으니 너무도 한스럽습니다. 생각건대 족하께서 귀국길에 오르실 날이 바로 제가 명을 받들어 지방에 파견될 때이니 서로 만날 수 없는 것은 자명합니다. 게다가 동과 서로 떨어진 두 지역은 마치 연나라와 진나라가 멀리 떨어진 것과 같으니 생전에 다시 만날 방법이 없습니다. 생각이 이에 미칠 때마다 저도 모르게 눈물이 쉴 새 없이 흐릅니다. 모쪼록 몸을 금옥같이 조심하시어 동으로 강성(江城)[151]에 도착하시고, 빠른 시일 내에 임무를 마치시어 조속히 금의환향하시길 바랄 뿐입니다. 특별히 내려주신 경계의 말씀은 해바라기와 같은 충심으로 만 번이고 마음에 잘 새기겠습니다.

---

150 위청·곽거병[衛霍] : 위·곽은 서한(西漢) 때 흉노를 정벌하여 공적을 크게 세운 위청(衛青)과 곽거병(霍去病)을 가리킨다.
151 강성(江城) : 에도[江戶]. 지금의 도쿄이다.

다시 이등의 재공에게 드리다
奉復伊藤宜齋案下

청천

  명승지로 으뜸가는 낭화성에서 제일의 풍류인을 만나 반나절을 즐
겁게 보냈으니 모두 천고의 뛰어난 문단[文場]이라 할 만하였습니다.
멀리서 찾아온 삼한의 나그네가 푸른 바다 밖 만리 하늘가에서 어찌
이런 일을 생각이나 했겠습니까. 이별 후 돌이켜 생각할 때마다 마치
안기생(安期生)의 신령한 대추[靈棗]¹⁵²같이 눈에 아른거리던 차에 사신
의 행렬이 길전(吉田 : 요시다)¹⁵³에 당도하자 그곳에 예상치도 못하게
족하의 편지가 도착해 있었습니다. 편지를 읽어보니 10주(州)의 아름
다운 풍광이 생생하게 나부껴 나그네 옷깃에 묻은 더러운 먼지를 일거
에 씻어내는 듯했습니다. 기쁜 마음으로 아름다운 시를 읊조리니 다른
말씀을 드릴 겨를이 없습니다. 족하의 재주는 너무도 높고 기운은 광
대하며, 시는 굳세고 정치(情致)한데다 문장 또한 빼어나게 고색창연
합니다. 옛 것에 뜻을 두고 계속 노력한다면 진실로 천금의 구슬이 낭
화의 현포(玄圃)¹⁵⁴에서 드러나, 신령스런 벽도화(碧桃花)¹⁵⁵와 함께 부

---

152 인기생의 신령한 대추[安期靈棗] : 안기생(安期生)은 진시황(秦始皇)이 동유(東游)
   할 때 함께 대화를 나누다가 자신을 보고 싶으면 수십 년 뒤에 봉래산(蓬萊山)으로 찾아
   오라고 한 뒤 자취를 감췄다는 선인(仙人)으로서 크기가 오이만한 대추를 먹었다고 한다.
153 길전(吉田 : 요시다) : 아이치현(愛知縣) 도요하시시(豊橋市)의 구칭(舊稱). 에도시
   대 동해도 오십삼차(東海道五十三次) 숙박지 중 하나이다.
154 현포(玄圃) : 곤륜산(崑崙山) 정상에 있다는 신선이 사는 곳으로 다섯 금대(金臺)와
   열두 옥루(玉樓)가 있다고 한다.
155 벽도화(碧桃花) : 선경(仙境)에 있다는 전설상의 복숭아 꽃.

상(扶桑)의 해 아래 빛날 것입니다. 저에게 빛나는 풍경을 접하게 해
주시고 다시 맑은 향을 맡게 해 주셨으니 삼생(三生)의 좋은 인연이라
생각합니다. 뜻하지 않은 성대한 은우(恩遇)로 자신을 잊으시고 저 같
은 사람을 높이 평가해주셨으니, "능하면서도 능하지 못한 사람에게
묻는다"[156]는 것과 같습니다. (족하의) 넘치는 찬사와 격려는 저로 하여
금 부끄러워 등에서 땀이 흐르게 하니, 안평군 전단(田單)이 사졸을 북
면(北面)하여 섬겼다[157]는 고사가 어찌 거짓이라 하겠습니까.

　월전주의 경치가 빼어난 절경인데, 족하께서는 왕포(王褒)와 양웅(揚
雄)[158] 같은 문조(文藻)로 날마다 광문원(廣文院) 안 수많은 서사(書史)
속에 우뚝하니 앉아 본 것을 노래하고 시로 지어 읊으신다 들었습니
다. (저처럼) 밤늦도록 배와 수레를 타고 분주히 돌아다니는 것에 비한
다면 하늘가에 날개를 드리운 대붕[159]이 느릅나무・박달나무[160]를 굽

---

156 능하면서도 능하지 못한 사람에게 묻는다[以能而問於不能] : 『논어(論語)』, 「태백
　　(太白)」에, "유능하면서도 무능한 자에게까지 물어보고, 박학다식하면서도 천학과문한
　　자에게까지 물어보고, 있어도 없는 듯하고, 찼어도 빈 듯하고, 누가 덤벼들어도 따지지
　　않는 이런 태도를 옛날에 우리 벗이 지니고 있었다.[以能問於不能 以多問於寡 有若無
　　實若虛 犯而不校 昔者吾友嘗從事於斯矣]"라는 증자(曾子)의 말을 인용한 것이다.
157 안평군 전단이 …… 섬겼다[田安平之北面事卒] : 전단(田單)은 전국시대(戰國時代)
　　제(齊)나라 사람. 연(燕)나라에 대항하여 즉묵성(卽墨城)을 사수할 때 늙은 사졸 한 사람
　　을 하늘에서 내려온 신인(神人)으로 꾸며 스승으로 섬기는 체하며 성이 하늘의 보호 아래
　　있음을 널리 알려 성안 백성들의 사기를 진작하는 전술을 썼다.(『史記』, 「列傳」, 〈田單〉)
158 왕포와 양웅[淵雲] : 왕포와 양웅은 전한(前漢)의 문장가로서, 왕포의 자(字)는 자연
　　(子淵)이고, 양웅의 자(字)는 자운(子雲)이다.
159 하늘가에 날개를 드리운 대붕[垂天之翼] : 『장자(莊子)』, 소요유(逍遙遊)에 "붕새가
　　한번 힘을 내어 날아 오르면 그 날개가 마치 하늘가에 드리운 구름과 같다."고 하였으며,
　　또 "뱁새가 깊은 숲 속에 들어가 둥우리를 틀 때 나뭇가지 하나면 그것으로 족하다."고
　　하였다.

어보는 것에 그칠 뿐이 아닐 것입니다. 짙푸른 바닷가 험준한 산에서 나누었던 이별이 끝도 없이 눈가에 아른거립니다. 지난 번 만났을 때 너무 바빠 경황이 없었던 것이 한이 될 뿐입니다. 서늘한 밤 여관의 등불 아래에서 붓을 잡고 있자니 정신이 오락가락하여 말하고자 하는 바의 태반이 꿈속[161]에 있는 듯 몽롱합니다. 부디 섭식에 조심하시고, 훗날 서풍이 불면 이 사람이 잘 돌아갈 수 있도록 빌어주십시오. 이 밖에 무슨 말이 더 필요하겠습니까. 이만 줄입니다.[162]

　기해년 9월 18일 밤 3경에 청천 신유한은 돈수(頓首)합니다.

서기 경목자에게 드립니다
奉耕牧子記室

의재

　제가 비루한 몸으로 외람되게도 감히 문장(門墻)[163]을 엿보았는데, 다행히도 시위(侍衛)하는 이들이 쫓아내지 않아 성연이 베풀어진 자리

160　느릅나무·박달나무[楡枋] : 『장자(莊子)』, 「소요유(逍遙遊)」에, 참새가 구만 리 장천을 나는 대붕(大鵬)을 보고서 "나는 훌쩍 날아올라도 느릅나무 방나무에 부딪치거나 때로는 나무에 오르기도 전에 땅에 떨어진다. 그런데 무엇 때문에 구만 리나 날아서 남쪽으로 간단 말인가." 하고 대붕을 비웃는 이야기를 가리킨다.

161　오유지향(烏有之鄕) : 오유자(烏有子)와 무하향(無何鄕)을 합한 용어. 오유자는 실제로 존재하지 않는 것을 말하고, 무하향은 아무것도 없는 고장이란 뜻으로, 세상의 번거로운 일이 없는 꿈속 같은 낙토(樂土), 즉 유토피아를 의미한다.

162　불비(不備) : 예의나 할 말을 다 하지 못하였다는 뜻으로, 편지의 본문 끝에 쓰는 상투어.

163　문장(門墻) : 스승의 문과 담장. 대체로 높고 깊은 경지를 지칭한다.

에 섞여 앉아 (족하의) 심오한 의론에 흠뻑 빠질 수 있었습니다. 저에게는 얼마나 다행인지요. 스스로 생각해보아도 이러한 일이 이루어질 수 있었던 것이 놀랍고도 부끄럽습니다. 족하께서 쓰시는 글자마다 시구가 되고 하시는 말씀마다 주옥이 되는 모습은 마치 팔팔한 토끼가 우리를 벗어난 듯 했고 유성이 날고 은하수가 흐르는 듯하여, 백설곡(白雪曲)·녹수곡(綠水曲)[164]과 동야파인곡(東野巴人曲)[165]을 함께 얘기할 수 없음을 알게 되었습니다.

시전(詩戰)이 끝나자 또한 고담웅변으로 연회석 곳곳을 감탄케 하였으니, 피곤하다 하여 대충 넘기려 하는 기상은 조금도 찾아볼 수 없었습니다. 한 글자를 쓰고 한 구절을 지을 때마다 저희들이 이미 머리를 조아리며 예봉을 꺾은 것과 비교한다면 어찌 천양지차가 아니겠습니까. 무릇 마음속에서 시를 완성한 후 이를 곧바로 써내려가는 경지에 그 누가 도달할 수 있겠습니까. 진실로 여러분들과 한 마을에서 살며 때때로 모임을 갖고, 잔에 가득 술을 따라 마시며 아득한 이치를 강론하고, 전적(典籍)이 가득한 곳에서 한가롭게 노닐며 시문(詩文)의 동산에서 편안히 쉬고, 멀고 먼 평원을 두루 다니며 넓은 들판에서 소요하고, 나가서는 사냥의 즐거움을 만끽하고 들어와서는 심지를 돋우며 밤늦도록 얘기할 수 있다면 이야말로 천지간에 가장 큰 즐거움이라 할 것입니다.

---

164 백설곡·녹수곡[白雪之音 綠水之節] : 백설곡과 녹수곡은 모두 빼어난 금곡(琴曲)의 대명사로 불리는 노래들이다.
165 동야파인곡(東野巴人曲) : 초나라의 저급한 가곡(歌曲)의 이름이다.

그러나 지금은 이미 있는 곳이 나뉘어졌으니 산천은 아득하고 인연은 끊겼습니다. 아아! 진실로 하늘은 서북쪽에 치우쳤고 땅은 동남쪽을 채워주지 않았으니, 이로 인해 사람이 천지에 유감이 없을 수 없는 것입니다. 말하다 보니 가슴이 울적해져 옵니다. 가시는 내내 자애(自愛)하십시오.

다시 이등의 재공께 드립니다
奉復伊藤宜齋詞案

경목

앉아서 국화를 마주하니 나그네의 회포가 무상한데, 때마침 우삼방주(雨森芳洲)씨가 사람을 시켜 편지 한 통을 전해 왔습니다. 윗면에 이등(伊藤)이란 글자가 쓰여 있는 걸 보고 너무 반가워 뛸 듯이 기뻤으니, 마치 직접 뵙고 아름답고 훌륭한 말씀을 듣는 것 같았습니다. 옛사람이 '정다운 편지, 천리 먼 곳에서 얼굴을 마주한 듯하네'라 하더니, 그 말이 정말이더군요. 대판[難波]의 강가에서 만났던 것을 지금 생각해보면 마치 꿈속의 일인 듯 그 생생함이 마치 눈앞의 일과 같습니다.

족하의 시를 행장 안에 넣어두고 때때로 꺼내본즉 찬란한 옥구슬 같이 보배로운 시구들이 종이에 가득하여, 마치 파사국(波斯國 : 페르시아) 시장에 앉아 명주·대패[166]를 구경하며 상인과 더불어 흥정하는 것

---

166 대패(大貝) : 대패는 가장 큰 바다 조개로, 무게가 육십 관(六十貫) 정도 나가고, 갈면

같습니다. 족하는 반드시 시가(詩家)에 대해 축적된 공부와 본색(本色)에 대한 깨달음이 있을 것입니다. 저 같은 사람은 하백(河伯)의 한 추수(秋水)[167]에 불과하니, 대방가(大方家)[168] 앞에서는 위축될 뿐입니다.

다행인 것은 비록 수천 리를 사이에 두고 있지만 지금은 한 하늘 아래에서 시단(詩壇)을 이루고 고명(高明)과 더불어 시를 주고받을 수 있다는 것입니다. 그러나 안타까운 것은 제가 지치고 피곤하여 90리를 물러나[169] 고명의 예봉을 사양하고 스스로 아녀자의 부끄러움[170]을 감수하지 않을 수 없었던 것입니다.

고명의 시는 품격과 운취가 빼어나 동류들보다 뛰어납니다. 뿐만 아니라 짧은 서신에도 비범한 자질로써 구양수와 소식의 편지 법식을

백옥(白玉)같은 광택이 나므로 여러 가지 장식품으로 쓰인다.

167 하백의 한 추수[河伯之一秋水] : 『장자』「추수(秋水)」편에 의하면, 가을 물이 황하(黃河)로 몰려들어 황하의 물이 불어나자 하백이 의기양양해 하다가 북해(北海)에 이르러 그 끝없이 펼쳐진 물을 보고는 탄식하면서 북해의 신(神)인 약(若)에게 "내가 길이 대방지가(大方之家)에게 비웃음을 사겠다."라고 하였다. 이 내용은 자신보다 역량이 훨씬 뛰어난 상대를 만났을 경우에 쓰이는 망양지탄(望洋之歎)의 유래이기도 하다. 한편 이 편지를 쓴 진사(進士) 강백(姜栢)의 호가 추수(秋水)이므로, 동음(同音)인 추수편을 들어 의재에게 겸양의 뜻을 나타낸 것으로도 볼 수 있다.

168 대방가(大方家) : 대방지가(大方之家)의 준말로, 여기서는 대가(大家)와 같다. 위의 주 참조.

169 90리를 물러나[退避三舍] : 스스로 미치지 못함을 알고 겸손하게 사양함을 뜻한다. 진나라의 헌공의 둘째 아들 중이가 19년의 망명생활 후 귀국길에 올랐는데, 자신을 붙잡으려는 초왕에게 무사히 고국에 돌아가게 해준다면 훗날 싸움터에서 만나도 싸우지 않고 삼사(三舍 : 1사는 30리 이므로 3사는 곧 90리)를 물러나겠다고 약속한 고사에서 유래하였다.

170 아녀자의 부끄러움[巾幗] : 건괵은 부녀자들의 두건과 머리 장식으로, 부녀자를 대칭(代稱)하는 말로 쓰였다.

깊이 체득하여 문장이 짜임새 있고 말과 이치가 모두 지극하니, 진실로 시와 문에 모두 뛰어나십니다. 예전에 우삼방주(雨森芳洲)씨가 우리들에게 고명을 극구 칭찬한 것이 당연하였습니다.

그런데 붓이 종횡으로 달리는 사이에 저에게 너무도 과분한 찬사를 보내셨고, 심지어 제가 고인(古人)들의 문호(門戶)를 얻었다는 말씀을 거듭 하셨습니다. 저에게야 좋은 일이지만 혹여 고명께서 말씀하실 때 신중하게 살피지 못하는 병통이 있으신가 하여 염려됩니다. 고명의 생각은 어떠하신지요? 제가 들으니 고명의 집이 월전주에 있는데 대판과는 멀리 떨어져 있어 중간의 수륙도로가 몇 천 리인지 알 수 없다고 합니다. 그러한즉 제가 동쪽으로 돌아가더라도 전일 난포(難浦)에서와 같은 모임을 가지기는 어려울 터이니, 슬픈 마음에 목을 길게 빼고 바람이 부는 방향을 바라볼 뿐입니다. 부디 바라건대 고명께서는 항상 건강하셔서 멀리서나마 염려하는 제 마음을 위로해 주셨으면 합니다. 국화 드리우고 기러기 높이 우는 날이 돌아올 때마다 궤속의 문자를 펼쳐 제 얼굴을 보는 듯 해주신다면 어떠하겠습니까? 나머지는 이만 줄이니 널리 헤아려 살펴주시기 바랍니다.

기해 음력 9월 하순, 조선국 진사 강백 자청[171] 경목당은 두 번 절하고 올립니다.

---

171 자청(子青) : 정사 서기 강백(姜栢, 1690~1771)의 자(字)이다.

소헌 성공께 드립니다
奉嘯軒成公左右
의재

이별한 지 며칠이 지났을 뿐인데 몇 년은 흐른 것 같이 벌써 아득하여 전날의 즐거웠던 모임을 더듬어 기억해 봅니다. 족하들께서는 동쪽 회랑에 자리하셨고 저희들은 서쪽 행랑에 자리하여 배읍례(拜揖禮)를 마쳤지요. 주인과 손님이 각각 자리하자 족하께서 통역관을 통해 말씀하시기를, "보살펴 주심에 감사합니다."라고 하셨습니다. 이윽고 저희들이 석상(席上)에 시를 올렸고, 족하께서 손에 쥐고 읊으시자 우렁찬 목소리가 대들보며 서까래에 두루 울려 퍼졌으니, 어찌 오늘의 갑작스런 이별을 기약이나 했겠습니까. 황종(黃鐘)[172]의 연주 또한 뜻밖에 만난 큰 행운이었습니다. 시 읊기를 마치자 붓을 적셔 종이에 써내려가는데 마치 높은 곳에 앉아 큰 병 속의 물을 쏟아 붓는 듯, 구름과 안개가 계곡 사이에 피어오르는 듯 하였습니다. 봄꽃같이 빛나고 청아한 바람처럼 맑아서, 진실로 보는 자로 하여금 현기증이 나게 하고 듣는 자로 하여금 놀라 움츠리게 하였습니다. 시재(詩才)가 뛰어나 담박하고 겸양할 뿐만 아니라 서법(書法) 또한 정미하여 필적이 굳건하고 묵색은 젖어들듯 스며들었습니다.

지난번에 주신 화답시는 궤 속에 넣어두었는데, 마땅히 여장 속에 꾸려가 대대로 전하는 보물로 삼겠습니다. 나라가 다르고 길이 막혀

---

172 황종(黃鐘) : 악률 12율의 첫째 율인 황종의 음조(音調)를 기본으로 하여 만든 악곡(樂曲).

다시 만나기가 어려우니 가슴 가득한 슬픔을 어찌 다 적을 수 있겠습니까. 오직 잘 드시고 건강하시길 바랄 뿐입니다. 몸은 비록 호(胡)와 월(越)처럼 멀리 떨어져 있지만 마음은 이어져 있으니 때때로 동풍이 부는 쪽을 향하여 서로를 생각한다면 다행이겠습니다. 원희[173]는 돈수합니다.

다시 이등용주공께 바칩니다
奉復伊藤龍洲案下

소헌

해질녘 산관으로 보내다
暝投山館

편지를 받고서 그대가 중양절에 편안하게 거처하며 여유가 있음을 알게 되니, 매우 감사하고 위로가 되었습니다. 일전에 대판성에 왕림하신 모습을 직접 뵈었고, 또 아름다운 시까지 받았습니다. 술잔을 기울이며 시를 읊었던 그 곳에서 선린의 우호가 성대하였고, 국화가 만개한 아름다운 계절에 쓸쓸하고 적막한 모습을 면하게 해주셨으니 실로 나그네 여행길의 큰 즐거움이었습니다. 다만 객사의 처마 끝에 해가 짧아 미처 화답시를 짓지 못하고 자리를 파하였으니, 지금까지도 마치 낚시 바늘에 걸린 물고기처럼 아쉬워하고 있습니다. 고명께서

---

173 원희(元熙) : 이등의재(伊藤宜齋)의 이름.

우리의 짧은 만남을 잊지 못하시는 줄은 생각지도 못했습니다. 멀지
않은 곳에서 날아온 편지에 종이 가득 자세하게 그리워하는 뜻이 적
혀 있으니, 저처럼 아둔하고 거친 자질의 사람이 그대에게 어찌 이와
같이 후한 지우를 받는단 말입니까. 하물며 오랫동안 월전주의 깃발
[越斾]을 멈추고 멀리 사신 배를 기다려주셨으니 비록 위만(魏萬)이 변
수(汴水)에 배를 띄운 일[174]이나 여안(呂安)이 수레에 멍에를 맨 일[175]이
라 해도 그 수고에는 비유하기 어려울 것입니다. 도가 쇠퇴한 세상에
뛰어나게 높은 의리를 다시 볼 수 있었습니다. 서로 멀리 이별함에 구
름 덮인 바다가 만 겹으로 사이하니 서글픈 마음을 어찌 필설로 다
형용하겠습니까. 다만 상자 속의 아름다운 시로써 만리의 면목을 대
신할 뿐입니다. 등불 아래인지라 글씨가 엉망입니다. 이만 줄입니다.

율시 한 수를 드리다
奉呈一律

서쪽 하늘 바라보며 객성을 살핀 지 몇 날인가	幾向天西候客星
푸른 월산으로 돌아갈 기약 오랫동안 뒤로 했네	歸期久負越山靑
위생은 변수에 배를 띄워 천리 길을 왔고	魏生浮汴來千里

174 위만이 변수에 배를 띄운 일[魏萬泛汴] : 위만이 이백(李白)을 만나고자 자신이 살던
   왕옥산(王屋山)을 출발하여 변하(汴河)를 건너는 등 험난한 여정을 거쳤던 일을 가리킨다.
175 여안이 수레에 멍에를 맨 일[呂安之命駕] : 동평(東平) 사람 여안(呂安)이 혜강의
   고아한 풍치에 감복하여 매번 생각이 날 적마다 수레를 타고 천리 길을 찾아오곤 하므로
   혜강이 그를 절친한 벗으로 여긴 일을 말한다.

위씨는 경학에 매진하라는 가학을 전했네[176]   韋氏傳家事一經

국화 향기에 술 마시며 함께 시 읊었는데   同詠菊香深淺酌

그리움 담은 편지 역참에 이르렀네   相思書到短長亭

이별 후 관문에 막혀 멀어짐을 어이 견딜까   可堪別後重關隔

텅 빈 들보에 달빛 가득하니[177] 단아한 그 모습 그립구나

                                      落月空樑想典形

기해년 9월 18일 성몽량 배상(拜上).

국계 장공에게 보내다
奉寄菊溪張公梧右

의재

　족하께서 아름다운 시편을 쏟아내시고 잠깐 사이에 문장을 이루시
며 말씀의 뜻이 전아(典雅)하고 음운의 법도가 소산(蕭散)하니, 외로
운 학이 바람을 머금고 한가로운 갈매기가 바다에 서있는 듯한 기상

---

176 위씨는 경학에 매진하라는 가학을 전했네[韋氏傳家事一經] : 한(漢)나라 때 경학자
　인 위현(韋賢)이 네 아들을 두었는데 모두 훌륭하게 되었다. 그중에서도 막내아들 현성
　(玄成)은 특히 명경(明經)으로 벼슬이 승상에 이르렀으므로 당시에 "바구니에 가득한 황
　금을 자식에게 남겨 주는 것은 한 경서를 가르치는 것만 못하다.[遺子黃金滿籯 不如一
　經]"라는 말이 유행했다고 했다.(『漢書』 卷73 「韋賢傳」)
177 텅 빈 들보에 달빛 가득하니[落月空樑] : 두보(杜甫)가 이백(李白)을 그리워하며 지
　은 시인 「몽이백(夢李白)」에, "달빛이 들보에 가득하니 그대의 얼굴을 보는 듯.[落月滿
　屋梁 猶疑見顔色]"이라 한 구절을 인용한 것이다.

이 있었습니다. (반면) 제가 지은 것들은 낮고 자그마한 산들이 백 리에 연달아 이어져 있는 것과 같이 보잘 것 없었지요. 비교하자면 태산에 올라 지존을 받드는 것과 같아서, 하늘과 땅, 향기로운 풀과 악취 나는 풀과 같은 차이에 그칠 뿐이 아니었습니다. 다행히 은혜로운 보살핌에 힘입어 여러 현인들과 함께 자리하여 종일토록 한가로이 노닐 수 있었습니다. 하늘이 허락하신 아름다운 인연이 아니라면 어찌 천 년에 한 번 있을 만남을 가질 수 있었겠습니까. 다만 사행 길의 바쁜 와중이라 술상을 곁들인 즐거운 자리를 다시 마련하지 못하였습니다. 그런데도 족하께서 고아한 풍도를 잃지 않으시고 저희들을 이끌어주신 덕분에 봄바람 속에 앉아있는 듯하였고 즐거움이 없는 쓸쓸한 지경에는 이르지 않았습니다. 안타까운 것은 가을[178]의 절기를 천천히 음미하지도 못하고 날이 저물자 갑작스럽게 이별을 고한 것입니다.

오늘 저녁 저는 집에 돌아와 외로운 등불 앞에 우두커니 홀로 앉아 지난 날 함께 나누었던 즐거움을 가만히 생각해 보았습니다. 진실로 잊을 수가 없으니, 어찌 화락하고 아름다운 덕이 다른 이를 감동시키는 힘이 깊다 아니하겠습니까. 그렇지 않다면 객지에서 한번 만났을 뿐인데 어찌 이다지도 경모의 정이 깊을 수 있단 말입니까. 아! 만 리나 떨어져 있어 일면식도 없었는데 지난번 족하를 만났던 것은 비유컨대 바람과 구름을 타고 태허에서 만난 것과 같았습니다. 그러나 그때는 갑작스러워 그 즐거움을 스스로 알지 못하고 다시 볼 수 있으리

---

178 가을[蓐收] : 욕수는 고대 전설 속에 나오는 서방(西方)의 신(神) 이름으로, 가을을 주관한다. 가을을 가리키는 용어로 쓰였다.

라 여겼습니다. 하루아침의 헤어짐이 이렇듯 멀어짐으로 이어져 그때
의 한 번 이별이 살아서는 다시 만날 수 없는 이별이 될 줄 몰랐으니,
귀(鬼)가 되고 역(魊)이 되는 한을 스스로 그칠 수 없습니다. 다만 족
하의 침식이 편안하고, 관로(官路)가 날로 상승하며 백복이 갖추어지
기를 바랄 뿐입니다. 그러하다면 비록 서로 떨어져 있다 해도 만나는
즐거움이나 다름없을 것입니다. 감히 제 진심을 털어 놓았으니 널리
헤아려 주시기 바랍니다.

다시 의재공께 드리다
奉復宜齋詞案

국계

　지난 대판성 연회에서 시문을 나누었던 모임은 실로 사행길을 떠나
온 후 가장 즐거운 일이었으나 시간에 쫓겨 서둘러 이별을 고하였습
니다. 생각이 날 때마다 '강가의 달과 호수의 안개[江月湖煙]'의 시구
로 암담하고 서글픈 마음을 달래고 있습니다. 그러던 차에 오율시 한
편을 지어 찾아주신 노고에 사례하고자 하였으나 안타깝게도 전할 수
있는 방법이 없었는데, 사행이 길전(吉田 : 요시다)에 도착했을 때 방주
(芳洲)씨가 한 통의 편지를 가지고 와 전해 주었으니 바로 고명의 안
부 편지였습니다. 조급한 마음으로 편지를 열어 몇 번이고 되풀이하
여 읽어보니, 행간마다 후의(厚意)가 깃들여 있었고 글자마다 두터운
정이 느껴졌습니다. 옛사람이 말한 바, '한번 보았을 뿐인데도 오랜 친
구와 같다[一見如舊]'라 함은 고명을 말하는 것입니다. 위안이 되고 기

뿐 이 심정을 무엇에 비유하겠습니까. 저에게 보내주신 지나친 찬사는 제가 우활하여 감히 감당할 수 없으나, 한묵(翰墨)의 마당에서 훈도되고 연마하였던 것은 상장(相長)의 유익함이 명백하였고 동·서로 나누어진 경계를 하나로 묶어 주었습니다. 보내주신 편지로 인해 미처 듣지 못한 말씀을 다시 만나게 되니 하염없이 눈물만 흐릅니다.

선군(先君)의 시학(詩學)이 뛰어나 당시 견줄 사람이 없었고 사림의 명망을 한 몸에 받았다고 들었습니다. 고명께서 집안의 가르침을 잘 전승하여 시를 짓는 재주뿐만 아니라 실로 경학에 밝다는 명성이 자자합니다. 진실로 종유하고 싶어도 고명께서 멀리 월주(越州)에 계시니 돌아올 날 안부를 물을 길이 없을 것입니다. 이렇게 편지를 받아보니 슬픔을 더욱 이기지 못하겠습니다. 항상 자애하시고 만복이 가득하시길 바랄 뿐입니다. 등잔불 앞에서 눈을 비비느라 말이 이루어지지 못하고 글자도 다듬지 못했으니, 도리어 부끄럽고 탄식할 뿐입니다. 이만 줄입니다.

기해 9월 18일, 국계 장응두.

땅에는 산하의 아름다움이 쌓여 있고	地蓄山河美
사람에겐 빼어난 생기가 모여 있네	人鍾秀氣生
삼도에 가까워 신선을 배웠고	學仙三島近
다섯 수레에 가득히 책을 실었네	載籍五車盈
여관으로 부지런히 찾아왔고	逆旅勤相訪
시편은 먼 사행길을 위로하네	詩篇慰遠行
다시 만날 날 언제일까	再逢何日是

이별하는 마음 서글프네　　　　　　　　　　　　惆悵解携情

　함께 오셨던 의재(毅齋)·남음(南陰)·약수(若水) 등 여러 공들을 만날 수 있는 방법이 있다면 말씀해주시면 어떻겠습니까?

　상한훈지 7권 끝.

桑韓壎篪 卷七

桑韓壎篪 卷七

享保己亥秋九月八日，會朝鮮國學士申維翰及書記姜柏、成夢良、張應斗等于大阪客館西本願寺，唱酬并筆語。

通刺

僕姓水足氏，名安直，字仲敬，自號屏山又號成章堂。弊邦西藩肥後州侯源拾遺之文學也。前聞貴國修善隣之好，星軺既向我日東，切有儀封請見之志，於是，跋涉水陸一百數十里以我國里數言之艱險，季夏先來于此，西望翹企待文旆賁臨有日矣。 今也，三大使君及諸官員，行李無恙，動止安泰，繫錦纜於河口，弭玉節於館頭，天人孚眷，朝野交歡。是兩國之慶也，萬福至祝。此兒名安方，號出泉，僕之所生之豚犬也。今年十有三，略誦經史，聊知文字。前聞有通信之事，願一觀諸君子輿馬衣冠之裝、威儀文章之美。於是，遠凌海山風濤之險，自我肥後州携來耳。

鄙詩二章謹奉呈朝鮮學士青泉申公館下伏覬郢政　　　　　　屏山

星使暫留成市邊，衣冠濟濟自潮仙。奇才虎嘯風千里，大氣鵬飛雲

九天。早聽佳名思德範, 今看丰采慕言詮。古來金馬最豪逸, 須爲駑駘著一鞭。矩行規步有威儀, 風化遠傳殷大師。列位賓中名特重, 文才實德又奚疑。

奉酬屏山惠韻 青泉

邂逅鳴琴落木邊, 將雛一曲亦神仙。雲生藥艸三山徑, 日出榑桑萬里天。自道青編多妙契, 休言丹竈有眞詮。淸談其憯秋曦短, 明發征駒懶擧鞭。皇華正樂盛賓儀, 文采風流是我師。其賀太平周道始, 百年肝膽莫相疑。

奉呈進士姜公五言律七言絶 屏山

善隣漢使槎, 冠盖涉雲崖。蓮榻仰風采, 寄詩觀國華。松篁千歲月, 桂菊一秋花。萍水偶相遇, 奇遊又曷加。

魯連千古氣離群, 踏破東溟萬里雲。邂逅先知才調別, 胸中星斗吐成文。

次贈屏山詞案五言律七言絶 耕牧子

迢迢上漢槎, 久繫攝津涯。客意鴻賓日, 天時菊有華。談窮海外事, 詩動鏡中花。故國登高節, 他鄉恨轉加。

知君詩學獨無群, 筆下東溟幾朵雲。邂逅扶桑萬里外, 黃花白酒細論文。

奉呈進士成公五言律七言絶 屏山

嘉客盡豪雄, 盍簪舍館中。馬嘶城市北, 星指海天東。揮筆氣幾活, 賦詩心匠工。龍門高幾許, 欲上似蒼穹。

牙檣錦纜涉滄瀛, 玉節暫留大坂城。此地由來三水合, 遠遊莫做異鄉情。

閒貴國舊濕洲汕三水合而得名, 此地亦高津敷津難波津合而名三津浦, 故後詩三四句云爾。

奉和屏山惠示韻 五言律七言絶　　　　　　　　　　　　　　　嘯軒
才豈八義雄, 猥來蓮幕中。辭家漢水北, 觀日石橋東。蓬島琴將化, 巴陵句未工。喜君勞玉趾, 披霧見青穹。

千里踰山又涉瀛, 感君高義魏聊城。夢中已返江郎錦, 曷副慇懃遠訪情。

唐魏萬行三千里, 遠訪李白。聊城乃魏萬故鄉, 故云之。

奉呈進士張公 五言律七言絶　　　　　　　　　　　　　　　　屏山
韓使入扶桑, 隣盟百代長。文花開海外, 喜氣滿江堂。臨席人如堵, 慕風心欲狂。高儀階不及, 翹首仰蒼蒼。

梧葉飄零夕日紅, 鴻臚館裏感秋風。多情我亦天涯客, 莫以韓桑作異同。

奉次屏山惠示韻 五言律七言絶　　　　　　　　　　　　　　　菊溪
滄海接韓桑, 脩程萬里長。險波經鰐窟, 靈境歷龍堂。歎子新篇雅, 憨吾舊態狂。論襟猶未了。愁絶暮山蒼。

霜後楓林幾處紅, 客懷慘慄九秋風。逢君卻恨相知晚, 言語雖殊志則同。

　僕不自揣, 奉呈俚詩於申、姜、成、張四公, 旅次四公各賜和章, 不勝感喜, 奉謝奉謝。公等造語之玅, 神出鬼沒, 速如注射然矣。吾輩何敢闖其藩籬耶? 走賦一律, 謹供四公之電矚。屏山。

　節近重陽秋氣爽, 文奎星集五雲端。筆飛千紙風煙起, 詩就百篇流水寒。執卷眼究天地大, 乘槎身渡海瀛寬。泰然物外神仙醉, 態度令人增感嘆。

走和屏山艸贈韻　　　　　　　　　　　　　青泉
　歷歷疎星懸樹杪, 嗷嗷鳴鴈亦籌端。少年解奏千秋曲, 客子長愁九月寒。永夜角聲如有意, 明晨杯酒若爲寬。臨分重把仙童臂, 滄海思君幾發嘆。

走次屏山韻　　　　　　　　　　　　　　　嘯軒
　彩鳳將雛雛更好, 翩然來自碧梧端。秀眉宛帶青嵐氣, 佳句俱含白雪寒。時菊散金重九近, 客愁如海十分寬。問關命駕眞高義, 一唱新篇又一嘆。

奉呈水足屏山座次要和　　　　　　　　　卑牧子權道
　同來父子甚間都, 宛似眉州大小蘇。我有瑤琴方拂柱, 爲君彈出鳳將雛。

走次卑牧齋辱示韻　　　　　　　　　　　屏山
　信宿浪華舊帝都, 新詩療我意如蘇。仰看雲際大鵬舉, 翹企難攀籬下雛。

席上奉呈對州松浦詞伯　　　　　　　　　　　　　　　屏山

結盟浪速津, 勝會感秋旻。已接鷄林客, 又逢馬府人。金蘭應其約, 詞賦欲相親。玉唾君無吝, 秘爲囊裏珍。

筆語

一。

【屏山 】"聞朱子小學原本, 行于貴國, 不勝敬羨。弊邦所行, 則我先儒闇齋山崎氏, 抄爲小學集成所載朱子本註而所定之本也。貴國原本與集成所載本註, 有增減異同之處耶?"

【靑泉答。】"朱子小學, 則我國固有刊本, 人皆誦習而專尙朱子本註耳。貴國山崎氏所鈔書, 未及得見, 不知其異同之如何耳。"

【屏山問。】" 近思錄, 亦貴國有原本而行耶? 葉采之所解, 貴國書生讀以資其講習否?"

【靑泉答。】" 近思錄, 亦有刊本, 而葉氏註, 諸生皆誦習耳。"

一。

【屏山 】"貴國儒先寒喧堂金宏弼, 從佔畢齋金氏而學, 佔畢何人耶? 名字如何?"

【靑泉答。】"佔畢齋金氏, 諱宗直。"

一。

【屏山 】"貴國儒先錄所載李晦齋答忘機堂書, 其言精微深詣, 實道學之君子。我國學者, 仰慕者多。晦齋所著大學章句補遺續或問求仁

錄，未見其書以爲憾，顧必其書各有立言命意之別。願示大略。"

【青泉答。】"晦齋所著大學章句補遺，則大意在於止於至善章，本末章有所疑錯而爲之。然先生亦以僭妄自謙，不廣其布。後生之得見者蓋寡，今不可一一枚擧。"

一。

【屛山】"僕嘗讀退溪李氏陶山記，已知陶山山水之流峙，不凡之境也。聞陶山卽靈芝之一支也，今八道中屬何州郡耶。陶山書堂隴雲精舍等，尙有遺蹤耶?"

【青泉答。】"陶山在慶尙道禮安縣，書堂精舍宛然猶在，復立廟宇於其傍，春秋享祀。"

【屛山問。】" 李退溪所作陶山八絶中，有卻說靑天在眼前，零金朱笑覓爐邊之句，零金朱笑，何言耶?"

【青泉答。】"零金朱笑，未及詳，或詩家別語。"

一。

【屛山】"嘗看貴國石刻書，殘缺僅存紙半片者，題曰宋季元明理學通錄，其下記爲退溪李氏所著，不知有全書否? 有則願敎大意及卷數。"

【青泉答。】"理學通錄，我國卽今之所罕傳闕之。"

【屛山問。】"聞退溪之後有寒岡鄭氏、栗谷李氏、牛溪成氏、沙溪金氏等，蔚蔚輩出而道學世不乏其人，實貴國之榮也。顧諸氏皆有所述其經解，遺書以何等題名耶?"

【青泉答。】"寒岡有五服圖，栗谷有聖學輯要、繫蒙要訣等書，牛溪有本集，沙溪有喪禮備要。"

一。

【屏山】“東國通鑑, 貴國必當梓行之書也, 聞無此書, 不知然否?"

【靑泉答。】“東國通鑑, 尙有刊本行世。"

右靑泉所答九件, 張書記錄之。

稟

【屏山】“小兒安方厚蒙寵眷, 不勝感謝。 昔年貴國儒先鄭汝昌八歲, 其父鄭六乙携之, 見天使浙江張寧, 請求兒名, 張寧名之以汝昌, 且作說贈之。 今公爲此兒賜名或別號, 則匪啻小兒之榮, 而又僕一家之幸也。 豚犬小兒, 固與鄭家之兒, 才質懸絶, 然公則今日之張天使也, 切望一諾。"

【靑泉】“名安方, 字斯立, 號博泉。 名則甚佳, 字之以立之之義。 出泉似未愜, 改以普博淵泉時出之義, 未知如何。 今夜已向深, 若欲別求小說, 斯以明早復命秀才而來見, 亦一相逢之幸。 雖甚忙忽, 豈可不爲著念書贈乎?"

【屏山】“小兒字號, 急速賜敎, 何榮若之哉。 願字號說, 書二三十字而賜之, 顧明日旅裝忽忙, 難必來見, 會面只在今夕, 至切惟望。"

字號說

己亥重陽前一日, 余留大坂, 見水足氏童子年十三。 號出泉, 以刺自通曰, 某名安方, 好讀書哦詩行艸, 願奉君子。 半日驪使之書所爲詩, 詩筆昂然如汗血駒。 膚瑩瑩玉雪, 隅坐端麗, 一眈睞而可占雲霄羽毛。 余爲撫頂再三。 字之曰斯立, 以其有立身大方之象, 更其號曰博泉, 寓思傳時出之義。 手書詒之, 且告以無相忘。 卽起拜謝曰, 庶幾

夙[179]夜, 不敢辱命。是言俱可書。

　朝鮮國宣務郎秘書著作兼直大常寺申維翰, 題于大坂城使館西本願寺。

　【屏山】“字號說謹此領得, 感佩曷極, 多謝多謝。”

　【菊溪】○“僕姓張, 名應斗, 字弼文, 號菊溪。今以從事官記室來此, 而獲接雅儀。遠自肥後, 不憚千餘里跋涉之路, 枉顧於旅館寂寥之中, 旣極感幸。況對阿戎寧馨, 可愛。但恨語言不同, 只憑筆舌而相通, 不盡所懷耳。”
　【屏山】“示諭委委, 不勝感謝。且豚兒厚蒙恩眷, 黃筆、玄笏、色紙之惠旣, 特出意外, 與兒奉謝。”
　【菊溪】“公生子如此, 敎子又如此, 可謂百不憂矣。勿以小得而解弛, 蓋加淬礪也。些些薄物, 何足致謝。”
　【屏山】“一小兒飽荷鍾愛, 且紙筆之惠, 不勝感幸。荷荷。”
　【嘯軒】“卽見寧馨, 丰姿異材, 逈出凡兒。可謂陸家之駒謝宅之樹, 珍重曷已。若干紙筆以寓眷意, 反荷勤謝, 慙恧慙恧。”
　【屏山】“諸公從三大使君, 發軔東行, 則僕乃携一小童兒, 解纜西歸。此會難再臨, 別甚悵悵焉耳。”

　享保己亥重陽前一日, 會朝鮮學士及書記等于浪華賓館, 唱酬幷筆語。

---

179 원문에 ‘風’으로 되어 있으나, ‘夙’으로 바로잡는다.

謹奉呈朝鮮學士申先生　　　　　　　　　　　　出泉

韓使東臨路不難, 相逢萍水約金蘭。秋風千里旌旗動, 夜月三山劍佩寒。煙外數峰分遠近, 天邊大海湧波瀾。何思殊域玉堂客, 睹鳳如今其倚欄。

積水萬里, 錦帆無恙, 先生動止壯健。暫弭玉節于此, 百福至祝。今幸不惜階前盈尺之地, 使小子得吐氣揚眉. 徼仰靑雲, 甚慰所望, 何榮如之。奉呈之詩, 謹祈郢政, 若賜高和, 大呂九鼎以爲至珍耳。

奉酬出泉秀才惠贈韻　　　　　　　　　　　　　　靑泉

海陸追遊未覺難, 婆娑衣帶結秋蘭。書探禹穴南山色, 劍拔豊城北斗寒。握手浮雲濃爽氣, 離心落日滿驚瀾。淸平起艸他年事, 綠髮看君詠玉欄。

謹奉呈書記姜先生　　　　　　　　　　　　　　　出泉

隣好東西遠致誠, 秋風淸道雨初晴。錦帆迎日來天地, 玉節揮波涉海瀛。一斗杯中揮彩筆, 五千里外發英名。勿言異域無相識, 夜夜雲崖月色明。

和出泉韻　　　　　　　　　　　　　　　　　　　耕牧子

鐵硏工夫有至誠, 論詩賓館屬新晴。已看韻格多奇骨, 欲學文章法大瀛。早歲童烏多妙藝, 弱年王勃有高名。何時南斗星邊望, 佇見奎花一點明。

謹奉呈書記成先生　　　　　　　　　　　　　　　　　出泉

尋盟千里向天東, 雲浪煙濤只任風。曉日射波三島外, 秋帆桂月大洋中。潮聲一面琉璃碧, 楓樹萬山錦繡紅。勿謂殊邦言語別, 藝園更有筆頭通。

和贈出泉童子　　　　　　　　　　　　　　　　　　　嘯軒

一筒明珠出海東, 稚齡詩學自家風。等身書誦清燈下, 貫月槎尋暮色中。紗質方春芝秀紫, 華篇晴日蜃浮紅。笑迎不覺忘吾羸, 喜甚王門孔刺通。

謹奉呈書記張先生　　　　　　　　　　　　　　　　　出泉

渺茫碧海泛仙槎, 修好千年自麗羅。玉節來時高意氣, 牙檣過處浩烟波。已看冠蓋禮容重, 定識江山詩思多。此日北風鴻雁去, 鄉書萬里竟如何。

走次水足童子清韻　　　　　　　　　　　　　　　　　菊溪

漢使初停上漢槎, 浪華秋景政森羅。水風吹去霞披錦, 島靄收來月漾波。歎我歸期何日定, 羨君奇思此時多。東勞西燕忙迎送, 摻袂臨岐意若何。

奉呈申先生　　　　　　　　　　　　　　　　　　　　出泉

脩隣千古自朝鮮, 帆影隨風到日邊。爲問海山好詩料, 滿囊珠玉幾詞篇。

奉酬出泉　　　　　　　　　　　　　　　　　青泉

扶桑浴日日華鮮，漢使孤槎逗海邊。上有仙童顏似雪，口吟王母白
雲篇。

奉呈姜先生　　　　　　　　　　　　　　　　出泉

遠來萬里海運動，飛鷁暫留攝水中。逢接鷄林和氣客，秋風卻似坐
春風。

和贈出泉　　　　　　　　　　　　　　　　　耕牧子

見爾深知詩道東，芙蓉秀出綠池中。他時欲記相逢地，岸菊汀鴻九
月風。

奉呈成先生　　　　　　　　　　　　　　　　出泉

韓國豪才作遠遊，芳名先入日東流。江南明月天涯色，孰與金剛楓
樹秋。

和出泉　　　　　　　　　　　　　　　　　　嘯軒

爲訪皇華千里遊，鬌齡翰墨又風流。浪華江上滕王閣，水色長天一
樣秋。

奉呈張先生　　　　　　　　　　　　　　　　出泉

奉使遠來韓國賢，東行跋涉幾山川。兩邦相約善隣寶，館外晴雲秋
氣鮮。

奉酬出泉詩榻　　　　　　　　　　　　　　　　　　　　菊溪

髫齡雅志慕前賢，涉獵潘江及柳川。正與阿翁傾蓋地，鳳毛兼覿五章鮮。

儀采端雅可念，而日暮行忙，未得作穩，可恨可恨。

又贈水足童子　　　　　　　　　　　　　　　　　　　　嘯軒

滕閣王生歲，丹山瑞鳳毛。青紅牋數幅，資爾弄柔毫。

楮尾書玉雪可念四大字，併筆、墨、紙，贈之出泉。

謹次成先生辱賜韻　兼奉謝申成兩公惠貺　　　　　　　　出泉

詞律鳳鳴曲，卻疑舞彩毛。松煙將玉版，賜及似椽毫。

次嘯軒韻復贈水足秀才　　　　　　　　　　　　　　　　菊溪

鵷雛將奮翮，霧豹已班毛。夙惠眞堪愛，燈前弄彩毫。

書贈出泉童子　　　　　　　　　　　　　　　　　　　　卑牧子

此子甚聰慧，十三能作詩。陋矣陶家買，唯知覓棗梨。

奉次良醫權公辱賜韻　　　　　　　　　　　　　　　　　出泉

幸陪君子席，賜我五言詩。自媿樗才客，只知飫栗梨。

猝吟一絕贈別出泉童子　　　　　　　　　　　　　　　　菊溪

箏齒方英玅，觀才已老成。愛其將遠到，持此表深情。

黃筆一枝, 玄笏一丁, 色紙二張, 以資吟弄。孶孶不懈, 則必將遠到, 勉旃勉旃。

走艸贈出泉秀才 菊塘
燈前一笑對仙童, 炯似蓮花出水中。客帆明朝又將發, 怊然回首海雲動。

奉和菊塘彥丈惠贈韻 出泉
何幸海西一小童, 結盟豪傑滿堂中。新詩薰誦秋宵月, 併見菊花籬落東。

席上奉呈松浦霞沼先生 出泉
俊才海內發豪英, 僻地兒童亦記名。今日相逢君勿默, 滿林秋葉玉金鳴。

筆語

一。
【出泉云。】"申、成、張三先生, 辱賜貴國筆、墨、紙, 荷恩甚多, 奉謝奉謝。"

一。
【霞沼問。】"玉雪可念, 退之語, 公書贈之出泉, 果何意?"
【嘯軒答。】"愛童子穎秀, 故書退之語, 贈之。"

一。
【嘯軒云。】"小兒文筆可佳, 作謝詩贈我爲望。"
【出泉答。】"便當和呈。"
【詩出于前, 嘯軒云。】"所作詩佳甚。如玉人如玉詩, 可愛可愛。"

一。
【卑牧子云。】"姓名。"
【出泉答。】"姓水足, 名安方, 別號出泉。"
【卑牧子問。】"年。"
【出泉答。】"丁亥生, 十有三。"
【卑牧子云。】"作詩贈之, 姑待之。"

詩出于前。

一。
【出泉云。】"和筆數枝, 奉呈申、成兩先生旅次。"
【青泉答。】"此物, 吾當贈君, 君將贈我。"
【嘯軒云。】"童子情既, 非物爲美, 美人之貽。"

一。
【出泉問。】"公姓名, 如何?"

【菊塘答。】"名后僑, 別號菊塘。足下姓名與所居, 幸書示。"
【出泉云。】"小童姓水足, 名安方, 西海路肥後州人, 卽屛山之男。"

享保四年十月六日，於大坂本願寺，與朝鮮國製述官申維翰、書記成夢良、張應斗，唱酬筆語，自巳至申。

謹稟靑泉申公、嘯軒成公、菊溪張公三詞宗。

一。

【菊洞云。】"小子姓藤原，名維祺，字佐仲治，號菊洞。今聽諸君旣畢聘禮將榮旋，敬賀。今來拜芝眉，寔是天幸。故在鄕之日，不自揣，寓葵傾之情，賦詩託芳洲兄奉寄諸君，不知幸達几前否。猶未蒙賜高和，願獲珠玉之報，携歸誇鄕里。"

【嘯軒答。】"曾和瓊什付于芳洲，公已得照否。遠訪脩程，厚意良感。照入玉雪，令人艷聳。尊大府亦平康否？曾荷賜詩，何異識荊也。"

【菊洞云。】"承家君野什及拙詩，得電矚，高製已付芳洲公，不堪感謝。懇問及家君，感荷。"

奉呈靑泉學士　　　　　　　　　　　　　　　菊洞

萍水相交浪速濱，崢嶸氣格更無倫。文倬韓柳詩陶謝，自是靑丘第一人。

奉和菊洞惠韻　　　　　　　　　　　　　　　靑泉

朱絃一拍浪江濱，野鶴昂昂態絶倫。我是乘槎問津者，看君蓬島朱眞人。

奉呈成書記　　　　　　　　　　　　　　　菊洞

錦帆千里至天涯，賓館相逢抒雅詩。才德如君幾人在，忽忽恨不盡

襟期。

和菊洞見示 嘯軒

辛勤遠訪浪華涯，玉雪清標慰所思。交契何曾有老少，且將山水許
鍾期。

奉呈張書記 菊洞

策試三場第一名，今來海外以文鳴。大鵬斥鷃志雖異，相會寺樓其
述情。

次酬菊洞清韻 菊溪

遞筒來去已知名，每羨騷壇早大鳴。此去備州三百里，袖詩相訪最
多情。

座間申學士書示曰，日余之從大坂而東也，得菊洞秀才所送詩與書，
驚賞不釋手，以爲鸞鷟之瑞。略以和章表我心眼，而付之魚鳥去了，
恨未能一撫頂。既竣事西歸復次大坂，忽有婉孌清揚一孺子，以詩爲
贄自言名號，果菊洞也。余得君詩，已想見其人，及見之又驗。嗟夫麒
獜不世出，人之見之者，百無一。所以稱麒麟者，天下同然也。余於君
獲聲音笑貌，皆世間所希有者益信，余不自負雙眼也。所恨域殊而言
不同，澹然相見，又將邑邑然別去，更於何地覿君之壯且大辨一代弘
業也耶。書此而示意。

【菊洞答。】"小子前月發賤鄉留住浪速，待諸君未解纜。今因成先生
示諭，始知先所呈之拙稿幸免浮沈，已賜寵和多荷辱蒙激賞。古云，

聲聞過情, 君子恥之, 小子何當之? 顔厚忸怩, 多謝多謝。問足下有令郎岐嶷否?"

【菊溪答。】"晚有一女而無男, 可恨可恨。"

一。

【菊洞稟。】"足下有家督否?"

【嘯軒答。】"只有一子, 名遠基。"

一。

【菊洞問。】"足下有主器乎否?"

【青泉答。】" 晚有二男, 而長子今八歲。"

一。

【菊洞云。】"同席有八田節翁者, 携子碩軒, 而與韓客唱和。碩軒年方十六。"

張應斗示碩軒書曰, "對君之貌, 端潔而雅靜, 見君之詩, 辭約而意懇。聞君之年, 纔過舞象之歲, 以其弱齡而貌若成人。詩似宿寫, 求之一時似不可多得。可與武城之鳳嶼、備州之菊洞, 齊名而匹美矣。勉之。"

余傍觀問菊溪曰, "所示碩軒之武城鳳嶼者, 何人? 願審知姓名。"

【菊溪答曰】"姓何口名皥號鳳嶼, 年今十七, 聰明過人, 文才敏捷, 其爲人自是端雅之士, 芳洲故人之子也。君與之文遊, 可也。"

一。

【菊洞問。】"學士登科, 詩賦文章, 以何題取捷乎?"

【青泉答】"乙酉秋以詩中進士二等十八人, 詩題明日訪荷蓧丈人不逢。癸巳秋以賦登第一等第一人, 賦題作詰釋湯藝。乙酉座主, 今丞相李頤命, 癸巳座主, 今判書趙泰耉。"

一。
【菊洞稟】"足下掇科第, 以詩乎? 以文乎?"
【嘯軒答】"癸巳春以詩登進士。詩題, 則箕城月夜遇, 鄭司諫評詩。"

一。
【菊洞稟】"足下及第, 詩乎? 賦乎? 示其題。"
【菊溪答】"詩題, 佇見君王按玉宸。"

一。
【菊洞稟】"賤號菊洞二字, 大書見。與請持歸以作齋扁, 如何?"

青泉卽執毫大書菊洞二字, 作數語於紙尾曰, 菊之愛 淵明後無聞。今君之愛之而名之者, 慕淵明乎? 不然則非眞愛菊者。試向菊花下鼓琴而詠陶詩, 淵明在是矣。

一。
菊溪餽橘一顆書示曰, "曾見君詩, 今接雅儀, 如逢舊識心手, 愛矣。不欲相離而對客紛擾, 未得穩話, 可嘆可嘆。明日欲返貴鄉耶, 如留一日則更來, 如何?"
【菊洞答】"小子以樸樕之才, 眷愛至此, 心深感之。然而家君在鄉久遠定省, 明日當上船。再會未期, 別後唯對明月相思而已悵也, 如何?

所賜之佳菓, 雖欲傚陸郎, 慈母不在世, 感物傷心。稟今日始蒙良照,
喜幸不可言。今將告別, 鯨海萬里, 勤加調攝。不勝黯然之至。"

遙奉寄青泉申公 菊洞

小子姓藤原, 名維祺, 字佐仲洽, 號菊洞。今聽東西路通諸君子來,
我邦雖欲拜懿範, 參商地遠, 不得逐宿志。景慕之餘, 不憚醜劣, 謹賦
七言律一什, 奉寄客館。泄伊鬱之萬一, 別呈疑問數件。伏冀貸海涵
之量, 蒙賜瓊和, 倂沐慈誨, 則小子之至願, 足矣。

凌雲志氣壓群英, 走卒兒童亦記名。八斗才高山嶽等, 三都賦就鬼
神驚。遼東暑日辭宮闕, 海外秋風吹旆旌。景仰心深身未遂, 今憑潮
信述微情。

奉謝藤原菊洞詩案下 青泉

扁舟數千里, 出沒蛟鯨之波, 七尺雖幸全精神之逭者, 未盡召政, 伏
枕涔涔。忽得足下一律及數行致語, 粲粲有生色, 令人蹶然起坐三嗅
秋香。至聞芳年僅洛濱, 知足下甫離齔也。筆陣之矯健, 詩格之淸秀,
已自有汗血龍駒一息崑崙之勢, 是非特癡儑眼中, 未曾見王弇山之寶
刀二句。酒足下今年所以短氣于髡先者, 其言具在紛紛。俗下覓栗兒,
何足與論。然其力學求多之意, 惓惓若不及, 緜玆以往沛庠洋庠, 吾
知河漢矣。如僕謬被狂聲在世間, 但飽滄海雲煙, 實亡, 以强冒鉛華
唐突西子, 方且掩鼻之不暇。爲足下草此瓜報, 蓋出於艷嘆悵望而不
自已者, 覆瓿之幸甚。區區名姓, 已煩於復尊公文字中。別錄疑問, 尙
在雨森氏書廚, 請以異日。

翩翩尺素美如英，十五男兒已盛名。雲嶠棲成仙鶴穩，夜珠探出老龍驚。黃花洞口風吹袂，碧海津頭月滿旌。驛使歸時聊寄語，水長天闊望君情。

遙奉寄姜書記　　　　　　　　　　　　　　　　菊洞

傳聞畫鷁涉險，不遇石尤，牙檣已達難波岸，至祝至祝。小子行年十五，天涯路遙，不能趁望餘光，歉恨甚深。敬裁長句一篇，呈諸左右，若憐微志，蒙賜珠玉之報，藏之篋笥，永爲至寶。

東萊解纜槐夏天，一葉飛時正繫船。水陸驛程應萬里，江山詩數滿千篇。避秦採藥曾聞古，入海求書豈讓先。異域路通情郤隔，此生空負好因緣。

無和答。

遙奉寄成書記　　　　　　　　　　　　　　　　菊洞

竊聞錦帆無恙，今著大坂。桑弧之志得遂，鯨鰐之厄已脫，喜幸可知。小子生在邊鄙，不獲往拜盛儀，實此生之一大恨也。乃不恥拙陋，寅賦一律，奉寄旅館，倘蒙賜高和，則雖軒冕之榮，不能過之。

三韓銜命涉波濤，未至盛名先已翶。仙島秋來千樹瘦，海天雲盡一輪高。奇思橫發吐佳句，逸態自然揮健毫。不克微軀生羽翼，無緣一往拜旌旄。

和呈菊洞几下　　　　　　　　　　　　　　　　　嘯軒

莽蒼一書, 令人忻聳, 況童年淸韻, 已有老成風格, 艶歎不已。少加
鍊鍛, 足爲登壇高手, 兩世趾美, 豈非翰墨家盛事耶? 恨未携玉雪淸
姿, 揚扢開天間文字也。

童年筆下有波濤, 耀彩詞林瑞鳳翶。芸簡苦心嫌日渴, 菊籬秋興與
山高。駑才自信非雄手, 驥價何能長一毫。大貝南金元國寶, 浚郊將
見子干旄。

遙寄呈張書記　　　　　　　　　　　　　　　　　菊洞

小子齡已迨舞象, 性猶疎志學, 然而蒙慈父之敎育, 七歲就學, 晨鷄
暮槧, 一日無懈。今聞諸老先生來於此, 不勝傾向之情, 龔裁一絶呈
諸座前, 冀矜微誠速賜姸和。

西風蕭索屬商秋, 仙客乘槎至我州。今遇鷄林通好日, 恨吾不得侍
文遊。

遙次菊洞惠寄韻　　　　　　　　　　　　　　　　菊溪

赤葉黃花滿眼秋, 篇瓊律自何州。杜陵詩史君應繼, 十五詞場已
吐遊。

童稚而能於詩者, 古難其人, 雖或有一二可稱者, 而能繼家聲者, 尤
不易得。今者菊叢之胤菊洞年纔三五, 才器夙成, 深服家庭之訓, 能
解聲病之徑。童稚而能於詩者, 今有其人矣。不惟能詩之爲貴, 能詩
而能繼家聲之爲貴。贈我以詩, 詩意婉麗, 撫玩不已, 如見其人。玆用

來韻向風寄之。

奉呈青泉申公　　　　　　　　　　　　　　　　　　龍洲

欲收野馬臺中名, 應撰詞場第一英。遙識丹墀修聘處, 滿堂其唱使
乎聲。

奉酬龍洲惠贈　　　　　　　　　　　　　　　　　　　青泉

把袂高樓見大名, 龍洲詩筆自豪英。旗亭玉女青娥隊, 遙唱涼州第
一聲。

奉呈秋水姜公　　　　　　　　　　　　　　　　　　龍洲

去國以來幾梯航, 窮遐喜見漢官章。歸帆佗日青丘地, 雲隔海東阿
每鄉。

奉酬龍洲惠贈　　　　　　　　　　　　　　　　　　　秋水

大坂城頭繫客航, 逢君且欲說文章。文章不爾東南氣, 休道山河各
異鄉。

奉呈嘯軒成公　　　　　　　　　　　　　　　　　　龍洲

折桂早應擢禮闈, 宏詞銓選刷驂騑。豈圖花落辭鄉國, 歸去還看花
片飛。

奉酬龍洲惠贈　　　　　　　　　　　　　　　　　　　嘯軒

落花時節別金閨, 原隰長吟四牡騑。海上忽逢騎鶴侶, 蓬山夜月興
先飛。

奉呈菊溪張公　　　　　　　　　　　　　　龍洲

仙槎遠自海西來，沙白江頭鳧鴈回。燕雀敢望鴻鵠翼，休言相值鬪詩才。

奉酬龍洲惠贈　　　　　　　　　　　　　　菊溪

秋風滄海泛槎來，蓬島煙雲首幾回。今日喜成文酒會，歎君詩律患多才。

再奉呈青泉　　　　　　　　　　　　　　　龍洲

造物欲生文雅雄，故敎騷士學飄蓬。濤驚白雪飛雲際，月出黃金碎海中。客路關山神女雨，高秋天地大王風。屬君化作短長句，登梓會稱詩賦藪。

再奉龍洲　　　　　　　　　　　　　　　　青泉

梁園詞賦漢時雄，寥落青衫奈轉蓬。萬里客星停棹外，三山仙月把盂中。西關杳杳眞人氣，東海泱泱大國風。邂逅談詩誰最急，看君衣帶集蘭蕘。

再呈秋水　　　　　　　　　　　　　　　　龍洲

未逢先仰斗山名，相值夢魂一夜清。瑚璉本非堂下器，雲和豈是世中聲。波紅靈物潮頭見，天黑巨鰲海底橫。經歷風濤無限險，相歡大邑結詩盟。

再奉龍洲　　　　　　　　　　　　　　　　秋水

蓬山仙侶久聞名，笑相逢神骨清。袖裏春光秦女艸，客中秋色越吟

聲。歎吾對境禪心寂，羨子逢場墨陣橫。報道黃花開爛漫，不妨花下
結詩盟。

再呈嘯軒 龍洲

馬嘶數里未天明，翠壁丹峰幾送迎。雨後添青湖外艸，潮頭分白驛
邊城。紺園信宿鳳鸞集，寶池徜徉金石鳴。渾爲胸中無物我，相逢先
信可憐生。

再奉龍洲 嘯軒

楓落吳江愧信明，東來喜得衆仙迎。主盟敢執齊壇耳，卷甲思嬰墨
子城。落紙珠璣千顆亂，停毫金鐵一時鳴。十年花鳥驚人語，知爾秋
來太瘦生。

再呈菊溪 龍洲

花飛舟楫發鷄林，繫纜浪華秋也深。桂魄頻圓游子恨，棗龜婁卜細
君心。風搖簷鐸誰家宿，月到篷牕下處吟。虎踞龍蟠佳麗地，定知經
歷動金音。

再奉龍洲 菊溪

早年聲譽擅詞林，學海波瀾幾許深。鼇笛彩霞添藻思，鶴天明月照
琴心。謝家價重靑山句，郢客才高白雪吟。累牘連篇奇且富，沂洄千
古續遺音。

呈靑泉申公記曺 宜齋

前蒙延納，得承歪坐。搦管操觚，飛觴稱壽，自疑身飛入李唐朝，親

與太白摩詰, 徒相爲馳逐。不佞窃惟自束髮, 未有此適也。足下胸羅
萬象, 筆掃千軍, 實是詞壇衛霍。文陣貔貅, 且其爲人, 間靖寡言, 雖
在旁午倥傯中, 獨自泊然無爲想其恬澹。實欲樂道忘勢之君子, 決非
夫瑣細支离, 犇逐利名之儔, 末俗澆訛中。若足下者, 亦難多得, 可敬
可敬。別後非不願重造潭庭, 更聽緖論, 而門有豹關, 不允屬踵, 殊爲
負歉。顧足下歸途日, 適當不佞祇役時, 必不得相見, 而東西兩地, 燕
秦遼隔, 乃萬無生前會面理, 每一念至, 泫然不知淚之無從也。第望
金玉其身, 東到江城, 早晚辨事, 早圖錦歸耳。特脩數字, 聊寫葵衷,
萬惟心月。

奉復伊藤宜齋案下　　　　　　　　　　　　青泉

浪華城第一名勝, 得奉第一風流, 人, 半日津津, 皆千古文場。自惟
三韓遠客, 何以辦此於滄海外萬里天耶? 別來回首, 耿然若安期靈棗
在眼中, 卽玆行李到吉田, 足下華翰忽飛來, 讀之飄飄有十州煙霞氣,
一洗我征衫塵翳。欣晤頌佳有不違言。足下才甚高氣甚宏, 詩旣矯矯
情致, 文又秀拔蒼素 不懈而志於古, 誠以千金之璧發於閻花玄圃, 長
與碧桃仙花, 竝照夫桑之日。使不佞一接光景, 再嗅淸香, 亦自謂三
生好緣。不意盛眷, 乃忘己羨人, 以能而問於不能。其浮辭過獎, 令人
恥汗發背, 田安平之北面事卒, 豈有所詭施者乎? 聞越中山水爽朗殊
絶, 以足下淵雲之藻, 日日塊坐廣文院裏跌宕書史, 載歌載詠其視。
僕僕舟車夙夜在途者, 不啻如垂天之翼俯瞰楡枋然。 海嶠青蒼一別,
無涯人生兩眼, 秖恨曩者之空傯耳。旅燈涼夜握管, 神往種種, 所欲
言太半在烏有之鄉。但祈如食自愛, 他時向西風念此人好歸去, 是外
何所言? 不備。

己亥九月十八日夜三更, 青泉申維翰, 頓首。

奉耕牧子記室　　　　　　　　　　　　　　　　　　　宜齋

不佞猥以庸陋, 敢同候門墻, 幸不爲閽人所麾, 乃厠坐盛筵, 飫沐邃論, 不佞何幸? 乃能致然, 自顧驚且愧也。足下援筆成句, 吐唾成玉, 若健兔脫檻, 飛星流漢, 而白雪之音, 綠水之節, 非東野巴人同日之談也。詩戰已終, 又能高談雄辯聳動四筵, 粗不見倦疲委頓之氣象。較之吾徒安一字排一句, 已自沈頓低垂屈銳挫鋒者, 奚啻霄壤非。夫成誦在心, 借書於手者, 其孰能至於此乎? 誠與君輩, 生同里閈, 時相交會, 引滿擧白, 講理譚玄, 婆娑典籍之場, 休息篇章之圃, 尋歷脩原, 徜徉平楚, 出有挾彈之樂, 入有剪燈之適, 則寔是天淵間第一愉快。然而今旣各爲兩地人, 山川悠遠, 良絶因緣。嗟乎, 固是天之所以傾西北, 地之不滿東南, 而所以人之不能無憾于天地者也。言之可爲於邑, 行矣自愛。

奉復伊藤宜齋詞案　　　　　　　　　　　　　　　　　　耕牧

坐對黃花, 客懷無悰, 此際雨森芳洲, 人傳致一書, 上面著伊藤字, 驚抃躍如怳, 若更接芝眉, 聆粲花之餘論也。古人所謂赤牘書疏千里面目者, 眞實底語也。難波江上, 萍水之逢, 思之如夢幻境, 而其所歷歷, 如目前事者。貴作留置行橐, 時時展看, 則滿紙塊寶琳琅璀璨, 如入波斯國, 坐市肆閱明珠大貝, 而與買胡論價耳。足下於詩家, 必有積累工夫頓悟本色, 如僕者, 不過河伯之一秋水, 徒見拘拘於大方家也。只幸生竝一天, 雖隔數千里山河, 猶得詩壘, 壘間, 與高明鞭弭周旋, 而所可恨者, 僕之疲羸, 終不免退避三舍, 以讓高明之銳而自甘於巾幗之恥也。　且非但高明之詩風, 神香色絶出流輩, 至於赫蹄片札, 亦自不凡深得歐蘇手簡法, 綜錯經緯, 詞理俱到, 眞是詩文雙絶宜乎。　前日, 雨森芳洲之極口稱道高明於我輩者也。　第筆意橫騖之間,

終不免濫獎過譽於不佞，至以不佞如得古作者門戶，呫呫不已，於不佞，雖幸而或恐高明似有下語不審之病，未知高明意如何？竊聞高明家在越中，去距大坂，中間水陸道路，未知幾千里，然則僕之東歸之日，似未續難浦前日之會，悵然之懷，臨風引領而已。唯望高明保嗇千金以慰遠念，每當菊垂鴻流之日，開篋中文字，如見不佞之面，如何。之餘不備，統希照亮。

己亥菊秋下澣，朝鮮國進士姜栢子青耕牧堂，再拜。

奉嘯軒成公左右　　　　　　　　　　　　　　　　宜齋

別違數日，渺若經年，追憶前遊。足下輩居東廡，不佞等坐西廂，拜揖禮終，主賓各坐，足下因譯傳語乃云，蒙訊多謝，旣而不佞等呈詩席上，足下手攬口唫，洋洋響匝梁櫨，詎期今日忽耳。黃鐘奏亦偶然大幸也。唫終，濡毫洒紙，如坐高屋建瓶水，若雲煙之氣蒸，騰于山谷之間，而其曄如春榮，瀏如淸風，眞使觀者眩視，聆者竦耳。不但詩才飄逸含陶咀謝，兼精書法，筆跡酒勁，墨色淋漓。曩者所賜瓊和，留在篋笥，謹當旅裝韞櫝，以爲傳世至寶。國殊途阻，難可再逢，滿腔惝恨，罄竹奚書？惟加餐自珍。身雖胡越，心存膠膝，時向東風，幸一相思。元熙頓首。

奉復伊藤龍洲案下　　　　　　　　　　　　　　　　嘯軒
瞑投山館

赤牘鼎來，憑諦菊辰啓處沖裕，感慰交至。日者坂城之枉得接手儀，更奉華什，苧縞好意，藹然觴詠之地，使破菊佳節，得免落莫底樣子，實羈旅中勝事也。但客檐晷短，未得從頌而罷，迨今耿悵如魚中鉤。不料高明不忘一日之雅。又飛莽蒼之書，滿紙縷縷，莫非戀嫪之意，

何以魯莽之質, 受知於御者, 若是之厚耶? 況久停越斾, 遠候星槎, 則雖魏萬之浮汴呂安之命駕, 未足以喩其勤, 不道喪世, 復見出人之高義也。參商一別, 雲海萬重, 黯然之懷, 曷以筆舌容也? 只憑筐笥中瓊什以替萬里面目耳。餘屬燈下涓艸不備。

奉呈一律

幾向天西候客星, 歸期久負越山青。魏生浮汴來千里, 韋氏傳家事一經。同詠菊香深淺酌, 相思書到短長亭。可堪別後重關隔, 落月空樑想典形。

己亥九月十八日, 成夢良拜。

奉寄菊溪張公梧右 　　　　　　　　　　　宜齋

足下咳唾吐玉, 咄唶成章, 辭旨典雅, 韻度蕭散, 有孤鶴唳風, 閒鷗立海之氣象。如不佞述作, 乃是衆山之邐迤百里之卑微耳。較之登東嶽奉至尊者, 不啻天淵薰猶。幸蒙愛顧, 厠坐衆賢, 優游終日, 非天假良緣, 爭能得此千載一逢乎? 第羈旅冗紛中, 無復扶寸肴脩以爲歡娛, 而足下高風雅度, 果能引吾人, 坐了春風中, 終不至索爾無歡。所可恨者, 蓐收紀節, 未得徜徉, 而曜靈匿光, 倉皇取別耳。此夕不佞歸舍, 塊然獨坐孤燈前, 静思往時歡樂。誠不可忘, 豈非愷第[180]嘉樂之懿德, 自然能動物之深耶? 不然則萍水之一逢, 何至景慕之深哉? 於戲! 地隔萬里, 人無一面, 向與足下爲偶然之會者, 辟由風雲相會于太虚, 然而當時忽然, 不自知其爲樂, 若將復相見者然。然而一旦分离迺爲此阻, 不圖當時一別乃爲生死訣矣, 爲鬼爲魅之恨, 寔不能自已。第希

---

180 愷第(개제) : 개제(愷悌)의 오기(誤記)이다.

足下寢餗自玉　使官路日進百福備臻　則雖相離之人　猶相見之驪。敢
布心膂，統希丙照。

奉復宜齋詞案　　　　　　　　　　　　　　　　　　　菊溪

　向者，大坂城文酒之會，實是槎役後第一騰事，而短晷催人告別，恩
劇每一念至吟取江月湖煙之句，聊以慰黯然之懷。仍構五律一篇，以
謝來訪之勤而苦，無憑便未得奉寄，行到吉田，自芳洲所傳示一封華
牋，乃高明訊札也。忙手披緘，再三圭復，行行厚意字字深情，古人所
謂一見如舊者，高明之謂也。慰釋欣豁，當復如何。至於過獎之語，以
僕疎迂有不敢者，然薰陶磨礱於翰墨之場，分必不無相長之益，而一帶
東西之限。果如所示而再會道絶之言，足令人釀涕也。且竊聞尊先君
詩學之富，冠絕當時，蔚爲士林之望，而高明克傳家庭之訓，不止作詩
之工，而實多明經之譽。此眞吾所願從遊，而高明所居遠在越州，復
路之日亦無由相問。臨書尤不勝悵然。惟希以時自愛，茂膺龐祉，餘
對燈揩眵語未圓，而字未揩還用，媿歎不備。

　己亥九月十八日，菊溪張應斗。

　地蓄山河美，人鍾秀氣生。學仙三島近，載籍五車盈。逆旅勤相訪，
詩篇慰遠行。再逢何日是，惆悵解携情。

　同來諸公　毅齋、南陰、若水，如有相逢之便，同啓如何？

　桑韓塤篪　卷七　終。

상한훈지 권팔

桑韓塤篪　卷八

상한훈지 권팔

낭화(浪華)

　향보(享保) 기해년(1719) 가을 9월 6일, 세미(世美)[1]는 등용주(藤龍洲)[2]・송추담(松秋潭)[3]・강약수(江若水)[4] 등 제공(諸公)들과 함께 낭화의 객관에서 청천(青泉)[5]・추수(秋水)[6]・소헌(嘯軒)[7]・국계(菊溪)[8]와 만났다.

---

1 세미(世美) : 아사에다 구카[朝枝玖珂, 1697-1745]의 이름. 조기의재(朝枝毅齋)라고도 한다. 이토 도가이(伊藤東涯)의 문하에서 배웠으며, 교호[享保] 12년 주방주(周防州) 이와쿠니[岩國]의 번유(藩儒)가 되었다. 중국어에 능통했고 중국 소설에 정통했다. 편저(編著)로는『한객창화(韓客唱和)』가 있다.

2 등용주(藤龍洲) : 성은 이등(伊藤), 이름은 원희(元熙), 자는 광풍(光風), 별호는 의재(宜齋). 월전주(越前州) 문학(文學).

3 송추담(松秋潭) : 마쓰모토 신조[松本新藏]. 호는 숙재(肅齋), 자(字)는 추담(秋潭)으로, 동오(東奧) 아이즈[會津] 사람이다.

4 강약수(江若水) : 이리에 약수[入江若水, 1670-1729]. 셋쓰[攝津] 출생. 이름은 가네미치(兼通), 자는 자철(子徹)이다. 도리야마 시켄[鳥山芝軒]의 문하에서 학문을 익혔으며 교토 니시야마(西山)에 암자를 짓고 역곡산인(櫟谷山人)라 자처하기도 하였다. 저서에『서산초창(西山樵唱)』이 있다.

5 청천(青泉) : 1719년 기해 사행시 제술관을 역임한 신유한(申維翰, 1681-1752)의 호. 조선 후기 문신 겸 문장가로, 연천현감・부안현감 등을 역임하였다. 시문으로 명성이 자자하여, 그의 시를 받기 위해 수많은 일본문사들이 모여들었고, 대단한 칭송을 받았다. 이때 남긴『해유록(海遊錄)』은 문장이 유려하고 관찰이 돋보이는 기행문으로, 박지원의

삼가 신비서께 드리다
謹呈申秘書梧右

의재(毅齋)

듣자하니 당시 태사 사마천은	聞說當年太史遷
멀리 옛 자취 찾아 산천을 기록했다지	遠探石籙記山川
용문[9] 우혈[10] 두루 돌아 유람했으니	龍門禹穴遊應遍
봉래와 영주도 찾아 신선을 물었겠지	又向蓬瀛問地仙

중국 기행문인 『열하일기』와 함께 사행록의 대표작으로 꼽는다.

6　추수(秋水) : 1719년 기해 사행시 서기를 역임한 강백(姜栢, 1690-1777)의 호. 본관은 진주. 자는 자청(子靑), 호는 추수 외에도 우곡(愚谷), 경목자가 있다.

7　소헌(嘯軒) : 1719년 기해 사행시 서기를 역임한 성몽량(成夢良, 1718~1795)의 호. 자는 여필(汝弼). 기해 사행 후 성몽량이 일본 학자들로부터 받은 시와 편지 등을 모아 편찬한 책으로 『한원청상(翰苑淸賞)』이 있다.

8　국계(菊溪) : 1719년 기해 사행시 서기를 역임한 장응두(張應斗, 1670-1729). 자는 필문(弼文).

9　용문(龍門) : 산서성(山西省) 하진(河津)의 서북의 산악과, 섬서성(陝西省) 한성(韓城) 동북의 산악이 대치(對峙)한 곳으로 사마천(司馬遷)이 성장한 곳이기도 하다.

10　우혈(禹穴) : 중국 절강성(浙江省) 회계산(會稽山) 위에 있는 우(禹) 임금의 유적(遺蹟)으로서, 우(禹)임금이 순수(巡狩) 중 회계산에서 붕(崩)하여 그곳에 장사지냈다고 한다. 또한 우혈은 사마천이 유력했던 곳이기도 하다. 사마천은 20세 때에 견문을 넓히기 위해 남쪽으로 강회(江淮)・회계(會稽)・우혈(禹穴)・구의(九疑)・원상(沅湘)을 유력하고 북쪽으로는 문사(汶泗)를 건너고 제노(齊魯)의 땅에서 강학(講學)하고 양초(梁楚)를 지나 돌아왔는데, 이때 천하의 대관(大觀)을 보고 호연지기를 길러 명문장가가 되었다고 한다.(『史記』卷130, 「太史公自序」)

세미가 준 시에 화답하다
奉詶世美惠贈

청천(青泉)

만 리 여정에 절기가 바뀌니	萬里行行節序遷
푸른 바다 유장한 강 소리 높여 읊었네	高吟滄海又長川
주왕은 요지[11]에서 시구에 화답하고	周王謾和瑤池句
신선 모인 봉래로는 가지 않았지	不向蓬萊會衆仙

전운을 써서 신공께 드리다
疊前韻奉呈申公

의재(毅齋)

안개 끼고 바람 부는 물가 전전한 지 얼마인가	煙渚風汀幾轉遷
용 깃발 그림자가 진천[12] 향해 움직이네	龍旗影動向秦川
오늘 선경[13]에 들어가는 길을 알았으니	今辰賴得丹梯路
달 속의 제일선을 먼저 우러르리라	先仰月中第一仙

---

11 요지(瑤池) : 요지는 서왕모(西王母)가 사는 곳. 서왕모는 옛날 선인(仙人)인데 주(周)
   나라 목왕(穆王)이 서쪽으로 요지에 이르러 서왕모에게 축수를 올리고 서로 노래로 화답
   하였던 고사가 있음.
12 진천(秦川) ; 지금의 섬서성 중부 일대로 이 지역에 진(秦), 한(漢), 당(唐)의 도읍지
   가 모여 있다. 이 글에서는 일본의 수도격인 에도를 가리키는 것으로 보인다.
13 선경[丹梯] : 신선 세계로 들어가는 길.

강서기에게 드리다
奉呈姜書記

의재(毅齋)

구름 탄 채익선 접역[14]의 사신이라	鶂首乘雲鰈域賓
첫 만남에 새로운 필화[15]를 우러르네	初筵仰見筆花新
그 누가 알랴 낭화 나룻가의 달이	誰知浪速津頭月
금강산 아래 사람을 비추고 있음을	也照金剛山下人

의재에게 화답하다
奉酬毅齋

경목자(耕牧子)

행장의 책과 칼 막빈에게 부끄러운데	書劍行裝愧幕賓
타향의 가을빛에 국화가 싱그럽네	異鄉秋色菊花新
만남이 낯설다 말하지 마오	休言邂逅皆生面
술 마시며 시 논하면 그게 바로 친구인 것을	携酒論文是故人

---

14 접역(鰈域) : 가자미가 나는 바다 근처 지역이라는 뜻으로, 조선을 가리킴.

15 필화(筆花) : 양(梁) 나라 때 문장가인 강엄(江淹)이 한번은 야정(冶亭)에서 잠을 자다가, 곽박(郭璞)이라고 자칭하는 노인이 와서 "내 붓이 그대에게 가 있은 지 여러 해이니, 이제는 나에게 돌려다오." 하므로, 자기 품속에서 오색필(五色筆)을 꺼내어 그에게 돌려준 꿈을 꾸었는데, 그 후로는 좋은 시문을 전혀 짓지 못했다는 고사를 인용한 것이다. 여기에서 필화는 오색필을 가리키는 것으로, 뛰어난 문재(文才)를 의미한다.

전운을 써서 강추수에게 드리다
疊用前韻奉呈姜秋水
의재(毅齋)

강가 높은 누각에서 귀한 손님 우러르니	臨江高閣仰高賓
낭랑한 주옥들이 구구절절 새롭구나	珠玉鏗鏘句句新
멀리서도 알았지 계림에서 어진 달을 물으면	遙識雞林問賢月
군자의 위엄 빼어난 글재주[16]의 이 사람임을	靷犀倚馬是斯人

의재의 시에 다시 차운하다
再次毅齋
경목자(耕牧子)

등왕각[17] 귀한 손님께 작은 재주 부끄러우니	才愧滕王閣上賓
시를 지어도 새로운 색과 향을 찾을 수 없구나	詩成殊欠色香新
누선을 매어놓고 금릉[18]을 바라보니	樓舡鐵鎖金陵望
이백의 높은 명성 다른 이에게 양보하네	白傳高名讓別人

---

16 빼어난 글재주[倚馬] : 의마(倚馬)는 글을 짓는 재주가 기민하고 뛰어남을 가리킨다. 진(晉)나라 원굉(袁宏)이 대사마(大司馬) 환온(桓溫)의 기실 참군(記室參軍)으로 있으면서 포고문 작성의 지시를 받고는 곧장 말에 기대어[倚馬] 민첩하게 지어내어 칭찬을 받았다는 고사가 있다.

17 등왕각(滕王閣) : 중국 당나라 태종의 아우 등왕(滕王) 이원영(李元嬰)이 장시 성(江西省) 난창(南昌)의 서남쪽에 세운 누각.

18 금릉(金陵) : 이백(李白)의 〈등금릉봉황대(登金陵鳳凰臺)〉를 차용한 표현이다.

성서기에게 드리다
奉呈成書記

의재(毅齋)

선린의 백년 맹약 변하지 않아　　　　隣好百年盟不寒

사신 배 멀리 삼한에서 건너왔네　　　星槎杳杳自三韓

남아로서 용문에 오를 뜻을 이루지 않는다면　男兒非遂登龍志

붓끝에서 피어나는 오색구름을 어찌 알리오　那識五雲生筆端

의재의 시에 차운하다
奉次毅齋韻

소헌(嘯軒)

백설가를 읊다 보니 이가 시려오고　　　吟來白雪齒牙寒

청운의 기염 토하니 만남[19]이 기쁘구나　吐氣靑雲喜識韓

노란 국화 앞에 댓잎 기울었으니　　　黃菊花前傾竹葉

공연한 시름 미간에 다시 올리지 않는다네　閑愁不復上眉端

---

19 만남[識韓] : 면식(面識)을 갖게 된 것이 영광스럽다는 뜻으로, 상대방에 대한 경사(敬
辭)이다. 여기에서 한(韓)은 당(唐) 나라 때 형주의 자사(刺史)였던 한조종(韓朝宗)을
가리키는데, 이백(李白)의 「여한형주서(與韓荊州書)」에 "생전에 만호후에 봉해질 필요
없으니, 오직 한형주를 한번 만나는 것이 소원입니다.[生不用封萬戶侯 但願一識韓荊
州]"라는 구절에서 유래하였다.

소헌이 주신 화답시에 감사하다
奉謝嘯軒辱高和

의재(毅齋)

북두 사이로 서늘한 검광[20]이 몇 해를 뻗치더니	斗間幾歲劍光寒
지금 본 빼어난 시문은 유한[21]을 능가하네	今見雄文壓柳韓
자리 앞의 필봉이 돌연히 일어나니	前席筆鋒突然起
재주 없어 삼단을 피할[22] 곳이 없구나	不才無地避三端

의재의 시에 차운하다
走次毅齋韻

소헌(嘯軒)

그대의 필력에 간담 먼저 서늘해지니	看君筆力膽先寒
진나라 산악이 위한을 치는 기세구나	勢若秦岳蹴魏韓
가을 산처럼 우뚝한 그대를 마주했는데	肩似秋山相對聳
검푸른 저녁 빛이 숲 끝에서 나오는구나	蒼然暝色自林端

---

20 검광(劍光) : 진(晉)나라 때 장화(張華)가 예장(豫章) 사람 뇌환(雷煥)에게 두성(斗星)과 우성(牛星) 사이에 자기(紫氣)가 뻗치는 것을 보고 무엇을 의미하는지 묻자, 뇌환이 대답하기를, "보검(寶劍)의 정채가 하늘에까지 닿았기 때문이며, 현재 예장 풍성에 있다."고 하였다. 이에 장화가 그를 풍성의 영(令)으로 보내 그 보검을 찾게 하였더니, 감옥으로 사용했던 집터에서 석함(石函)이 하나 나왔고, 그 석함 속에 용천(龍泉)과 태아(太阿)라는 두 명검(名劍)이 있었다고 한다.(『晉書』 卷36, 「張華列傳」)

21 유한(柳韓) ; 유종원(柳宗元)과 한유(韓愈).

22 삼단을 피함[避三端] : 군자가 피해야 할 세 가지 분쟁, 즉 문사(文士)의 붓끝, 무사(武士)의 칼끝, 변사(辯士)의 혀끝을 말한다.

ct``

l``

장서기에게 드리다
奉呈張書記

의재(毅齋)

매실 익을 때 한강에 배 띄워	梅子熟時浮漢水
국화 만개한 날 봉래에 이르렀네	菊花開日到蓬萊
남루의 달빛[23] 아래 시를 읊지 마오	請君休嘯南樓月
외로운 기러기 울음 장백을 지나 왔다오	孤雁聲過長白來

의재가 보여 주신 시에 차운하다
奉次毅齋見贈之韻

국계(菊溪)

어젯밤 사신배가 안개 낀 물가에 머무르니	昨夜星槎泊煙渚
일동의 진경야말로 영주와 봉래로세	日東眞境卽瀛萊
뭇 신선 정성껏 손님을 맞이하니	列仙迎客偏多意
소매 속에 만 알의 명주를 얻어왔다오	袖得明珠萬顆來

---

23 남루의 달빛[南樓月] : 진(晉)나라 때 재상 유량(庾亮)이 일찍이 정서장군(征西將軍)이 되어 무창(武昌)에 있을 때 장강(長江) 가에 누각을 세우고 이를 남루(南樓)라 하였는데, 어느 가을날 밤에 달이 막 떠오르고 천기(天氣)가 아주 쾌청하자 유량이 남루에 올라가서 그의 좌리(佐吏)인 은호(殷浩), 왕호지(王胡之) 등과 함께 시를 읊조렸던 고사를 가리킨다.(『晉書』 卷73, 「庾亮傳」)

국계가 주신 아름다운 화운시에 감사하다
奉謝菊溪辱芳和

의재(毅齋)

모과로 경거에 보답함이 부끄러워	木瓜自愧瓊琚報
잡초더미 비춰주는 은혜를 깨달았네	更覺寵光照艸萊
동쪽 길 아름다운 풍광 끝이 없으니	東路風光無限好
훗날 비단 시낭에 넣어 오시길	他時收拾錦囊來

다시 의재가 보여 주신 시운에 화답하다
再和毅齋見贈韻

국계(菊溪)

드높은 풍모와 거동 속세를 벗어났으니	偃蹇風儀超俗狀
백 척 소나무 수풀 위에 우뚝하네	喬松百丈出凡萊
붓끝에서 주옥이 알알이 떨어지니	筆端珠玉紛紛落
구름 자귀 달 도끼[24]가 다듬어 낸 듯하네	皆自雲斤月斧來

---

24 구름 자귀 달 도끼[雲斤月斧] : 전설에 의하면, 당나라 태화(太和) 연간(827~835)에
어떤 이가 숭산(嵩山)에 놀러 갔다가 보자기를 베고 자는 사람을 만나 어디서 왔느냐고
묻자, 그가 웃으며 말하기를 "그대는 저 달이 칠보로 합성된 것을 아는가.……항상 8만
2000호가 그것을 수리하는데, 내가 바로 그중의 한 사람이다.[君知月乃七寶合成乎……
常有八萬二千戶修之 予卽一數]" 하고서 보자기를 열어 보이니, 그 속에 도끼와 자귀
두어 자루가 들어 있더라는 고사에서 나온 말로, 문장을 빼어나게 잘 짓는 것을 의미한다.

필어
筆語

의재(毅齋)

一.

묻겠습니다. 귀국의 신숙주가 『해동제국기(海東諸國記)』[25]를 저술했는데 그 책이 우리나라에 전해져 식자들이 그 박학함에 탄복하였습니다. 제가 일찍이 『징비록(懲毖錄)』[26]에서 그가 성종에게 답한 말을 보았는데 단지 사물에 박식할 뿐만 아니라 선견지명도 있음을 알았습니다. 그의 명호(名號)와 이력을 상세히 들을 수 있겠습니까? 공과 신숙주는 성이 같으니 혹 공이 숙주의 후예가 아닌지요?

청천이 답하였다. 신숙주공의 호는 보한재(保閑齋)이고 관직은 재상까지 올랐으며 내려진 시호는 문충(文忠)입니다. 그의 문학과 사업은 모두 국가의 운영과 관련이 있으며 이루 헤아릴 수 없이 많습니다. 저의 성(姓)과 글자는 같지만 같은 족계(族系)는 아닙니다.

一.

의재가 물었다. 신묘년(1711)에 일찍이 우리나라에 오신 이(李)・엄(嚴)・홍(洪)・남(南) 제공들[27]은 지금 안녕하십니까. 제가 그 분들이 지

---

25 해동제국기(海東諸國記) : 신숙주(申叔舟)가 1443년 통신사의 서장관으로 일본에 다녀와 성종 2년(1471)에 저술한 책으로 일본의 역사와 지리를 기술하고 지도를 첨부했다. 조선 초기의 한일 관계사 연구에 중요한 자료이다.

26 징비록(懲毖錄) : 서애 유성룡(柳成龍)이 임진왜란 7년 동안의 수난사를 기록한 책으로 16권 7책이다.

으신 시문을 읽어보았는데 진실로 할 일 없이 칩거하는 사람[28]의 글이
아니었습니다. 지금은 그 명위(名位)가 더욱 현달했을 테니 그 상세한
내용을 묻고자 합니다.

국계가 답하였다. 엄공은 여러 읍을 두루 맡아 다스렸으며 지금은 승
문원의 교검(校撿)을 맡고 있습니다. 남공은 조정에서 현달한 지위에
있으며 홍공은 연로하여 관직을 내놓고 별야(別墅)로 돌아갔습니다.
이공은 불행히도 작년 7월에 이미 돌아가셨습니다.

신청천께 드리는 편지
與申靑泉書

의재(毅齋)

모(某)는 아룁니다. 붕새가 남쪽의 큰 바다[南溟]를 향해 날아갈 때
날개에 엉기고 꼬리에 달라붙는 것이 수천만입니다. 무릇 남명으로
향하는 길은 가깝지 않고 하늘에 드리운 날개는 가볍지 않습니다. 하
물며 방나무·유나무의 매미나 쑥대밭 속 메추리[29]들이 겹겹이 엉겨

---

27 이(李)·엄(嚴)·홍(洪)·남(南) 제공들 : 1711년 사행에서 제술관이었던 동곽(東郭) 이
   현(李礥), 정사(正使) 서기(書記)였던 홍순연(洪舜衍), 부사(副使) 서기(書記)였던 엄한
   중(嚴漢重), 종사관 서기 남성중(南聖重)을 말한다.
28 할 일 없이 칩거하는 사람[池中物] : 하늘을 날지 못하고 못 속에 가라앉은 교룡(蛟龍)
   처럼 하는 일 없이 칩거하는 사람을 뜻한다.(『三國志』, 「吳志」, 〈周瑜傳〉)
29 방나무·유나무의 매미나 쑥대밭 속 메추리[枋揄之蜩 蓬蒿之鷃] : 『장자(莊子)』, 「소
   요유(逍遙遊)」에, 메추라기, 뱁새와 같이 작은 새가 대붕(大鵬)이 날아가는 것을 보고서
   "나는 한번 힘껏 날아야 유나무와 방나무에 닿고 어떤 때는 중도에 땅으로 떨어지기도

붙어 그 번거로움을 이기지 못할 지경이 되어도 한 번의 날개 짓과 꼬리 흔듦으로 충분히 떼어버릴 수 있습니다. 그러나 웅대한 포부[30]를 지녔으면서도 하찮은 뜻 또한 취하여 날개 짓을 늦추고 꼬리를 늘어뜨리며 일물(一物)도 버리지 않고 보살핍니다. 그리하여 북명(北溟)에서 일어나 하늘을 스치고 대지의 광대함을 여유롭게 넘어 뭇 사물로 하여금 모두 남명 천지에서 노닐 수 있게 합니다. 이 어찌 사물만 그 뜻을 얻는다 하겠습니까? 붕새 또한 이로써 그 위대함이 더욱 드러나게 되는 것입니다.

왜냐하면 그 은혜를 입은 자가 많고 그 풍모를 우러르는 자가 많기 때문입니다. 만약 붕새가 날개를 펄럭이며 꼬리를 흔들고 홀로 몸을 일으켜 빠르게 날아간다면 어떻게 그 은혜를 입는 이들이 있을 수 있겠습니까. 제술관 신공께서는 연소한 나이에 뛰어난 재주[31]로 일찍이 문방의 직위를 역임하셨고 지금 선린의 임무를 띤 사신을 따라 멀리 우리나라에 오셨습니다. 우리나라의 문사로서 공의 풍채를 사모하여 예물을 가지고 방문해오는 이들이 수천만입니다. 공께서는 대붕의 도량을 품으시고 두루 용납하시어 물리치지 않으셨습니다. 질문하는 이들이 그 의심나는 것을 풀고 노래하는 자들이 화답을 얻어 사람들마

하는데 무엇하러 구만 리나 날아 남명으로 가는가."라고 비웃었다는 우화를 인용한 것이다.

30 웅대한 포부[圖南] : 도남은 대붕(大鵬)이 북해에서 남해로 멀리 날아가는 것을 말하는데, 보통 포부가 원대하여 앞길이 창창한 것을 비유한다. 『장자(莊子)』, 「소요유(逍遙遊)」 첫머리에 이 우화(寓話)가 나온다.

31 뛰어난 재주[八斗] : 재주가 많고 뛰어남.

다 각기 그 뜻을 만족하게 해주셔서 더더욱 공을 우러르고 사모하지 않는 이가 없었습니다. 이를 두고 어찌 '백만의 도량으로 한 사람만 용납해도 충분하다'라 하겠으며, 또 어찌 '저것은 취하고 이것은 버린다'고 할 수 있겠습니까.

저의 성(姓)은 조기(朝枝)이고 이름은 세미, 자는 덕재(德濟)이며 낙양[京都 : 교토]에서 유학(遊學)하고 있습니다. 마침 귀국(貴國)에서 수호를 위하여 사신이 먼 길을 찾아주셨다는 말을 듣고 곧바로 짐을 꾸려 이곳에 와 오랫동안 기다리며 하루를 일 년같이 고대하였습니다. 공께서 다행히 제 정성을 살펴주셔서 제게 (공의) 날개를 접할 수 있도록 허락하셨으니 화곤(華袞)[32]보다 더한 일생의 영광입니다. 게다가 저는 불초(不肖)하여 나이가 이미 약관을 넘겼는데도[33] 구습에 젖어 있으니[34] 학문의 실효도 없이[35] 베풀어주신 교음(敎音)을 헛되이 저버리게 될까 두렵습니다. (그러나) 만약 한번이라도 커다란 가르침을 들어 잡초 덤불을 제거하고 익숙한 길로 나아갈 수 있다면 비록 동우(東隅)

---

32 화곤(華袞) : 고대 왕족·귀족의 채색 예복을 가리키며, 더할 수 없는 영총(榮寵)을 의미하기도 한다.

33 나이가 이미 약관을 넘겼는데도[旣踰冠] : 신유한은 1681년생으로 1697년생인 아사에다 구카[朝枝玖珂]와는 16살의 나이 차이가 났다. 본문에서 '기유관(旣踰冠)'이라 함은 1719년 당시 아사에다 구카(朝枝玖珂)의 나이 22세로 약관의 나이를 갓 넘겼기 때문이다.

34 구습에 젖어 있으니[株守] : 주수는 구습(舊習)을 지키기만 하고 변통성이 없는 사람을 비웃는 말. 춘추 시대에 송(宋)나라 사람이 토끼가 나무그루에 걸려 죽은 것을 보고서는 또다시 있을 줄을 알고, 농사는 폐지하고 나무만 지키고 있어서 남들의 웃음거리가 되었다는 고사에서 나온 말이다.

35 학문의 실효도 없이[佔畢] : 책을 엿본다는 뜻으로, 책의 글자만 읽을 뿐 그 깊은 뜻은 알지 못함을 이르는 말이다.

는 지나갔으나 아직 상유(桑楡)가 있으니[36] 어찌 늦었다 하겠습니까.
이것이 제가 대붕에 대해 말씀드린 까닭입니다. 오래 전 지은 글 세
편을 베껴 올리니 보시고 난 후 평[雌黃][37]을 해주신다면 그 베풀어주
시는 은혜가 어찌 백붕(百朋)일 뿐이겠습니까. 당돌하게 존청(尊聽)을
더럽힐 뿐이 아니니, 두렵고 염려스러운 마음을 이기지 못하겠습니다.
다만 은혜를 베풀어 채납해주시길 바랄 뿐입니다. 향보 기해년 가을
9월 조기세미(朝枝世美) 돈수.

위의 편지는 연고가 있어 전달되지 못하였는데, 후에 경사(京師)에
서 다시 만났을 때 대화가 이 일에 미쳤으므로 아울러 기록해 둔다.

비후주(備後州) 병진(鞆津). 매우자(梅宇子)[38]의 본운(本韻)이 아직 도착
하지 않았으므로 기록하지 않는다.

소헌이 글을 써 말하였다.

---

36 비록 동우(東隅)는 …… 상유(桑楡)가 있으니 : 동우(東隅)는 해가 뜨는 곳이고 상유는
   해가 지는 곳으로, 동우는 인생의 초년을, 상유는 인생의 만년을 의미한다.
37 평[雌黃] : 자황은 옛날 중국에서 오기(誤記)의 정정에 자황을 쓴 일로부터 시문(詩文)
   의 첨삭(添削), 변론(辯論)의 시비(是非)를 일컫는데 쓰인 말이다.
38 매우자(梅宇子) : 이토 바이우[伊藤梅宇, 1683-1745]. 에도시대 중기의 유학자. 자는
   쥬조[重藏], 호는 바이우[梅宇]이다. 교토(京都)출신으로 이토 진사이[伊藤仁齋]의 차
   남이다. 아버지에게 고의학(古義學)을 배웠다. 교호[享保] 3년 비후국(備後國) 후쿠야마
   [福山] 번의 유학자으로써 고의학(古義學) 전파에 힘썼다. 주요 저서에 고의당(古義堂)
   과 당시의 유학계의 사정을 생생하게 묘사한 『견문담총(見聞談叢)』이 있다.

一.

일찍이 본국에서 이등인재(伊藤仁齋)³⁹씨가 일동의 뛰어난 유종(儒宗)이라는 사실을 익히 들어 알고 있었으므로 그 문하를 직접 만나 성리설에 대하여 한번 들어보고 싶었습니다. 지금 그대를 만났는데, 그대가 바로 인재의 자제라 하니, 기쁘고 다행스러운 마음이 어떠하겠습니까. 공께서는 선친이 논변한 성리서(性理書)를 반드시 가장(家藏)하고 계실 것입니다. 부디 바라건대 제가 평소부터 품고 있었던 존모의 뜻을 좇을 수 있도록, 또한 돌아가 본국의 학자들에게 보여서 귀방의 유풍(儒風)이 성대함을 알릴 수 있도록 한 권이라도 주신다면 어떻겠습니까.

一.

행차가 돌아가는 길에 존선(尊先)의 문집을 드리도록 허락하시어 도학의 일맥이 욕일(浴日)의 동쪽에 존재하고 있음을 본국에 널리 알려주신다면 정말 다행이겠습니다.

---

39 이등인재(伊藤仁齋) : 이토진사이(1627-1705). 에도 전·중기를 대표하는 유학자. 이름은 유정(維貞)이고 인제(仁齊)는 호이다. 고의학파(古義學派)의 창시자로, 주자학을 비판하며 유교 고전의 새로운 해석을 시도해 경서 해석의 새로운 지평을 열었다. 사립학교인 고의당(古義堂)을 설립해 많은 후학을 양성하였다. 주요 저서로는 『논어고의(論語古義)』, 『맹자고의(孟子古義)』, 『어맹자의(語孟字義)』, 『동자문(童子問)』, 『고학선생문집(古學先生文集)』 등이 있다.

一.

『용재설화(慵齋說話)』[40]는 우리나라의 성현(成俔)[41]이 저술한 것입니다. 성현의 호는 용재(慵齋)이며 허백당(虛白堂)이라고도 합니다. 성간(成侃)[42]의 호는 진일재(眞逸齋)이며 용재의 동생입니다. 두 분은 저의 족조(族祖)이십니다.

一.

『동인시화(東人詩話)』[43]는 사가(四佳) 서거정(徐居正)[44]의 저술입니다. 이번 행차에 특별히 여분으로 가져온 책은 없습니다.

---

40 용재설화(慵齋說話) : 성현(成俔)이 저술한 용재총화(慵齋叢話)를 말한다.

41 성현(成俔, 1439-1504) : 자는 경숙(磬叔), 호는 용재(慵齋)・부휴자(浮休子)・허백당(虛白堂)・국오(菊塢), 시호는 문대(文戴), 본관은 창녕으로, 성염조(成念祖)의 아들이다. 세조 8년(1462) 문과에 급제, 공조판서와 대제학을 지냈다. 글씨를 잘 쓰고 청백리에 녹선 되었다. 저서로『용재총화(慵齋叢話)』,『허백당집(虛白堂集)』등이 있다.

42 성간(成侃, 1427~1456) : 자는 화중(和仲), 호는 진일재(眞逸齋), 본관은 창녕, 성염조(成念祖)의 아들이며 유방선(柳方善)의 문인이다. 세종 23년(14 41) 진사시에 합격하고, 단종 1년(1453) 증광문과에 급제하여 정언(正言)에 임명되었으나 부임하기 전에 병으로 죽었다. 시부(詩賦)에 뛰어났으며 저서로『진일유고(眞逸遺稿)』가 있다.

43 동인시화(東人詩話) : 서거정(徐居正)이 저술한 시화록(詩話錄)으로 2권이며 강희맹(姜希孟)이 서문을 썼다.

44 서거정(徐居正, 1420-1488) : 자는 강중(剛中)・자원(子元), 호는 사가정(四佳亭)・정정정(亭亭亭), 본관은 달성. 1444년 식년문과에 급제, 1464년 조선 시대 최초로 양관대제학(兩館大提學)이 되고『경국대전(經國大典)』과『동국통감(東國通鑑)』의 편찬에 참여했다. 시호는 문충(文忠)이다.

一.

하엽록(荷葉綠)⁴⁵이란 놋그릇의 표면에 스는 녹입니다. 우리나라에서는 이것을 누각(樓閣)의 단청을 칠하는 원료로 사용합니다.

一.

신묘년의 상사(上使)와 부사(副使)⁴⁶께서는 안녕하십니다. 그러나 종사 이남강(李南岡)⁴⁷은 세상을 떠났고 이동곽(李東郭)⁴⁸ 또한 작년에 이미 작고하였습니다. 서기 삼공(三公)⁴⁹은 모두 잘 계십니다.

一.

신주(神主)의 제식(題式)은 아들일 경우 망자(亡子) 모(某)의 신주라 하고, 처의 경우 망실(亡室) 모씨(某氏)의 신주라 합니다. 아우와 조카의 경우 만약 자식이 없이 반부(班附)한다면 또한 망제(亡弟) 망질(亡侄)이라고 합니다. 이러한 법식은 우리나라의 사대부가에서 두루 행하고 있으며, 황명(皇明)의 의례(儀禮) 또한 이 법식에서 벗어나지 않습니다. 지금 중국에서는 이패림(李霈霖)⁵⁰이라는 사람이 있는데 학문으

45 하엽록(荷葉綠) : 연잎 빛깔의 초록색 안료(顏料).
46 신묘년의 상사(上使)와 부사(副使) : 1711년 사행의 정사 조태억(趙泰億)과 부사 임수간(任守幹)을 말한다.
47 종사 이남강(李南岡) : 1711년 사행의 종사관 이방언(李邦彦)을 말한다.
48 이동곽(李東郭) : 1711년 제술관으로 사행에 참여했던 동곽(東郭) 이현(李礥)을 말한다.
49 서기 삼공(三公) : 정사(正使) 서기(書記)였던 홍순연(洪舜衍), 부사(副使) 서기(書記)였던 엄한중(嚴漢重), 종사관 서기였던 남성중(南聖重)을 말한다.

로써 세상에 명성을 날리며 주자를 존숭해야 한다고 말한다 합니다.

一.

『징비록(懲毖錄)』은 서애(西厓) 유성룡(柳成龍)[51]의 저술입니다.

매우께서 주신 시에 화답하다
奉和梅宇辱示韻

소헌(嘯軒)

깊은 골짜기 속 신선 세계[52]	花宮臨大壑
빼어난 경치 세상[53]의 으뜸이네	形勝擅寶瀛
주렴 밖 오산[54]의 풍경	簾外鼇山色
배갯머리 인어[55]의 베틀소리	枕邊鮫杼聲

---

50 이패림(李霈霖, 생몰년 미상) : 청대 학자. 주요 저서로『주자사서이동조변(朱子四書異同條辨)』이 있는데, 이 책은 주자의 정론(定論)을 탐구하고자 한 조선의 주자학자들에게 많은 영향을 주었다. 실제 18세기 이래 조선에서는 주자설의 이동처(異同處)를 분석하는 경학 연구가 성행하였고, 이패림의『주자사서이동조변』은 조선의 학자들이 참고하는 주요한 경학 대본 중의 하나로 자리 잡았다.

51 유성룡(柳成龍, 1542-1607) : 자는 이현(而見), 호는 서애(西厓), 시호는 문충(文忠), 본관은 풍산으로 유중영(柳仲郢)의 아들이며 이황의 문인이다. 1592년 임진왜란이 일어나자 도체찰사로 군무를 총괄, 임란을 극복하는 데 힘썼다. 도학·문장·덕행·글씨로 이름을 떨쳤고, 저서로는『서애집(西厓集)』,『징비록(懲毖錄)』등이 있다.

52 화궁(花宮) : 불사(佛寺), 선계(仙界).

53 환영(寰瀛) : 지구(地球) 수륙(水陸)의 총칭.

54 오산(鼇山) : 큰 자라가 동해(東海)의 신산(神山)을 머리에 이고 있다는 전설에서 온 말로, 봉래(蓬萊), 방장(方丈), 영주(瀛洲) 등의 신산을 가리킨다.

화로를 끼고 세 그림자[56] 모였으니 　　　　　擁爐三影會

등불 하나 밝히고 마주 앉았네 　　　　　　對榻一燈明

가슴에 쌓인 회포를 서로 비추니 　　　　　襟抱元相照

어찌 수고로이 성명을 물으리오 　　　　　　何勞問姓名

매우공께 드리다
奉呈梅宇几下

　　　　　　　　　　　　　　　　　　소헌(嘯軒)

익히 듣건대 인재의 학문은 　　　　　　　　聞說仁齋學

북야의 현자[57]를 능가했다 하네 　　　　　能迢北野賢

하락의 진원[58]으로 올라가 　　　　　　　眞源遡河洛

---

55 인어[鮫] : 중국 남해에 산다는 상상의 동물 인어(人魚)로, 늘 베를 짜고 있으며 자주 우는데 그 눈물이 떨어져 구슬이 된다고 한다.

56 삼영(三影) : 원래는 이백의 〈월하독작(月下獨酌)〉 시에서 잔속에 비치는 모습과 달에 비치는 그림자에 자신을 합하여 셋이 됨을 말한 시구로, 밝은 달 아래서 독작(獨酌)하는 모습을 가리킨다. 그러나 이등매우(伊藤梅宇)가 소헌 성몽량에게 준 원 시가 실려있지 않으므로 소헌이 화답한 이 시에서 '삼영'이 구체적으로 무엇을 가리키는지는 명확하지 않다.

57 북야의 현자[北野賢] : 스와가라 미치마네[菅原道眞 : 845-903]를 말한다. 헤이안 시대에 활동한 학자·시인·정치가로서 일본에서 학문의 신[天神]으로 추앙받는 인물이다. 그가 죽은 뒤에 사당을 세워 제사지내고 호를 북야천신(北野天神)이라 하였다.

58 하락(河洛)의 진원 : 하도(河圖)와 낙서(洛書)를 가리킨다. 복희씨 때 황하에서 용마(龍馬)가 그림을 등에 지고 나와 이를 팔괘(八卦)의 근원으로 삼은 것이 하도이고, 하우씨(夏禹氏) 때 낙수에서 신귀(神龜)가 글을 등에 지고 나와 홍범구주(洪範九疇)의 근원이 된 것이 낙서이다. 또한 하락은 황하(黃河)의 지류(支流)인 낙수(洛水)를 일컫기도 하는데 성리학을 선도한 정호(程顥)·정이(程頤) 형제가 이곳에서 살았으므로 이들을

어연[59]의 지극한 이치를 살폈네 至理察魚鳶

은택은 파도처럼 원대하고 澤與溟波遠

명성은 섬 위의 해처럼 높이 걸려 있네 名俱島日懸

훌륭한 자제[60]의 전형이 여기에 있으니 典刑庭玉在

반가운 마음으로 등불 앞에 마주 하네 青眼一燈前

이등매우께서 부쳐준 시에 화답하다
奉和伊藤梅宇見寄

청천(青泉)

외로운 구름과 홀로 된 학이 더불어 이웃 되니 孤雲獨鶴與爲鄰

달빛 은은한 텅 빈 물가에 닻줄을 매었네 落月空汀繫纜邊

소금을 울려 이별곡 띄우는 곳 어디인가 何處素琴傳別調

오래된 매화 향 그윽한 골목 가 세 칸 집이라네 古梅香裏屋三椽

가리키는 말이기도 하다. 따라서 하락은 넓은 의미에서는 유가(儒家)의 근원을 범칭하는 말이며, 좁은 의미에서는 성리학의 근원을 지칭하는 말이기도 하다.

59 어연(魚鳶) : 연비어약(鳶飛魚躍)의 줄임말. 하늘에는 솔개가 날고 못에는 고기가 뛴다는 뜻으로, 현상으로 나타나는 모습은 다르지만 관통하는 원리는 하나인 자연 만물의 이치를 가리킨다. 『시경』, 「대아(大雅)」, 〈한록(旱麓)〉에 "솔개 날아 하늘에 이르고, 고기는 못에서 뛰네.[鳶飛戾天 魚躍于淵]"라고 하였는데, 『중용장구(中庸章句)』에서 이를 인용하여 "위와 아래에 이치가 밝게 드러남을 말한 것이다."라고 하였다.

60 훌륭한 자제[庭玉] : 정옥은 집안의 옥이라는 뜻으로 상대방의 자제를 높여 이르는 말이다.

조선국 학사 신공께 올리며
奉呈朝鮮國學士申公詞案下

동교(東郊)[61]

멀고 먼 만 리 길에 기거하심이 편안하셨다 하니 경하 드립니다. 지금 사신의 배가 지척에 있음에도 불구하고 만나 뵐 수 없으니 시인이 그리운 이를 만나지 못하는[62] 안타까운 마음을 어찌 그칠 수 있겠습니까. 이에 보잘 것 없는 말을 엮어 공께 올리오니 금승옥척(金繩玉尺)과 같은 훌륭한 재주로 평하여 바로 잡아 주신다면 감사하겠습니다.

섬 가의 취중 신선 채익선[63]을 맞이하니	仙醉島邊迎彩鷁
사신 깃발 서릿발 몰아치는 바다를 굽어보네	旌旗壓海閃霜風
빼어나고 준수한 삼한의 인사들 모였으나	三韓人士簇英俊
그 중 신공의 기상이 무지개 드리움을 알겠구나	中認申公氣作虹

부사산 봉우리 백설이 낙천의 달로 뜨니	富峰白雪洛川月
시낭 속 새로 지은 시가 몇 편인가	囊底新詩幾許篇
정녕 알겠구나 강산이 시문 되어 나오니	定識江山入詞藻

---

61 동교(東郊) : 성은 문강(門岡), 이름은 직방(直方), 자는 종좌(宗佐). 비후주인(肥後州人).

62 그리운 이를 만나지 못하는[蒹葭之思] : 만나고 싶은 사람을 만나지 못함을 비유한 말이다. 『시경(詩經)』, 「진풍(秦風)」, 〈겸가(蒹葭)〉에 " …… 저기 저 사람이 물가에 있도다. 물길 따라 좇으려니 완연히 물 가운데 있네.[所謂伊人 在水之湄 遡游從之 宛在水中坻]"라고 한 데서 온 말이다.

63 채익선(迎彩鷁) : 익(鷁)을 그린 배. 익(鷁)이란 새는 바람의 방향을 잘 알기 때문에 돛대 머리에 그려서 달았다.

부상의 그윽한 절경 돌아가는 배에 가득함을   扶桑煙景滿歸船

이 때에 학사 신공과 서기 강공·장공은 배 안에 머물렀고, 서기 성
공만이 두 사신을 따라 객관(客館)에 나아갔다.

배 안에서 문강공이 보내 온 시에 화답하다
舟中和門岡公見寄

청천(靑泉)

한 밤의 조각배 삼신산 아래 머무르니   扁舟夜泊三山下
홀연 맑은 노래 바람결에 울려오네   忽得淸歌響遠風
눈 앞 가득 구름 안개가 생생한 그림을 펼쳐내니   滿目雲煙開活畫
그대의 채색 붓이 비 갠 하늘 무지개인가 하노라   知君綵筆似晴虹

곤륜산 사신이 배를 타고 떠나가니   崑崙使者乘槎去
요지[64]의 아름다운 노래 몇 편이나 얻을까   艶唱瑤池得幾篇
천 년 전의 육생[65] 진실로 가소로워라   千載陸生眞可笑
부질없는 황금만 월나라 배에 가득 실었구나   黃金空載越中船

---

64 요지(瑤池) : 곤륜산(崑崙山) 에 있다는 전설상의 못으로 서왕모(西王母)가 산다는
  선경(仙境)을 이른다. 주(周) 나라 목왕(穆王) 이 팔준마(八駿馬) 를 타고 요지에 가서
  왕모와 노래로 서로 화답하였다.
65 육생(陸生) : 한(漢) 나라 고조(高祖) 때 남월왕(南越王) 위타(尉佗)에게 사신으로
  가서 신복(臣服)시키고 돌아온 육가(陸賈)를 말한다. 돌아올 때는 위타가 준 1000금
  (金)을 가지고 왔는데, 만년에 다섯 아들에게 각각 200금씩 나누어 주었다고 한다.

제 성명과 자, 호는 이미 알고 계시리라 생각합니다. 지척에 신선들
이 모여 있는데도 조물주의 어린아이 같은 장난으로 슬픔에 잠긴 채
신선이 모인 곳을 바라만 볼 뿐, 몇 마디 말만 적어 보내드립니다.

소헌 성공께 올리다
奉呈嘯軒成公詞案下

동교(東郊)

계림의 사객 의관복식 성대하니　　　　　雞林詞客服章鮮
목란배 잠시 노를 멈추고 취중 신선 곁에 머무네　蘭枻暫留仙醉邊
서늘한 달 나는 기러기에 고향 생각 간절하리니　寒月飛鴻動歸思
마음은 서쪽 하늘 만 리 바다로 달려가겠구나　心馳萬里海西天

동교의 운에 화답하다
奉和東郊韻

소헌(嘯軒)

고요한 밤 높은 누대에 꽃 한 송이 곱게 피고　高樓夜靜獨華鮮
파도소리 밤새도록 배갯머리 적시네　　　永夜濤聲在枕邊
굽은 난간에 기대어 잠 못 이룰 제　　　斜倚曲闌淸不寐
달빛은 물과 같고 물은 하늘같구나　　　月光如水水如天

다시 화답하다
再和

동교(東郊)

직접 뵈오니 우러러 갈망하던 것이 일거에 이루어졌는데, 황송하게도 화운시까지 내려주시니 실로 생각지도 못한 일이었습니다. 보잘 것 없는 모과를 아름다운 구슬로 갚아주신 격이니, 화운시를 부탁드린 것이 실로 부끄럽습니다. 이에 의탁하여 훗날에 알아줌을 얻는다면 이 또한 두가(杜家)의 황자(黃姉)[66]이겠지요. 황송하고 황송합니다. 다시 전운(前韻)을 써서 삼가 감사의 뜻을 표합니다.

위엄 서린 육자옥관이 선명한데	峩峩六字玉冠鮮
바닷가 옛 절 작은 누대에 머무르네	古寺小樓宿海邊
아름다운 문장 맑은 의표 모두 뛰어나니	文采淸標都絶世
높은 명성 일동의 하늘을 길이 압도하리라	高名長壓日東天

조선으로 돌아가는 서기 소헌 성공을 전송하다
奉送書記嘯軒成公歸朝鮮

동교(東郊)

바닷가 사찰에서 이국의 빈객을 맞이하니	海上禪樓逢異客
간곡한 정이 깃든 글이 몇 편인가	詞情懇懇幾多篇

---

66 두가(杜家)의 황자(黃姉) : 미상(未詳)이다.

이 밤 한 번 이별하면 삼상[67]같이 멀어지리니　　今宵一別參商隔
천리 길 눈에 새기며 떠나는 배를 보내네　　千里眼穿送去船

周防州 上關
주방주(周防州)[68]의 상관(上關).

동쪽을 향해 가다
東行

저의 성은 우도궁(宇都宮)이고 이름은 삼적(三的), 자는 일각(一角),
호는 규재(圭齋)로서, 대대로 방주(防州)의 암국주(岩國主) 길천후(吉
川候) 밑에서 벼슬을 살고 있습니다. 지금 삼한과 부상의 수호를 위해
사신이 일역(日域)에 당도하심을 맞이하여, 제가 재주 없음을 헤아리
지 않고 보잘 것 없는 글 한 편을 지었습니다. 삼가 학사 신공께 올려
청람을 더럽히니, 바라건대 가차 없는 비평과 함께 화답시를 내려주
신다면 대대로 집안의 보물로 삼겠습니다. 규재(圭齋).

병이 들어 시재가 쇠하였음을 점점 깨달으니　　病來益覺詩才退

---

67 삼상(參商) : 서로 멀리 떨어져 있는 것을 뜻하는 말이다. 삼성(參星)은 동쪽 하늘에
　있고 상성(商星)은 서쪽 하늘에 있어서 각각 뜨고 지는 시각이 틀리는 관계로 영원히
　서로 만날 수가 없는 데에서 유래된 것이다.
68 주방주(周防州) : 현재 아마구치현[山口縣] 동부에 해당되는 지역인 스오국[周防國]
　을 가리킨다.

대가께서 어지러운 백토 깎아주기⁶⁹를 갈망하네	大手渴望斲堊漫
높은 누대 흥에 겨워 술 청하는 소리 높고	遣興高樓先喚酒
맑은 세상 은혜 넘치니 어찌 갓 먼지를 털겠는가⁷⁰	浴恩淸世曷彈冠
백규의 경계 잊지 않으리라⁷¹ 항상 다짐하고	白圭常誦容三復
마음에선 맹자의 사단⁷²을 보전하네	丹府自存軻四端
두 나라의 태평함이 서로 닮았으니	二國昇平看有象
방 안 가득 의상의 모임⁷³을 기뻐하네	衣裳會去滿堂歡

僕自號圭齋 故五句言之

---

69 어지러운 백토 깎아주기[斲堊漫] : 악(堊)은 코끝에 백토(白土)를 묻힌 것을 이르는 것으로, 착악(斲堊)은 원래 기예가 매우 뛰어남을 뜻한다. 『장자』, 「서무귀(徐无鬼)」에 "영 지방 사람이 코끝에 백토를 파리 날개처럼 묻혀 놓고 장석(匠石)을 시켜 그것을 깎아 내게 하였다. 그러자 장석이 바람을 일으키며 도끼를 휘둘러 마음대로 깎아 내기 시작하였는데, 백토를 다 깎았는데도 코를 다치게 하지 않았고 영 지방 사람도 조금도 동요하지 않고 그대로 서 있었다." 하였다. 후대에는 영근(郢斤)과 같은 의미로 글을 잘 비평함을 뜻하는 말로 쓰였다.

70 갓의 먼지를 털다[彈冠] : 탄관은 갓의 먼지를 터는 것으로, 장차 벼슬길에 나아갈 준비를 뜻한다.

71 백규의 경계 잊지 않으리라[三復白圭] : 항상 가슴속에 명심하며 잊지 않겠다는 뜻이다. 『시경(詩經)』, 「대아(大雅)」, 〈억(抑)〉 중에 "흰 옥돌 속에 있는 오점(汚點)은 그래도 깎아서 없앨 수 있지만, 말을 한 번 잘못해서 생긴 오점은 어떻게 해 볼 수가 없다.[白圭之玷 尙可磨也 斯言之玷 不可爲也]"라는 말이 나오는데, 공자의 제자인 남용(南容)이 매일 이 구절을 세 번씩 반복해서 외우자, 공자가 이를 훌륭하게 여겨 자신의 조카 사위로 삼았던 고사가 있다.(『論語』, 「先進」)

72 사단(四端) : 인(仁), 의(義), 예(禮), 지(智)의 단서가 되는 네 가지 마음씨로, 측은지심(惻隱之心), 수오지심(羞惡之心), 사양지심(辭讓之心), 시비지심(是非之心)을 가리킨다.(『孟子』, 「公孫丑」 上)

73 의상의 모임[衣裳會] : 춘추 시대에 국제(國際) 간에 예의로써 서로 교제(交際)하던 것을 가리키는 말.

저의 자호가 규재이므로 다섯 째 구에서 이를 말하였습니다.

규재가 보내 준 시에 화답하다
奉誨圭齋見贈

청천(靑泉)

단풍잎 종려향 멀리 포구에 짙게 풍기고	楓葉棕香迷遠浦
동쪽 흰구름 바라보니 망망한 바다로세	白雲東望海漫漫
만남을 가졌던 반가운 손님 먼저 편지를 보내오니	相逢好客先投簡
높은 누락에 잠시 기대어 의관을 정제하네	乍倚高樓爲整冠
북두의 서늘한 광채 검 밖으로 뻗치고	北斗寒光生劍外
서산의 상쾌한 기운[74] 옷깃에 머무네	西山爽氣在襟端
입술과 이 같은 백년 맹약 닦는 날	百年脣齒修盟日
평록[75]이 우는 즐거움이 가득하네	苹鹿呦呦盡意歡

제 성(姓)은 신(申)이고 이름은 유한(維翰), 자(字)는 주백(周伯), 호(號)는 청천(靑泉)입니다. 관직은 현재 비서저작(秘書著作)입니다. 일을 맡아 이곳에 와 직접 왕림하여 안부를 살펴주시고 훌륭한 화답시까지 보내주시니 감사의 말씀 이루 다 할 수 없습니다. 바쁜 와중이라

---

74 서산의 상쾌한 기운[西山爽氣] : 진(晉)나라 때 왕휘지(王徽之)의 "서산의 이른 아침은 상쾌한 기운을 불러온다.[西山朝來 致有爽氣耳]"라는 말에서 나온 것으로, 세속 일에 얽매이지 않고 초연히 유유자적하는 풍도를 가리킨다.(『晉書 卷80, 「王徽之傳」)

75 평록(苹鹿) : 『시경(詩經)』, 「소아(小雅)」, 〈녹명(鹿鳴)〉을 인용한 시구로, 임금이 어진 신하들을 불러 잔치를 베풀면서 군신(君臣) 사이의 정을 노래한 것이다.

경거(瓊琚)를 모과[木瓜]로 보답하니 훗날 장독 뚜껑[76]으로나 쓰시면 어떻겠습니까.

서기 강공께 드리다
奉呈書記姜公詞案下

국계(菊溪)

시낭과 책상자 짊어지고 유문을 두드리니	擔囊負笈叩儒門
예모는 준수하고 말씀은 의젓하네	禮貌從容言不喧
종소리 북소리 쟁쟁하고 난새 울음 화락하니[77]	鐘鼓鏘鏘鸞噦噦
삼인[78]의 유속이 지금까지 남아있네	三仁遺俗至今存

규재에게 화답하다 3수
和贈圭齋三首

경목(耕牧)

| 우리나라 성학은 공문에 연원하니 | 聖學吾邦溯孔門 |

---

76 장독 뚜껑[覆瓿] : 장독 뚜껑. 『한서(漢書)』, 〈양웅전(揚雄傳)〉에 "유흠(劉歆)이 양웅이 지은 법언(法言)을 보고 '왜 세상에서 알지도 못하는 글을 이토록 애써 지었을까. 훗날 장독 뚜껑밖에 되지 않을 것 같다.' 했다."는 데서 유래한 말로, 자기의 저술을 겸칭(謙稱)하는 말이다.

77 난홰홰(鸞噦噦) : 『시경(詩經)』, 「소아(小雅)」편의 '군자지지(君子至止) 난성홰홰(鸞聲噦噦)'에서 인용된 말로, '홰홰'는 절도가 있고 온화한 모양이다.

78 삼인(三仁) : 은(殷)의 세 어진 이인 미자(微子), 기자(箕子), 비간(比干)을 가리킨다.

집집마다 조용히 글 읽는 소리만 들린다네   家家絃誦不聞喧

백년토록 배양하여 맑은 조정 이루었으니   百年培養清朝化

신자의 충효가 국속에 남아있네   子孝臣忠國俗存

시가의 신묘한 경지 불문과 같으니   詩家妙境等空門

뜻이 현현[79]함에 이르면 적막한 고요 뿐   意到玄玄寂不喧

불성을 이루면 그대의 공업 가득하리니   成佛在君功業滿

털끝만큼의 잡념도 남겨두지 마시길   莫教塵念一毫存

작은 배 서풍 타고 바다 관문에 이르니   短棹西風傍海門

외로운 등불 나그네 잠자리엔 파도 소리 요란하네   孤燈客枕暮濤喧

시정은 곳곳에서 누에 실처럼 끊이지 않으니   詩情到處如蠶緒

끊임없는 금실이 뱃속에 가득하네   續續金絲滿腹存

서기 성공께 드리다
奉呈書記成公吟壇下

규재(圭齋)

수놓은 비단더미 같은 시정[80]에 감복하니   素聽詩腸錦繡堆

---

79 현현(玄玄) : 지극히 심원한 경지를 말한다. 『도덕경(道德經)』에 "현묘하고 현묘하여 모든 신묘함이 나오는 문이 된다.[玄之又玄 衆妙之門]"고 하였다.

80 수놓은 비단더미 같은 시정[錦繡堆] : 당(唐)나라 백거이(白居易)의 시에 "붓은 교정하느라 연황의 점을 다하였고, 시는 수놓은 비단 무더기 이뤘도다.[筆盡鉛黃點 詩成錦繡堆]"라는 표현이 나온다.(『白樂天詩集』 卷15, 〈酬盧祕書二十韻〉)

시단에서 인사 나눈 잔재주가 부끄럽네   騷壇通刺愧微才

험준한 봉우리 용문의 물살을 오르기 어려우니   難攀峗嶺龍門浪

비틀비틀 절뚝이며 햇볕만 뺨에 쬐네   跛足盤跚徒暴顋

병 중에 규재가 보내주신 시에 화답하다 2수
病中走和圭齋投示韻二首

소헌(嘯軒)

눈앞의 주옥이 홀연 언덕을 이루니   眼前珠玉忽成堆

백전의 사장에서 빼어난 재주를 보았네   白戰詞場見逸才

몸은 떨쳐 날고 싶으나 어찌 가당키나 하리오   身欲奮飛那可得

누운 자리엔 아직도 베갯머리 얼굴만 선명하네   臥痕猶著枕邊顋

깊은 밤 촛농은 산을 이루고   更深燭淚欲生堆

채색 붓은 신묘한 재주 종횡으로 풀어내네   彩筆縱橫騁紗才

한데 모인 맑은 운치에 침침한 눈을 비비니   清韻鼎來揩病目

나부산[81] 눈 속에서 매화꽃을 보는구나   羅浮雪裏見梅顋

---

81 나부산[羅浮] : 나부산. 중국 광동성(廣東省)에 있는 산으로, 백여 리를 길게 뻗어 있고
4백여 개의 봉우리가 있는데 경치가 수려하여 월(粵) 지방의 명산으로 불린다. 진(晉)
나라 갈홍(葛洪)이 그곳에서 선술(仙術)을 얻었다 하여 흔히 선산(仙山)을 가리키는 말
로 쓰인다.

서기 장공께 올리다
奉上張公書記詞案

규재(圭齋)

고귀한 조선 사신 덕음을 전하니	鰈域高賓擅德音
걸출한 인재들[82] 만남은 천금의 가치가 있다네	馬群一顧價千金
작은 재주로 함께 자리하여 부질없이 입 다무니	輇才陪席空緘口
붓으로나마 진심을 통하고자 한다네.	爲使毛公通素心

규재가 보내준 시에 차운하여 후의에 감사를 표하다
奉次圭齋見贈韻以謝厚誼

국계(菊溪)

일본의 높은 선비 청음을 베푸니	日東高士惠淸音
종이 가득 금옥은 지축을 울리는 금성[83]이네	滿紙鏗鏘擲地金
만남의 자리 말이 다름을 한탄하지 않으니	不恨逢場言語異
한결같은 마음으로 서로를 밝게 비추네	炯然相照一般心

---

82 걸출한 인재들[馬群] : 기북(冀北)은 준마(駿馬)가 많이 생산되는 지역인데, 한유(韓愈)의 〈송온처사부하양군서(送溫處士赴河陽軍序)〉에 "백락이 기북의 들판을 한 번 지나자 말들의 그림자가 보이지 않게 되었다.[伯樂一過冀北之野 而馬群遂空]"는 유명한 시구에서 유래하였다.

83 지축을 울리는 금성[擲地金] : 훌륭한 시문을 뜻한다. 진(晉)나라 손작(孫綽)이 천태산부(天台山賦)를 짓고 벗 범영기(范榮期)에게 "이 글을 땅에 던져 보았더니 금석의 악기 소리가 나더라." 하기에, 범영기가 읽어 보고는 과연 칭찬이 입에서 끊이지 않았다는 고사가 있다.(『晉書』卷56,「孫綽傳」)

저의 성(姓)은 장(張)이고 이름은 응두(應斗), 자(字)는 필문(弼文), 자호(自號)는 국계거사(菊溪居士), 또는 주구산인(號舟丘散人)이라고 합니다. 금년 나이는 50세이고 종사관의 서기로 귀방(貴邦)에 왔습니다.

서쪽으로 돌아가다
西歸

청천 신공께 올리다
奉呈青泉申公詞案

규재(圭齋)

지란을 한번 접함에 은혜가 넘치니	芝蘭一接浴恩榮
덕화와 선골의 맑음을 더욱 알겠네	更覺德馨仙骨淸
삼대의 유풍이 눈앞에 펼쳐지니	三代遺風今在眼
두 나라의 오랜 우호 이미 정을 같이 하네	兩邦宿契已同情
부사산은 동관부에서 높이 빼어나고	富山高秀東關府
태령은 멀리 북두성을 바라보네	台嶺遠望北斗城
만리 바다 사행길[84] 몇몇 풍광에	萬里梯航多少景
시낭의 주옥은 어찌 저리도 쟁쟁한지	奚囊珠玉自鏗鏗

지난번 보내주신 화답시에 사족을 붙이고자 하였는데 출범 준비로

---

84 사행길[梯航] : 제산항해(梯山航海)의 줄임말. 험한 산은 사다리를 놓아 올라가고, 망망한 바다는 배를 타고 건너간다는 뜻으로, 대체로 사행(使行)을 의미한다.

너무 바빠 올릴 수 없었습니다. 지금 다시 고쳐 보내드려 고람(高覽)을
더럽힙니다. 같음[소]

응문⁸⁵에 들어가 풍모를 우러르니 膺門得入仰眉宇
예형⁸⁶은 어찌하여 악필의 명함을 건넸던가 詎用禰衡刺字漫
구름 밖 별빛은 한묵을 빛내고 雲外星光輝翰墨
바닷가 노을은 의관을 비추네 海邊晚色接衣冠
함께 산악을 읊은 것이 몇 천 수인가 吟肩山岳幾千首
학맥의 연원은 양단만이 아니라네 學脈淵源不兩端
태평성대의 민생이라 어지러운 사물이 없으니 淸代民生無物擾
뜻 맞는 문객이 모여⁸⁷ 즐겁게 교유하네 盍簪文客共交歡

규재(圭齋)

지난번 높은 의표의 가르침을 친히 받고 성대한 은우를 입었으니
감사한 마음 이루 다 할 수 없습니다. 멀리 소식에 듣자하니 동도(東
都)에서의 빙례(聘禮)를 마치고 돌아와 다시 상관(上關)에 머무르고

---

85 응문(膺門) : 이응은 후한(後漢) 환제(桓帝) 때 사람인데 고사(高士)란 명성이 있어,
  선비들이 그의 문에 이르러 용접(容接)을 받으면 마치 용문(龍門)에 오른 것으로 여겼다
  한다.(『後漢書』 卷67, 〈李膺傳〉)
86 예형(禰衡) : 자는 정평(正平). 박학다재하여 천하에 따를 자가 없었으나 성격이 강직
  하여 조조·유표에게 미움을 받고 결국 황조에게 죽임을 당하였다.
87 합잠(盍簪) : 뜻 맞는 이들의 회동을 말한다.

계신다지요. 요즘 제가 자잘한 병에 앓고 있어 전별식에도 참석하지 못하고 정신이 없는 상태입니다. 죄송하고 죄송합니다. 이에 비루한 글이나마 정성껏 지어 이별을 대신하고 보잘 것 없는 예의를 드려 조그마한 정성을 표합니다. 웃으며 받아주신다면 매우 다행이겠습니다.

규재가 멀리서 보내주신 시 두 수에 화답하다
奉和圭齋遙寄韻二首

청천(青泉)

남쪽 마을 계수나무 겨울 꽃이 아름답고	南州桂樹愛冬榮
천리의 안개 노을 곳곳마다 선명하네	千里烟霞到底淸
손님맞이 화려했던 지난 연회 생각하며	憶昨華筵當客禮
밤새도록 글을 지어 그대를 그리워하네	通霄綵筆話君情
저물녘 돌아가는 배가 봄날 객사에 찾아드니	歸帆落日尋靑館
뜬 구름 먼 포구엔 선경[88]이 가깝구나	極浦浮雲近赤城
역마다 매화 통해 오랜 우호를 전하니	驛使梅花傳舊好
아름답게 나부끼는 시구 음갱[89]이 지은 듯하네	翩翩佳句似陰鏗
세모에 가인이 채란곡[90]을 읊으니	歲暮佳人詠采蘭

---

88 선경[赤城] : 적성(赤城)은 도교(道敎)의 전설에 전하는 36동천(洞天) 중의 하나. 통칭하여 선경(仙境)을 가리킨다.

89 음갱(陰鏗) : 남조(南朝) 양(梁) 나라의 문인. 자(字)는 자견(子堅). 사전(史傳)에 박통하였으며 오언시에 능하였다.

90 채란곡[采蘭] : 부모에게 효도하고 지극히 봉양함을 읊은 시. 『시경(詩經)』, 「소아(小

선관엔 눈에 가득 푸른 물 출렁이네	仙關極目水漫漫
고을 주변 달빛은 부용검[91]을 비추고	州邊月照芙蓉劒
골짜기 속 구름은 벽려관[92]에 닿아있네	洞裏雲底薜荔冠
천리 나그네 배 박망후[93]를 따르고	千里客帆隨博望
시주의 향연에 소단[94]을 기억하네	一筵詩酒憶蘇端
요지[95]의 그대 시문 어제처럼 빛나니	瑤池玉字光如昨
청조[96]가 날아들어 옛 즐거움 이야기 하네	靑鳥飛來道舊歡

雅)」, 〈남해(南陔)〉의 시를 진(晉) 나라 속석(束晳)이 보완하여 만들었는데, 거기에서 "남쪽 밭두둑 따라 난초를 캐네. 어버이 생각할 적마다 마음이 왜 이리 설레는지.[循彼南 陔 言采其蘭 眷戀庭闈 心不遑安]"라고 한 데서 유래하였다.

91 부용검(芙蓉劍) : 뛰어난 재능을 비유함. 부용검은 춘추 시대 월왕(越王) 구천(句踐)이 가졌던 보검인데 검을 잘 감정하는 설촉(薛燭)이 이 검을 손가락으로 퉁겨 보고 "부용이 막 호수에서 피어나는 것 같다." 한 데서 붙여진 이름이다.

92 벽려관(薜荔冠) : 은자(隱者)가 쓰는 관(冠).

93 박망후(博望侯) : 중국 한(漢)나라 때 성고(成固) 사람 장건(張騫)의 봉호. 자는 자문 (子文). 무제 때 흉노 정벌에 공을 세운 한편 서역과의 동서 교통을 열고 문화 교류의 길을 텄다.

94 소단(蘇端) : 두보(杜甫)의 친지. 두보가 지은 우과소단(雨過蘇端) 시에 "첫닭이 울자 비바람이 몰아치니, 오랜 가뭄 끝에 비 또한 좋고말고. 지팡이 짚고 진흙탕길에 들어라, 먹을 것 없는 게 날 일찍 일어나게 했네.[鷄鳴風雨交 久旱雨亦好 杖藜入春泥 無食起我 早]"라고 한 데서 온 말인데, 여기서는 초청을 받고 친구의 주연(酒宴)에 참석한 것을 의미한다.

95 요지(瑤池) : 서왕모(西王母)가 사는 곤륜산의 선경으로, 옛날에 주나라 목왕이 이곳에 서 서왕모를 만났다고 한다.

96 청조(靑鳥) : 서왕모(西王母)에게 먹을 것과 편지를 전해 주었다는 신조(神鳥)로, 여기 에서는 사신을 가리킨다.

청천(青泉)

저는 지금 노를 저어 서쪽을 향하고 있습니다. 생각해보면 선관(仙
關)의 옛 모임에서 헤어짐이 아쉬울[97] 정도로 우호를 얻었습니다. 뜻
밖에도 이렇게 시를 지어 어조(魚鳥)를 통해 보내주시니[98] 지난날 한
바탕 아름다운 모임은 이미 이 세상의 것이 아닌[99] 것 같습니다. 슬픈
마음으로 배회하기를 마치 봉래산 궁궐에 바람이 몰아치듯 하다가,
밤에 침상에 누워 족하의 아름다운 시구를 여러 번 읊으니 삼나무 계
수나무에 찬연히 빛나는 구름이 물결침을 보는 듯 하였습니다. 이에
겸가추수곡(蒹葭秋水曲)[100]을 불렀으니 아마도 고인 또한 이와 같은 회
포를 가졌던 것이 아닐는지요. 한번 이별에 망망한 산과 바다가 만 겹
으로 가로막혔으니 말이 길어집니다. 다만 진중자애(珍重自愛)하시길
기원합니다. 저의 화운시가 행여 오동나무 상자에 있다면 때때로 서

---

97 헤어짐이 아쉬울[場駒] : '장구(場駒)'는『시경(詩經)』,「소아(小雅)」,〈백구(白駒)〉
에 "새하얀 저 망아지가, 우리 채마밭 싹을 먹었노라 핑계 대고, 발을 동여매고 고삐를
매어, 이 아침을 길게 늘이고서, 우리 귀한 손님, 여기에서 놀다 가게 하리라.[皎皎白駒,
食我場苗, 縶之維之, 以永今朝, 所謂伊人, 於焉逍遙.]"라는 구절에서 유래한 말로, 어
진 은사(隱士)를 만나 가지 못하도록 간절히 만류하는 뜻을 담고 있다.

98 어조(魚鳥)를 통해 보내주시니 : 잉어와 기러기가 서신을 전한다는 뜻이다. 물고기
는, 진(晉)나라 육기(陸機)의 〈음마장성굴행(飮馬長城窟行)〉에 나오고, 기러기는『한서
(漢書)』,〈소무전(蘇武傳)〉에 나온다.

99 이 세상의 것이 아닌[亡何有之鄕] : 어디에도 없는 곳[無何鄕]이란 뜻으로, 세상의
번거로운 일이 없는 꿈속 같은 낙토(樂土), 즉 유토피아를 의미한다.

100 겸가추수곡(蒹葭秋水曲) :『시경(詩經)』,「진풍(秦風)」,〈겸가(蒹葭)〉에 "긴 갈대 푸
른데, 흰 이슬이 서리가 되었네. 저기 바로 저 사람이 물 저편에 있도다. 물길 거슬러
올라가나, 험한 길이 멀기도 하네. …… [蒹葭蒼蒼 白露爲霜 所謂伊人 在水一方 遡洄從
之 道阻且長 ……]"한 데서 온 말이다. 만나고 싶은 사람을 만나지 못하게 됨을 애석하
게 여기며 그리워하는 뜻을 담았다.

쪽을 향하여 한 번씩 펼쳐 봐 주십시오. 부채 세 자루도 함께 보내오
니 받아주신다면 매우 감사하겠습니다. 탁장(橐裝)[101]을 쓸어내듯 비운
까닭에 다만 보잘 것 없는 종이 20매만 편지와 함께 선물로 보냅니
다.[102] 부끄럽습니다.

소헌 성공에게 드리다
奉呈嘯軒成公詞案

규재(圭齋)

비단에 수놓는 솜씨 붓끝에서 살아나니	錦繡織功生筆端
명승지 지나며 난령[103]을 멈춘 것이 몇 번인가	幾經勝地駐鳴鑾
시단의 사람들 구름과 안개처럼 몰려드니	詩壇徒被遮雲霧
비 개인 달 맑은 바람을 볼 수가 없다오	霽月光風不得看

전에 보내주신 화운시에 화답하는 시를 지었으나 출선(出船) 준비
에 바빠 끝내 보내지 못하였습니다. 지금 보잘것없는 글을 드리니 한
번 훑어봐 주시기 바랍니다.

---

101 탁장(橐裝) : 전대 속에 넣어 휴대하는 값비싼 물건으로 금·은·주(珠)·옥(玉) 등을
말함.
102 편지와 함께 …… 보냅니다[伴簡] : 편지와 짝하여 보낸다는 뜻으로, 편지와 함께 선
물을 보냄을 이르는 말. 유서(侑書)와 같은 말이다.
103 난령(鳴鑾) : 임금이 탄 수레의 방울. 여기에서는 임금의 명을 받든 사신(使臣)의 행
차를 가리킨다.

작은 파도 큰 파도 물결이 언덕을 이루니　　　泊洦□□[104]浪作堆

시 이루자 목화의 재주[105]임을 먼저 알아보았네　賦成先識木華才

목마른 물고기 서강의 물을 얻은 덕에[106]　　　轍魚賴得西江水

동해에 보은하고자 두 아가미를 드러내네　　　東海報恩暴二腮

두보의 '상폭보은시(常曝報恩腮)' 시구[107]이다.

송강에 모인 농어 중 아가미가 네 개인 것을 진품으로 치고, 아가미가 두 개인 것은 하품으로 친다.

---

104 □□ : 이 글자는 초(氵+哨)자와 탐(氵+冉)자인데, 험준한 파도를 말한다.

105 목화의 재주[木華才] : 목화(木華)의 〈해부(海賦)〉 중 "빙 둘러 부딪치며 굴을 만들고, 험준한 파도 우뚝 서서 언덕을 이룬다. 빠른 잔물결이 비스듬히 일어나고, 큰 물결 겹겹으로 서로 부딪친다.(盤猛激而成窟, 氵+哨 氵+哱潫而爲魁)"의 시구를 인용한 표현이다. 목화는 서진(西晉) 발해(渤海) 광천(廣川) 사람으로, 자는 현허(玄虛)다. 진혜제(晉惠帝) 때 태부(太傅) 양준부(楊駿府)의 주부(主簿)를 지냈다. 사부(辭賦)에 뛰어났지만 작품은 대부분 실전되어 〈해부〉 한 편만이 전한다. 이 작품은 대해(大海)의 광활한 광경과 변화하는 모습을 묘사하고 있는데, 웅장하고 아름다우면서 문사가 심오하고 미려하여 서진 부단상(賦壇上)의 유명한 작품이 되었다.

106 목마른 …… 얻은 덕에[轍魚得西江] : 『장자(莊子)』, 「외물(外物)」에, 물이 없어서 구원을 청하는 붕어에게 "내가 지금 오월(吳越)의 왕에게 유세(遊說)를 해서, 서강의 강물을 퍼 올리게 하여 그대를 영접하겠다.[激西江之水而迎子]"고 말한 이야기를 가리킨다.

107 두보의 '상폭보은시(常曝報恩腮)' 시구 : 두보의 시 〈추일형남술회삼십운(秋日荊南述懷三十韻)에서 "괴롭게 흔들며 먹이를 구하는 꼬리요, 항상 드러내며 보은하고자 하는 아가미구나(苦搖求食尾, 常曝報恩鰓)"라는 구절을 인용하였다는 말이다. 앞의 구절은 호랑이가 깊은 산 속에 있을 때는 모든 동물들이 공포에 떨지만, 그 호랑이가 (인간이 파 놓은) 함정에 빠지면 꼬리를 흔들며 초라한 모습으로 먹이를 구걸하는 처지가 됨을 가리킨 것이다. 또한 뒤의 구절은 한 무제가 곤명지에서 노닐 때 낚싯줄에 걸린 물고기를 구해주고 3일 후 못 가에서 명주(明珠) 한 쌍을 얻었는데, 이때 한 무제가 말하기를 "물고기가 은혜를 갚은 것이다."라고 한 것을 가리킨다.

규재(圭齋)

지난날 상관(上關)으로 찾아가 만나 뵙고 싶었으나, 때마침 공께서 병으로 배 안에 머무르고 계시다 하여 가르침을 받을 기회를 놓치고 말았습니다. 외람되게도 저의 비루함을 잊고 보잘 것 없는 글을 올리니 경거(瓊琚)로 보답하는 은혜를 베풀어주신다면 화곤(華袞)보다 더한 영광일 것입니다. 지금 사신의 배가 서쪽으로 돌아와 상관에 다시 머무르고 계시다고 들었으나, 제가 감기로 송별연에 참석하지 못하였습니다. 하늘이 아름다운 인연에 어찌 이리도 인색한지 결국 만나 뵙지[108] 못한 채 스스로 한탄만 할 뿐입니다. 거친 글이나마 정성껏 올리오나 청람(清覽)을 더럽힐 뿐 입니다. 다만 예의를 갖추어 자그마한 정성을 표시하고자 함이니 꾸짖으며 받아주신다면 다행이겠습니다. 저의 성은 우도궁(宇都宮)이고 이름은 삼적(三的), 자는 일각(一角), 호는 규재(圭齋)입니다.

규재가 보여주신 시에 화답하다
奉和圭齋惠眎韻

소헌(嘯軒)

| 우뚝 솟은 기이한 봉우리 혀끝을 일으키니 | 突兀奇峰起舌端 |
| 맑은 금옥 소리에 사신의 방울 소리[109] 어울리네 | 鏘然清操中和鑾 |

---

108 만나 뵙지[披雲] : 구름을 헤치고 청천(青天)을 본다는 말, 곧 훌륭한 사람을 만나본다는 뜻. 피무(披霧)와 같다.

허무한 인생사 제비 기러기 같음[110]을 탄식하니 　　浮生未免燕鴻歎

안개 헤치고 푸른 하늘 볼 날 그 언제일까 　　那得靑天披霧看

따로 율시 한 수를 드리다
別呈一律

같음[同]

그대가 왔을 땐 내가 병과 근심으로 앓아누웠고 　　君來我疾愁撼頓

내가 왔을 땐 그대가 병약하여 풍한에 걸렸네 　　我來君病怯風寒

하늘은 아름다운 인연 애석치 않으신지 　　皇天無乃良緣惜

덧없는 세상 한 번 만남이 이리도 어렵구려 　　浮世方知一會難

영관의 적막 속에 등불이 빛나고 　　靈館寂寥燈火耿

저물녘 숲 속에는 댓잎 소리 버석이네 　　暮林蕭瑟竹聲乾

맑은 바람 일으킬 합환선[111]을 따로 보내니 　　淸風別有齊紈贈

둥근 달 얼굴 가득 은은히 비추어 주길 　　顔面依俙月樣團

---

109 사신의 방울 소리[和鑾] : 화(和)와 난(鑾)은 모두 황제의 마차에 달려 있는 방울로, 그 방울 소리가 맑고 깨끗하다 한다.

110 제비 기러기 같음[燕鴻] : 제비는 가을에 남쪽으로 갔다가 봄에 오고, 기러기는 봄에 북쪽으로 갔다가 가을에 오므로 서로 만나지 못하는 것이다.

111 합환선[齊紈] : 합환선(合歡扇)은 비단으로 만든 둥근 부채이다. 한(漢) 나라 때 반첩여(班婕妤)가 성제(成帝)의 총애를 잃고 상심하여 지은 단선사(團扇詞)에 "제나라 고운 비단 새로 자르니 깨끗하기 마치 눈서리 같구나. 마름질하여 합환선(合歡扇)을 만드니 둥글기가 밝은 달 같구나.[新裂齊紈素 皎潔如霜雪 裁爲合歡扇 團團似明月]"라고 한 데서 유래하였다.

같음[同]

　지난번 바쁜 일정 속에 자잘한 병을 얻어 배 안에 앓아누웠던 관계로 여러 현인들이 창수하는 반열의 말석에도 달려갈 수 없었습니다. 아쉬운 마음이 마치 낚인 고기와 같아 돌아오는 길에는 반드시 회포를 풀리라 생각하였습니다. (그런데 그대) 또한 편찮으셔서 배에서 내리지 못하셨다니 호사다마(好事多魔)라 그러한 것이지 어찌 어느 한쪽에 불운한 수가 껴서 그런 것이겠습니까. 보내주신 시를 두 번 세 번 읊으니 옥구슬 같은 시구들이 눈에 가득한데 여기에 값진 부채까지 보내주셨으니, 솟구치는 감사의 마음을 어찌해야 할지요. 왕명을 띤 사행의 여정이라 정해진 기한이 있으니 바쁜 뱃머리를 오래 머무르기 어렵습니다. 하늘과 땅처럼 아득히 먼 거리라 만날 길이 없으니 바람이 불 때마다 홀로 슬퍼할 뿐입니다. 저의 성은 성(成), 이름은 몽량(夢良), 자는 여필(汝弼), 자호는 장소헌(長嘯軒)이며 성균관 진사입니다.

국계 장공께 드리다
奉呈菊溪張公詞案

규재(圭齋)

시성의 문진에서 누가 대적하랴　　　　　詩城文陣孰爭衡
비단 옷을 빼앗아 주니[112] 향리의 영광이네　奪去錦袍鄕里榮

---

112 비단 옷을 빼앗아 주니[奪去錦袍] : 다른 사람보다 시문(詩文)이 우수함을 치하함.

사신의 근원을 찾으니 장박망[113]이라	星使窮源張博望
청사에 공명을 기록해 영원히 남기리라	長令青史記功名

또 드리다
又

같음[同]

청아한 기상 서릿발처럼 늠름하고	皎潔清標凜若霜
붓끝엔 봉새 난새 홀연히 날아드네	筆頭忽見鳳鸞翔
이별 후 서로 그리워할 곳을 알고자 하니	欲知別後相思處
하늘가 높이 떠있는 밝은 달이 그곳이네	明月高懸天一方

규재(圭齋)

　　지난번 은혜를 베풀어 화답시를 내려주셨으니, 저에게 이러한 광영
은 일찍이 없었던 일입니다. 빙례의 임무를 마친 사신의 배가 다시 상
관(上關)에 머무르고 있다 들었습니다만, 저에게 자잘한 병증[114]이 있

당 무후(唐武后)가 용문(龍門)에서 노닐 때 신하 중에 시를 제일 먼저 지은 동방규(東方虬)
에게 금포(錦袍)를 하사하였다가 뒤에 지은 송지문(宋之問)의 시를 보고 감탄하여 다시
금포를 빼앗아 송지문에게 주었다는 고사에서 인용한 말이다.(『唐書』,〈宋之問傳〉)

113 장박망(張博望) : 한 나라 무제(武帝) 때에, 서역(西域)의 여러 나라와 외교를 맺은
박망후(博望侯) 장건(張騫)을 가리킨다.

114 자잘한 병증[採薪] : 나무를 할 수 없을 정도의 대수롭지 않은 병을 가리킨다.

어 직접 뵙고 이별할 수 없게 되었습니다. 삼가 거친 글 두 장[二章]과 부채 한 상자로 존경의 마음을 보이고자 합니다. 웃으며 받아주시기 바랍니다.

상관의 배 위에서 멀리 규재가 보내준 시에 차운하다
上關船上遙次圭齋見寄韻

국계(菊溪)

그대의 많은 재주 사형[115]과 같아 우려되니	子患才多似士衡
암국의 문객[116]이 은영을 입었네	曳裾巖國被恩榮
시편에 풍운[117]이 웅장하니	詩篇帶得風雲熊
일대의 그 누가 아름다운 이름을 더하리오	一代何人惹美名
세모의 나그네 서리와 눈을 밟으니	歲暮行人履霜雪
누구와 함께 바다 위 하늘을 날아 노닐까[118]	海天誰與共翶翔
이별의 마음 울적함에 병이 되었으니	離心壹鬱仍成病

---

115 사형(士衡) : 진(晉)나라 육기(陸機)의 자(字). 육기는 그 아우 육운(陸雲)과 함께 문명(文名)을 떨쳤다. 그는 타고난 재주가 탁월하고 문장이 굉려(宏麗)하였다. 그래서 장화(張華)가 말하기를 "사람들이 글을 지을 때는 늘 재주가 적은 게 아쉬운데 그대는 도리어 많은 게 걱정이다.[人之爲文 常恨才少 而子更患多]"하였다는 데서 유래한 말이다.

116 문객[曳裾] : 왕후(王侯)의 문객(門客).

117 풍운(風雲) : 용이 바람과 구름을 타고 하늘로 오르는 것 같은 웅장한 기운을 말한다.

118 날아 노닐까[翶翔] : 고(翶)란 새가 날면서 날개를 위아래로 흔드는 것을 말하고, 상(翔)은 날개를 편 채 바람을 타고 나는 것을 말한다.

행장 속 더듬어 약방문을 찾는다네　　　　　　手探裝囊撿藥方

대살 깎고 종이 잘라 만든 값진 부채 세 자루　　削竹裁牋寶箑三
규재거사 손수 챙겨 보냈네　　　　　　　　　圭齋居士手親緘
추운 날씨에 여러 상자 갈무리하기 쉽지 않으니　天寒不肯藏諸篋
이처럼 깊은 정은 예사로운 것이 아니라네　　　爲是深情自匪凡

추수 강공께 드리다
奉呈秋水姜公詞宗

　　　　　　　　　　　　　　　　　　　　　규재(圭齋)

계림의 큰 손님 성대한 명성 떨치시니　　　　雞林豪客擅鴻名
금석이 붓 끝에서 쟁쟁하게 울리네　　　　　　筆下鏘然金石鳴
학문의 바다 끝없이 드넓으니　　　　　　　　學海文淵空濶地
긴 장대 던져 큰 고래나 낚아 볼까　　　　　　長竿投去掣長鯨

또 드리다
又

　　　　　　　　　　　　　　　　　　　　　같음[同]

요동벌 학울음[119] 멀리 하늘에 울리니　　　　遼東鶴唳遠聞天

---

119 요동벌 학울음[遼東鶴唳] : 요동의 정령위(丁令威)가 선도(仙道)를 배운 후 학이 되

일역에서 노닐다가 서쪽으로 돌아가려 하네　　　　　日域盤旋西欲還
바람 탄 붕새는 한 번에 천만 리를 날아가니　　　　風翮一飛千萬里
뭇 닭들이 하늘[120] 끝을 어찌 알겠는가　　　　　　群雞爭識九霄邊

추수의 화답시가 도착하지 않았다.

만 리 뱃길에 기거 무탈하게 도착하셨다 하니 거듭 경하 드립니다.
저의 성은 반전(飯田)이고 이름은 현기(玄機), 자는 도조(道瑂), 호는 규
양(葵陽)이며 방주(防州) 암국(岩國)의 의인(醫人)입니다. 전부터 높은
풍모를 찾아뵙고 청아한 얼굴을 배알하기 바랐습니다. 신학사(申學士)
께 보잘 것 없는 시 한 수를 지어 올리니 바로잡아 주시기 바랍니다.

규양(葵陽)

장원으로 급제한 나라 안 으뜸 문장　　　　　　　闔國文章推擅科
한 번의 만남에서 온화한 성품을 알았네　　　　　相逢半面見溫和
언제나 이루어질까 이락[121]의 두 강물이　　　　何期伊洛二川水

어 고향에 왔다는 전설을 인용한 것으로 보인다.

120　하늘[九霄] : 구소는 하늘의 가장 높은 곳으로, 신소(神霄)·청소(青霄)·벽소(碧霄)·
　　단소(丹霄)·경소(景霄)·옥소(玉霄)·낭소(琅霄)·자소(紫霄)·태소(太霄)를 말한다.

121　이락(伊洛) : 이하(伊河)와 낙하(洛河). 이하가 흐르는 하남성(河南省) 숭현(嵩縣)에
　　서 생장한 정호(程顥)·정이(程頤) 형제가 낙양(洛陽)을 중심으로 제자를 가르치며 학문
　　을 연마하였고, 이들의 학문을 계승한 것이 주희(朱熹)였으므로, 정주학(程朱學)·주자
　　학(朱子學)을 지칭하는 말로 흔히 쓰인다.

멀리 부상까지 만리 파도 헤쳐 올 날이　　　　　遠入扶桑萬里波

규양이 보내 주신 시에 화답하다
奉和葵陽惠寄韻

청천(青泉)

거문고 한 곡조 듣기에 특별하니　　　　　瑤琴一曲聽殊科
화락한 소리에 기운 또한 온화하네　　　　　認得聲和氣亦和
약초 주머니 속에 아름다운 시구 가득하니　　采藥囊中佳句滿
속된 세상도 물결 위 백구[122]를 더럽히지 못하네　紅塵不染白鷗波

시서와 농사는 본래 하나이니　　　　　詩書耕鑿自同科
한 지역의 민풍이 예부터 화락했네　　　　一域民風太古和
어찌하면 그대와 신선초를 함께 캐며　　　安得携君采仙艸
봉래산 밑 구름 물결 희롱할 수 있을까　　蓬萊山下弄雲波

옛날의 헛된 명성 장원급제 생각나니　　　憶昔浮名擅甲科
대궐[123] 안에서 거문고[124] 소리 들었었지　　明光殿裏聽雲和

---

122 물결 위 백구[白鷗波] : 세사(世事)에 얽매이지 않고 은둔함. 두보의 〈봉증위좌승장이십이운(奉贈韋左丞丈二十二韻)〉에서 얽매이지 않고 호연(浩然)히 떠나는 것을 비유하여 "백구가 드넓은 물결 위에 있으니 만리에 거침없이 나는 것을 뉘라서 길들이랴.[白鷗波浩蕩 萬里誰能馴]"라는 구절에서 유래하였다.

123 대궐[明光殿] : 명광전은 한나라의 궁전 이름으로, 여기에서는 대궐을 가리키는 이칭으로 쓰였다.

| 만 권의 문장이 어려운 일들로 되돌아오니 | 文章萬卷還多事 |
| 남은 것은 파도를 헤치는 외로운 뗏목이네 | 贏得孤槎越海波 |

헌기[125]의 지극한 도 한결같으니	至道軒岐自一科
신묘한 청낭[126]은 백성을 화락케 하네	靑囊神格囿民和
그대를 따라 금단향[127]을 소원하니	從君好乞金丹餉
겹겹 파도 같은 아침볕에 머리를 감는다네	濯髮朝陽萬斛波

　저의 성은 신(申)이고 이름은 유한(維翰), 자는 주백(周伯)이며 청천(青泉)은 자호(自號)입니다. 을유년(1705)에 시(詩)로써 출사하였고, 계사년(1713)에 부(賦)로써 장원급제를 하였습니다. 지금 관직은 선무랑비서관저작겸직태상시(宣務郎秘書官著作兼直太常寺)입니다. 분수에 맞지 않게 사신을 수행하도록 조정에서 선발되어, 멀리 해륙(海陸) 만 리길을 건너왔다가 이제 다행히 일을 마치고 돌아가게 되었으니 천만다행입니

124　거문고[雲和] : 운화는 원래 산 이름인데 그 산에서 거문고 만드는 재료가 난다 하여 거문고의 이칭으로 쓰인다.

125　헌기(軒岐) : 원래는 의약(醫藥)의 시조(始祖)로 알려진 황제(黃帝) 헌원씨(軒轅氏)와 그의 신하 기백(岐伯)을 통칭하는 말이나, 일반적으로 의술(醫術)을 나타내는 말로 쓰인다.

126　청낭(靑囊) : 약을 넣는 주머니, 또는 천문(天文)·복서(卜筮)·의술(醫術)에 관한 서적을 뜻한다. 옛 진(晉) 나라 곽박(郭璞)이 곽공(郭公)에게서 청낭서(靑囊書)라는 6권의 비서(秘書)를 받은 다음부터 오행(五行)·천문(天文)·복서(卜筮)를 환하게 알게 되었다고 한다.

127　금단향(金丹餉) : 도교(道教)에서 아홉 번 제련하여 만든다는 선약(仙藥)으로, 이를 복용하면 신선이 된다고 한다. 또한 장생불사(長生不死)를 위한 양생법(養生法)을 가리키기도 한다.

다. 전에 이곳을 지나갈 때 이미 명성을 듣고 보내주신 시를 받았으나 미처 다 보지 못한 채 잃어버렸는데 적어두지 않은 것이 안타깝습니다. 이에 안부를 여쭈며 끝없는 감사의 마음을 올립니다. 화답시 4편을 지어 보내오니 저의 지난 허물을 잊어주실 수 없겠습니까. 돌아가는 배가 하관(下關)[128]에 머무를 날이 하루도 되지 않아 얼굴을 마주하고 만날 길이 없는 것이 몹시 애통할 따름입니다.

강·성·장 삼서기에게 부치다
奉寄姜成張三書記

규양(葵陽)

선명한 가을 바다 사신 배 경쾌하니	秋高瀛海錦帆輕
하관 위 문물의 광채가 태평함을 알려주네	關上物光卜泰平
의기양양한 사신 깃발 아름다우니	意氣揚揚羽旌美
예부터의 양국 맹약 굳건하리라	從來二國不寒盟

---

128 하관(下關) : 장문주(長門州) 산구현(山口縣)의 적간관(赤間關)으로서, 현재의 시모노세키이다.

규양이 부쳐준 시에 차운하니 한번 크게 웃으시길 바랍니다
奉次葵陽見寄之韻以博一粲

국계(菊溪)

외로운 사신 배[129] 경쾌하게 떠가니	貫月孤槎泛泛輕
푸른 하늘 맑은 바다 태평성대 즐겁구나	天淸海晏樂昇平
양국의 우호 장차 신의를 함께 하리니	共將信義修鄰好
구리쟁반 피 마시는 맹세에 그칠 뿐이 아니라네	不翅銅盤歃血盟

시속(時屬)이 태평하고 양국의 맹약이 변치 않아 사신의 배가 이곳에 이르도록 기거하심이 편안하시다 하니 거듭 다행입니다. 저의 성은 반전(飯田), 이름은 현기(玄機), 자는 도조(道瑚), 호는 규양(葵陽)으로 방주(防州) 암국(岩國)의 의인(醫人)입니다. 고매하신 풍모는 이미 오래 전부터 들어왔습니다. 공으로 인하여 현자를 모실 기회를 얻을 수 있기를 바랐는데, 다행히 물리치지 않으시고 가르침을 내려주시니 감사하고 감사합니다. 이에 시 한 수를 지어 양의(良醫) 권공께 올리오니 바라건대 화답시를 내려주십시오. 또한 의문 사항 몇 가지가 있어 무례하게 존청을 더럽히오니 작은 정성이나마 살펴 가르쳐주신다면 다행이겠습니다.

---

129 외로운 사신 배[貫月孤槎] : 관월사(貫月査)는 배를 가리키는 말로, 요 임금이 황제 자리에 오른 지 30년 되던 해에 큰 뗏목이 서해(西海)에 떠올랐는데, 뗏목 위에 광채가 있어 밤에는 밝고 낮에는 꺼지므로 '관월사'라 이름 하였다고 한 데서 유래하였다.

규양(葵陽)

멀리서도 자자한 명성 날마다 우러렀는데	聞名在遠日瞻望
청아한 풍모[130] 접하니 만 가지 근심이 사라지네	一接芝眉萬慮忘
만면의 호방함은 멀리서도 사모할 만하고	滿面豪英思邈瞻
신통한 의술은 진공의 명치 끝[131]에 미치네	通神診察晉公肓
절기[132]가 변하여 기러기 북쪽으로 날아가니	天涯物候雁翔北
고향 그리는 마음은 해를 좇는 해바라기 같구나	鄉里歸心葵向陽
정을 나누는 모임에 어찌 역관을 수고롭게 하랴	何待會情勞譯舌
흉금의 교의는 누구도 헤아리지 못하리라	寸胸交義孰無量

규양이 부쳐주신 시에 화답하다
奉和葵陽惠寄韻

비목(卑牧)

예부터 신선과 범부 서로를 그리며 안타까워했는데	仙凡自古悵相望
맑은 풍모 뵙고 나니 잊혀지지 않는구나	幸覯清儀耿未忘

---

130 청아한 풍모[芝眉] : 미목이 청수하고 아름다움. 방관(房琯)이 원덕수(元德秀)를 볼
    때마다 감탄하며 이르기를, "저 보랏빛 영지같이 청수한 미목(眉目)을 대하면 사람으로
    하여금 명리(名利)에 관한 마음이 싹 가시게 만든다네."라고 한 데서 유래하였다.(『唐書』,
    〈元德秀傳〉)

131 진공의 명치 끝[晉公肓] : 춘추시대(春秋時代) 진(晉)나라 경공(景公)의 고사인 병입고
    황(病入膏肓)에서 유래한 말로, 병입고황은 병이 불치의 상태에 이르러 치유가망이 전혀
    없는 상태를 가리킨다. 종래 명치끝은 약효가 미치지 못하는 불치의 부위로 여겨졌다.

132 절기[物候] : 절후에 따라 변화하는 만물의 상태.

조화를 궁구한 시구로 사람을 놀래키고	詩欲驚人窮造化
고황의 병을 치료하여 의국을 전담하네	業專醫國起膏肓
산 중의 약초 캐며 도홍경[133]을 추종하고	山中採藥追弘景
솥 속의 단약 익혀 위백양[134]을 흠모하네	鼎裏燒丹慕伯陽
나는 땅벌레와 같아 그저 잡스러울 뿐이니	我似壤蟲空瑣瑣
누런 고니[135] 날아오르면 아득하여 헤아리기 어렵네	高飛黃鵠杳難量

양의 권공께 드리며
奉呈良醫權公

규양(葵陽)

사행의 일을 마치고 채익선(彩鷁船)이 서쪽을 향하였고 이제 막 상관(上關)에 당도하시어 가까운 곳에 머무르고 있다 들었습니다. 저는 지난번에 상관에 있으면서 공께 명함을 드려 안부를 여쭈었고 섬돌 아래에서 인사를 올리도록 허락을 받았습니다. (그러나) 안타깝게도 하늘이 아름다운 인연을 허락하지 않아, 바쁜 일정으로 사신 배가 서둘러 떠나는 바람에 끝내 직접 뵙고 맑은 가르침을 듣지는 못하였습니다. 이에 보잘 것 없는 시와 질문 사항을 적어 우삼씨(雨森氏)에게 맡

---

133 도홍경(陶弘景) : 양 무제(梁武帝)에게 산중재상(山中宰相)으로 존숭되었던 선가(仙家)의 은자.
134 위백양(魏伯陽) : 한 나라 때 사람으로, 도술(道術)을 좋아하여 장생불사한다는 단약(丹藥)을 연구하였다. 제자 세 사람과 같이 산중에 들어가서 단약을 만들어 신선이 되었다 하며, 저술로 『참동계(參同契)』가 있다.
135 누런 고니[黃鵠] : 황곡은 신선이 탄다는 큰 새로서, 한 번에 천리를 난다고 한다.

겨 공께 올리도록 하였습니다. 다행히 공께서 물리치지 않으시고 자
세하고 상세한 회답을 내려주셨으니 후의에 대한 감사를 어찌 해야
할지 모르겠습니다. 게다가 뜻밖에도 성씨(姓氏)를 오인한 일로 인해
제 시가 되돌아왔으니 돌이킬 수 없는 죄를 저질렀습니다. 부디 용서
하시기 바랍니다. 지금 다시 고쳐 써서 증별시(贈別詩) 한 수와 질문
사항 두 건을 올려 고청(高聽)을 더럽힙니다. 다행히 성대한 회답을 내
려주신다면 실로 제 소원이 이루어질 것입니다. 채지(彩紙) 한 상자는
다만 조그마한 정성을 표시한 것뿐이니 기쁘게 받아주신다면 감사하
겠습니다. 저는 지금 자잘한 병을 앓고 있어 직접 가 인사드리며 환송
하지 못하고 다만 바람을 향하여 크게 탄식만 하고 있습니다. 살펴 헤
아려주십시오.

바람을 가르는 사신 배의 선랑을 전송하니	星槎風度送仙郎
나부끼는 구름 소매에 눈서리가 흩날리네	雲袂輕飄衝雪霜
그 언제일까 상지[136]의 물 얻어 와	何日得來上池水
사람들과 나누어 심장을 씻어낼 날이	人間分與滌心腸

---

136 상지(上池) : 아직 땅에 떨어지지 않은 이슬이나 약으로 쓰일 수 있는 좋은 물을 이
　　른다.

규양공께 삼가 아룁니다
奉覆葵陽公案下

비목(卑牧)

　부평초같이 떠도는 나그네가 서로 만나기 위해서는 천운이 따라야 하거늘, 지난날 상관(上關)에 배가 정박했을 때 한번 만날 수 있는 기회를 끝내 놓치고 말았습니다. 슬픈 마음에 공도 저와 같은 마음이리라 생각하던 차에 편지를 받고 아울러 채지(彩紙)까지 받게 되니, 진귀한 선물에 담긴 정성스런 성의에 깊이 감격하고 있습니다. 다만 편지 가운데 질문하신 것은 귀먹은 이에게 물어보는 것과 같습니다. 제가 어려서부터 병을 많이 앓던 차에 우연히 옛 선성(仙聖)의 신기(神氣)에 관한 논의들에 관심을 갖게 되었으나 제 한 몸의 건강을 구제하는 계책으로 삼고자 하였을 뿐, 감히 중생을 구제하는 데에 뜻을 두고 의도(醫道)로서 자임하지는 못하였습니다. 질문을 잘못 보내신 듯하여 실로 부끄러움에 얼굴을 들 수가 없습니다. 다만 질문을 하셨는데 답변이 없다면 이 또한 도리가 아닌지라 몇 줄의 진언(陳言)으로 존청(尊聽)을 어지럽힙니다. 웃으며 받아주신다면 어떠하겠습니까.

만 리 길 뱃사공[137]을 속절없이 따라오니	萬里空隨黃帽郎
하늘가 절기는 된서리를 재촉하네	天涯時節逼嚴霜
시름겨운 나그네 웃으며 시를 읊지 못하니	羈愁不放吟眉展
새로운 시 있다 해도 애만 태울 뿐이네	縱有新聲只斷腸

137　뱃사공[黃帽郎] : 황모랑(黃帽郎)은 뱃사공의 이칭이다. 토(土)가 수(水)를 이긴다는 뜻에서 토의 색깔인 황색(黃色) 모자를 썼던 것에서 유래하였다.

필어(筆語)

一.

겐키[玄機][138] 물음 : "귀국의 저울과 자, 두곡(斗斛)[139]은 모두 중국의 법에 근거합니까? 귀국의 법이 따로 있습니까? 혹시 중국의 법에 근거한다면, 어느 시대의 방법을 쓰고 있습니까?"

권도(權道)[140] 대답 : "저울과 자, 두곡은 옛날과 지금이 각각 다릅니다. 『본초(本草)』[141]에 실린 바, 동원(東垣)[142]의 논의는 도리가 올바른 설명인데, 『정전(正傳)』[143]의 방법과는 또한 각각 다릅니다. 동원은 '옛날의

---

138 겐키[玄機] : 이이다 겐키[飯田玄機]. 자는 도조(道璃), 호는 규양(葵陽). 현재 일본 치바현[千葉縣] 남부인 보슈[防州] 이와읍[岩邑]의 의원이었다.

139 두곡(斗斛) : 두와 곡. 모두 용량을 되는 도구로, 양기(量器)의 범칭. '두'는 10되(升) 들이, '곡'은 10말(斗) 들이이다.

140 권도(權道) : 자는 대원(大原), 호는 비목재(卑牧齋). 1719년 제9차 기해(己亥)통신사의 양의(良醫) 부사과(副司果)였다.

141 『본초(本草)』 : 『본초강목(本草綱目)』. 중국 명(明)대 이시진(李時珍)이 전대(前代) 제가(諸家)의 본초학을 총괄하여 보충·삭제하고 바로잡아 저술한 책이다.

142 동원(東垣) : 이고(李杲, 1180-1251)의 호. 금(金)대 진정(眞定) 사람이고 유명한 의학자로 금원사대가(金元四大家)의 한 사람이다. 자는 명지(明之)이고, 호는 동원노인(東垣老人). 명의(名醫) 장원소(張元素)가 스승이다. 당시 전란 등으로 기아와 질병이 만연해 백성들에게 내상병(內傷病)이 많은데 착안하여 '내상학설(內傷學說)'을 제기하였고, 안으로 비위(脾胃)가 손상되면 온갖 병이 이로부터 생긴다고 생각하여 비위(脾胃)를 조리하고 중기(中氣)를 끌어올릴 것을 강조한 '비위학설(脾胃學說)'을 제기하였으며, 보중익기탕(補中益氣湯) 등 새로운 방제를 스스로 만들었다. 모든 병의 주된 치료를 비위의 치료에서 시작하였다 하여 그를 보토파(補土派)라 불렀다. 원(元)대 나천익(羅天益), 왕호고(王好古) 등이 그의 이론을 이어 받았으며, 『비위론(脾胃論)』, 『내외상변혹론(內外傷辨惑論)』, 『난실비장(蘭室祕藏)』, 『의학발명(醫學發明)』, 『약상론(藥象論)』 등의 저서가 있다.

143 『정전(正傳)』 : 1515년 명(明)대 우단(虞搏)의 저작인 『의학정전(醫學正傳)』을 가리킨다. 주진형(朱震亨)의 학설을 위주로 하고, 장중경(張仲景)·손사막(孫思邈)·이고(李

1되(升)[144]가 지금의 큰 잔(盞) 하나이다.'라 했고,『정전』에서는 '백차잔
(白茶盞)[145]을 대략 계산하면 반근(半斤)[146]의 수이다.'라고 하였으며,『활
인서(活人書)』[147]에서는 '1되가 약 2홉[148] 반에 해당한다.'고 하였는데, 여
러 기록의 내용은 이러합니다. 그러나 나라의 습속이 달라 되나 홉의
크기가 다른데, 우리나라 되나 홉이 귀국의 되나 홉과 꼭 들어맞는지는
모르겠으나, 무게를 재는 것은 귀국과 같습니다."

一.

겐키 물음 : "제가 일찍이『황조유원(皇朝類苑)』[149]을 읽었는데, '철종
(哲宗) 때 고려(高麗)가 바친 책 중에『황제침경(黃帝鍼經)』9권이 있다.
이 책은 오래 전에 전쟁을 거치며 거의 잃어버렸는데, 뜻밖에도 고려
에 남아있었다. 지금 가지고 와 바친 책의 편질(篇秩)이 모두 갖추어져
있으니 다행한 일이라 하지 않을 수 없다. 운운."하는 내용을 읽었습니
다. 귀국에 전해졌던 일을 지금 징험할 수 있는 것이 있습니까?"

권도 대답 : "『황제침경(黃帝鍼經)』은 진실로 우리나라에 있기는 합니

룟)의 학설을 참고한 동시에 자신의 견해를 덧붙여 저술하였다.

144 1되(升) : 말(斗)의 10분의 1.

145 백차(白茶) : 당송(唐宋) 시기 백엽차(白葉茶) 나무에서 채취한 찻잎을 가리켜 일컫
  는 말.

146 1근(斤) : 무게의 단위. 1근은 16냥(兩)이 원칙이나, 10냥(375g)으로 하기도 함.

147『활인서(活人書)』:『남양활인서(南陽活人書)』를 가리킨다. 송(宋)대 호주(湖州) 사
  람인 주굉(朱肱)이 수십 년 깊이 연구해 경서의 중요한 뜻을 깨달아 지은 책이다.

148 1홉(合) : 1되(升)의 10분의 1.

149『황조유원(皇朝類苑)』: 중국 명(明)대 편찬된 유서류(類書類) 서적. 2함(函) 12책.

다. 옛날에 중국으로부터 전해 온 것이 간간히 인가에 있었으나 근래
에는 새긴 일이 없어 매우 희귀한 책이 되었습니다."

一.

겐키 물음 : "우리나라의 임신부들은 5개월에 이르면, 부드러운 베를
허리띠처럼 겹겹이 동여맵니다. 간혹 서너 치(寸) 정도 여유를 두고
등에서부터 배까지 동여매는데, 분만(分娩)하는 날까지 밤낮으로 풀지
않습니다. 혹시 태아(胎兒)가 자라서 가슴 속에서 기급(氣急)한 증상이
있음을 깨달으면, 3푼(分) 혹은 5푼 정도 조금 풀어놓을 수 있지만, 1
치를 풀어놓을 수는 없습니다. 차례대로 몸을 조호(調護)함이 이와 같
은데, 이는 태아가 제멋대로 자라는 것을 막기 위한 처방입니다. 종래
에는 이를 그대로 따랐고, 태양가(胎養家)[150]도 상법(常法)으로 삼았는
데, 혹여 게으른 임신부가 조금이라도 이 법을 어기면 반드시 난산(難
産)으로 근심하게 됩니다. 그러나 중국의 처방서에는 대략이라도 이것
을 말한 내용이 없습니다. 오직 『해낭편방(奚囊便方)』[151]에만 이 방법이
실려 있는데, 이로써 중원(中原)에서도 이 법이 있음을 알게 되었습니
다. 혹시 귀국의 태양법에도 이 법을 쓰는 사람이 있습니까?"

권도 대답 : "우리나라의 민간 마을에서 가끔 이 법을 쓰는 사람들이
있습니다. 그러나 이 법은 태기(胎氣)를 막기 때문에 사대부 집안에서

---

150 태양가(胎養家) : 임신 기간 중에 건강관리를 잘해 태아 발육이 잘되도록 조리하는
　　일을 다루는 의학 분야를 가리킨다.
151 『해낭편방(奚囊便方)』 : 진조계(陳朝堦)의 『부인산대기(婦人産帶記)』를 가리킨다.

는 절대로 이 방법을 쓰지 않습니다."

一.

겐키 물음 : "인삼(人參)은 『본초강목(本草綱目)』에서 상당(上黨)[152]과 귀
국에서 생산된 것을 최상품으로 치는데, 그 싹 모양에 대해 설명한 것
이 각각 달라 무엇이 옳은지 모르겠습니다. 삼가 그 줄기와 잎, 꽃, 열
매, 색, 윤기, 모양 및 그 땅의 추움과 따뜻함, 비옥함과 척박함, 높낮
이, 그리고 음양의 향배(向背)를 여쭈고자 하니, 바라건대 자세히 가르
쳐주십시오. 또 화공(畫工)을 시켜 싹의 모양 한 장을 그려 주시면 매
우 다행이겠습니다."

권도 대답: "『본초』에서는 상당에서 생산되는 인삼을 상품(上品)으로
쳤고, 우리나라에서는 북도(北道)[153]의 높고 시원한 곳에서 생산되는
인삼을 절품(絶品)으로, 전라도(全羅道)의 낮고 습한 땅에서 생산되는
인삼을 천품(賤品)으로 여기고 있습니다. 북도 인삼은 가지와 잎, 줄기
와 싹이 『본초』에 그려놓은 상당 인삼과 차이가 없지만, 전라도 인삼
은 조금 다릅니다. 이로써 말한다면 그 우열을 알 수 있습니다. 묘사
하여 그리는 일은 오직 화공만이 할 수 있는데, 지금 화공이 병으로
누워있기 때문에 간절한 바람을 도와드리지 못하겠습니다."

겐키[玄機] 물음 : "소공(蘇恭)[154]이 말하기를, '백부자(白附子)[155]는 본래

---

152 상당(上黨) : 중국 기주(冀州) 서남(西南) 지역. '기주'는 9주(九州)의 하나로, 지금
　　중국의 하북성(河北省)·산서성(山西省) 대부분과 하남성(河南省) 일부를 지칭한다.
153 북도(北道) : 경기도(京畿道) 이북으로 황해도(黃海道), 평안도(平安道), 함경도(咸
　　鏡道) 지방을 가리킨다. 북관(北關)이라고도 한다.

고려(高麗)에서 나온다.'고 했고, 서표(徐表)[156]가 말하기를, '동해(東海) 신라국(新羅國)에서 난다.'고 했습니다. 과연 그 말과 같다면 귀국에서 생산되었음을 알 수 있는데, 두 사람이 설명한 싹의 모양이 각각 달라서 어느 쪽을 따라야 할 지 모르겠습니다. 진짜 형상을 가르쳐주시면 다행이겠습니다."

권도 대답 : "백부자는 신라에서 생산되는데, 색이 희고, 싹은 흑부자(黑附子)[157]와 비슷한 것이 맞습니다. 신라는 곧 우리나라 경상도(慶尙道)입니다."

겐키 물음: "우리나라에서는 한 번 복용하는 약의 양을 잴 때 기본적으로 1돈쭝(錢)[158]에서 2돈쭝까지를 표준으로 삼습니다. 원·명[元明]의 처방서에 수록된 1첩의 양과 비교해보면, 대략 10분의 1입니다. 만약 많은 양을 복용하면, 도리어 설사 등을 앓게 됩니다. 귀국에서 약을 조제[方劑][159]하는 수량은 얼마쯤인지, 가르쳐주실 수 있겠습니까?"

권도 대답: "우리나라의 조제법은 1냥(兩)[160] 이상은 대제(大劑)라 이르

---

154 소공(蘇恭) : 중국 당(唐)대 사람으로『당본초(唐本草)』의 편자이다.『당본초』는『당신수본초(唐新修本草)』또는『신수본초』라고도 하며, 당대인 659년에 국가에서 제정·반포한 약전(藥典)이다.

155 백부자(白附子) : 바구니과의 여러해살이풀인 노랑돌쩌귀의 덩이뿌리를 말린 것. 독이 있으므로 법제해 쓰는데, 풍담을 없애고 습을 내보내며 경련을 멈추는데 사용되었다.

156 서표(徐表) :『남주이물기(南州異物記)』의 저자.

157 흑부자(黑附子) : 열탕에 의해 검은색으로 변한 백부자(白附子). 흑색 염료, 한방의 해열·소염제로 사용되었다.

158 1돈쭝(錢) : 무게의 단위. 1돈쭝은 3.75g. 10돈쭝은 37.5g. 1냥(兩)의 10분의 1.

159 조제[方劑] : 병의 증세에 따라 약재를 배합하는 방법. 흔히 처방(處方)이라고 한다.

160 1냥(兩) : 무게 단위의 하나로 약의 용량을 표시하는 데 많이 썼다. 1냥은 10돈 또는

고, 1냥 이하는 중제(中劑)라 이르며, 5돈쭝 이하는 경제(輕劑)라 이릅니다. 저울추는 귀국과 같습니다."

젠키 물음 : "중국의 처방서에 금박(金箔)¹⁶¹ 100편(片)이라 일컫는 것은 무게가 얼마입니까? 은박(銀箔)의 무게도 금박과 같습니까? 혹시 경중의 차이가 있습니까?"

권도 대답: "의가(醫家)에서 금박은 다만 편수(片數)로만 헤아려 사용하지, 무게를 달지는 않습니다. 그 무게는 얼마가 되는지 잘 모르겠습니다. 금박 만드는 사람들에게 물은 후에야 그 자세한 내용을 알 수 있을 것입니다."

젠키 물음 : "중국의 처방서에서 하련(煆煉)¹⁶²・포자(炮炙)¹⁶³의 방법을 논한 내용 중에 향을 태워 시간을 재는 법이 있던데, 그 향의 크기와 길이는 얼마입니까? 대법(大法)에서는 얼마의 시간을 기준으로 합니까?"

권도 대답 : "우리나라에서는 하련・포자를 할 때, 향 태우는 방법을 쓰지 않고, 다만 시각을 잽니다. 때문에 향의 크기가 어떠한가는 잘 모르겠습니다."

젠키 물음 : "중국의 처방서에서 생강(生姜) 1편(片)이라 할 때, 그 크기와 무게가 얼마나 되는지 자세히 가르쳐주십시오."

37.5g이고, 16냥은 1근(斤)이다.
161 금박(金箔) : 황금을 아주 얇은 종이처럼 만든 조각. 금엽(金葉)이라고도 한다.
162 하련(煆煉) : 약재를 불로 달궈 가공 처리하는 방법.
163 포자(炮炙) : 약재의 질과 치료 효능을 높이고, 보관・조제・제제 하는 데 편리하게 할 목적으로 1차 가공한 약재를 다시 가공 처리하는 법제(法製)의 총칭이다. 물로 처리하는 '수제', 술에 처리하는 '주제', 기름에 처리하는 '유제', 식초에 처리하는 '초제', 약즙에 처리하는 '약즙제', 불에 튀기는 '탕제', 불에 달구는 '단제', 발효법 등 여러 가지가 있다.

권도 대답 : "우리나라에서 생강 1편의 무게는 거의 2돈쭝(錢)에 이릅니다. 귀국에서는 얼마를 법도로 삼고 있습니까?"

一.

겐키 물음 : "지금 귀국의 침법(鍼法)은 여전히 『영추(靈樞)』[164] 「구침(九鍼)」[165]의 옛 법에 근거하고 있습니까? 아니면 후세에 별도로 사용하게 된 침법이 있습니까? 자세히 가르쳐주십시오."

권도 대답 : "침법은 『황제침경(黃帝鍼經)』[166]을 위주로 하는데, 『영추경(靈樞經)』[167]과 『신응경(神應經)』[168]에서 논한 내용과 대동소이(大同小

---

164 『영추(靈樞)』 : 원래 18권인 『황제내경(黃帝內經)』의 후반 9권으로, 침구(鍼灸)와 도인(導引) 등 물리요법이 상술되어 있다.

165 「9침(九鍼)」: 『영추(靈樞)』의 제1편. 예부터 사용하던 9가지 침구의 명칭 및 형태와 용도를 소개하고, 침 놓는 방법과 침 놓을 때의 주의사항, 금기 등을 나열했다. 또 12원혈(原穴)을 소개하고, 12원혈이 장부(臟腑)와 병리(病理)상으로 이어지는 연관성을 논하였으며, 경맥의 정(井)혈, 영(榮)혈, 수(輸)혈, 경(經)혈, 합(合)혈 등에 대한 설명을 곁들였다.

166 『황제침경(黃帝鍼經)』 : 침(鍼)에 관한 의학서(醫學書). 현재 전하지 않아 그 내용이나 체재는 알 수 없다. 당(唐)대 왕빙(王氷)이 몇 권 소실된 『황제소문경(皇帝素問經)』을 보충하고, 여기에 당시 '구권(九卷)' 혹은 '침경(針經)'이라는 제목으로 전해지고 있던 『황제침경(黃帝鍼經)』을 합본해 『황제내경(黃帝內經)』이라 명명한 것이 전한다.

167 『영추경(靈樞經)』: 『황제내경(皇帝內經)』의 한 구성 부분으로, 『침경(鍼經)』 혹은 『구권(九卷)』이라고도 불리우며 총 9권 81편이다. 송(宋)대 이후 원본과 전본이 대부분 소실되었고, 지금까지 전해지는 것은 남송(南宋)의 사숭(史崧)이 개인적으로 보유하고 있던 9권을 근거로 새롭게 편집해 24권으로 만든 것이 전해지고 있다. 『소문(素門)』과 설명하고 있는 내용이 비슷하고, 경락과 침구에 대해 자세히 기술되어 있다. 이 책에서 소개한 기초 이론과 임상방면은 『소문』의 내용과 상호 보완해 설명했는데, 진한(秦漢) 이전의 의학이론, 특히 침구요법의 연구에 중요한 문헌이다.

168 『신응경(神應經)』 : 중국 명(明)대 진회(陳會)가 편찬한 침구(鍼灸) 전문서적. 첫 간행은 진회의 제자인 유근(劉瑾)의 교정을 거쳐서 이루어졌다. 내용은 백혈가법(百穴歌

異)한 곳도 있습니다. 나머지는『침경』에서 논한 내용과 각기 다르니, 오직 의술을 하는 사람이 절충하여 잘 쓰면 되는 것입니다."

一.

겐키가 잘라온 앵두나무 꽃을 주면서 말하였다.

"지금 잘라와 드리는 꽃은 본래 이곳에서 '앵화(櫻花)'라 부릅니다. 나무 높이는 서너 길[丈]¹⁶⁹이고, 지름은 한 자[尺]부터 아름드리에 이릅니다. 나무껍질은 반들반들 매끄러우며, 자줏빛을 띤 검은색입니다. 늙은 것은 주름져 거칠고, 반점이 많으며, 이끼가 삽니다. 삼(杉)나무¹⁷⁰를 휘어 합자(合子)¹⁷¹를 만들 때 합쳐서 꿰매는 곳에는 모두 이 어린나무 껍질을 써서 봉합하여 붙입니다. 3월초에 잎이 나고, 꽃이 필 때는 잎 사이에 3~5개의 꽃받침이 떨기로 자라나게 됩니다. 꽃과 잎은 모두 수사해당(垂絲海棠)¹⁷²과 비슷하지만, 가지가 유연하지 않다는 점만은 다릅니다. 잎은 어린 것이 옅은 자주색이고, 늙은 것은 옥록(玉綠)색인데 광택이 없습니다. 열매는 여름에 익는데, 색은 불그스

法)·절량법(折量法)·보사수법(補瀉手法)·혈법도(穴法圖)·사화혈구법(四花穴灸法) 등이 있고, 이하 25조목은 여러 병증에 대해서 치료하는 요혈(要穴)을 기술하고 있다.

169 길[丈] : 길이 단위의 하나. 10자(尺).

170 삼(杉)나무 : 소나무과에 속하는 상록 교목(喬木).

171 합자(合子) : 뚜껑달린 작은 그릇의 총칭. 다도(茶道)에서 찻잔 씻은 물을 버리는 그릇의 한가지로 주둥이가 넓고 아래는 좁은 그릇을 말한다.

172 수사해당(垂絲海棠) : 장미과의 낙엽 활엽 관목. 중국이 원산지이고, 개화기는 4~5월이다. 실 같이 길게 늘어져 피는 꽃 때문에 수사해당이라 불리었다. 어린 나무일 때는 가지가 잘 늘어지며, 꽃은 짧은 가지에 2~4송이씩 핀다.

름한 보랏빛이며 욱리자(郁李子)[173]와 비슷하지만, 약간 맛이 달고 시
면서 독(毒)이 없습니다. 꽃은 흰색·붉은색·분홍색·담청(淡靑)색 등
인데, 겹꽃잎·홑꽃잎 등 그 종류가 가장 많습니다. 또 일찍 피는 것은
꽃이 떨어지고 잎이 생겨나는데, 홑잎은 검푸르고 겹잎은 풍성하고
아름다워 그 어떤 꽃보다도 아름답습니다. 이 때문에 품평가들은 '꽃
이로되 그 이름을 칭하지 못하겠다.'고 말했으며, 고금의 중국 책을 두
루 찾아보아도 이 꽃에 대해 언급한 것이 없습니다. 이에 항상 하나의
큰 의심거리라 여겼습니다. 그런데 지난 날 귀국의 사절이 내빙하였
을 때 우리나라 사람 중에 이 꽃에 대해 물었던 사람들이 많았는데,
대답 중에 간혹 '앵도(櫻桃)'라는 말이 있었다 합니다. 앵도는 우리나라
에도 있는데, 그 높이는 몇 자에 불과하고, 꽃 색깔이 희미해서 진실
로 감상하기에 충분치 못하며, 겨우 그 열매를 먹을 수 있을 뿐이라서,
앵화(櫻花)에는 훨씬 미치지 못합니다. 혹시 귀국에서 나는 꽃나무 중
에 우리나라의 앵화와 같은 것이 있는지요? 있다면 그 이름은 무엇인
지요?"

　권도 대답 : "우리나라 앵도도 울창하고 **빽빽**하게 떨기로 자라며 잎이
무성하고 꽃 또한 작아 감상할 만한 것이 없는데, 진실로 가지고 와
보여주신 것과 같습니다. 또한 홑꽃잎의 일종이 있는데 높이는 서너
장(丈)이고, 껍질은 반들반들 매끄러우며 자줏빛을 띤 검은색으로 어
린 복숭아나무 모양과 비슷합니다. 3월 초에 꽃이 피는데, 어떤 것은
희고 어떤 것은 옅은 붉은색입니다. 여름이 되면 열매를 맺는데, 모양

---

173 욱리자(郁李子) : 산앵두나무의 열매이다.

은 육리자와 같고 색은 불그스름한 보랏빛입니다. 겹꽃잎인 것은 본
적이 없어 감히 억지로 설명하지 못하겠습니다."

一.

젠키가 잘라온 단풍나무를 보여주면서 말했다.

"이 나무는 우리나라에서 '홍엽수(紅葉樹)'라 부릅니다. 나무는 높고
크며, 가지와 잎이 무성해 사방으로 퍼지고, 껍질은 희푸른색입니다.
잎은 처음 날 때 해동(海桐)[174]잎과 비슷하지만, 매우 가늘고 작습니다.
또 뾰족하고 좁은 잎이 수십 개씩 달린 것도 있습니다. 초봄에 작은
청황(青黃)색 꽃이 피고, 작은 열매를 맺는데 실용에는 적합하지 못합
니다. 늦가을 서리가 내려 성성이의 피처럼 잎이 선홍색으로 붉어지
면 매우 사랑스럽고 볼만합니다. 또 어린 거위처럼 노란 색인 것도 있
는데, 한 가지에 노란색과 붉은색이 섞이게 되면 가을에 그 모습이 절
묘합니다. 특히 이 나무는 산골짜기 북쪽 그늘에서 자라는 것의 색이
가장 진합니다. 어떤 종류는 초봄에는 붉다가 자라면서 도리어 푸르
게 되고, 늦가을에 다시 붉어지는 것도 있습니다. 또 봄부터 가을까지
잎이 자주색인 것도 있는데, 모두 기이한 품종입니다. 귀국에도 이러
한 나무가 있습니까? 있다면 이름은 무엇입니까?"

권도 대답: "홍엽수(紅葉樹)는 잎의 형상이 우리나라의 단풍나무와 조
금 비슷합니다. 단풍나무 잎 모양을 살펴보면, 약간 넓고 크며, 나무
껍질색은 자줏빛을 띤 검은색이고, 가운데 푸른 반점이 있습니다. 잎

---

174 해동(海桐) : 엄나무. 두릅나무과의 낙엽 교목이다.

과 줄기가 자라 나오는 곳에는 옹이[節目]가 있는데, 언뜻 옹종(擁腫)과 비슷해 보입니다. 나무 중 높은 것은 5, 6장(丈)에 이르는 것도 있습니다. 그러나 봄꽃에 또한 청황색이 없어서 홍엽수와는 크게 다릅니다. 이 또한 일찍이 보지 못한 것이라『본초(本草)』에서 찾아보면, 거의 비슷한 것을 찾을 수도 있겠지만, 가려 뽑고 조사하지 못해 감히 억지로 꿰어 맞추어 그 이름을 억측하지 못하겠습니다. 사물에 해박한 군자를 기다림이 좋겠습니다."

이상은 당도한 날의 필어(筆語)에 이어진다.

一.

젠키 물음 : "전에 인삼(人參)의 싹 모양과 나는 곳에 대해 여쭈었는데, 고명께서 가르쳐주신 내용은 대략 생산하는 곳에 관한 것이고, 싹의 형상에 대해서는 상세하게 가르쳐주시지 않았습니다. 지금 줄기, 잎, 꽃, 열매, 색, 윤기, 형상과 채작법(採作法)에 대해 여쭈니, 다시 자세하게 가르쳐 주십시오. 또 고명께서 거듭 일러주시기를, '북도(北道)의 인삼은 가지와 잎, 줄기와 싹이『본초』에 그려놓은 상당(上黨) 인삼과 더불어 차이가 없지만, 전라도(全羅道) 인삼과는 조금 다르다.'고 하셨습니다.『본초』를 살펴보니, 도은거(陶隱居)[175]가 말하기를, '인삼의 뿌리

---

175 도은거(陶隱居) : 도홍경(陶弘景, 456-536). 중국 남조(南朝)의 단양(丹陽) 말릉(秣陵) 사람. 자는 통명(通明). 구곡산(句曲山)에 은거하며 양무제(梁武帝)의 자문을 맡아 산중재상(山中宰相)이라고 일컬어졌다.『본초경집주(本草經集注)』,『주후백일방(肘後白一方)』 등을 편찬하고, 진고(眞誥) 등의 도가(道家) 서적을 저술했으나, 말년에는 불교의 계(戒)를 받고, 유(儒)·불(佛)·도(道)의 융합을 주장하였다.

와 줄기는 모두 제니(薺苨)¹⁷⁶와 비슷하지만, 잎이 조금 다르다.'고 했
고, 『당본(唐本)』¹⁷⁷에서는 '싹이 오가(五加)¹⁷⁸와 비슷하면서도 더 넓고,
줄기는 둥글면서 서너 개의 가장귀[椏]가 있으며, 가장귀 머리에는 5개
의 잎이 있다.'고 하였습니다. 두 설명 중에 어느 쪽이 옳은지 모르겠
습니다. 『본초』에 그려진 저주(滁州)¹⁷⁹ 인삼은 홍경(弘景)의 설명과 비
슷하고, 노주(潞州)¹⁸⁰ 인삼은 『당본(唐本)』의 설명과 비슷합니다. 시진
(時珍)¹⁸¹이 말하기를, '상당은 지금의 노주이다.'라고 하였습니다. 그렇
다면 고명께서 말씀하신 북도의 인삼은 노주의 것을 가리킨 것입니까?
또한 전라도 인삼의 싹 형상은 어떤 식물과 비슷한지 모르겠습니다.
자세히 가르쳐주십시오. 또 『본초』에 인삼의 씨를 뿌리고 경작하는 법
이 실려 있는 것을 보았는데, 귀국에도 이러한 법들이 있습니까?"

　권도 대답 : "'인삼(人參)의 싹은 오가(五加)와 비슷하지만 넓고, 줄기
는 둥글면서 서너 개의 가장귀가 있다.'는 내용이 바로 제가 말한 북도

---

176 제니(薺苨) : 모시대. 초롱꽃과의 다년초. 뿌리와 줄기가 모두 인삼과 비슷한데, 뿌리
　　는 단맛이 있고 약재로 쓰였다.
177 『당본(唐本)』:『당본초(唐本草)』. 중국 당(唐)대 고종(高宗)이 이적(李勣)에게 명해
　　도홍경(陶弘景)의 『신농본초경(神農本草經)』을 증보한 책이다. 뒤에 소공(蘇恭) 등이
　　재차 증보해 53권으로 만들었다.
178 오가(五加) : 오갈피. 풍습(風濕)을 없애고 기(氣)를 도우며, 힘줄과 뼈를 든든하게
　　하는 효과가 있다.
179 저주(滁州) : 지금 중국의 안휘성(安徽省) 저주시(滁州市)를 가리킨다.
180 노주(潞州) : 지금 중국의 산서성(山西省) 지역을 지칭한다.
181 시진(時珍) : 이시진(李時珍, 1518-1593). 중국 명(明)대 기주(蘄州) 사람. 자는 동
　　벽(東璧), 호는 빈호(瀕湖). 27년간에 걸쳐 『본초강목(本草綱目)』 52권을 완성했다. 이
　　외에도 『기경팔맥고(奇經八脈考)』, 『빈호맥학(瀕湖脈學)』 등의 저서가 있다.

(北道)의 인삼이며, 상당(上黨)에서 생산되는 인삼과 다름이 없습니다. 전라도(全羅道)의 인삼 싹 모양도 상당에서 생산되는 것과 다름이 없습니다. 특히 그 뿌리색이 노랗고 살지며 연하기는 방풍(防風)[182]과 같은데, 이것은 상당에서 나는 인삼과 조금 다른 점입니다. 도은거(陶隱居)가 '뿌리와 줄기가 모두 제니(薺苨)와 비슷하다.'고 말했다는 것은 제가 미처 보지 못한 내용이라 감히 억측하여 설명하지 못하겠습니다. 씨 뿌리고 경작하는 방법은 우리나라에는 본래부터 없습니다. 삼의 형상과 채제법(採製法)은 모두 『본초(本草)』에 그림이 자세하고 기록이 갖추어져 있으니, 번거롭게 더 말씀드리지 않겠습니다."

一.

젠키 물음 : "귀국에서는 시초(蓍艸)[183]가 생산됩니까? 본초학자들이 설명한 싹의 형상이 서로 같지 않아 옳고 그름을 결정하기 어려우니, 자세히 가르쳐주십시오."

권도 대답 : "시초는 본래 우리나라에서 생산되는 것이 아니므로 보지 못하였습니다."

이상은 돌아가는 날의 필어(筆語)와 이어진다.

향보(亨保) 기해년(1719) 보름, 조선 사객의 행차가 복산[福山 : 후쿠야

---

182 방풍(防風) : 미나리과의 다년생 풀. 어린 싹은 식용, 뿌리는 약용으로 쓰였다.
183 시초(蓍艸) : 가새풀. 엉거시과의 다년초이다.

매를 지나가다 아우 장영(長英)[184]을 만나 선친이 남긴 저서를 청하였다.

만리의 사신 행차 삼한에서 이르렀으니	萬里星軺自三韓
선린의 백년 맹약은 식지 않으리라	隣好百年盟不寒
후인[185]이 미리 와 역정과 관소의 영접을 준비했고	候人前期餙亭館
역참의 음식이 이어지니 예수가 넉넉했네	縣次續食禮數寬
살면서 도하를 지나는 이들을 세 번 만났으니[186]	吾生三逢過都下
관대와 의복 성대하여 제하를 사모했네	冠裳濟濟慕諸夏
해동청과 범 가죽이 조정 뜰에 가득하고	海青皐比充庭實
고삐 뚫은 준마는 멍에를 벗어날듯[187] 날뛰었네	駿馬豁鼻眞泛駕
쉰 세 곳 역정을 거쳐 관동으로 나아가니	五十三程趣關東
펄럭이는 채색 깃발 가을바람에 휘날리네	彩旗獝獝捲穐風
문인재자 앞 다투어 폐백을 보내니	文人才子爭投贄
한 자 종이 속에 마음으로 신교를 맺었네	心照神交尺楮中
돌아오는 길 동짓날이 되었을 때	復路還日迨一陽
낭화 포구에서 바다로 나아갔네	浪華浦口已開洋

---

184 장영(長英) : 이토 진사이[伊藤仁齋, 1627-1705]의 차남이자 이토 도카이[伊藤東
涯, 1670-1736]의 이복동생인 이토 바이우[伊藤梅宇]의 이름. 이토 바이우는 1719년
조선통신사의 방일 당시 후쿠야마[福山] 번의 유관이었다.

185 후인(候人) : 빈객의 영송을 담당한 관인.

186 살면서 …… 만났으니 : 이등매우의 형인 이등동애가 자신이 살아 온 동안 세 차례에
걸쳐 조선통신사의 방문이 있었음을 말하는 것이다. 세 차례의 통신사행은 각각 1682년
임술 통신사, 1711년 신묘 통신사, 1719년 기해 통신사를 가리킨다.

187 멍에를 벗어날 듯[泛駕] : 봉(泛)은 뒤집어엎는다[覆]는 뜻. 곧 힘이 센 말이 궤철(軌
轍)에 얽매이지 않고 멍에를 뒤집어엎는다는 말이다.

비주번 서기인 아우가 있어   有弟抽毫宦備藩

기실 성몽량을 만나게 되었네   邂逅記室成夢良

선친의 풍모와 명성이 이역까지 퍼져   先人風聲播殊域

진심을 담아 성명을 통하고 잠덕[188]을 찾기에   殷勤修刺訪潛德

선친의 책 한 질로 호저를 대신하니   遺書一帙代縞紵

오랜 숙원대로 기자국에 전해짐이 기쁘구나   夙志喜傳箕子國.

경자년 정월 2일에 동애(東厓) 씀.

---

188 잠덕(潛德) : 공덕(功德)을 지녔으나 아직 세상에 드러나지 않은 현인군자를 가리킨다.

桑韓塤篪 卷八

浪華

享保己亥秋九月初六日，世美同藤龍洲、松秋潭、江若水諸公，會青泉、秋水、嘯軒、菊溪于浪華客館。

謹呈申祕書梧右 　　　　　　　　　　　　　　毅齋
聞說當年太史遷，遠深石籙記山川。龍門禹穴遊應遍，又向蓬瀛問地仙。

奉訓世美惠贈 　　　　　　　　　　　　　　　　青泉
萬里行行節序遷，高吟滄海又長川。周王謾和瑤池句，不向蓬萊會衆仙。

疊前韻奉呈申公 　　　　　　　　　　　　　　　毅齋
煙渚風汀幾轉遷，龍旗影動向秦川。今辰賴得丹梯路，先仰月中第一仙。

奉呈姜書記 毅齋

鶺首乘雲鰈域賓，初筵仰見筆花新。誰知浪速津頭月，也照金剛山下人。

奉酬毅齋 耕牧子

書劍行裝愧幕賓，異鄉秋色菊花新。休言邂逅皆生面，携酒論文是故人。

疊用前韻奉呈姜秋水 毅齋

臨江高閣仰高賓，珠玉鏗鏘句句新。遙識雞林問賢月，剚犀倚馬是斯人。

再次毅齋 耕牧子

才愧滕王閣上賓，詩成殊欠色香新。樓舡鐵鎖金陵望，白傳高名讓別人。

奉呈成書記 毅齋

隣好百年盟不寒，星槎杳杳自三韓。男兒非遂登龍志，那識五雲生筆端。

奉次毅齋韻 嘯軒

吟來白雪齒牙寒，吐氣青雲喜識韓。黃菊花前碩竹葉，閑愁不復上眉端。

奉謝嘯軒辱高和　　　　　　　　　　　毅齋

斗間幾歲劍光寒，今見雄文壓柳韓。前席筆鋒突然起，不才無地避三端。

走次毅齋韻　　　　　　　　　　　　　嘯軒

看君筆力膽先寒，勢若秦岳蹴魏韓。肩似秋山相對聳，蒼然暝色自林端。

奉呈張書記　　　　　　　　　　　　　毅齋

梅子熟時浮漢水，菊花開日到蓬萊。請君休嘯南樓月，孤雁聲過長白來。

奉次毅齋見贈之韻　　　　　　　　　　菊溪

昨夜星槎泊煙渚，日東眞境卽瀛萊。列仙迎客偏多意，袖得明珠萬顆來。

奉謝菊溪辱芳和　　　　　　　　　　　毅齋

木瓜自愧瓊琚報，更覺寵光照艸萊。東路風光無限好，他時收拾錦囊來。

再和毅齋見贈韻　　　　　　　　　　　菊溪

傴僂風儀超俗狀，喬松百丈出凡萊。筆端珠玉紛紛落，皆自雲斤月斧來。

筆語 毅齋

一。

問貴國申叔舟，著海東諸國記，其書流于我國，識者嘆其博物。僕
嘗觀懲毖錄中，載其答成宗之語，則知非但博物，又其有先識矣。其
名號履歷之詳，可得而聞乎？公與叔舟同姓，抑得非其裔耶？

【青泉答。】諱申公叔舟號保閑齋，官至相國，賜謚文忠。其文學事業，
皆在邦乘，不可勝紀。與僕姓 字雖同，而曾無滕魯之系矣。

一。

【毅齋問。】辛卯之歲，嘗來是邦李、嚴、洪、南諸公，今無恙否？僕
讀其所著詩文，固知其非池中物，今當名位益顯達，敢問其詳。

【菊溪答。】嚴公歷典群邑，今作承文院校撿。南公方以顯位在朝，洪
公以年老，棄官歸別墅。李公不幸去年七月，已作泉下人矣。

與申青泉書 毅齋

某白，鵬之徙于南溟也，攀其翼附其尾者，幾千萬矣。夫南溟之路
不爲近，垂天之翼不爲輕。況枋揄之蜩蓬蒿之鶯，纍纍相繫，固不勝
其煩，擯而去之，不過一振翼一掉尾之力。然以圖南之量而取幺麼之
志，緩其翼垂其尾，保護愛眷一物不遺，繫北溟摩九霄，優踰大塊之旁
礴，使庶物各得南溟天池之遊，豈唯庶物得其志耳？鵬亦由是益見其
大也。

何則其沐恩者多，而望風者衆也，向使鵬振翼掉尾拔身遄飛，則豈
有沐恩懷惠者哉？伏惟製述官申公臺下，凤躬八斗之才，嘗居文房之
職，今兹從修睦大使而遠涉吾邦。吾邦人士，想其風采，投贄來謁者，
幾千萬矣。臺下恢大鵬之量，汎容而不拒。於是問者釋其疑，歌者得

其和, 人各滿其志, 莫不益瞻仰傾想之焉, 豈謂百萬之量容一人而有餘耶? 又豈可取彼而捨此耶?

僕姓朝枝, 名世美, 字德濟, 遊學在洛陽。會聞大邦修好, 文旆迥臨, 卽裝而來此, 瞻望延佇以日爲年。臺下幸察鄙悃, 使僕得接其翼, 則終身之榮, 實踰華袞。況僕之無似, 齡旣踰冠, 株守如昨, 恐無佔畢之效, 而徒孤敎音之恩。若得一聆玄提, 而拔其榛莽, 就其熟路, 則東隅雖往而桑楡, 豈晩?, 此吾所以有大鵬之說也。舊所著文三篇謄錄以呈, 觀覽之次, 幸加雌黃, 則其爲賜也, 豈唯百朋? 唐突煩瀆尊聽? 不勝怖懼之情, 伏冀垂恩採納。享保己亥秋九月, 朝枝世美, 頓首。

右書有故不達, 後再會京師, 相語及此故, 亦倂錄云。

備後州 鞆津。梅宇子本韻未到, 故不錄。

嘯軒寫云。

一。

曾在本國慣聞伊藤仁齋蔚爲日東儒宗事, 欲望履門下一聞性理之說。今獲私於執事, 執事實仁齋之胤也, 其爲忻幸, 如何如何? 先公論辨性理書, 必有家藏, 伏望惠賜一本, 俾逐平昔尊慕之意, 且使歸示本國學者, 以知貴邦儒風之盛, 如何如何?

一。

尊先集許以贈行歸, 誇本國使知道學一脉在于浴日之東, 忻幸忻幸。

一。

慵齋說話, 卽我國成俔所著, 成俔號慵齋, 一號虛白堂。 成侃號眞逸齋, 慵齋之弟也。 二公於僕爲族祖。

一。

東人詩話, 卽徐四佳居正所著也。 今行別無奇書齎來。

一。

荷葉綠, 卽鍮銅器上所生綠也。 我國以此物爲樓閣丹靑之資。

一。

辛卯上副使無恙, 而從事李南岡棄世, 李東郭前年亦已作古人, 而書記三公皆好在。

一。

神主題式, 子則題曰, 亡子某神主, 妻則曰, 亡室某氏神主, 弟與姪, 若無後班附, 則亦稱亡弟亡姪。 此矩我國士大夫家通行, 皇明儀禮亦不出此規。 中國今世聞有霈霖爲名者, 以學名世, 知尊朱子云矣。

一。

懲毖錄, 卽柳西涯成龍所譜。

奉和梅宇辱示韻　　　　　　　　　　　　　　嘯軒

花宮臨大壑, 形勝擅寶瀛。 簾外龕山色, 枕邊鮫杼聲。 擁爐三影會, 對榻一燈明。 襟抱元相照, 何勞問姓名。

奉呈梅宇几下　　　　　　　　　　　　　　　　　　嘯軒

聞說仁齋學，能超北野賢。眞源遡河洛，至理察魚鳶。澤與溟波遠，
名俱島日懸。典刑庭玉在，靑眼一燈前。

奉和伊藤梅宇見寄　　　　　　　　　　　　　　　　靑泉

孤雲獨鶴與爲鄰，落月空汀繫纜邊。何處素琴傳別調，古梅香裏屋
三椽。

奉呈朝鮮國學士申公詞案下　　　　　　　　　　　東郊

長途萬里，起居多福，敬賀。今貴船在于咫尺，不得遂御李，詩人蒹
葭之思，何能已焉。因裁俚語，呈之左右，金繩玉尺，得賜郢正，幸
甚。

仙醉島邊迎彩鷁，旌旗壓海閃霜風。三韓人士簇英俊，中認申公氣
作虹。

富峰白雪洛川月，囊底新詩幾許篇。定識江山入詞藻，扶桑煙景滿
歸船。

時申學士、姜、張二書記在于舟中，惟成書記隨二使就館。

舟中和門岡公見寄　　　　　　　　　　　　　　　　靑泉

扁舟夜泊三山下，忽得淸歌響遠風。滿目雲煙開活畫，知君綵筆似
晴虹。

崑崙使者乘槎去，艷唱瑤池得幾篇。千載陸生眞可笑，黃金空載越
中船。

僕姓名、字、號, 想已在盛監。咫尺神仙會, 亦有造物兒戲之, 悵望
瑤垍, 聊結數言而去。

奉呈嘯軒成公詞案下   東郊

雞林詞客服章鮮, 蘭枻暫留仙醉邊。寒月飛鴻動歸思, 心馳萬里海
西天。

奉和東郊韻   嘯軒

高樓夜靜獨華鮮, 永夜濤聲在枕邊。斜倚曲闌淸不寐, 月光如水水
如天。

再和   東郊

得遂識荊, 仰渴頓足, 且辱高和, 實出望外。木桃之瓊瑤, 實足以
愧。託此得知於後, 是亦杜家之黃姊乎? 欣悚欣悚。再用前韻以奉
謝。

峩峩六字玉冠鮮, 古寺小樓宿海邊。文采淸標都絶世, 高名長壓日
東天。

奉送書記嘯軒成公歸朝鮮   東郊
海上禪樓逢異客, 詞情懇懇幾多篇。今宵一別參商隔, 千里眼穿送
去船。

周防州上關

東行

僕姓宇都宮, 名三的, 字一角, 號圭齋, 襲世仕防州岩國主吉川候。今也, 遇韓桑修好聘使臻日域, 僕不揣不才, 敬賦蕪詞一章, 奉呈申公學士案下瀆淸覽, 伏冀賜郢削幷高和, 家藏以爲至寶。圭齋。

病來益覺詩才退, 大手渴望蹭蹬漫。遣興高樓先喚酒, 浴恩淸世曷彈冠。白圭常誦容三復, 丹府自存軻四端。二國昇平看有象, 衣裳會去滿堂歡。

僕自號圭齋 故五句言之

奉訓圭齋見贈　　　　　　　　　　　　　　　　青泉

楓葉棕香迷遠浦, 白雲東望海漫漫。相逢好客先投簡, 乍倚高樓爲整冠。北斗寒光生劍外, 西山爽氣在襟端。百年脣齒修盟日, 苹鹿呦呦盡意歡。

僕姓申, 名維翰, 字周伯, 號靑泉, 官今秘書著作。忝選而來, 辱承枉問, 復惠瓊琚, 感不容口。木瓜之報, 出於匆匆, 不知肯許覆瓿否?

奉呈書記姜公詞案下　　　　　　　　　　　　　菊溪

擔囊負笈叩儒門, 禮貌從容言不喧。鐘鼓鏘鏘鷖噦噦, 三仁遺俗至今存。

和贈圭齋三首　　　　　　　　　　　　　　　　耕牧

聖學吾邦溯孔門, 家家絃誦不聞喧。百年培養淸朝化, 子孝臣忠國

俗存。

詩家妙境等空門，意到玄玄寂不喧。成佛在君功業滿，莫敎塵念一毫存。

短棹西風傍海門，孤燈客枕暮濤喧。詩情到處如蠶緒，續續金絲滿腹存。

奉呈書記成公吟壇下 　　　　　　　　　　　　　　圭齋

素聽詩腸錦繡堆，騷壇通刺愧微才。難攀岑嶺龍門浪，跛足盤跚徒暴顋。

病中走和圭齋投示韻二首 　　　　　　　　　　　嘯軒

眼前珠玉忽成堆，白戰詞場見逸才。身欲奮飛那可得，臥痕猶著枕邊顋。

更深燭淚欲生堆，彩筆縱橫騁玅才。清韻鼎來搭病目，羅浮雪裏見梅顋。

奉上張公書記詞案 　　　　　　　　　　　　　　圭齋

鰈域高賓擅德音，馬群一顧價千金。軘才陪席空緘口，爲使毛公通素心。

奉次圭齋見贈韻以謝厚誼 　　　　　　　　　　　菊溪

日東高士惠清音，滿紙鏗鏘擲地金。不恨逢場言語異，炯然相照一般心。

僕姓張，名應斗，字弼文，自號菊溪居士，又號舟丘散人。年今五十，

以從事官記室來到貴邦耳。

西歸

奉呈靑泉申公詞案　　　　　　　　　　　　　　　　圭齋

芝蘭一接浴恩榮，更覺德馨仙骨淸。三代遺風今在眼，兩邦宿契已同情。富山高秀東關府，台嶺遠望北斗城。萬里梯航多少景，奚囊珠玉自鏗鏗。

向賜尊和，欲添蛇足，出帆匆匆，不能呈上。今改寫而污高覽耳。仝膺門得入仰眉宇，詎用禰衡刺字漫。雲外星光輝翰墨，雲外星光輝翰墨。吟肩山岳幾千首，學脈淵源不兩端。淸代民生無物擾，盍簪文客共交歡。

圭齋

嚮親炙高標，謬荷盛眷，感慰無極矣。復聞東都聘禮已畢，且榮旋再維錦纜于上關。僕近者羅小恙，無緣拜餞，惟馳神魂耳。多罪多罪。虔裁鄙詞替面別，且貢微儀表寸悃。莞存幸甚。

奉和圭齋遙寄韻二首　　　　　　　　　　　　　　　　靑泉

南州桂樹愛冬榮，千里烟霞到底淸。憶昨華筵當客禮，通霄綵筆話君情。歸帆落日尋靑館，極浦浮雲近赤城。驛使梅花傳舊好，翩翩佳句似陰鏗。

歲暮佳人詠采蘭，仙關極目水漫漫。州邊月照芙蓉劍，洞裏雲底薜荔冠。千里客帆隨博望，一筵詩酒憶蘇端。瑤池玉字光如昨，靑鳥飛來道舊歡。

靑泉

不佞今擊棹西矣。自料仙關舊席，必得君子場駒之好，忽此惠詩託魚鳥而來，審一場嘉會，已在亡何有之鄉。悵然徘徊，若蓬萊金闕，風輒引去者，夜臥枕樓，誦足下佳句，見雲波杉桂焜朗生色，因唱蒹葭秋水之曲，不知今霄故人亦同此懷否。一別茫茫山海萬重，言之長矣。但祈珍重自愛。拙和幸在清梧，時時西向一展看。是跋三筬，奉留荷甚。以橐裝如掃，只得陋牋二十枚件簡，多愧。

奉呈嘯軒成公詞案　　　　　　　　　　　　　　　　　　圭齋

錦繡織功生筆端，幾經勝地駐鳴鑾。詩壇徒被遮雲霧，霽月光風不得看。

前賜高和，已搆再和，出船忽卒不克呈上。今漫書而瀆電矚耳。

泊洎□□[189]浪作堆，賦成先識木華才。轍魚賴得西江水，東海報恩暴二腮

杜詩常曝報恩腮。

松江集鱸魚，四顋者珍，二顋者非。

圭齋

往日趨上關希荊識，時公病在舟中，不獲聆矩誨。猥忘卑陋呈鄙語，辱惠瓊報，榮逾華袞。今聞且西歸，再駐鷁首于上關，僕有寒疾，闕拜

餞, 天何斬良緣, 不遂披雲耶, 祇自悵恨耳。 虔奉呈燕詞 汚淸覽, 聊具
荒儀, 以申微忱, 叱留爲幸。 僕姓宇都宮, 名三的字一角號圭齋。

奉和圭齋惠眎韻　　　　　　　　　　　　　　　　　　　嘯軒
突兀奇峰起舌端, 鏘然淸操中和鑾。 浮生未免燕鴻歎, 那得靑天披
霧看。

別呈一律　　　　　　　　　　　　　　　　　　　　　　同
君來我疾愁撼頓, 我來君病怯風寒。 皇天無乃良緣惜, 浮世方知一
會難。 靈館寂寥燈火耿, 暮林蕭瑟竹聲乾。 淸風別有齊紈贈, 顔面依
俙月樣團。

　　　　　　　　　　　　　　　　　　　　　　　　　　　同

日者之狂適, 値賤疾方苦, 御枕舟中, 未克迢趍席末, 躋諸賢唱酬之
列。 其爲耿結, 迨若魚鉤, 歸途準擬開懷, 又以尊體失和, 未免緯繣, 豈
好事多魔一面有數而然耶。 惠詩吟諷再三, 琳琅溢目, 況寶箋之貺, 出
中心珍謝, 如何如何? 王程有期, 飛艫難淹, 邈爾涯角, 登龍無路, 臨風
只自悵黯而已。 僕姓成, 名夢良, 字汝弼, 自號長嘯軒, 成均館進士。

奉呈菊溪張公詞案　　　　　　　　　　　　　　　　　圭齋
詩城文陣孰爭衡, 奪去錦袍鄕里榮。 星使窮源張博望, 長令靑史記
功名。

又　　　　　　　　　　　　　　　　　　　　　　　　同
皎潔淸標凜若霜, 筆頭忽見鳳鸞翔。 欲知別後相思處, 明月高懸天

一方。

　　　　　　　　　　　　　　　　　　　　　圭齋

　曩者，承惠顧辱賜高和，僕無似奚蒙此榮幸耶。奄聞聘事已竣，星槎再泊于上關，僕屬有採薪之勞，闕面別。敬以蕪詞二章，及輕筐一筐，表贐敬仰，冀笑存。

上關船上遙次圭齋見寄韻　　　　　　　　　菊溪
　子患才多似士衡，曳裾巖國被恩榮。詩篇帶得風雲態，一代何人惹美名。
　歲暮行人履霜雪，海天誰與共翱翔。離心壹鬱仍成病，手探裝囊撿藥方。
　削竹裁牋寶筐三，圭齋居士手親緘。天寒不肯藏諸篋，爲是深情自匪凡。

奉呈秋水姜公詞宗　　　　　　　　　　　　圭齋
　雞林豪客擅鴻名，筆下鏘然金石鳴。學海文淵空濶地，長竿投去掣長鯨。

又　　　　　　　　　　　　　　　　　　　同
　遼東鶴唳遠聞天，日域盤旋西欲還。風翮一飛千萬里，群雞爭識九霄邊。

　秋水和章不到

水路萬里, 起居無恙, 龍節到此, 多賀多賀。 僕姓飯田, 名玄機, 字
道瑂, 號葵陽, 爲防州岩國醫人。 向跂高儀, 願陪清容。 謹賦野詩一
章, 奉呈申學士高案下, 乞斤正。

葵陽

闔國文章推擅科, 相逢半面見溫和。 何期伊洛二川水, 遠入扶桑萬
里波。

奉和葵陽惠寄韻　　　　　　　　　　　　　　　　　　　靑泉

瑤琴一曲聽殊科, 認得聲和氣亦和。 采藥囊中佳句滿, 紅塵不染白
鷗波。
詩書耕鑿自同科, 一域民風太古和。 安得携君采仙艸, 蓬萊山下弄
雲波。
憶昨浮名擅甲科, 明光殿裏聽雲和。 文章萬卷還多事, 贏得孤槎越
海波。
至道軒岐自一科, 靑囊神格囿民和。 從君好乞金丹餇, 濯髮朝陽萬
斛波。

不佞姓申, 名維翰, 字周伯, 靑泉, 自號也。 乙酉以詩進仕, 癸巳以
賦登及弟狀元, 官今宣務郞秘書官著作兼直太常寺。 謬膺朝選隨使
者, 遠來海陸萬里, 幸得竣事復路, 幸荷萬萬。 前者過此時, 已聞令名
得惠什, 未盡覽而遽失之, 恨亡以記, 玆奉存問, 感謝無涯。 謹呈拙和
四篇, 可解前愆否? 歸帆不日抵下關, 識面未有路, 是切怊悵。

奉寄姜成張三書記 葵陽

秋高瀛海錦帆輕，關上物光卜泰平。意氣揚揚羽旄美，從來二國不寒盟。

奉次葵陽見寄之韻以博一粲 菊溪

貫月孤槎泛泛輕，天淸海晏樂昇平。共將信義修鄰好，不翅銅盤歃血盟。

時屬昇平，隣盟不渝，龍鸞繫此，起居安祥，萬福萬福。僕姓飯田，名玄機，字道璵，號葵陽，爲防州岩國醫人。預聽高風傾注久矣，謹因左右願獲御李，幸不遐棄，辱允賜教，感荷感荷。因賦一律，奉呈良醫權公玉案下，伏乞高和，且有疑問數件，漫奉瀆尊聽，倘察微悃垂教誨，幸甚。

葵陽

聞名在遠日瞻望，一接芝眉萬慮忘。滿面豪英思邈瞻，通神診察晉公肓。天涯物候雁翔北，鄉里歸心葵向陽。何待會情勞譯舌，寸胸交義孰無量。

奉和葵陽惠寄韻 卑牧

仙凡自古悵相望，幸覯淸儀耿未忘。詩欲驚人窮造化，業專醫國起膏肓。山中採藥追弘景，鼎裏燒丹慕伯陽。我似壞蟲空瑣瑣，高飛黃鵠杳難量。

奉呈良醫權公 葵陽

遲聞使事正畢, 彩鷁西指, 其抵上關, 當在邇也. 玄機曩在上關, 通刺於左右, 辱蒙階下一揖之許, 恨天不假良緣, 行裝匆匆, 錦帆發速無由, 遂披雲聆清敎也. 乃錄鄙詩及疑問, 託雨森氏而呈左右, 幸高明不見棄, 辱賜復答縷縷詳悉, 厚意不知所謝, 而拙什偶以誤認姓氏而還之, 不稽之罪 伏乞宥原. 今改寫呈, 上別詩一首問條二件, 倂瀆高聽. 幸賜盛報實愜志願. 彩紙一篋, 聊表芹意, 興納是荷. 僕今罹小恙, 不能往拜送, 向風浩歎耳. 萬緒亮察.

星槎風度送仙郎, 雲袂輕飄衝雪霜. 何日得來上池水, 人間分與滌心腸.

奉覆葵陽公案下 卑牧

萍水邂逅亦有冥數, 頃者上關維舟之日, 終失一場淸晤. 悵然之懷, 想彼是一般, 卽承華翰兼領彩紙, 珍貺深感眷眷之盛意, 而第書中問條, 可謂借聽於聾者也. 僕自少多病, 偶感於古仙聖神氣之論, 欲爲康濟自家一身之計, 非敢有意於廣濟衆生以醫道自任耳. 尊問誤及, 實不勝靦面, 第有問無答, 亦欠道理, 故以數行陳言, 仰瀆尊聽. 幸無一笑而擲之, 如何?

萬里空隨黃帽郞, 天涯時節逼嚴霜. 羈愁不放吟眉展, 縱有新聲只斷腸.

筆語

一。

【玄機問】貴國衡、度、斗，一據中華之法耶? 別有貴國之法耶? 或若據中華之法，用何代之法乎?

【權道復】衡、度、斗斛古今各異。本艸所載東垣之論，正理之說，正傳之法亦各不同。東垣云，古之一升今之一大盞也，正傳云，白茶盞約計，半斤之數。活人云，一升若用二合半，則庶記云。然國俗各異，升合之大小不同。我國升合與貴國之升合，吻合與否，不可知也，而量稱，則與貴國同。

一。

【玄機問】僕嘗讀皇朝類苑曰，　哲宗時高麗獻到書內有黃帝鍼經九卷。此書久經兵火，幾亡失，偶存於東方。今此來獻篇秩具存，不可不宜云云。貴邦傳到之事，今猶有可徵者乎?

【權道復】黃帝鍼經，我國固有之，而古時自中華而來，間在人家，近無刳剟之事，甚稀貴矣。

一。

【玄機問】我國婦人姙娠者至五月，用軟布重疊如帶。或濶三四寸，自皆纏至腹束縛，至分娩之日晝夜不解焉。倘貽長大覺胸中有氣急狀，方可少放三分或五分，不可滿寸也。漸序調護如此，不使貽恣長大也。從來因循而爲貽養家之常法也。偶有嬾婦少背法者，必憂産難。然中華方書，率無言此者，唯奚囊便方載此法，知中原亦有此法也。不知貴邦貽養，亦有用此法資耶?

【權道復】我國閭里間，或有用此法者，然此法有妨貽氣,故士大夫家

絶無用此法耳。

　一。

【玄機問】人參本艸以上黨及貴國所産爲最, 而其所說苗狀各異, 未知孰是。　今敢奉問其莖、葉、花、實、色、澤、形狀及其地之寒暖、肥瘠、高下、陰陽向背, 伏乞詳示。且令畫工圖苗狀一本贈之, 幸甚。

【權道復】人參, 本艸以上黨所産者爲上品, 而我國則以北道高爽處所産者爲絶品, 以全羅道卑濕處所産者爲賤品。北道人參枝、葉、莖、苗與本艸所畫上黨人參無異, 全羅道人參, 則小異。以此言之, 其優劣可知耳。至於摸畫, 則唯畫師能之, 卽今畫師痛臥, 故未副懇意耳。

【玄機問】蘇恭曰, 白附子本出高麗, 徐表曰, 生東海新羅國。果如其言, 則爲貴國所産可知, 而二氏所說苗狀各異, 未知所適從。幸示其眞。

【權道復】白附子以新羅所産, 色白, 苗似黑附子者爲正。新羅卽我國慶尙道也。

【玄機問】我國稱藥一服者, 大法以一錢至二錢爲準。　較諸元、明方書所載一劑之

　量, 大率十分之一也。若服大料, 卻有泄瀉等患。未知貴國方劑量數幾許, 示之如何?

【權道復】我國方劑, 過一兩以上謂大劑, 一兩以下謂中劑, 五錢以下謂輕劑。稱錘, 則與貴國同耳。

【玄機問】中華方書金箔稱百片者, 重數幾何? 銀箔之重數, 亦齊金箔耶? 或有輕重之別乎?

【權道復】金箔, 醫家只以片數計用之, 不稱量焉。未詳其重之爲幾何也。問于金工後, 可得其詳也。

【玄機問】中華方書論煆煉、炮炙之法, 有以炷香爲度, 其香之大小長短, 幾何? 大法幾時準之乎?

【權道復】我國煆煉、炮炙之際, 不用炷香法, 只以時刻爲正, 未詳其大小之如何耳。

【玄機問】中華方書生姜稱一片者, 其大小及重數, 幾何? 詳示之。

【權道復】我國生姜一片重, 幾至二錢。未知貴國何以爲法耶?

一。

【玄機問】貴國鍼法, 今猶據靈樞、九鍼之古法耶? 後世別有一法耶? 詳示之。

【權道復】鍼法以黃帝鍼經爲主, 而靈樞經、神應經所論, 或有大同小異處。他餘針經所論, 亦各不齊, 唯在術者之折衷而善用之耳。

一。

玄機贈剪裁櫻花曰, 今所呈之剪裁花, 本此云櫻花。樹高三四丈, 自徑尺至于合抱。樹皮光滑紫黑。老者皺潚, 班鮎多, 生苔。桊杉合子之屬合縫之處, 皆用此嬾樹皮縫緘。三月初生葉, 開花葉間三五蕚爲叢, 而生花及葉俱似垂絲海棠, 唯枝條不柔軟爲異。其葉稊者淺紫有□[190] 老者標綠不澤。其實夏熟, 其色紅紫, 似郁李子, 而小味甘酸, 無毒。其花, 白者紅者紛紅者淡青者, 重瓣者單瓣者, 其品最多。又有早發者, 花墜而生葉, 然單葉雅清者, 重葉富麗者, 群芳莫能出。其右是以品題家直指曰, 花而不稱其名, 徧索諸中華古今載籍, 不言有此花, 常爲一大嫌恨, 往年貴國信使來聘之日, 吾邦人問而此花者多矣,

---

190 □：月+貢+戈

或答以櫻桃。櫻桃亦我國所有, 而其高數尺, 花色零碎, 固不足賞, 纔可食其實耳, 其於櫻花, 不及遠矣。不知貴國所產之花樹, 有如我國櫻花者耶? 其名謂何?

【權道復】我國櫻桃, 亦叢生鬱密, 葉茂花細, 無足賞者, 誠如來示所云, 而又有一種單瓣者, 高三四丈, 皮光滑紫黑, 恰似穉少桃樹狀。三月初開花, 或白或紅淡, 至夏結子, 狀如郁李子, 色紅紫, 而重瓣者, 曾所未見, 不敢强爲之解。

一。

玄機示剪裁紅葉樹曰, 此樹吾國名紅葉樹。其木高大, 枝葉扶疎, 皮蒼白色。葉似初生海桐葉, 而甚細小也, 又有尖狹數十多者。春初開細青黃花, 結小實, 見用共不足。秋後霜葉丹紅如猩血, 甚可愛觀也。又有黃色如鵞黃者, 及一枝黃紅相間者, 秋容絶紗。特在此樹山谷背陰所生者, 色最深也。一種有春初先紅, 及長反青, 秋後復紅者。又有自春至秋葉紫者, 皆奇品也。貴國亦有此樹耶? 名稱如何?

【權道復】紅葉樹, 則葉狀暫似我地丹楓, 而楓葉形視此稍廣大, 而樹皮色紫黑, 中有蒼班點。葉莖袖長處, 卽有節目, 乍似擁腫。木之高者, 或至五六丈則有之, 而春花亦無青黃色, 與此大異。此亦未嘗見者, 求之本艸, 則或有可得彷彿處, 而未及抽閱, 不敢傅會穿鑿臆而名之。唯俟博物君子。

右係來時筆語。

一。

【玄機問】前問人參苗狀及生處, 高明所視教, 曁於生土而未詳苗狀也。問莖、葉、花、實、色、澤、形狀及採作之法, 復詳之。且高明復

示云，北道人參枝、葉、莖、苗與本艸所畫上黨人參無異，全羅道人
參，則小異。按本艸，陶隱居云，人參根莖都似薺苨，而葉小異，唐本
云，苗似五加而濶，莖圓有三四椏，椏頭有五葉。兩說未知孰是也。而
本艸所畫滁州人參，似弘景所說也，潞州人參，似唐本所說也。時珍
云，上黨今潞州也。然則高明所言北道人參，果指潞州之物乎？又全
羅道人參苗狀似何物，未可知也。詳示之。又按本艸載人參下種耕作
之法，貴邦亦有此等法乎？

【權道復】參之苗似五加而濶，莖圓有三四椏者，此眞僕所云北道人
參，而與上黨所産，無異者也。全羅參苗狀與上黨所産者，亦無異。特
其根色黃肥，脆如防風者，此小異耳。陶隱居所云，根莖都似薺苨者，
僕未嘗得見，不敢臆解。下種作耕之法，我國本無之耳。參之形狀與
採製之法，俱於本艸詳畫備錄，故玆不贅陳耳。

一。
【玄機問】貴國産蓍艸耶？本艸家所說苗狀有異同，是非難決也。　詳
示之。
【權道復】蓍艸本非我國所産，故亦未得見耳。

右係歸日筆語

享保己亥之望，朝鮮使客過備之福山，面弟長英，求請先人遺書。

萬里星軺自三韓，隣好百年盟不寒。候人前期餼亭館，縣次續食禮
數寬。吾生三逢過都下，冠裳濟濟慕諸夏。海青皐比充庭實，駿馬豁
鼻眞泛駕。五十三程趣關東，彩旗獵獵捲飇風。文人才子爭投贄，心
照神交尺楮中。復路還日迨一陽，浪華浦口已開洋。有弟抽毫宦備藩，

邂逅記室成夢良。先人風聲播殊域, 殷勤修刺訪潛德。遺書一峽代縞紵, 夙志喜傳箕子國。

　庚子狗日, 東厓生書。

상한훈지 권십

桑韓塤篪　卷十

상한훈지 권십
한객필어

한객필어서[韓客筆語序]

    나는 가업을 이어 경영하는[1] 틈틈이 문자에 마음을 부치고 또 시와 술에 의지해 세상의 번잡한 일을 놓아버린 지 여러 해 되었다. 기해년 (1719) 삼한(三韓)의 사신이 바다를 따라 동쪽으로 와서 도성에서 수레를 멈추었다. 신제술(申製述)[2]과 서기들[3]이 사행단에 있는데, 그들의 문장이 샘솟는듯하다는 말을 듣고 보러 가고 싶었다. 밤에 관소가 소란하여 한 사람도 명함을 보내고 오는 것을 허락하지 않았는데, 나는 우연히 국계(菊溪),[4] 서초(西樵)[5] 두 사람과 필담창화를 약간했다. 그 후 서쪽으로 돌아오는 날 나는 두 친구와 함께 파호(琶湖)[6] 및 장안(長

---

1 가업을 이어 경영하는 : 용졸재(用拙齋)가 집안의 가업인 서사(書肆) 규문관(奎文館)를 이어받은 일을 가리킨다.
2 신제술(申製述) : 제술관으로 파견된 신유한(申維翰, 1681~?)을 가리킨다.
3 서기들 : 정사 서기 강백(姜栢, 1690~1771), 부사 서기 성몽량(成夢良, 1673~?), 종사관 서기 장응두(張應斗, 1670~1729)를 가리킨다.
4 국계(菊溪) : 종사관 서기 장응두(張應斗)의 호이다.
5 서초(西樵) : 의원 백흥전(白興銓, ?~?)의 호이다.

安)[7]의 객관을 방문하여, 그들 가운데 명망 있고 뛰어난 선비들과 문장의 불꽃을 서로 밝혀서 필담과 창화한 기록이 책을 이루었다. 이때 남북의 현자들 가운데 편지를 보내 그 기록을 한 번 보자고 하는 사람들역시 많았다. 나는 글이 서툴러 일을 기록할 수 없었다. 그래서 한 친구를 통해 내 마음에 쌓아놓은 바를 기록하여 『한객필어(韓客筆語)』라제목을 붙이고 스스로 간행을 도모하였다. 어떤 손님이 갑자기 말하였다.

"그대는 신묘년(1711)에 일본인과 조선인이 주고받은 창화를 모아간행을 해서 내놓았는데[8] 지금은 어찌 편찬하여 나라 안에 배포하지않는 것인가?"라고 하였지만 나는 여전히 대답하지 못했다. 그러나 사방의 시 짓는 선비들이 수고롭게 편지를 보내 재촉했다. 끝내 온갖 난관 속에서 얻는 대로 엮어 기록하여 순서에 선후가 없었으나 모두 원고에 올리고 『상한훈지집(桑韓塤篪集)』이라고 이름을 붙였다. 송산(松山) 문학(文學) 국총(菊叢)[9]이 책 머리에 서문을 썼고 내 필담 같은 것은 뒤에 붙여 지금 세상에 간행해 내놓는다.

---

6 파호(琶湖) : 비파호(琵琶湖)를 가리킨다. 현 일본 시가현에 있는 호수로 일본 최대의 면적을 자랑한다. 통신사 사행단은 대진[大津, 오쓰], 수산[守山, 모리야마]을 거쳐 언근[彦根, 히코네]까지 비파호를 따라 행차했다.

7 장안(長安) : 일본의 천황이 있는 경도(京都)를 중국식으로 표현한 말이다.

8 신묘년(1711)에 …… 내놓았는데 : 1711년 필담창화를 모아 『계림창화집(鷄林唱和集)』을 간행한 일을 가리킨다.

9 국총(菊叢) : 전전동계[前田東溪, 마에다 도케이, 1673~1744]로, 에도시대 儒者이다. 국총(菊叢)은 그의 별호이다. 산성주(山城州) 정번[淀藩, 요도번]에 고용되었다. 이 시기 번주인 석천총경[石川總慶, 이시카와 후사요시] 송산번[松山藩, 마쓰야마번]에 이봉(移封)된 상태였기 때문에 송산(松山) 문학(文學)의 명함을 쓴 것이다.

향보(享保) 경자년 상사 전일[10] 용졸산인(用拙散人)[11]이 자서를 쓰다.

한객필어(韓客筆語)　　　　　　경화서방 용졸재 뇌미유현(瀨尾維賢)

一.

객관에 먼저 온 사람이 있어서 용졸재가 물음. "그대의 성은 무엇입니까?"

일신이 답함. "제 성은 박(朴), 이름은 만근(萬根), 호는 일신(一新)입니다."

용졸이 말함. "어떤 관직으로 오셨습니까?"

일신이 답함. "서기로 왔습니다."

용졸이 말함. "그대는 나를 속이지 마십시오."

일신이 말함. "군자는 말하되 속여서는 안 되지요."

이때 동자가 당고(糖糕)를 자지고 오자 일신이 우리들에게 나누어 주었다. 용졸이 물음. "그대는 시를 잘 하리라 생각합니다. 우선 그대의 나이를 보여주십시오."

일신이 답함. "갑인생(1674)입니다."

용졸이 물음. "제술관과 세 서기가 왔을 때 그대에게 추천을 받으면 받아들여질까요?"

---

10 향보(享保) 경자년 상사 전일 : 1720년 음력 3월 2일이다.

11 용졸산인(用拙散人) : 뇌미용졸재[瀨尾用拙齋, 세오 요세츠사이, 1691~1728]로, 에도시대 유자(儒者), 한시인(漢詩人)이다. 이름은 유현(維賢), 자는 준부(俊夫), 통칭은 원병위(源兵衛), 별호는 규문관(奎文館)이다. 이등인재[伊藤仁齋, 이토 진사이]에게 학문을 배웠고, 입강약수[入江若水, 이리에 작수이] 등과 교유하였다. 가업을 이어 서점을 운영하며 인재(仁齋) 부자 및 약수(若水)의 책을 간행하기도 했다.

일신이 답함. "학사와 세 서기가 온 후에 받아들여질 것입니다."

일신이 이때 매헌이 쓰는 것을 가리키며 말함. "필묵을 가지고 쓰기를 청합니다."

마침내 명함을 통하고 기록해달라고 부탁했다.

채선에서 짓다
在綵船中作

매헌(梅軒)

동쪽의 소중화 통신사가 와	東華通信使
강어귀에 누선을 띄웠구나	河口泛樓船
눈 안에 보이는 건 온통 금빛 벽	入眼皆金壁
구천에 올랐나 의심스럽네	却疑上九天

정포
淀浦

매헌

사신이 가고 가니 하늘까지 통할 듯	使華去去欲通天
강언덕 양쪽으로 백 리 잇는 인가들	挾岸人家百里連
□□가 곱디 고와 다투어 가리키니	□□嬋娟爭指點
양주(楊州)의 빼어난 흥 이 배에 가득하네	楊州逸輿滿斯船

매헌 노인이 배에서 지은 시에 차운하다
賡梅軒老人船中韻

용졸

해구의 바람이 맑고도 좋고	海口風晴好
금빛 참새 장식한 배 흔들거리네	搖搖金雀船
봉래산에 가는 길이 있을 터이니	蓬山知有路
하늘까지 곧바로 올라가리라	直擬上蒼天

앞 분의 <정포(淀浦)> 운을 차운하다
嗣前賢淀浦韻

용졸

강에는 피리 북, 하늘에는 길한 구름	中流簫鼓靄雲天
갈매기 파도와 끝없는 강언덕	一望鷗波與岸連
밝은 달 너머로 청도 깃발 펄럭이며	清道旗飄明月外
정성(淀城) 오경 북소리에 누선을 매노라	淀城五皷繫樓船

一.

용졸이 물음. "그대의 성은 무엇입니까?"

답함. "오판사입니다."

용졸이 말함. "오랜 여정에 피곤하겠지만 시를 지으며 노닐지 않겠습니까?"

판사가 머리를 흔들었다.

향보(享保) 기해년(1682) 가을, 조선국 빙사(聘使)가 우리 일본에 왔다. 여름 4월 출항해[12] 6월 쓰시마에 도착했고, 가을 7월 배를 띄워 9월 4일 낭화(浪華)[13]에 도착해 배에서 내려 관소에 들었다가, 11일 달이 뜰 때 경화(京華 : 경도)의 관소에 들었다. 나는 오시(午時)부터 제술관 객관에 먼저 와서 기다렸다. 다른 나라 인물과 예악의 위의를 보고 싶었기 때문이다. 현인들이 도착했을 때 이미 초경을 향할 때였다. 마침내 역관 한 명을 귀찮게 해서 명함을 보냈다. 제술관 청천 신유한은 세 사신의 면전에 있었기 때문에 화답을 하지 못했다. 추수(秋水) 강백(姜栢),[14] 소헌(嘯軒) 성몽량(成夢良)[15] 두 서기의 경우, 한 명은 병후가 있어서 한 명은 여행의 피로 때문에 만나지 못했다.

一.

종사관 이공의 기실[16]이 물어서 내가 말했다.

---

12 여름 4월 출항해 : 통신사는 4월 11일 서울을 출발하여 6월 20일 부산에서 출항했다. 여기에서는 서울 출발을 상선(上船)으로 표현한 것으로 보인다.

13 낭화(浪華) : 나니와. 대판[大阪, 오사카]의 옛 이름이다. 낭속(浪速), 난파(難波)로도 표기한다.

14 강백(姜栢) : 1690~1777. 본관은 진주, 자는 자청(子青), 호는 우곡(愚谷)이다. 1727년 정시에서 장원급제, 승문원박사・성균관전적・호분위부사맹(虎賁衛副司猛)을 지냈다. 1728년 이인좌의 난에 연루되어 유배되었으나 유배지에서 과거시험에서 최다 합격자를 낸 공로로 1732년 감형되었다. 1719년 진사의 신분으로 서기로 선발되어 통신사행에 참여하였다.

15 성몽량(成夢良) : 1673~?. 본관은 창녕. 자는 여필(汝弼), 호는 소헌(嘯軒)이다. 1719년 부사 서기로 통신사행에 참여하였다.

16 종사관 이공의 기실 : 장응두(張應斗)를 가리킨다. 종사관 이명언(李明彦, ?~?)의 서기를 담당했다. 기실(記室)은 서기(書記)의 일본식 표현이다.

"존공의 별호는 이미 들었습니다만 존공의 성명을 다시 듣고 싶습니다."

"제 성은 장(張), 이름은 응두(應斗), 자는 필문(弼文), 호는 국계거사(菊溪居士), 다른 호는 단계산인(丹溪散人)입니다."

답함. "제 성은 뇌미(瀨尾), 이름은 유현(維賢), 자는 원좌위문(源左衛門), 호는 용졸재입니다."

물음. "연세는 어떻게 되십니까?"

국계가 답함. "올해 쉰입니다."

국계 사선께 드리다
奉呈菊溪詞仙案下

용졸

뗏목 탄 손님 멀리 쪽빛 하늘 바라보니	槎客望來藍色天
부상 나무 밖으로 촉룡(燭龍)[17]이 걸렸네	扶桑樹外燭龍懸
삼신산은 원래부터 다른 땅이 아니니	三山原是非他土
약초 캐며 그대에게 신선을 물으리	採藥與君間地仙

---

17 촉룡(燭龍) : 촉음(燭陰)이라고도 한다. 종산(鍾山)의 신으로 사람의 얼굴에 뱀의 몸을 하고 있는데, 눈을 감으면 밤이 되고 눈을 뜨면 낮이 된다고 한다. 여기에서는 비유적으로 해를 의미한다.

용졸재가 주신 운에 차운하다
奉次用拙齋惠贈韻

국계

가마 타고 달 밝은 날 천천히 걷노라니	肩輿緩步月明天
처마 끝 등롱이 곳곳에 걸렸구나	簷角燈籠處處懸
진나라 동자가 불로초를 찾던 땅	曾是秦童求藥地
난새 탄 삼산 신선 기쁘게도 만났네	喜逢三嶋駕鸞仙

국계거사의 화운시에 감사하다
奉謝菊溪居士高和

용졸

겹겹 바다 너머로 동쪽 끝 하늘에서	浩淼重溟東極天
석목[18] 멀리 걸려 있다 논해서 무엇하리	何論析木逈相懸
걸출한 삼한 시인 주옥같은 시문들	三韓詞傑瓊琚什
몇 번을 읊다보니 뼈마저 신선될 듯	幾度吟來骨欲仙

---

18 석목(析木) : 인(寅)의 방향에 해당하는 별자리로, 중국 연나라가 여기에 해당한다. 여기에서는 조선을 가리킨다.

다시 첩운하여 드리다
復疊前韻奉呈

국계

북두성 흐르는 야심한 밤하늘에	闌干星斗夜深天
한참을 앉았더니 소나무 끝 걸린 조각달	坐久松梢片月懸
상 마주해 등불 켜고 담소하는 곳에서	對榻挑燈談笑地
신선보다 훨씬 나은 그대 모습 아끼노라	愛君毛骨邁眞仙

一.

용졸이 말함. "제가 글공부를 시작한 지 20년이 되었습니다만 게을러 효과가 없었습니다. 게다가 많은 병에 힘들어 시와 술로 도피하였고 멀리 놀러 다니는 것을 좋아하는 성품이라 숲과 호수, 기이한 땅은 대략 다 찾아갔었습니다. 소매 안에 마침 『근시난고(近詩亂稿)』가 있어서 외람되이 그대에게 드립니다. 못난 것을 부끄러워하지 않고 우러러 높은 분의 귀를 번잡하게 하오니 다듬어 주신다면 매우 다행이겠습니다."

근시난고(近詩亂稿)

용졸

중추에 하동별장을 노니는데 달이 보이지 않다
中秋遊河東別莊不見月

뛰어난 현인들이 동쪽 누각 앉았으나	諸賢濟濟坐東樓
구름이 섬궁(蟾宮)을 가려버린 중추절	雲鎖蟾宮三五秋
불어오는 가을바람 공연히 뼈 사무쳐	淅瀝金風空透骨

한 잔 술로 천 가지 근심을 씻어내네　　　　　　　一盃瀉下洗千愁

국계가 평하였다.

"절구의 첫 연이 지극히 정밀하고 산뜻합니다. 마지막 연도 훌륭합니다. 그러나 '공(空)' 자가 온당치 못한 듯하니 고치면 좋을 것 같습니다만 어떤 자가 온당한지는 모르겠습니다. 수구(首句)의 '좌(坐)' 자는 '집(集)' 자만 못한데 공의 생각은 어떠신지요? 이미 '제제(濟濟)'라고 하였으니 여러 사람이 모인 모양이라, '집(集)' 자를 놓는다면 나을 듯합니다."

16일 밤 서방(緖方) 선생이 초대한 자리에서 짓다
中秋後一夜應緖方先生之招席上作

봉성의 선비들 풍류가 예스러워　　　　　　　鳳城儒雅舊風流

가을 두 번 외로운 달 저버리지 않았네　　　　不負孤輪兩度秋

어젯밤은 다리 동쪽 별장을 찾아갔고　　　　　昨夜橋東尋別墅

오늘 밤은 낙수 아래 높은 누에 모였네　　　　今霄洛下會高樓

공자들의 관현 감상 아랑곳 않으니　　　　　　任他公子管絃賞

그대 집 문장과 술 놀이만 하겠는가　　　　　爭似君家文酒遊

계림에서 뗏목 타고 멀리 온 손님은　　　　　遙想雞林泛槎客

어디에서 달을 보며 고향 생각하려나　　　　望鄉看月在何州

국계가 평하였다. "칠언율시의 음운이 정려(精麗)하고 의취(意趣)가 아정(雅靜)하니 훌륭합니다. 마지막 연이 더욱 정이 있습니다."

밤에 그리워하다
夜懷

초 한 자루 근심 비춰 사람은 잠 못드니	孤燭照愁人未眠
작은 창에 그림자와 내 모습이 가엾을 뿐	半牕形影獨相憐
가을벌레 나를 짝해 소리 더욱 구슬프니	寒蛩伴我聲尤苦
지는 달 누구 위해 빛은 더욱 고운가	殘月爲誰色更妍
병에 지쳐 혼미하니 팔리기를 기다리랴	病廢昏昏何待賈
문장에 힘써도 돈이 되지 않는구나	文章兀兀不當錢
시인의 풍모는 평생이 담박하니	詩家風致生涯淡
강호에서 좌선하는 밤 그대로 같구나	宛似江湖夜坐禪

국계가 평하였다. "'우(尤)' 자를 '편(偏)' 자로 고치면 어떻겠습니까?"

9일
九日

계절에 놀란 마음 구름 너머 기러기 날고	節序驚心雲外鴻
귀밑머리 추풍에 어지럽게 날리네	鬢毛吹亂一秋風
낭화진 나루 어귀 노란 국화 피었으니	浪華津口黃花發
술 가운데 떠있는 삼한 사람 있으리라	應有韓人泛酒中

이상 모두 네 수이다.

국계가 평하였다.

"음절이 완려(婉麗)하고 기격이 정초(整楚)하니, 고시 가운데 섞어놓으면 비록 안목을 갖춘 사람이라도 이 절구의 훌륭한 경지를 분별해낼 수 없을 듯합니다. 훌륭합니다! 구어가 정긴(精緊)하고 음조가 청량(淸亮)하여 고인의 말투와 딱 합치합니다. 온 세상에서 구하더라도 많이 얻을 수 없을 것 같습니다. 귀하게 여길만 합니다. 원대한 경지에 이르도록 더욱 힘쓰면 어떻겠습니까?"

용졸이 절하고 일어나 말했다.

"고인은 비록 한 글자를 고쳐준 스승이라도 오히려 절을 하였습니다.[19] 이는 진실로 못난 제게 큰 행운입니다. 더욱이 여러 군데 고쳐준 것이겠습니까? 생각지도 못한 일입니다. 그중에 잘못하여 실정보다 넘치는 칭찬을 받으니 어찌 감격을 이기겠습니까?"

一.

용졸이 말함. "그대는 배에서 중추절 시를 지었습니까?"

국계가 말함. "자도(慈島)[20]에 있을 때 중추절을 만났습니다. 읊은 시가 없는 것은 아니나 잊어버려 기억나지 않습니다."

용졸이 말함. "유감입니다. 그대에게 아낌을 많이 받았으나 제게 매우 합당치 못한 것입니다. 그대의 훌륭한 작품은 주옥처럼 영롱합니다."

---

19 고인은 …… 하였습니다. : 제기(齊己)의 〈조매시(早梅詩)〉에 "앞마을 쌓인 눈 속에 어젯밤에 두어 가지가 피었다.[前村深雪裏, 昨夜數枝開]"라고 하였는데, 정곡(鄭谷)이 "수(數)"자를 "일(一)"자로 고쳐주자 제기가 정곡을 일자사(一字師)라 불렀다고 한다.
20 자도(慈島) : 현 후쿠오카현(福岡縣) 무나카타시(宗像市)에 속해 있는 지노시마(地島)를 가리킨다.

국계가 답함. "마음을 폈을 뿐이니 어찌 주옥에 비길 것이 있겠습니까? 공의 지나친 칭찬을 받으니 부끄럽습니다."

一.

용졸이 말함. "저는 교토 사람입니다. 집안이 대대로 책 파는 일로 생계를 삼아 간행한 책이 창고에 가득합니다. 그러나 천성이 게을러 일일이 읽어 보고 지혜를 더하지 못한 것이 매우 한스럽습니다. 책을 보관한 곳의 호가 규문관(圭文館)입니다."

국계가 말함. "존공의 서사에 많은 귀한 책이 쌓여있다 듣고 간절히 한 번 보고 싶었습니다. 그러나 이번 길을 돌아보니 자루가 비었어도 살 길이 없었습니다. 일을 마치고 서쪽으로 돌아간 후 책방 창가에서 꿈을 꾸기만 하면 분명 규문관 비단 책갑과 운초 넣은 상자 사이를 오갈 것입니다."

一.

용졸이 물음. "신묘년 우리 일동에 왔던 조(趙)·임(任)·이(李) 세 사신[21]은 여전히 무양하십니까? 제가 그들이 지은 글과 시를 본 적이 있는데 완상하며 놓을 수가 없었습니다. 민첩(敏捷)하고 아담(雅澹)하여 실로 고인에 손색이 없는 것이었습니다. 나이 들수록 덕도 따라 높아진다고[22] 하였으니 더욱 현달하고 높아졌을 것입니다. 상세하게 들을

---

21 조(趙)·임(任)·이(李) 세 사신 : 1711년 통신사로 파견된 사신은 조태억(趙泰億, 1675~1728), 임수간(任守幹, 1665~1721), 이방언(李邦彦, 1675~?)이었다.

수 있을까요?"

국계가 답함. "조공께서는 지금 이조참의로서 문한의 직임을 담당하고 계십니다. 시와 글 모두 매우 빼어납니다. 임공께서는 승지로서 관직을 버리고 집에 계십니다. 이동곽(李東郭)[23]은 불행이 작년 7월 갑자기 황천 사람이 되었습니다."

一.

용졸이 물음. "제가 들으니 엄·남 두 군[24]은 무양하시고 조정에서 벼슬이 더욱 높아지셨다고 합니다. 매우 기쁘고 다행스럽습니다. 홍군[25]께서는 나이가 들어 벼슬을 그만두고 꽃과 대나무를 즐기시며 지내고, 이군께서는 불행히 작년 가을 돌아가셨다지요. 재주가 뛰어나고 박학하셨는데 매우 유감스럽습니다. 이군께서 아들이 없어 종제의 아들로 후사를 삼았다고 말씀 하신 적이 있습니다. 가문의 명성을 떨어뜨리지는 않았습니까? 이군께서 그때 연세가 70세가 되셨을 텐데 유집이 간행되었습니까? 또 시호가 있으십니까?"

국계가 답함. "엄·남 두 공께서는 군읍 다스리는 직임을 거쳐 바야흐로 높은 관직에 계십니다. 홍공은 지금 67세인데 여전히 건강하시고

---

22 나이 …… 높아진다고 : 한나라 양웅(揚雄)의 『법언(法言)』에 "나이가 들수록 덕도 따라서 훌륭해져야만 공자의 문도라고 할 수 있을 것이다.[年彌高而德彌卲者, 是孔子之徒與!]"라고 하였다.

23 이동곽(李東郭) : 1711년 제술관으로 파견되었던 이현(李礥, 1654~?)을 가리킨다.

24 엄·남 두 군 : 1711년 서기로 파견된 엄한중(嚴漢重, 1665~?)과 남성중(南聖重, 1666~?)을 가리킨다.

25 홍군 : 1711년 정사 서기로 파견된 홍순연(洪舜衍, 1653~?)을 가리킨다.

높은 벼슬에 계십니다. 집은 서울인데 단지 사한과 화죽(花竹)으로 읊고 즐기는 것으로 날을 보내고 계십니다. 평생 문집이 많아 수십 권에 이릅니다. 이공의 양자 역시 훌륭합니다만 그 어른께서 잘 읊으셨던 경지에는 미치지 못합니다. 문집은 가난해서 간행하여 배포하지 못했습니다만 반드시 후일을 기다려 간행할 것입니다. 시호 역시 아직 청해서 얻지 못했습니다."

一.

국계가 물음. "존공의 집에 조공의 시고가 있습니까?"

용졸이 답함. "우리 집에 조공의 시필을 둔 것은 없습니다. 벗 가운데 왕왕 소중히 보관한 사람이 있습니다. 공께서 수고롭고 번잡스러워 마음을 다 할 수 없으리라 생각합니다. 우선 다른 날을 기약하겠습니다."

함께 절하고 물러났다.

一.

용졸이 물음. "그대의 성명은 무엇입니까?"

서초가 답함. "성은 백(白), 이름은 흥전(興銓), 자는 군평(君平), 호는 서초(西樵)입니다."

용졸이 말함. "제가 그대가 제 친구의 부채에 써준 시를 보니 우아하여 사랑스러웠습니다. 청신(淸新)함이 제게 끼쳐와 차운하여 드립니다."

용졸

채익선이 부상 바다 떠서 왔으니	彩鷁浮桑海
읊조리며 몇 개 고을 지나왔던가?	吟過幾許州
주옥같은 시구에 답하려 하나	欲酬珠玉句
심취해 말 못하니 부끄럽구나	沈醉不言羞

一.

서초가 말함. "그대는 서촌관란(西村觀瀾)이라는 사람을 아십니까?"

용졸이 답함. "저는 그를 모릅니다. 제 친구 성은 조지(朝枝), 이름은 세미(世美), 호는 의재(毅齋)인데,[26] 그대가 낭화 객관에서 부채에 시를 써 보여준 사람입니다."

서초가 물음. "지금 어디에 있습니까?"

용졸이 답함. "본래 서방(西防) 사람입니다만 교토에서 유학하고 있습니다. 제 동문입니다."

서초가 또 내 부채에 써주었다.

만 리 길 외딴 배를 타고 온 손	萬里孤舟客
어제는 대판 고을 지나왔다네	昨過大坂州
부채에 써 준 시구 어찌 알았나?	那知扇面句
전해서 외워주니 부끄럽기만	傳誦只增羞

---

26 제 친구 …… 의재(毅齋)인데 : 조지구가[朝枝玖珂, 아사에 다쿠카, 1697~1745]로, 이등동애[伊藤東涯, 이토 도카이]의 문하에서 공부했고 1727년 주방주(周防州) 암국번[岩國藩, 이와쿠니 번]의 번유(藩儒)가 되었다.

一.

용졸이 말함. "지금 처음 훌륭한 모습을 뵙고 오묘한 가르침을 특별히 받으니 생각지 못한 기쁨입니다. 다만 족하는 질리셨을 것입니다."

서초가 말함. "부끄럽습니다. 부끄럽습니다."

함께 절하고 물러나니 시간이 이미 한밤중을 지났다.

이튿날 아침 사신의 수레가 교토를 출발하려 할 때 일이 더욱 바빠지고 여러 사람들 두루 읊으며 교유할 수 없어서 그만두었다. 이상 세 시객은 모두 용모가 한아(閒雅)하고 박람강기(博覽强記)하였고, 시구가 샘솟는 듯하여 붓을 놀리면 곧바로 시가 이루어졌으니 우리나라 사람이 흉내 낼 수 있는 바가 아니었다. 하룻밤 머물고 바쁘게 인사하고 떠났으니 이것이 한스러울 뿐이다.

향보 기해년(1719) 9월 12일 뇌미유현이 용졸재에서 쓰다.

9월 12일 조선국 빙사가 경화(京華) 관소를 출발해 27일 강호(江戶)에 들어갔다. 10월 1일 사연(賜宴)이 있었고 15일 강호를 출발했다. 29일 호주(湖州)²⁷ 대진(大津) 역에 도착했다. 관재(寬齋) 반융경(飯隆慶), 강재(剛齋) 임의방(林義方), 용졸재 뇌미유현이 밤이 되자 제술관 객관의 문을 두드려 비서랑 청천 신유한, 서기 소헌 성몽량, 국계 장응두, 의원 서초 백흥전을 객관에서 만났다. 서기 추수 강백은 병이 있어 만나지 못했다.

---

27 호주(湖州) : 비파호(琵琶湖)가 있는 근강주(近江州 : 오미주)를 가리킨다.

제술관 청천 신공이 조선으로 돌아가는 것을 배웅하는 겸 소헌 성 서기에게 드리다
奉送製述官青泉申公歸朝鮮國兼呈嘯軒成書記詞案下

용졸

시절은 추워서 백설이 흩날리고	歲月崢嶸白雪紛
이별 노래 끊긴 채로 그대들을 보내노라	驪歌聲斷送諸君
비단 돛에 수천 강의 달이 맑게 걸렸고	錦帆晴掛千江月
옥절은 삼신산 구름 멀리 뚫고 왔네	玉節遙衝三島雲
명 받들어 이국에서 큰 예를 닦았고	奉命殊方修大禮
이웃 땅 맹약 맺어 사문(斯文)을 함께 했네	結盟隣壤共斯文
사행에서 돌아갈 날 언제인지 알겠으니	星槎歸去知何日
기린각에 이름 걸려 우뚝한 공 드러내리	名入麒麟見異勳

용졸재가 준 시에 화운하다
奉和用拙齋見贈

청천

고고한 신선 자태 세속을 사양하니	落落仙姿謝俗紛
청춘의 재주가 뉘라 그대 같겠는가	青春才調孰如君
거문고로 밤마다 자라 머리 달 대하고	彫琴夜對鰲頭月
고운 붓은 가을에 학 등 구름 가로질렀네	彩筆秋橫鶴背雲
동해에는 천 년 동안 상서로운 풀이 나고	東海千年生瑞艸
서경에는 육경 전적 규문성에 응하였네	西京六籍應奎文
태평한 천지에 봉화가 없으니	太平天地無烽火

시편을 가지고 국훈 읊기 좋겠구나 　　　　　　好把詩篇頌國勳

용졸재에 화운하다
奉和用拙齋

　　　　　　　　　　　　　　　　　　　　　　　嘯軒

고당에는 촛불 들고 담소가 한창이라 　　　秉燭高堂笑語紛
가져온 시 손수 엮어 그대들에게 감사하네 　手勒來詩謝諸君
맑은 시편 땅 던지니 금옥소리 쟁쟁하고 　清篇擲地鏘金玉
취한 먹에 붓 휘두르니 어지러이 구름 이네 　醉墨揮毫見亂雲
호산에서 좋은 모임 이룬 것도 다행이니 　已幸湖山成好會
규성 벽성 천문을 움직인 걸 알겠도다 　應知奎璧動星文
동쪽으로 만 리 먼 길 신선의 땅 너머로 와 　東來萬里眞仙外
시 쓴 글이 시낭 가득 공훈이 기록되리 　詩艸盈囊當策勳

국계 장선생께
呈菊溪張先生閣下書

　　　　　　　　　　　　　　　　　　　　　　용졸재

　바다를 건너고 산을 넘어 만 리를 오셔서 공사를 끝내고 기거가 평안하시니 매우 기쁘고 위로가 됩니다. 전에 사행의 깃발이 동쪽을 향하려 하여 잠시 도성의 객관에 말을 세우셨을 적에 바쁜 사이에도 공께서만은 저를 같잖게 여기지 않으시고 두세 번 수창하기에 이르렀습

니다. 게다가 주신 작품이 전중(典重)하고 고아(古雅)하여 매우 사람을
놀라게 하였습니다. 이이서 제가 지은 절구와 율시 몇 수를 드리고 정
정해 주시기를 엎드려 빌었습니다. 공께서는 세 번 반복해 읽으시고
버리지 않고 끝내 고쳐주셔서 우리들에게 시취(詩趣)를 크게 깨우치게
하셨으니 감회가 매우 많습니다. 이제 다시 못남을 돌아보지 않고『근
작음고(近作吟稿)』몇 편을 드립니다. 만일 볼만한 것이 있어 고쳐 주
신다면 감사한 마음을 어찌 감당하겠습니까? 가만히 생각해보면 강호
(江戶)라는 곳은 형식과 내용이 조화를 이룬 땅이라 벼슬하는 선생들
이 생선 비늘과 고슴도치 털처럼 모여 있습니다. 영롱함을 서로 다투
어 비단 같은 글이 책을 이루니 실로 응대할 겨를이 없으셨을 것이니,
이른바 문밖에 신발이 가득했다는 것이[28] 거짓이 아니었을 것입니다.
제가 비록 재주와 자질이 보잘 것 없지만 만 리 밖에서 발꿈치를 들고
기다리며 서글퍼할 뿐이었습니다. 이어서 다니신 강산을 생각하면, 비
파호의 안개와 부사산의 눈이었을 테니 하나하나 집혀서 공의 비단
주머니에 들어간 시의 소재가 되었을 것입니다. 그리고 아름다운 모
임과 훌륭한 시구가 감회를 크게 일 역시 적지 않았을 것이라 생각됩
니다. 만약 훌륭한 시를 주신다면 기쁨을 감당하지 못할 것입니다. 더
욱이 떠나시는 날이 하룻밤 남았다고 들으니 더욱 섭섭한 마음을 감
당하지 못하겠습니다. 지금『두율평총(杜律評叢)』3권과 제 비루한 율

---

28 문밖에 …… 것이 : 남송의 육구연(陸九淵, 1139~1193)이 교육사업에 힘을 써서 "매일
　　강학하는 자리에 배우는 자들이 폭주해 문밖에 신이 가득하고 노인들이 지팡이를 짚고
　　들었다.[每天講學, 學者輻輳, 戶外履滿, 耆老扶杖觀聽。]"고 한다.

시 한 수를 드려 전별하는 마음을 부칩니다. 날씨가 추우니 몸조리 잘
하십시오. 황송하고 황송합니다.

일본국 향보 기해 겨울 10월 뇌오유현이 머리를 조아려 인사드립니다.

조선에 돌아가는 국계 장서기께 드리다
奉送菊溪張書記還朝鮮國

용졸재

사신 수레 봉성에서 돌아온 것 또 기쁘니	軺軒又喜鳳城回
이 사람의 뛰어난 재주를 보았다네	之子翩翩見俊才
의기는 서리 맞은 가을 겪은 국화 같고	義氣傲霜秋後菊
문장은 눈빛 어린 섣달그믐 앞둔 매화	詞華映雪臘前梅
바람 갠 큰 언덕에 돌아갈 길 평온했고	風晴大麓歸轞穩
조수 솟는 해문에 떠나는 배 재촉하네	潮湧海門去鷁催
원래부터 초라한 시 짓는 이 나그네가	元是寒酸一詩客
퇴고를 받고자 사절에 뛰어드네	欲衝使節定敲推

一.

국계가 말함. "시는 지금 마땅히 화운하겠습니다. 문장은 바빠 구상을
하지 못하니 그대는 헤아려주십시오."

용졸이 말함. "경화의 관소에 들면 답장을 주십시오."

국계가 말함. "틈이 나면 말씀을 좇아 보일 수 있을 것입니다만 오늘
처럼 바쁘면 어찌 기필할 수 있겠습니까? 그러나 대마도에 도착한 후
지을 수 있으면 혹시 방주(芳洲)29를 통해 보낼 방법이 있겠습니까?"

용졸재가 주신 운에 차운하다
奉次用拙齋惠贈韻

국계

헤어져 떠날 때 자꾸만 돌아보니	臨岐欲發首頻回
시 모임의 현인들이 절세의 재주였네	詩社諸賢絶代才
깨끗하고 하얀 모습 모두가 여윈 학	皓潔儀容皆瘦鶴
맑고 높은 시격은 전부가 겨울 매화	淸高韻格總寒梅
깊은 밤 함께 하여 읊는 일은 기쁘지만	縱喜深更吟榻共
내일이면 재촉하여 떠나는 배 견디겠나	可堪明日去帆催
저멀리 하늘 끝에 별이 떠나 잠기면	迢迢涯角星離沒
달 아래 구름문을 밀치고고 있겠지	月下雲扃底處推

근작음고(近作吟稿)

한기를 읽다
讀漢記

용졸

어지러운 천하에서 왕이 될 이 누구인가?	天下紛紜誰是王
관인대도 지닌 이가[30] 함양에 들어갔네.	寬仁大度入咸陽

---

29 방주(芳洲) : 대마도 진문역(眞文役)인 우삼방주[雨森芳洲, 아메노모리 호슈, 1668~
1755]를 가리킨다.

30 관인대도 지닌 이가 : 관인대도(寬仁大度)는 너그럽고 어질며 도량이 크다는 뜻으로,
『사기(史記)』에서 한고조(漢高祖)를 관인대도라고 평하였다.

유후(留侯)[31]가 떠난 후 좋은 책사 없으니　　　留侯去後無良士
위수는 끊임없고 산은 더욱 길구나.　　　　　　渭水悠悠山更長

국계가 평하였다. "식견이 고원합니다."

봄의 절
春寺

봄바람에 옷자락 서늘한 푸름 속에　　　春風衣冷翠微間
새 울고 꽃 지는데 스님 절로 한가하네　　　啼鳥落花僧自閑
유유히 거닐면서 반나절 읊고 나면　　　杖履悠悠吟半日
취한 채 절방 들어 산을 보며 앉았노라　　　醉侵禪榻坐看山

안정(安井)에서 우연히 짓다
安井偶作

두견은 꽃이 진 후　　　杜鵑花謝後
제비는 꽃 필 때 오네　　　燕子花開來
피고 지는 것 누구에게 물으랴?　　　開謝因誰問
비끼는 석양 높은 산에 걸렸네　　　斜照掛崔嵬

---

31 유후(留侯) : 장량(張良, ?~B.C.168)을 가리킨다. 한고조 유방의 책사로, 한나라 창업
　에 공을 세워 유후에 봉해졌다.

소헌이 평하였다. "마지막 구가 청공(淸空)하니 당나라 시인의 본색이 있습니다. 축하할만 합니다. 축하할만 합니다."

국계가 평하였다. "마지막 구가 맑고 뛰어납니다."

호주 대비각에 올라 동령노인의 운에 화운하다
登湖州大悲閣追和冬嶺老人韻

높은 누각 가을 깊고 호수는 넓은데	危閣秋高湖水寬
사명봉 맑게 개니 맘껏 구경하기 좋네	四明峯霽好縱觀
옛 친구 한 번 간 후 세월은 멀어졌고	故人一去年光遠
시 짓는 손 다시 오니 풍경은 춥구나	騷客重遊景色寒
풍경소리 구름 뚫고 아래 세상에 들리고	梵磬穿雲聞下界
고깃배 물결 뚫고 앞 내를 지나가네.	漁舟破浪過前灘
표주박 술 다 따르며 하루종일 읊노니	匏樽酌盡吟終日
인간세상 가는 길 뉘 어렵다 했던가	誰道人間行路難

국계가 평하였다. "'종관(縱觀)'의 종(縱)자는 측성 같으니 고치는 것이 어떻겠습니까? 전편이 원흉(圓兇)하여 당나라 시인의 어투가 있습니다."

산사
山寺

쓸쓸하게 사찰로 들어가는 길	寂寂招提路
개울 물 앞에서 끊어진 다리	斷橋澗水前

나뭇잎 노란 절은 노을 잠겼고	霞籠黃葉寺
흰구름 뜬 봉우리로 해가 지누나	日沒白雲嶺
들 사슴은 불법을 익숙히 듣고	野鹿慣聽法
산 원숭이 선을 역시 이해한다네	山猿亦解禪
해 져서 깜깜한 돌아오는 길	歸途正昏黑
대 사이로 등불이 하나 걸렸네	竹隙一燈懸

국계가 평하였다. "제2, 제3연이 정밀하고 마지막 구는 그림 속 세상입니다."

강재의 <유고웅산(遊高雄山)>에 차운하다
賡剛齋遊高雄山韻

소춘[32]에 벗을 끌고 고웅산[33]에 오르니	小春携友上高雄
불각은 구름 뚫고 동쪽엔 푸른 시내	佛閣凌雲碧澗東
서리 내린 단풍잎엔 비단 같은 붉은 빛 배어나	染出霜楓紅似錦
수레를 멈추고 그림 속에 들어가네	停車入在畫圖中

국계가 평하였다. "번천(樊川)[34]의 운치 같습니다."

---

32 소춘 : 小春. 음력 10월을 가리킨다. 봄처럼 따뜻하기 때문에 붙여진 말이다.

33 고웅산 : 다카오야마[高雄山]. 현 교토에 있는 산으로, 신호사(神護寺) 일대가 단풍으로 명소로 알려져 있고 이 절에 있는 범종은 일본 3대 명종의 하나이다.

34 번천(樊川) : 당나라 시인 두목(杜牧, 803~852)의 호이다.

통천교(通天橋)³⁵에 쓰다
題通天橋

주림(珠林)³⁶의 빨갛게 단풍 든 땅에	珠林紅葉地
백 척 높이 위태로이 가설한 다리	百尺架危梯
미끄러운 길 비질하는 승려가 없고	徑滑無僧掃
그윽한 산 새들만이 지저귄다네	山幽只鳥啼
떠있는 푸른 시내 바람이 불고	風吹浮碧澗
차가운 시내에 서리 서렸네	霜染照寒溪
손님과 술병 들고 함께 떠나니	與客携壺去
취한 눈에 바라보니 길을 잃을 듯	醉眸望欲迷

모두 7수이다.

국계가 평하였다. "제 2연 그윽한 정취가 생각할 만합니다."

"편마다 정련(精練)되어 있고 자구를 만드는 데 속기(俗氣)를 제거하기에 힘썼으니 시가의 묘한 법을 깊이 터득하였습니다. 지금 세상에 쉽게 얻을 수 없을 것 같습니다. 훌륭하고 훌륭합니다."

청천이 말하였다. "지은 것을 어지럽히지 마십시오. 기억하지 못하

---

35 통천교(通天橋) : 교토 오산 중 하나인 동복사(東福寺)에 있는 교랑(橋廊)으로, 불전에서 개산당(開山堂)까지 계곡 위에 다리를 만들어 회랑을 가설해 놓았다. 단풍의 명소로 알려져 있다.

36 주림(珠林) : 당의 모융(车融)의 〈제산방벽(題山房壁)〉 시에 "아름다운 숲엔 봄이 적적하기만 하고, 보배로운 땅엔 밤이 침침하기만 하네.[珠林春寂寂, 寶地夜沈沈。]"라고 한 데서 온 말로, 불사를 가리킨다.

면 품평할 수 없습니다."

이때 역관을 마주하고 통천각 시 제 1연을 가리키며 괜찮다고 하였다. 역관이 이 말을 내게 전해주었다.

소헌이 말하였다. "공의 시는 원활(圓活)하고 운격(韻格)이 있어, 원대한 경지에 이르리라 기대할 만하니 무엇 하러 제 말을 기다리겠습니까? 규문관에서 여러 책들을 열람하면 내면에 가득 찬 것이 밖으로 드러나게 되는 것을 볼 수 있을 것입니다."

一.

용졸이 말함. "세 사신의 관계(官階)와 성씨는 이미 들었습니다. 별호는 어떠한지요?"

소헌이 답함. "정사상의 호는 북곡(北谷)이고 당상 3품입니다. 부사상의 호는 노정(鷺汀)이고 당하 3품입니다. 종사상의 호는 태호(太湖)이고 통훈 3품입니다."

一.

용졸이 물음. "명력(明曆) 을미년(1655), 천화(天和) 임술년(1682)에 귀국의 빙사가 우리나라에 왔었습니다. 서로 창수한 시문이 모두 세상에 간행되었습니다. 권질이 얼마쯤 됩니까? 정덕(正德) 신묘년(1711) 세 사신 및 이군, 세 서기가[37] 증답한 사장이 매우 많습니다. 지금 다시 간

---

37 세 사신 및 이군, 세 서기가 : 1711년 통신사 사신 조태억(趙泰億), 임수간(任守幹), 이방언(李邦彦)과 제술관 이현(李礥), 서기 홍순연(洪舜衍)·엄한중(嚴漢重)·남성중

행되었습니까?"

국계가 답함. "각기 전집이 있어 전후의 일이 모두 실려 있을 뿐입니다. 겨우 답했던 것입니다."

소헌이 답함. "각기 전집이 세상에 간행되었고 그 가운데 모두 창화한 작품들을 수습해 놓았을 뿐입니다."

一.

용졸이 물음. "귀국에서 전적을 간행할 때 어떤 나무를 써서 새깁니까?"

서초가 답함. "보여주신 말의 뜻을 이해하지 못했습니다."

용졸이 다시 국계에게 물음. 답함. "사라나무를 많이 씁니다."

용졸이 물음. "사라나무란 어떤 나무입니까?"

국계가 답함. "잎은 말오줌나무와 비슷합니다. 껍질은 화목과 비슷하지만 조금 얇고 흰색입니다. 우리나라 민간에서 자작목이라고 부릅니다. 또 하나의 이름은 거제목이라고 합니다. 고려 때 이 나무를 거제군에 많이 운반해서 부처의 팔만대장경을 새겼기 때문에 이름이 붙었습니다."

一.

용졸이 말함. "전에 그대를 뵈었을 때 행장에 '부상록'이라고 쓰인 작은 책자가 들어있는 것을 옆에서 보고 우리나라에 들어온 후 풍광과 사실을 취해 기록한 것을 알았습니다. 만일 한 번 보기를 허락해주시

(南聖重)을 가리킨다.

면 매우 다행이겠습니다."

국계가 답함. "과연 기행문입니다만 이처럼 바쁘니 어느 겨를에 펼쳐보겠습니까?"

一.

용졸이 말함. "약수강자(弱水江子)³⁸라는 사람은 시인입니다. 전에 낭화(浪華)에서 노닐 때 여러분들과 창화를 하였는데, 시편마다 시구마다 영롱하였습니다. 강자가 오늘 아침 남쪽으로 떠났습니다. 낭화 관소로 돌아가시면 시 모임을 이룰 테니 매우 부럽습니다."

국계가 말함. "약수는 과연 우리들과 창화를 하며 교유하였습니다. 이제 돌아가면 역시 객관으로 방문하러 와 지난번 즐거움을 다시 이어야 하겠지요. 그대는 약수와 교분이 있습니까?"

용졸이 말함. "저는 본래 강자와 평소 친하게 지내 창수를 많이 합니다."

국계가 말함. "대판에서 만일 약수를 만나면 공께서 오늘밤 창수가 낭화의 풍물과 같았다고 전해주십시오. 그대를 데리고 객관으로 오지 않을 것을 한스러워 할 것입니다."

一.

용졸이 물음. "학사 및 세 서기가 쓴 관의 이름과 글자 모양은 어떠합

---

38 약수강자(弱水江子) : 입강약수[入江若水, 이리에 작수이, 1671~1729]를 가리킨다. 집안이 대대로 대판(大阪)에서 주조장을 하였으나 재산을 탕진한 후 발분해 학문을 배웠다. 각지에 시로 이름을 날렸다.

니까?"

서초가 말함. "학사와 소헌이 쓴 것은 복건입니다. 옛날 예복으로 속
수공(涑水公)³⁹의 평상복입니다. 국계의 관은 팔괘관입니다. 뒷면은 산
의 형태를 본뜬 것입니다."

뒷날 신공이 쓴 연엽관(蓮葉冠) 뒷면이 같았다.

一.

용졸이 말함. "전 시대 회계의 오명제(吳明濟) 자어(子魚)가 『조선시선
(朝鮮詩選)』을 편찬하였고 또 『고려세기(高麗世記)』 1권을 선찬하였습
니다. 모두 귀국에 전합니까? 시선은 몇 질이 있습니까? 『백제본기(百
濟本記)』·『백제신찬(百濟新撰)』 이 2부는 우리나라 역사서에 인용되었
습니다. 귀국인이 편집해서 전합니까? 『동문선(東文選)』 10권은 한인
서달성(徐達城)이 편찬하였다고 들었는데 지금까지 전합니다. 편집체
제가 한결같이 『소명문선(昭明文選)』을 본뜬 것입니까? 『일본행록(日本
行錄)』은 미처 통독하지 못했습니다. 귀국인 박씨가 지은 책이라고 생
각됩니다."

청천이 말함. "오명제의 『조선시선』·『고려세기』는 제가 보고들은 적
이 없습니다. 『백제본기』 및 『백제신찬』은 모두 우리나라에 전하는
것이 없습니다. 귀국에서는 어느 곳을 인용하였습니까? 의심스럽습니

---

39 속수공(涑水公) : 사마광(司馬光, 1019~1086)을 가리킨다. 속수(涑水)는 그의 별칭이
다. 『자치통감(資治通鑑)』을 완성하였으며 철종 때 즉위하여 왕안석의 신법을 구법으로
대체하였으나 얼마 후 사망하였다. 북송 말 명신으로 추존되었다.

다.『동문선』은 우리나라 서 대제학, 이름은 거정(居正), 호는 사가(四佳)인 사람이 편찬한 것입니다. 달성이라고 전해진 것은 그의 본관이 달성이기 때문입니다.『소명문선』에서 본을 받아 만들 필요는 없었습니다.『일본행록』을 저는 미처 듣지 못했습니다. 우리나라 과거시험에는 명경과, 문사과가 있습니다. 저는 을유년(1705) 시로 진사 2등을 하였습니다. 계사년(1713) 부(賦)로 장원급제하였습니다. 이는 모두 나라에 큰 경사가 있으면 특별히 과거를 시행해 선비를 뽑은 것입니다. 이를 증광별시하고 합니다. 모두 문사로 뽑습니다."

서초가 말함. "『조선시선』·『고려세기』는 전하는 책이 매우 적습니다.『백제본기』·『백제신찬』은 전하는 책을 보지 못했습니다.『동국통감(東國通鑑)』은 있습니다.『동문선』은 지금도 간행되었습니다. 편찬이『소명문선』과 똑같습니다.

一.

용졸이 말함. "낭화 관소에서 그대가 만일 틈이 없으면 배를 탄 후 답장을 구성하십시오. 우삼(雨森), 교변(橋邊) 두 사람에게 맡기면 중간에 없어질 염려는 없을 것입니다."

국계가 말함. "교변에게 맡기면 어찌 중간에 없어질 염려가 있겠습니까?"

一.

용졸이 말함. "여러분들께서 저를 위해 큰 글자와 초서 써주시기를 빕니다."

소헌이 말함. "먹물을 많이 갈아 오겠습니다."

이어서 동자에게 먹을 갈게 하였다. 매헌이 1장 쓰고 국계가 2장 썼다. 춘간은 초서 2장을 썼다. 다시 소헌과 국계 두 사람에게 '규문과(奎文館)' 세 자를 크게 쓰도록 했다. 이때 한밤중을 알리는 종소리가 들렸다. 함께 절하고 물러나 여관에 투숙했다. 밤새 술을 마시고 시를 논하며 자지 않았다.

11월 1일 신시 후 사신의 수레가 교토에 들어갔다. 나는 제삼교(第三橋) 서쪽에서 구경하다가 본능사(本能寺)로 들어가 제술관 관소에 갔다.

一.

용졸이 말함. "저는 오랫동안 서쪽으로 기양(崎陽)⁴⁰에서 노닐며 올바른 사람과 사귀고 올바른 학문을 배우고 기이한 책과 이름난 그림을 찾기를 오랫동안 원했습니다. 또 대마도에 가서 방주 어른들을 뫼시고 귀국의 문물과 품휘(品彙)를 엿보고 들으려 하였습니다. 그러나 지금 생계 꾸리는 일이 복잡해 결행하지 못했습니다. 더욱이 부모는 늙으셨고 자식은 어려 멀리 떠나지 못하고 한갓 저자 사이에 살고 있으니 반백이 된 머리가 매우 부끄럽습니다."

소헌이 말함. "보여주신 뜻을 다 알겠습니다. 그대가 옛것을 좋아하고 학문을 즐기는 마음은 지금 세상의 고인이라 이를 만합니다. 게다가 벼슬 추천을 사양하셨으니 고상한 뜻을 역시 볼 수 있습니다. 대은(大隱)은 도성의 저자에 숨으니 군평(君平)⁴¹과 계주(季主),⁴² 여남(汝南)의

---

40 기양(崎陽) : 장기[長崎, 나가사키]를 중국식 지명으로 표현한 말이다.

선인⁴³ 모두 몸을 저자거리에 두었으나 천고에 명성이 들립니다. 저자에 은거한 것이라면 고고한 경우만 보았을 뿐 비천한 경우는 보지 못했습니다."

국계가 말함. "제가 일본에 온 이후 어진 선비와 대부를 만날 수 있었는데 한두 명으로 그친 것이 아니었습니다. 때로 술잔으로 즐기고 때로 시와 글로 화답하였지만, 효근(孝謹)하고 독실(篤實)하고 이로움을 구함에 민첩한 사람 가운데 용졸재만큼 근면하고 독실한 사람이 없었습니다. '서쪽으로 나가사키에 노닐며 이름난 그림과 기이한 책을 많이 찾고 방주(芳洲)를 따라 노닐며 우리나라 문물의 훌륭함을 들으려 했으나 집이 가난하고 부모가 늙으셔서 몸을 빼내 멀리 떠나지 못했다'고 말하니 그 뜻이 가상하고 그 말이 가련합니다. 제가 이에 말이 없을 수 없어 이별에 닥쳐 대강 몇 마디 적어 드립니다."

용졸이 말함. "두 현인께서 갑자기 훌륭한 글월을 주시니 삼가 감사드립니다. 그간 지나치게 칭찬을 해주셨으니 제가 감당할 바가 아니라 한갓 부끄러워 땀을 흘릴 뿐입니다.

---

41 군평(君平) : 엄준(嚴遵, B.C.73~A.D.17)을 가리킨다. 노장사상을 좋아하여 벼슬을 하지 않고 은거하였는데, 성도(成都)에서 점치는 일로 생계를 삼았다. 90여세에 죽었으며, 저서로 『노자지귀(老子指歸)』가 있다.

42 계주(季主) : 사마계주(司馬季主)를 가리킨다. 한나라 때 장안 동쪽 저자에서 점치는 일을 하며 살았던 인물이다.

43 여남(汝南)의 선인 : 한(漢)의 비장방(費長房)이 여남(汝南)에서 아전으로 있을 때, 저자의 한 노인이 병 하나를 매달아 놓고 약을 팔다가, 일을 마치고 나면 매양 병 속으로 들어갔다. 비장방이 이상히 여겨서 찾아가 절하고 같이 병 속에 들어가기를 간청하였다. 병 속에 들어가 본즉, 화려한 집과 좋은 음식들이 가득 찼었다. 노인이 말하기를, "나는 신선(神仙)인데 허물을 짓고 귀양 왔다." 하였다.

一.

용졸이 말함. "신공께서 유독 제 시에 화답하지 않으니 혹시 무슨 생각이십니까?"

청천이 말함. "제 시는 취할 게 없습니다. 어제 이미 공과 창화를 하지 못했는데 공의 묻는 뜻을 모르겠어서 반드시 구해야 하는 일이 없을 듯합니다. 그래서 억지로 지어 드리지 않았습니다. 이미 공께서 한스러워하시니 역시 어설프게 졸작을 지어드릴가요?"

용졸이 말함. "어젯밤 대진(大津)의 역관에서 반면식을 아는 아름다움이 있었고 오늘 이미 붓을 통해 성몽량, 장응두 두 군을 뵈었습니다. 그래서 이런 말을 드렸습니다."

붓을 달려 제술관 신공, 서기 성군에게 드리다
走奉呈製述官申公書記成君

용졸

서울 나무 달빛 걸린 섣달 그믐 전 하늘	月輝京樹臘前天
고운 땅에 하늘 낮아 구슬 두성 걸렸네	寶地天低珠斗懸
한 말 술에 백 편 시 짓는 이 만난 곳	一斗百篇相遇處
주중선[44] 함께 부른들 무슨 상관이랴?	何妨共喚酒中仙

----

44 주중선(酒中仙) : 이백이 한 말 술에 시 백 편을 짓고 저자의 술집에서 잠이 들어 천자가 불러도 가지 않으며, 스스로를 주중선이라 불렀다.

붓을 달려 용졸재의 시에 화운하다
走和用拙齋

청천

해동의 하늘에 삼신산 푸른데	三山蒼翠海東天
붓 아래 밝은 구슬 달과 함께 걸렸네	筆下明珠月共懸
부상나무 잎 질 때 빚었다는 상락주에	撥葉扶桑桑落酒
금광초란 약초 있어 신선을 만든다네	金光有草便成仙

규문관 주인에게 차운하다
次奎文主人

벽옥의 주머니엔 별천지가 들어있어	碧玉囊中別有天
상서로운 규성 광채 누각에 걸렸네	奎華瑞彩小樓懸
시와 술을 좋아하니 풍류가 견줄만 해	好詩好酒風流竝
저자에서 오늘 마침 이적선을 만났구나	市上今逢李謫仙

一.

용졸이 말함. "두 현인께 부사산 시가 없으십니까?"

서초가 말함. "지은 것이 있습니다만 지금 기억하지 못합니다."

소헌이 말함. "칠언 장편, 오언배율, 칠언절구 등이 있습니다."

용졸이 말함. "절구 한 수 보여주시기 바랍니다."

소헌이 붓을 잡고 적어 보여주었다.

부사산
富士山

흰 눈이 선명한 동해의 굽이에	白雪英英東海灣
우뚝한 부사산 구름 사이 솟았네	崔嵬士嶺聳雲間
산과 함께 흰 구름이 완전히 일색이라	山與白雲渾一色
진짜 얼굴 어디인지 알 수가 없구나	不知何處是眞顔

一.

용졸이 말함. "어제 대진(大津)의 관소에서 화운해주신 성대한 작품에서 특히 뛰어난 경치를 깨달았습니다."

소헌이 말함. "갑자기 지은 작품이라 다시 깊이 생각할 수 없었으니 무슨 볼 만한 것이 있겠습니까?"

용졸이 말함. "어제 오늘 드린 제 시를 정정해 주시기 바랍니다."

소헌이 말함. "공의 시는 담아(澹雅)하고 원창(圓暢)하니 당시(唐詩)를 본받았음을 볼 수 있습니다."

서초가 말함. "공의 시를 보니 하나하나 청원(淸圓)하여 읊을 만합니다."

소헌이 말함. "서점에 『맹호연집(孟浩然集)』이 있습니까?"

용졸이 말함. "그간 간행했던 것이 겨우 2책짜리입니다. 따로 전집이 있다고 들었습니다만 저는 미처 보지 못했습니다. 그대는 양양(襄襄)[45]의 시를 좋아합니까?"

소헌이 말함. "맹호연 시는 제가 평소 제일 좋아하는 것입니다."

---

45 양양(襄襄) : 맹호연을 가리킨다. 그가 양양 출신이기 때문에 이른 말이다.

용졸이 말함. "그대는 진간재(陳簡齋)[46]의 시를 좋아합니까?"

소헌이 말함. "간재가 비록 정밀하지만 맹호연에 비하면 현격하게 차이가 나는 정도만이 아닙니다."

용졸이 말함. "저도 그렇게 여깁니다. 지금 그대의 시를 보니 송인(宋人)의 기상이 조금도 없는 것은 본래 그렇군요."

소헌이 말함. "제가 송인의 시를 보지 않는 것은 아닙니다만 평소 힘을 다해 귀의하려는 것은 개원·천보 연간의 공들이[47] 지은 시입니다."

용졸이 말함. "저 역시 본래 귀의하려는 바가 당인의 시입니다. 다만 적은 것이 괴로워 명나라 7재자[48]의 시로 보충을 하였습니다. 이들에게 당시의 정맥이 있기 때문입니다."

소헌이 말함. "공책을 주셔서 매우 감사합니다."

용졸이 말함. "이와 같은 책을 귀국에서는 오사란(烏絲欄)[49]이라고 합니까?"

소헌이 말함. "우리나라에서는 공책을 정간이라고 합니다. 오사란은 예스러운 말이고 정간(精簡)은 속어입니다."

소헌이 말함. "어제 오늘 이어서 만날 수 있었으니 다행입니다."

용졸이 말함. "여러분들께서 내일 새벽 출발하십니까? 벌써부터 이별

---

46 진간재(陳簡齋) : 진여의(陳與義, 1090~1138)로, 남송 때 시인이다. 간재(簡齋)는 그의 호이다.

47 개원·천보 연간의 공들이 : 성당(盛唐) 시기의 시인들을 가리킨다.

48 명나라 7재자 : 가륭칠재자(嘉隆七才子)인 이반룡(李攀龍), 왕세정(王世貞), 서중행(徐中行), 종신(宗臣), 사진(謝榛), 오국륜(吳國倫), 양유예(楊有譽)를 가리킨다.

49 오사란(烏絲欄) : 검은 줄이 쳐진 괘지를 가리킨다.

때문에 매우 슬퍼집니다."

소헌이 말함. "이처럼 그리운데 감히 길에서 시로 울리지 않겠습니까?"

용졸이 말함. "여러분들께서 제 부채에 큰 붓을 한 번 휘둘러 주시기 바랍니다."

서초가 말함. "그대께서 얻은 것이 많다고 할 만합니다. 어찌 더 써주기를 청하십니까?"

용졸이 말함. "제 벗이 일본부채 두자루를 맡기며 공들에게 쓰기를 빌었기 때문에 이렇게 말하였을 뿐입니다."

一.

용졸이 말함. "공의 성명은 무엇입니까?"

죽창이 말함. "제가 조정의 직임에 있을 때 조산대부 통문관 첨정이었습니다. 이번 사행에 차상판사로 왔습니다. 제 성은 김, 세일(世鎰)이 이름이고, 자는 백붕(栢朋), 호는 죽창(竹窓)입니다."

용졸이 물음. "공께서는 저를 위해 서까래 붓50을 휘둘러 주시겠습니까?"

죽창이 말함. "제가 젊어서 눈이 침침한 병이 있어서 물건을 보아도 아주 분명하지는 않습니다. 커서는 약 먹기를 일삼다가 이제야 조금 나았습니다. 그래서 붓과 벼루를 사양해 온 지 오래되었습니다. 말씀에 부응하지 못하니 한스러움이 어떠하겠습니까?"

---

50 서까래 붓 : 연필(椽筆). 진(晋)의 왕순(王珣)이 꿈을 꾸니 어떤 사람이 서까래 같은 큰 붓을 주면서, "응당 대수필사(大手筆事)가 있을 것이다."라고 하였다. 그 후 갑자기 무제(武帝)가 죽자 애책(哀冊) 시(諡)·의(議)를 모두 왕순이 초고하였다.

용졸이 말함. "지금 조금 나으셨다니 억지로 부탁드립니다."

죽창이 붓을 들어 1장을 썼다. 용졸이 말함. "주셔서 감사합니다. 귀국의 필묵은 우리나라에도 이름이 나 있습니다. 훌륭한 물건입니다. 훌륭한 물건입니다."

죽창이 말함. "먹이 참기름 같아서 종이에 닿으면 절로 윤이 납니다."

용졸이 말함. "공께서는 시를 하시리라 생각됩니다. 함께 지으며 노니시겠습니까?"

죽창이 말함. "저는 잘 못합니다."

一.

용졸이 말함. "저희 집은 대대로 책방을 하고 있어 쌓아놓은 책이 서까래에 닿아 있습니다. 책을 파는 곳은 이름이 규문관입니다. 여러분들께서 시를 지으시면 길이 집안의 보물로 삼겠습니다. 어떠십니까?"

서초가 말함. "집에 책이 많다 하니 의서도 있습니까?"

용졸이 말함. "집에 경전, 사서, 제자백가의 시문집이 많습니다. 의서와 복서 같은 것은 있어도 많지는 않습니다."

규문관에 쓰다
題奎文館

소헌

큰 은자와 신선 노인 저자에 사는 법	大隱仙翁城市居
담담하게 책을 팔아 생계를 꾸리네	淡然生計鬻群書
흰머리로 어찌 하면 그대 따라 머물며	白頭安得從君住

| 규문관 안에 쌓인 책을 다 읽어보나? | 盡閱奎文館裏儲 |

성소헌이 규문관 주인에게 준 시에 차운하다
次成嘯軒韻贈奎文館主人

서초

엄군평을 배워서 저자에 몸을 두고	身學君平市肆居
집에는 업후[51]의 만 권 책을 두었네	家藏萬卷鄴侯書
점검하며 한가로이 갠 창가에 마주하면	晴窓檢點閑相對
상자 가득 쌓여있는 보옥보다 나으리	滿篋全勝寶玉儲

성소헌이 규문관에 쓴 시에 차운하다
次成嘯軒題奎文館韻

청천

서생이 약을 캐러 바다 산에 살았으니	徐生采藥海山居
진시황이 불태우기 이전 책이 남았네	留得秦灰以上書
천 년의 규성 문채 옛 서점에 임하니	千載奎文臨古館
우릉에 소장된 책 부러워할 필요 없네	不須遙羨羽陵儲

----

51 업후 : 鄴侯. 唐나라 李泌의 봉호. 그의 아버지 李承休가 2만여 권의 서책을 모아서
자손에게 물려주었다고 한다.

우릉(羽陵)은 주나라 목왕(穆王) 때 책을 보관하던 곳입니다. 서생이 약을 캐러 떠난 것이 진시황이 경전을 태워버리기 전이기 때문에 천하에서 고문 경서의 진본이 귀국에 있다고 합니다. 그래서 이것으로 시어를 일으킨 것입니다. 이는 억지로 과장된 말을 지어낸 것은 아닙니다.

一.

소헌이 말함. "연세가 어찌 됩니까?"

용졸이 말함. "제 나이 헛되이 37년을 보냈습니다. 그대의 연세는 어떻게 됩니까?"

소헌이 말함. "계축생(1673)으로 지금 47세입니다."

시간이 삼경이 되려 해서 함께 내일을 기약하며 절하고 물러났다.

2일 나는 부름에 응해 후관(侯館)에 들어갔다가 물러난 후 제술관의 관소를 두드렸다. 관재가 이미 신 비서랑, 성 서기를 대하고 있었는데 두 현인이 각기 문진을 펼쳐 놓고 있었다. 내가 오는 것을 돌아보고 각기 미소를 지으며 붓과 벼루로 나아갔다.

一.

용졸이 물음. "국계 장군은 어디 계십니까?"

소헌이 답함. "이미 정포(淀浦)로 갔습니다."

용졸이 말함. "매우 섭섭합니다. 이로부터 목소리와 얼굴을 영원히 듣

고 뵙지 못하겠군요. 훗날 날 그대가 나를 위해 이 뜻을 전해 주십시오."

소헌이 고개를 끄덕였다. 용졸이 물음. "추수 강군은 어디 계십니까?"

소헌이 말함. "정사의 관소에 있습니다."

一.

용졸이 말함. "어젯밤 주신 부사산 칠언절구는 특별히 아름답고 뛰어났습니다."

소헌이 말함. "말 위에서 갑자기 지은 것인데 무슨 훌륭한 경지가 있겠습니까?"

용졸이 말함. "파교의 시취는 나귀의 등에 있지[52] 않습니까?"

一.

청천이 이때 고기를 나누어주자, 관재와 졸재가 말함. "우리나라 양념 맛인 것을 알겠습니다."

두 사람이 술을 달라고 하였다. 동자 세만에게 술을 권하라 명하고 말하였다.

"술은 조선의 술은 없고 귀국에서 지급한 제백주(諸白酒)가 있습니다. 사람을 시켜 데어오라 했습니다."

관재는 한 잔을 따르고 졸재는 석 잔을 기울였다. 소헌이 말함. "술을 좋아하

---

52 파교의 시취는 나귀의 등에 있지 : 파교는 장안(長安)의 파수(灞水) 위에 있는 다리이다. 당(唐)의 정경(鄭綮)이 "시상이란 원래 눈이 내리는 날 파교 위를 나귀 타고 지나갈 때 일어나는 법이다.[詩思在灞橋雪中驢子上。]"라고 말했다고 한다.

고 또 시를 좋아하니 이적선의 풍류를 듣고 기뻐하는 사람이 아닙니까?"

용졸이 말함. "두 분은 술을 좋아합니까?"

신공이 머리를 흔들었다. 용졸이 말함. "예로부터 뛰어난 사람 가운데 술 좋아하는 사람이 많았습니다. 공들이 술 마시는 것을 이해하지 못하니 이상스럽군요. 귀국에 추로백(秋露白)이 있다고 들었는데 어떻습니까?"

청천이 말함. "조선의 소주를 추로라고 부르기도 하지만 맛이 매우 독합니다. 얼마 전 귀국 사람과 마셨는데 마실 때 코를 찡그리고 들이켰습니다. 많이들 잘 못 마셨습니다. 나는 평소 술을 좋아하지 않습니다. 진한 술 반 홉이면 얼굴이 호박처럼 붉어집니다."

소헌이 말함. "관재는 차 마시기를 좋아하니 왕몽(王濛)의 버릇[53]이 있고 졸재는 술 마시기를 좋아하니 백륜(伯倫)의 버릇[54]이 있군요. 이를 풍류의 선비라고 이를 만합니다."

이때 관재와 청천이 술과 담배 얘기를 하였다. 용졸이 말함. "옷에 술자국이 있으면 그가 풍아의 선비임을 알겠지만 옷에 담배 자국이 있으면 어찌 풍아한 선비이겠습니까?"

소헌이 말함. "옷에 술 자국이 있으면 빨고 태운 자국이 있으면 꿰매

---

53 왕몽(王濛)의 버릇 : 차를 좋아하는 것을 가리킨다. 진(晉)의 왕몽(王濛)이 차를 매우 좋아하여 손님이 오면 꼭 차를 마시게 했다. 이때 사대부들이 무리하게 마시는 차를 고통스러워 해 왕몽의 집을 방문할 때마다 수액(水厄)이 있을 것이라고 했다.

54 백륜(伯倫)의 버릇 : 술을 좋아하는 것을 가리킨다. 진(晉)나라 죽림칠현(竹林七賢)의 한 사람인 유령(劉伶)이 술을 좋아하여 늘 술병을 가지고 다니면서 한 사람에게 삽을 메고 따르게 하여 자기가 죽으면 그 자리에 묻어 달라고 하였다. 〈주덕송(酒德頌)〉을 지었다. 백륜(伯倫)은 그의 자이다.

면 되니 무슨 문제가 있겠습니까?"

용졸이 말함. "주중선(酒中仙)이 있다는 말은 들었어도 연중선(烟中仙)이 있다는 말은 듣지 못했습니다."

소헌이 말함. "'고상한 선비는 대체로 누룩을 어여삐 여겨야 한다.'[55]라고 하였으니 연초를 좋아하는 자 역시 연하(烟霞)의 선비가 아니겠습니까?"

용졸이 말함. "공께서는 취향(醉鄕)[56]의 묘한 맛을 모르실 것 같습니다."

청천이 말함. "공의 말이 실로 취향의 묘미를 모르는 것입니다. 세상에서 술을 많이 마시는 사람이 다섯 섬을 마시면 취합니다. 이것은 도리어 쉽게 얻을 수 없습니다. 저 같은 사람은 반 홉 마시면 취하여 혼미해져서 복희씨와 황제의 세상에 있습니다. 만약 취향을 논한다면 누가 제후에 봉해질 만하겠습니까? 제가 첫 번째로 되어야 할 것입니다."

용졸이 말함. "공들이 술 마시는 것을 이해하지 못하면서 어찌 묘한 점을 터득해 알겠습니까? 모영(毛穎)[57]을 부려 둔사(遁辭 : 회피하는 말) 만드는 것을 딱 보았습니다."

---

55 고상한 …… 한다. : 당(唐)의 한유(韓愈)가 지은 〈증최립지평사시(贈崔立之評事詩)〉에 "고상한 선비는 대개 누룩을 어여삐 여겨야 하고 장부는 끝내 밭두둑에서 살아서는 안 된다.[高士例須憐麴糵, 丈夫終莫生畦畛。]"라고 하였다.

56 취향(醉鄕) : 술에 취한 후 정신이 맑지 못한 경지를 비유한 말이다. 당(唐)의 왕적(王績)이 지은 〈취향기(醉鄕記)〉에 "완사종, 도연명 등 십여 인이 함께 취향에서 노닐었다.[阮嗣宗陶淵明等十數人, 幷游於醉鄕。]"라고 하였다.

57 모영(毛穎) : 붓을 의인화한 말이다. 한유가 「모영전(毛穎傳)」을 지었다.

一.

용졸이 말함. "그대는 언제 떠나십니까?"

소헌이 말함. "약간 곡절이 있어 잠시 머무는 것 뿐입니다."

용졸이 말함. "신묘년 종사관 이공의 〈대판성오십운(大城坂五十韻)〉은 정녕 걸작이라 감상할 만합니다. 지금도 여전히 무양하십니까?"

소헌이 말함. "이공의 시를 제가 마침 보지 못했습니다. 몇 년 전 세상을 떠나셨습니다."

용졸이 말함. "절세의 뛰어난 재주는 명운이 없으니 하늘의 뜻이로군요."

용졸이 말함. "바로 율시 한 수를 지어 내게 주면 한 번 빨리 화운지를 지어 드려 시 짓는 자리의 흥을 확실히 하도록 하겠습니다."

소헌이 말함. "어려운 일은 아니나 정사께서 방금 오라는 명이 있었습니다. 우러러 화답할 틈이 없습니다."

용졸이 말함. "그대는 우리나라 인물과 풍속을 보았습니까?"

소헌이 말함. "여러 고을을 지나며 둘러보니 인물들은 정명(精明)하고 풍속은 모두 훌륭하였습니다. 지금 정사께 들어가 뵈어야 합니다. 잠시 머무신다면 매우 다행이겠습니다."

一.

용졸이 말함. "국계 장 군께 드린 시와 『두율평총』을 공도 읽어보셨습니까?"

청천이 말함. "『두율평총』을 아직 보지 못했습니다. 얼마 전 국계에게 준 시도 미처 찾아보지 못했습니다. 누가 평한 것인지 모르겠습니다

만 두시를 평론하는 말을 읽는 것을 좋아하지 않습니다."

용졸이 말함. "제 벗 학계(鶴溪)[58]라는 사람이 선찬하고 여러 책을 훑어서 찾아본 것입니다. 낙양(낙양 : 경도)의 동애(東涯),[59] 독소(篤所)[60] 두 선생이 책머리에 서문을 썼습니다."

청천이 말함. "잠시 보고 싶습니다. 공께서 허락해 주시겠습니까?"

용졸이 말함. "오늘밤 이곳에서 머문다면 꼭 한 부를 좌우에 드리겠습니다. 어떠신지요?"

청천이 말함. "매우 감사합니다. 떠날지 머물지는 모르겠습니다."

용졸이 말함. "공께서는 『지헌집(芝軒集)』[61]을 보셨습니까?"

청천이 말함. "제가 이미 보고 서문을 썼습니다." 용졸이 말함. "공의 문장은 읽었습니다. 서문은 아직 읽어보지 못했습니다."

청천이 말함. "무슨 글을 읽었습니까?"

용졸이 말함. "공과 호전(戶田) 생[62]의 글입니다."

---

58 학계(鶴溪) : 도회하계[度會鶴溪, 와타라이 가쿠케이, 1675~1733]를 가리킨다. 이세 신궁의 외궁 신직(神職)에 있었다. 이등인재(伊藤仁齋) 부자의 문하에서 공부하였다. 그가 편찬한 『두율평총(杜律評叢)』을 1714년 용졸재가 간행하였다.

59 동애(東涯) : 이등동애[伊藤東涯, 이토 도가이, 1670~1736]를 가리킨다. 이등인재(伊藤仁齋)의 장남으로 아버지의 가숙인 고의당(古義堂)을 이어받아 많은 문인을 배출했다. 도회학계(度會鶴溪)와 용졸재의 스승이기도 하다.

60 독소(篤所) : 북촌독소[北村篤所, 기타무라 도쿠쇼, 1647~1718]를 가리킨다. 이등인재(伊藤仁齋)에게 배웠다. 계중번[戒重藩, 가이쥬번]에 초빙되어 번교 천교관(遷喬館)의 교수가 되었고 번주의 시강(侍講)으로 일했다.

61 『지헌집(芝軒集)』 : 조산지헌[鳥山芝軒, 도리야마 시켄, 1655~1715]의 시집을 가리킨다. 지헌(芝軒)은 한시를 유학으로부터 독립시켜 전문시인으로서 문호를 넓힌 효시로 평가받는 한시인이다.

62 호전(戶田) 생 : 조산지헌(鳥山芝軒)의 제자 호전방필(戶田方弼)을 가리킨다. 생애는

一.

용졸이 말함. "공께서 지금 관재에게 주신 글에 제 얘기를 잘못 언급하셨습니다. 백석공(白石公)[63]이라는 사람은 청운에 빼어난 우두머리요, 지헌군은 시문의 종장입니다. 제 이름을 그 사이에 섞어놓으니 마치 상하의 구분과 뛰어나고 어리석음의 분류가 없는 듯합니다. 그 가운데 억지로 칭찬한 말을 내리셨으니 부끄러움을 감당하지 못하겠습니다."

청천이 말함. "어찌 억지로 칭찬하는 말을 드리겠습니까? 제가 면려하고 나아가게 하려는 뜻으로 하면 실로 폄하하는 말이 많습니다. 실제로 족하의 뛰어난 점을 보았습니다."

一.

용졸이 말함. "공의 성은 무엇입니까? 그리고 쓰신 관의 이름과 연세가 얼마인지 보여주십시오."

비목이 답함. "제 성은 권(權), 이름은 도(道), 자는 (大原), 호는 비목(卑牧)입니다. 쓴 것은 소동파가 쓰던 것이라 동파관이라고 합니다. 제 나이는 42세입니다."

용졸이 말함. "공께서는 시를 하리라 생각됩니다."

미상이다.

63 백석공(白石公) : 신정백석[新井白石, 아라이 하쿠세키, 1657~1725]을 가리킨다. 6대 쇼군 가선[家宣, 이에노부]를 보좌하여 여러 가지 개혁정치를 폈다. 8대 쇼군이 즉위하자 실각하였고 만년에는 저술에 전념했다. 1711년 통신사를 접대했다.

비목이 말함. "제가 젊을 때 시율을 등한히 했습니다."

이때 관소 안이 어지러웠다. 함께 저녁을 약속하고 읍한 후 물러났다.

2일 밤 황혼부터 삼경이 지날 때까지 필담을 하였다.

청천 신 공께
奉呈靑泉申公詞案下

용졸

유현이 공손히 아뢰옵니다. 지금 주야로 광풍제월(光風霽月)[64]의 여러 분들을 모신 것도 오히려 끝나지 않았는데 더하여 술과 안주까지 주셨으니 높은 우의에 깊이 감사드립니다. 그리고 달라고 하신『두율평총』은 지금 바쁜 중이라 드릴만한 새 책이 없어서 제가 소장한 것을 한 책 삼가 서안에 드립니다. 불경하다고 노여워 않으시기를 매우 바랍니다.

一.

청천이 말함. "애초에 달라는 말이 아니라 평이 어떤가 보려던 것이었는데 지금 성대한 뜻을 받아 이렇게까지 부응해 주시니 감사를 멈출 수 없습니다. 이른바『평총』이라는 것은 다만 이 1권의 칠언율시 뿐입니까?"

---

64 광풍제월(光風霽月) : 비갠 뒤 시원한 바람과 밝은 달로 인품이 고결하고 흉금이 탁 트였음을 비유한 말이다.

용졸이 말함. "고인이 오언율시를 평론한 것 역시 이미 편찬하였고 이
책에 이어 간행하려고 하였습니다. 그러나 간행할 자본이 부족해 우
선 세월을 기다리고 있을 뿐입니다."

청천이 말함. "발문을 쓴 필법이 매우 정련되어 명나라 사람의 유풍이
있습니다. 어떤 사람이 쓴 것입니까?"

용졸이 말함. "용서옹(傭書翁)입니다. 성은 서지(西池), 이름은 입경(立
敬), 호는 수헌(壽軒)입니다. 성품이 매우 고아합니다. 제 오랜 친구입
니다."

청천이 말함. "제가 서예를 모릅니다만 어려서부터 다른 이의 서법을
보아왔습니다. 한당 이래 해서체가 동파(東坡)와 송설(松雪),[65] 두 공의
필법으로 크게 변한 이래로 점점 곱고 아리땁게 하는 데 힘썼습니다.
그러나 예스러운 뜻을 크게 빼앗겨 비록 묘하고 뛰어나다 하여도 저
는 취할 생각이 없습니다. 명나라 사람의 필법은 대개 여위고 강경하
며 방정한 것을 위주로 합니다. 졸렬해도 오히려 옛 법도를 잃지 않았
습니다. 저 역시 감상할 만하다고 생각합니다. 그러므로 제 글씨 역시
명나라 사람과 같지 않습니다만 홀로 사사로운 견해를 가지고 기이함
에 힘쓰는 세간의 태도를 하지는 않아 세상 사람들의 웃음거리가 되
었습니다."

---

65 송설(松雪) : 조맹부(趙孟頫, 1254~1322)를 가리킨다. 원나라 때 화가이자 서예가.
　서예는 왕희지의 전형으로 복귀하고 그림은 당과 북송의 화풍으로 돌아갈 것을 주장하였다.

一.

용졸이 말함. "귀국인은 청나라 조정을 왕래합니다. 지금 벼슬하는 집안 중에 걸출한 자가 몇 분이나 있는지 듣고 싶습니다."

청천이 말함. "비록 사신이 왕래하나 그들과 만나지 않습니다. 청나라 사신이 와도 우리나라에서 문자로 응하지 않습니다. 다만 공사 빙문의 예로 사신을 파견할 뿐입니다. 조정의 선비와 유생의 문사와 학문은 묻거나 듣거나 하는 것이 아니라 그 곳 사람이 어떤 상황인지 모릅니다."

소헌이 말함. "조정의 권문세가가 무려 수백 집입니다. 대대로 높은 위치에 오른 자가 매우 많고 유가의 종장과 이름난 신하가 줄지어 있습니다."

一.

용졸이 말함. "제가 누차 만나니 그대는 지겹고 피곤하시겠습니다."

죽창이 말함. "다행히 훌륭한 모습을 접했으니 그 기쁨을 헤아리겠습니까? 어찌 터럭 하나의 나태함이 있겠습니까? 이렇게 써 보이시니 부끄러움을 표현하기 어렵습니다."

一.

용졸이 말함. "문장가의 일대 첩경을 보여주십시오."

소헌이 말함. "문장의 첩경이라 하는 것은 글을 짓는 법을 말합니까, 글 읽는 법을 말합니까?"

용졸이 말함. "글 짓는 법을 말한 것입니다."

또 물음. "지난 번 사자관 화암(花菴)과 정곡(貞谷) 두 사람[66]은 다 무양합니까? 우리나라의 관란(觀瀾),[67] 독소, 약수(若水)[68] 세 사람은 이미 황천 사람이 되었습니다."

소헌이 말함. "화암과 정곡은 모두 무양합니다. 관란과 독소, 약수 등은 신묘년 창화한 사람들을 말합니까? 지금 대판에서 강약수(江若水)가 창화하러 왔었습니다. 그 사람입니까?"

용졸이 말함. "관란과 독소 두 사람은 양경[69] 유학의 종장입니다. 약수자는 성이 도(稻),[70] 이름은 의(義)로, 북방의 박물학자입니다. 강자(江子)와 호가 같은 다른 사람입니다."

용졸이 물음. "사행단에 그림을 잘 그리는 묘수가 있다고 들었습니다. 한 번 만나면 오랫동안 품고 있던 사모의 정이 풀릴 것입니다. 가르쳐

---

66 화암(花菴)과 정곡(貞谷) 두 사람 : 화암(花菴) 이미방(李爾方)과 정곡(貞谷) 이수장(李壽長)을 가리킨다. 1711년 사자관으로 파견되었다.

67 관란(觀瀾) : 삼택관란[三宅觀瀾, 미야케 간란, 1674~1718]을 가리킨다. 아버지는 교토의 민간 유자 삼택도열(三宅道悅)이고, 형은 회덕당(懷德堂)의 학주(學主) 삼택석암(三宅石庵)이다. 1698년 에도로 가서, 이듬해 수호번[水戶藩, 미토번]에 초빙되어 『대일본사(大日本史)』 편찬에 종사했다. 1711년 신정백석(新井白石)의 추천으로 막부의 유관(儒官)이 되었다.

68 약수(若水) : 도생약수[稻生若水, 이노 쟉수이, 1655~1715]를 가리킨다. 1693년 금택번[金澤藩, 가나자와번]에서 초빙되었다. 일본 최대의 유서인 『서물유찬(庶物類纂)』의 편찬을 시작해 363권까지 완성하였다.

69 양경(兩京) : 서경(西京)인 교토[京都]와 남경(南京)인 나라[奈良]를 가리킨다. 북촌독소(北村篤所)는 나라에 있는 번에서 벼슬하였고 삼택관란(三宅觀瀾)은 교토 출신이다.

70 약수자는 성이 도(稻) : 도생약수(稻生若水)는 후에 성을 중국풍으로 도(稻) 한 글자만 쓰면서 '도'라고 음독하였다.

주시면 매우 다행이겠습니다."

　소헌이 말함. "화공은 이 집에 있습니다. 서쪽으로 복도를 지나 가면 만날 수 있습니다."

　용졸이 말함. "그대가 추천인이 되어주시면 어떻겠습니까?"

　소헌이 말함. "사람을 시켜 배웅할 테니 가서 만나면 어떻겠습니까?"

　곧 동자 하나를 불러서 나를 인도해 도착했다. 용졸이 말함. "그대가 그림에 뛰어난 묘수라 듣고 우러르는 마음을 감당하지 못해 만나러 왔습니다. 엎드려 바라건대, 한 번 그대의 붓을 쓸어주시면 감사하겠습니다."

　자리에 통역 두 명이 있어 말을 전하기를, "쓰시마에 들어오면서부터 찾는 자가 구름 같아 모두 사양했다"고 하였다. 내가 또 통역을 통해 애걸하였다. 마침내 나를 위해 노인 하나가 소나무 뿌리에 앉아 있는 그림을 그려 보여주었다. 함께 절하고 떠났다.

　나와서 말했다.

　"그대의 천거로 함군[71]이 그림을 하나 그려주었으니 다행입니다. 그대가 또 찬을 하나 써주시겠습니까?"

　소헌이 말함. "찬 하나 쓰는 것은 어려운 것이 아닙니다만 제가 감위 (感胃)를 심하게 앓아 매우 아픕니다."

　소헌이 이때 잠자리에 들었다.

一.

　청천이 말함. "성공이 병이 나서 누웠습니다. 내가 대신 답하기를 청

---

71 함군 : 화원 함세휘(咸世輝)를 가리킨다.

합니다. 문장의 첩경은 제가 논할 수 있는 것이 아닙니다. 그러나 육경 이하 문장에 험(險)한 것과 순(順)한 것 두 가지가 있습니다. 기이함을 숭상하는 자는 반드시 '문사를 닦으라'고 할 것입니다. 순한 것에 힘쓰는 자는 반드시 '문사에 통달하라'고 말할 것입니다. 이것은 모두 선배들의 정해진 논의입니다. 뒤에 배우는 자는 다만 스스로 가슴에 품고 있는 것을 돌아보고 먼저 이 마음에 나아가, 좋아하는 한 쪽으로 공부를 하면 쉽게 이르게 될 것입니다. 쓸데없이 남의 말을 들을 필요가 없습니다. 아침에 한유(韓愈)를 배우다가 저녁에 유종원(柳宗元)을 배우는 것은 다기망양(多岐亡羊)[72]과 같습니다. 장자(莊子)와 사마천(司馬遷)을 배워 달릴 계책으로 삼으려면, 이는 많이 읽은 연후에 도달할 수 있습니다. 첩경을 구하면 당연히 『논어』를 따라야 합니다. 반(班)·우(尤)·류(柳) 제가의 연마된 장구는 말이 절제되어 있으면서도 뜻이 넉넉하며 글이 간략하면서도 이치가 어그러지지 않았습니다. 첫 번째 길의 입구가 될 것 같은데 어떨지 모르겠습니다."

용졸이 말함. "지금 보여주신 문자는 의의가 적당합니다. 종전 활로의 입구를 이곳을 향하면 얻을 수 있을 것입니다."

一.

용졸이 말함. "그대의 모습이 순정하고 한아함을 보니 수양하여 수렴을 터득했음을 알겠습니다. 이것이 심술(心術)입니까?"

---

72 다기망양(多岐亡羊) : 갈림길이 많아 양을 잃어버린다는 뜻으로, 두루 섭렵하면서 오히려 전공을 이루지 못하는 것을 비유한 말이다.

청천이 말함. "평소 심학 공부가 없습니다. 그대의 말에 매우 부끄럽습니다."

용졸이 말함. "시와 선의 묘한 곳이 본래 둘이 아니니 공께서는 이 관문을 꿰뚫었습니까?"

청천이 말함. "선가의 불법에는 시율로 창화하는 번잡함이 절로 없습니다. 저처럼 세속에서 벼슬을 하여 길에서 분주한 자는 시도 할 수 없는데 하물며 법문의 오묘함에 대해 어찌 함께 논의할 수 있겠습니까?"

용졸이 말함. "바로 이것이 불립문자(不立文字)[73]의 경지로군요."

청천이 말함. "제가 지금 날마다 붓을 잡고 있는데 어찌 불립문자를 해서 자연히 깨닫겠습니까?"

용졸이 말함. "움직이거나 멈추거나 손을 통하지 않으니 바로 불립문자입니다."

청천이 말함. "그대는 나와 가죽화상(可竹和尙)이 주고받은 글을 보셨습니까?"

용졸이 말함. "화상의 이름을 들은 적이 없는데 하물며 주고받은 글이겠습니까?"

청천이 말함. "가죽은 바로 대마도 주지인 이정암(以酊庵) 월심장로(月心長老)의 호입니다. 이 승려 역시 군주의 명 때문에 종(宗) 태수를 따라 관반이 되어 왔습니다. 지금 다시 함께 떠납니다만 나와 겨우 한 번 만났습니다. 그러나 시를 창화하고 긴 편지로 도를 논하면서 정이 매우 깊어졌습니다. 비록 옛날 창려(昌黎)와 태전(太顚)[74]이라도 더 하

---

73 불립문자(不立文字) : 언어나 문자를 통하지 않고 이심전심으로 불도를 깨달음을 이름.

지 못할 것입니다."

용졸이 말함. "제가 평소 시를 좋아하여 글을 탐닉해서 승려들과 많이 사귀었습니다. 명리에 급급한 세속의 사람과 비교하면 역시 낫지 않겠습니까?"

一.

용졸이 말함. "친구 중에 중서(中西) 생이라고 있는데 집에 부사산 그림이 한 축 있습니다. 지금 저를 통해 찬 하나를 써달라고 청하니 뜻을 받아주시면 어떻겠습니까?" 청천이 중얼중얼 읊더니 붓을 잡고 썼다.

부사산 찬
士峯賛

청천

꼿꼿한 옥련화	亭亭玉蓮花
그대 집 벽에 걸렸네	掛君堂壁間
여섯 자라 하늘에 올라 호소하자	六鼇上天訴
안개 파도가 푸른 산봉우리 옮겼네	烟波移碧鬢
선인이 손뼉 치고 웃으며	仙人拍手笑
그림 속 산이라고 말하네	謂是畫中山

74 창려(昌黎)와 태전(太顚) : 한유(韓愈)가 조주자사로 있을 때 노승 태전(太顚)과 가깝게 지내, 떠날 때 자신의 옷을 남겨주었다고 한다. 창려(昌黎)는 한유의 호이다.

용졸이 일어나 절하며 감사했다.

一.

청천이 말함. "의재(毅齋) 조세미(朝世美)를 그대는 압니까?"

용졸이 말함. "제 동문입니다."

청천이 말함. "매우 기쁩니다. 얼마 전 그와 한 번 대판에서 창화하였습니다. 어젯밤 여기에 만나러 왔는데 깜짝 놀라 밤에 얘기를 나누었습니다. 시를 받았기 때문에 그 화답시를 막 써서 보내려던 참입니다. 그대를 통해 부칠 수 있겠습니까?"

용졸이 말함. "보이신 대로 전달하겠습니다. 공도 피곤하고 번잡하리라 생각됩니다. 지금 물러나겠습니다."

청천이 말함. "공들은 지금 잠시 앉아 함께 술을 드시지요."

이때 동자 세만을 시켜 술잔을 가져오게 해서 각각 세 잔씩 따랐다. 청천이 진현(陳玄 : 먹)과 모영을 주었다. 우리들은 이별을 하였다.

一.

용졸이 말함. "공께는 후사가 있습니까?"

청천이 말함. "타고난 명운이 박해서 서른 이전에 낳은 자녀가 모두 요절하였습니다. 늦게 두 아들을 두어 큰 아들이 지금 8세입니다."

청천이 말함. "공께 아들이 있습니까?"

용졸이 말함. "아들 하나, 딸 하나 있습니다. 관재에게도 딸이 하나 있습니다."

一.

용졸이 말함. "제가 지금 취향으로 들어갔으니 떠나겠습니다. 소헌군은 이미 잠의 마을에 들어가 노닐고 계십니다. 공도 그 마을에 가서 노닐고 싶으시겠습니다."

청천이 말함. "그대 역시 그 마을이 그리우십니까? 지금 잠깐 앉으십시오. 관재에게 시를 부치고 싶습니다."

용졸이 말함. "천천히 지으십시오. 공이 싫지 않다면 우리들은 두성(斗星)이 돌아가고 참성(參星)이 가로 걸린들 또 어찌 사양하겠습니까?"

一.

옆에 동자가 있었다.

청천이 붓을 잡고 써서 보여주며 말함. "동자의 이름은 세만(世萬)입니다. 우리나라 말에 사람을 부를 때 반드시 '아무개야'라고 합니다."

이 언문은 또 청천이 쓴 것이다. 용졸이 말함. "공께서 우리나라 언문에 능통하시니 대단하십니다."

붓을 달려 청천 사종이 자리에서 관재에게 준 운에 차운하다
走次靑泉詞宗席上贈寬齋韻奉呈

용졸

| 한 말 술 기울이는 나를 비웃노니 | 笑吾傾一斗 |
| 그대의 〈삼도부〉[75] 시 보았기 때문 | 見子賦三都 |

---

75 〈삼도부〉: 三都賦. 진(晉)의 좌사(左思)가 지은 시로, 격찬을 받자 낙양의 부자와 귀

동창의 촛불 심지 다 잘라내고　　　　　　　　　　剪盡東牕燭
시를 짓자 타호를 두드린다네[76]　　　　　　　　詩成擊唾壺

용졸재가 관재에게 준 내 시에 화운하여 다시 차운하다
用拙齋和余贈寬齋韻復次以奉

청천

우연히 만나 꽃다운 풀을 읊으니　　　　　　　　邂逅吟芳草
그대의 시 맑고도 성대하구나　　　　　　　　　　君詩淸且都
백 년 서로 비추던 땅에　　　　　　　　　　　　　百年相照地
가을 달이 얼음 넣은 옥호에 있구나.　　　　　　秋月在氷壺

一.

용졸이 말함. "이제 인사하고 가려 합니다. 이로부터 영원히 이별입니다. 이별의 한이 하늘처럼 길고 바다처럼 깊습니다."

청천이 말함. "이 행차가 내일 아침 출발해야 합니다. 한 번 떠나면 구름 물결이 만 리로 멀겠지요. 여러분들이 때때로 오늘 밤 외딴 등불을 떠올릴지 모르겠습니다."

족들이 다투어 베끼느라 종이값이 올랐다 한다.

76 타호를 두드린다네 : 진(晉)의 왕돈(王敦)이 술이 거나할 때마다 조조(曹操)의 "늙은 준마는 마판에 엎드려 있어도 뜻은 천 리 밖에 있고, 열사는 늘그막에도 장대한 마음은 그치지 않는다.[老驥伏櫪, 志在千里; 烈士暮年, 壯心不已。]"라는 시구를 읊조리면서 여의봉으로 타호를 두드려 박자를 맞추어 마침내 타호의 주둥이가 다 부서졌다고 한다. 훌륭한 시문 등에 대해 극도의 찬상을 가하여 흥취를 만끽하는 것을 의미한다.

용졸이 말함. "저는 그렇습니다."

이때 한밤중이 또 반을 지났다. 함께 읍하고 물러났다.

우연히 〈근시난고(近詩亂稿)〉를 정리하다가 용졸재가 보여준 작품을 얻어 몇 번 읊조리니 나그네 거쳐의 우울한 마음을 펼 만해서 나중에 그 운에 차운해 부칩니다.

<중추에 하동별장을 노니는데 달이 보이지 않다(中秋遊河東別莊不見月)>에 차운하다
次中秋不見月韻

국계

밤풍경 까마득한 백옥루에서	夜色迢迢白玉樓
빽빽한 구름이 둥근 달 비껴 가렸네.	密雲斜掩一輪秋
섬궁 계수나무 싸늘하고 그림자 없으니	蟾宮桂樹寒無影
항아의 만단 시름 더하겠구나	添得姮娥萬段愁

<16일 밤 서방 선생이 초대한 자리에서 짓다(中秋後一夜應緒方先生之招席上作)> 시에 차운하다
次夜赴緒方老人韻

먼 길을 달리는 동안에 계절 흘러	長路驅馳節序流
기러기 소리가 바다 구름 가을 빨리 알려왔네	鴈聲催報海雲秋
사람 만나 진번 서탑[77] 몇 번이나 내렸나?	逢人幾解陳蕃榻

달 보러 유량 누각⁷⁸ 여러 번 올랐네	賞月頻登庾亮樓
국화 들고 시 읊으며 마음껏 즐기고	把菊吟詩渾漫興
산수유 차고 술 부르니 기이한 놀이로다	佩茰呼酒亦奇遊
서생의 안목이 지금부터 커지리니	書生眼目從今大
동남쪽 제일 고장 몸을 두고 있다네	身在東南第一州

<야회(夜懷)> 운에 차운하여
次夜懷韻

바다 하늘 외로운 달 시름겹게 비추니	海天孤月照愁眠
서글픈 나그네 심정 역시 가련하네	悄悄羇懷亦可憐
섬돌 두른 대나무 제 운치와 다르고	繞砌風篁他自韻
층계의 서리 국화 누구 위해 고운가?	映堦霜菊爲誰姸
강산에는 읊은 재료 넉넉히 있지만	江山富有吟詩料
주머니 가난해 술 살 돈이 없구나.	囊橐貧無買酒錢
세속 일에 못 잊는 건 고기맛 뿐이라	塵事未忘唯是肉
담담한 멋 있지만 좌선하다 도망겠네	淡然幽趣學逃禪

---

77 진번 서탑 : 동한(東漢) 때 남창태수(南昌太守) 진번(陳蕃)이 서탑을 하나 두었다가
은자 서치(徐穉)가 오면 특별히 내려서 앉게 하였다고 한다.

78 유량 누각 : 진(晉)의 유량(庾亮)이 무창(武昌)의 총독으로 있을 때 가을밤 달이 떠오를
때 좌리인 은호(殷浩), 왕호지(王胡之) 등이 남루(南樓)에서 노래를 부르며 즐기는데 유
량이 오는 발자국 소리를 듣고 피하려 하였다. 그러자 유량이 "이 늙은이도 이 곳에 오니
흥이 다시 이는구나."라고 하며 함께 앉아 노래하고 해학을 나누었다고 한다.

이 시 3장은 12월 초하루 섭진주 낭화로부터 부쳐진 것이다.

용졸재가 『두율평총』을 주신 것에 감사하다
奉謝用拙齋惠以杜律評叢

국계

소릉 시에 옛친구가 아름답게 한 말들이	故人綺語少陵篇
정성스레 나에게 전해진 것 감사하네	多謝殷勤向我傳
뒷날에 서안에서 펴보며 감상할 때	他日案頭披翫日
높은 뜻이 생각나면 동쪽하늘 바라보리	每思高義望東天

이 시 1편은 12월 보름 호주의 대진로부터 거듭 닿은 것이다.

11월 2일 오시를 지나 관재가 추수, 서초 두 사람과 만났다. 필담이 나에 대해 미치자 한인이 밤에 같이 오라고 하였다. 관재가 말을 전해주었다. 내가 황혼 무렵 객관을 두드렸으나 추수는 뜻하지 않게 정사의 면전에 있어서 만날 수 없었다. 내가 앞뒤로 한인을 만난 것이 여러 번이었다. 그러나 추수와는 반면식도 없으면서 시 한 편을 헛되이 부쳤으니 일대의 큰 한이다. 용졸재가 기록하다.

한객필어 마침.

桑韓塤篪 卷十
韓客筆語

韓客筆語序

　余也幹蠱之暇，寄意於文字，且賴詩酒，而放下世累。歲己亥三韓使人沿海而東，停車都城，申製述、三書記等在行中，聞其文章如湧，欲往觀焉。夜館紛擾，不許一人投刺來，余偶爾與菊溪、西樵二子，筆語、唱酬若干。後西歸之日，余同二朋，過琶湖及長安客館，與彼名流、俊士，文焰相赫，其筆話、唱酬成卷。時南北諸賢託魚雁，欲一見其錄記者亦多。余筆甚拙，而事不能記，因一友人，錄吾胸次之所蘊，題曰'韓客筆語'，自謀梓事。有客卒然而謂曰："吾子辛卯之歲，收拾和、韓唱和，梓行于世，今何不編摹而布海內?"余尙未喏，然四方之騷士，勞簡促之，竟於多病百變之中，而隨得編錄，序無後先，盡上烏絲，命曰"桑韓塤篪集"。松山文學菊叢，已題卷首，如余筆語，則附其後，以行于當世云。

　享保庚子上己前一日用拙散人自序。

韓客筆語

京華書坊 用拙齋 瀨尾維賢

一。

【館中有先來者, 用拙問。】 "君姓名如何?"

【一新答。】 "僕姓朴, 名萬根, 號一新。"

【用拙問。】 "以何職來?"

【一新答。】 "以書記來耳。"

【用拙云。】 "君勿欺我。"

【一新言。】 "君子言不可欺。"

【時有童子, 而持糖糕來, 一新頒贈余曹。用拙問。】 "想君善詩, 且示貴筭。"

【一新答。】 "甲寅生。"

【用拙問。】 "製述官及三書記來, 以君爲先容, 未知容乎否?"

【一新答。】 "學士、三書記來後, 可以容矣。"

【一新時指示梅軒寫云。】 "持筆墨, 請寫。"

【竟通刺, 乞錄記。】

在綵船中作　　　　　　　　　　　　　梅軒
東華通信使, 河口泛樓船。入眼皆金壁, 却疑上九天。

淀浦　　　　　　　　　　　　　　　　梅軒
使華去去欲通天, 挾岸人家百里連。□□嬋娟爭指點, 楊州逸與滿斯船。

賡梅軒老人船中韻　　　　　　　　　　用拙
海口風晴好, 搖搖金雀船。蓬山知有路, 直擬上蒼天。

嗣前賢淀浦韻　　　　　　　　　　　　　　　　　　　　　用拙

中流簫皷靄雲天, 一望鷗波與岸連。清道旗飄明月外, 淀城五皷繋
樓船。

一。

【用拙問。】"君姓名如何?"

【答。】"吳判事。"

【用拙云。】"雖長途疲倦, 且賦詩遊否?"

【判事掉首。】

享保己亥之秋, 朝鮮國聘使, 來我日東, 夏四月上船, 六月着馬嶋,
秋七月浮海, 而九月四日抵浪華, 下船入館, 越十一日, 月出入京華
館。　僕自午天, 先來製述官客館而待, 欲觀殊邦人物及禮樂、威儀
也。諸賢御鞍, 已向初更, 竟煩一譯官通刺, 製述官青泉 申維翰, 在三
使面前, 不及和答, 如秋水 姜栢、嘯軒 成夢良二書記, 一羅徵恙, 一
因路疲, 而不相會。

一。

從事官李公記室問, 僕云: "尊別號則旣聞之矣。更欲聞尊姓名。"
"僕姓張, 名應斗, 字弼文, 號菊溪居士, 又號丹溪散人。"

【答。】"僕姓瀨尾, 名維賢, 字源左衛門, 號用拙齋。"

【問。】"貴庚多少?"

【菊溪答。】"今年五十。"

奉呈菊溪詞仙案下　　　　　　　　　　　　　　用拙

槎客望來藍色天，扶桑樹外燭龍懸。三山原是非他土，採藥與君問地仙。

奉次用拙齋惠贈韻　　　　　　　　　　　　　　菊溪

肩輿緩步月明天，簷角燈籠處處懸。曾是奏童求藥地，喜逢三嶋駕鸞仙。

奉謝菊溪居士高和　　　　　　　　　　　　　　用拙

浩淼重溟東極天，何論析木迥相懸？三韓詞傑瓊琚什，幾度吟來骨欲仙？

復疊前韻奉呈　　　　　　　　　　　　　　　　菊溪

闌干星斗夜深天，坐久松梢片月懸。對榻挑燈談笑地，愛君毛骨邁眞仙。

一。

【用拙云。】“僕自始職字鉛槧二十霜，懶惰無效，且困於多病，逃詩酒，性好遠游林湖奇壤，畧已搜窮。袖裏偶有《近詩亂稿》，漫奉呈高明，不愧其醜，仰煩高聽，願加潤色，幸甚。”

《近詩亂稿》　　　　　　　　　　　　　　　　用拙
中秋遊河東別莊不見月

諸賢濟濟坐東樓，雲鎖蟾宮三五秋。淅瀝金風空透骨，一盃瀉下洗千愁。

菊溪評云：“絶句首聯極精楚，末聯亦佳，而‘空’字似未穩當，改之則似好，而未知何字能得穩當耳。首句之‘坐’字，不如‘集’字，未知公意如何？旣曰濟濟，則衆盛之貌，若下集字，則似勝耳。”

中秋後一夜應緖方先生之招席上作
鳳城儒雅舊風流，不負孤輪兩度秋。昨夜橋東尋別墅，今霄洛下會高樓。任他公子管絃賞，爭似君家文酒遊。遙想雞林泛槎客，望鄉看月在何州？

菊溪評云：“七律音韻精麗，意趣雅靜，可佳也。末聯尤有情。”

夜懷
孤燭照愁人未眠，半牕形影獨相憐。寒蛩伴我聲尤苦，殘月爲誰色更妍。病廢昏昏何待賈？文章兀兀不當錢。詩家風致生涯淡，宛似江湖夜坐禪。

菊溪評云：“尤字改作偏則如何？”

九日
節序驚心雲外鴻，鬢毛吹亂一秋風。浪華津口黃花發，應有韓人泛酒中。共四首。

菊溪評云：“吟節婉麗，氣格整楚，雜置古詩之中，雖有具眼者，似不能辨此絶句之佳境也。佳矣！大抵句語精緊，音調清亮，正合古人之口氣，求之一代，似不可多得，可貴可貴。須益加勉勵，以至遠大之境，如何如何？”

用拙拜起云：“古人雖一字師猶下拜，是誠鄙生之大幸，況賜數處郢正，事出望外？其中誤承嘉奬過實，曷勝感感？”

一。

【用拙云。】 “君船中有中秋詩否? 幸蒙錄記。”

【菊溪云。】 “在慈嶋逢中秋之望, 不無所詠, 而忘未記得。”

【用拙云。】 “遺恨遺恨。 君多蒙見愛, 甚是不當。 足下佳作, 珠玉玲瓏。”

【菊溪答。】 “述懷而已, 安有珠玉之可比者哉? 蒙公過褒, 慚媿慚媿。”

一。

【用拙云。】 “僕京華人, 家世以鬻書爲生計, 其刊行之書, 盈于庫藏。 然世事紛擾, 天性疎慵, 不能一一閱覽, 而益神智恨甚。 藏書之處號奎文館。”

【菊溪云。】 “聞尊書肆多蓄寶訣, 切欲一覽, 而顧此行橐罄竭, 無路買取。 竣事西歸之後, 書窓一夢, 必將來往於奎文館, 縹帙芸箱之間也。”

一。

【用拙問。】 “辛卯之歲, 嘗來吾日東, 趙、任、李三使公, 猶尙無恙否? 僕嘗視其所著文詩, 愛玩不止, 敏捷雅澹, 實不減古人者也。 顧年彌高德邵益顯尊, 其詳可得而聞乎?”

【菊溪答。】 “趙公今以吏曹參議, 掌翰墨之任, 其詩與筆俱絶佳。 任公以承旨棄官居家, 李東郭不幸, 去年七月, 奄作泉下人矣。”

一。

【用拙問。】 “僕聞嚴、南二君無恙, 益顯官在朝, 欣慰欣慰。 洪君以老休官, 娛于花竹矣。 李君不幸去秋下世, 宏才博洽, 遺恨多多。 李君嘗云:‘無子取從弟子爲嗣。’ 不墮其家聲乎? 應李君時年將七十, 其遺集

行于世, 又有諡號否? 願示。"

【菊溪答。】"嚴、南二公, 歷典郡邑, 方在顯官。洪公年今六十七歲, 猶尙康健, 身居顯職, 家在京城, 只以詞翰花竹, 吟弄度日, 其平生文集多, 至數十卷。李公之繼子亦佳, 而但不及其翁之善鳴, 其文集貧不能刊布, 必將俟後入梓耳。諡號亦未及請得。"

一。

【菊溪問。】"尊家有趙公詩稿乎?"

【用拙答。】"我家不貯趙公詩筆, 社朋之中, 往往珍藏。想公勞煩, 不得盡情, 姑期他日。"

【俱拜楫而退。】

一。

【用拙問。】"君姓名如何?"

【西樵答。】"僕姓白, 名興銓, 字君平, 號西樵。"

【用拙云。】"僕見君題吾友人便面詩, 文雅可愛, 清新逼人, 因嗣其韻呈。"

用拙

彩鷁浮桑海, 吟過幾許州? 欲酬珠玉句, 沈醉不言羞。

一。

【西樵云。】"高明知西村方觀瀾爲名人耶?"

【用拙答。】"僕未知其人也。僕友人姓朝枝、名世美、號毅齋, 君於浪華館題詩扇面所示者也。"

【西樵問。】“時方見在何地耶?”

【用拙答。】“本西防人, 遊學都下, 僕同門人也。”

【西樵又題僕便面云。】

萬里孤舟客, 昨過大坂州。那知扇面句? 傳誦只增羞。

一。

【用拙云。】“卽今初接芝眉, 殊領玄敎, 喜出望外, 顧足下厭之。”

【西樵云。】“慚愧慚愧。”

【共拜楫而退, 時已過半夜。】

明朝使輶將發京, 而事務益紛, 而不能徧吟遊而止也。 右三詞客,
俱容貌閒雅, 博知强記, 風騷如湧, 運毫卽成, 非吾人所能彷彿也。留
滯一夕, 草草辭去, 是爲可恨耳。

享保己亥九月十二日, 瀨尾維賢題于用拙齋中。

九月十二日, 朝鮮國聘使, 發京華館, 二十七日入東都, 十月一日賜
宴, 十五日發東都, 二十九日着湖州 大津驛。寬齋 飯隆慶、剛齋林義
方、用拙齋 瀨尾維賢, 入夜扣製述官客館, 會秘書靑泉 申維翰、書記
嘯軒 成夢良 · 菊溪 張應斗、醫員西樵 白興詮于客館。【書記秋水 姜栢
有恙不會。】

奉送製述官靑泉申公歸朝鮮國兼呈嘯軒成書記詞案下　　　　　　用拙

歲月崢嶸白雪紛, 驪歌聲斷送諸君。錦帆晴掛千江月, 王節遙衝三
島雲。奉命殊方修大禮, 結盟隣壤共斯文。星槎歸去知何日? 名入麒

麟見異勳。

奉和用拙齋見贈　　　　　　　　　　　　　　　　青泉

落落仙姿謝俗紛，青春才調孰如君？彫琴夜對鰲頭月，彩筆秋橫鶴背雲。東海千年生瑞艸，西京六籍應奎文。太平天地無烽火，好把詩篇頌國勳。

奉和用拙齋　　　　　　　　　　　　　　　　　　嘯軒

秉燭高堂笑語紛，手勒來詩謝諸君。清篇擲地鏘金玉，醉墨揮毫見亂雲。已幸湖山成好會，應知奎璧動星文。東來萬里眞仙外，詩艸盈囊當策勳。

呈菊溪張先生閣下書　　　　　　　　　　　　　　用拙

海山航梯，萬里跋涉，能竣公事，起居清勝，欣慰欣慰。曩者文旆將東，暫繫馬於都下館中，紛忙之間，唯公不以余不似，至唱酬再三，且所賜製作，典重古雅，其驚人也大矣。因奉拙詩絕律數首，伏乞郢正，公三復不棄，卒賜塗抹，使余輩大悟詩趣，感懷實多。今復不顧剪劣，奉呈近作數什，如有可觀者，幸賜潤色，銘感曷堪？竊想東都者，文質彬彬之地，縉紳先生，鱗次蛸貫，玲瓏相競，錦繡成卷，實應對不暇，而所謂戶外履滿者不虛矣。余雖駑下，翹足於萬里之外，徒帳帳然耳。因思所到江山，琵湖之烟、士峯之雪，一一拈取，爲公錦囊中物，且雅筵佳句，感懷大作，想亦不少，若蒙佳惠，不堪雀躍。且聞征鑣隔霄，尤不堪怏怏。今呈《杜律評叢》三卷、巴調一律，寓別餞之意。時寒自重，惶悚惶悚。

日本國 享保己亥冬十月，瀨尾維賢頓首拜。

奉送菊溪張書記還朝鮮國 用拙

輶軒又喜鳳城回,之子翩翩見俊才。義氣傲霜秋後菊,詞華映雪臘前梅。風晴大麓歸輶穩,潮湧海門去鷁催。元是寒酸一詩客,欲衝使節定敲推。

一。

【菊溪云。】"詩則今當和之,文則忙擾未及致思,唯高明恕之也。"

【用拙云。】"入京華館,則必賜回翰。"

【菊溪云。】"如得間隙,則可以副示矣。然亦如此日,則何可必乎? 然到對陽後,如得構成,則或因芳洲有傳送之道耶?"

奉次用拙齋惠贈韻 菊溪

臨岐欲發首頻回,詩社諸賢絶代才。皎潔儀容皆瘦鶴,清高韻格總寒梅。縱喜深更吟榻共,可堪明日去帆催。迢迢涯角星離沒,月下雲扃底處推。

《近作吟稿》 用拙

讀漢記

天下紛紜誰是王? 寬仁大度入咸陽。留侯去後無良士,渭水悠悠山更長。

菊溪評云: "識見高遠。"

春寺

春風衣冷翠微間,啼鳥落花僧自閑。杖履悠悠吟半日,醉侵禪榻坐看山。

菊溪評云："侵字似欠穩帖，改以憑字如何？格調清峭，似劉文房遺韻。"

安井偶作

杜鵑花謝後，燕子花開來。開謝因誰問？斜照掛崔嵬。

嘯軒評云："末句清空有致，有唐人本色，可賀可賀。"

菊溪評云："落句清峭。"

登湖州大悲閣追和冬嶺老人韻

危閣秋高湖水寬，四明峯霽好縱觀。故人一去年光遠，騷客重遊景色寒。梵磬穿雲聞下界，漁舟破浪過前灘。匏樽酌盡吟終日，誰道人間行路難？

菊溪評云："'縱觀'之'縱'字似仄，改之如何？全篇圓兒，有唐人口氣。"

山寺

寂寂招提路，斷橋澗水前。霞籠黃葉寺，日沒白雲嶺。野鹿慣聽法，山猿亦解禪。歸途正昏黑，竹隙一燈懸。

菊溪評云："第二、第三聯精緊，落句畫中境界。"

賡剛齋遊高雄山韻

小春攜友上高雄，佛閣凌雲碧潤東。染出霜楓紅似錦，停車入在畫圖中。

菊溪評云："似樊川韻致。"

題通天橋

珠林紅葉地, 百尺架危梯。徑滑無僧掃, 山幽只鳥啼。風吹浮碧澗,
霜染照寒溪。與客携壺去, 醉眸望欲迷。

共七首。

菊溪評云: "第二聯幽趣可想。篇篇精鍊, 下字作句, 務去俗氣, 深得
詩家妙逕, 求之今世, 似不易得, 佳矣佳矣。"

青泉云: "所作勿擾, 未能記得, 未可評品耳。"

【時對譯官, 指《通天橋》第一聯爲可, 譯官傳余此語。】

嘯軒云: "公詩圓活, 且有韻格, 遠到可期, 何待不佞之言? 奎文館
中, 靜閱群書, 可見弸中彪外。"

一。

【用拙云。】"三使相公官階姓氏已得聞, 如其別號如何?"

【嘯軒答。】"正使相號北谷, 堂上三品; 副使相號鷺汀, 堂下三品; 從
事相號太湖, 通訓三品。"

一。

【用拙問。】"曾聞明曆乙未、天和壬戌, 貴國聘使來于本邦, 其桑唱韓
酬之文詩, 皆刊行于世, 卷帙幾許? 後正德辛卯歲, 三使公及李君、三
書記, 贈答詞章極多多, 復今刊布否?"

【菊溪答。】"各有全集, 具載前後行事耳。纔已答之。"

【嘯軒答。】"各有全集刊行世, 而其中皆收唱和諸作耳。"

一。

【用拙問。】“貴邦典籍上木，則用何木彫刻耶？”

【西樵答。】“未解示意。”

【用拙復問菊溪答云。】“多用桫木耳。”

【用拙問。】“桫者何木？”

【菊溪答。】“葉近蒴藋，皮近樺木，而差薄而白色。我國俗名自作木，又名名巨濟木，蓋高麗時多運此木於巨濟郡，刻佛氏八萬大藏經，故仍名焉。”

一。

【用拙云。】“曩者謁見君之時，傍觀行裝中，有題《扶桑錄》一小冊，知入吾土而記取風光事實，如許一覽，幸甚。”

【菊溪答。】“果是紀行，而忽忙如此，何暇披覽耶？”

一。

【用拙云。】“若水江子者一詩人也。前遊浪華，與諸賢唱和，篇篇字字玲瓏。江子今朝南行，復於浪華館成騷會，多羨多羨。”

【菊溪云。】“若水果與吾輩唱酬從容，今歸亦當來訪於客館，復續前歡。君與若水有交分乎？”【用拙云。】“僕本與江子好平生，唱酬多多。”

【菊溪云。】“大坂如逢若水，公爲傳今夜唱酬同浪華風物，應依恨不携君逆旅中。”

一。

【用拙問。】“學士及三記室，所戴冠名字樣如何？”

【西樵云。】“學士及嘯軒所着卽幅巾，古之禮服，涑水公常服者。菊溪

冠八卦冠，後面象山形耳。"

【後日申公所戴蓮葉冠，後面同。】

　一。

【用拙云。】"前時會稽 吳明濟 子魚編《朝鮮詩選》，又選《高麗世記》一卷，俱傳貴國乎？ 詩選有幾帙？《百濟本記》《百濟新撰》此二部，於吾國史，引用貴國人之編集而傳之否？《東文選》十卷，聞韓人徐達城撰，卽傳于今哉？ 編體一擬《昭明文選》乎？《日本行錄》未經劉覽，想貴邦人朴氏所著之書乎？"

【青泉云。】"吳明濟《朝鮮詩選》《高麗世記》，僕未有聞見。《百濟本記》及新撰，皆我國所未傳者，貴邦何處而引用之乎？ 可訝可訝。《東文選》則我國徐大學名居正、號四佳所編，而傳以達城者，以其本鄉乃達城也，不必與《昭明文選》取則而爲也。《日本行錄》，僕未聞其書。我國設科有明經科、文詞科，僕乙酉以詩中進士二等，癸巳以賦得狀元及第，此皆當國家大慶，別設科取士，此則謂之增廣別試，皆以文詞進。"

【西樵云。】"《朝鮮詩選》《高麗世記》，傳本絕少，《百濟記》及新撰，未見傳本，有《東國通鑑》焉。《東文選》尙今刊行，編作一如《昭明文選》矣。"

　一。

【用拙云。】"浪華館君如不得間隙，則上船後構成回翰，託雨森、橋邊二子，則無浮沈之患耳。"

【菊溪云。】"託橋邊子，則豈有浮沈之患耶？"

一。

【用拙云。】“乞諸賢爲余寫大字及草書。”

【嘯軒云。】“多磨墨汁而來。”

【因使童子磨墨, 梅軒題一張, 菊溪題二張, 春潤題草書二張, 復令嘯軒、菊溪二子, 寫奎文館三大字。時傳半夜鐘, 共拜揖而退, 投宿旅舍, 終夜酌酒, 論詩不寐。】

十二月一日辰後, 星軺入京華, 余於第三橋西觀, 而入本能精舍, 造製述官客館。

一。

【用拙云。】“僕久願西遊崎陽, 交其人受其學, 而探覓奇冊名畫。又欲赴馬島, 侍芳洲諸老, 窺聽貴邦文物品彙, 而今世故紛擾不果, 況父老兒幼, 不得遠游, 徒在於市朝之間, 班鬢子多慚多慚。”

【嘯軒云。】“所示辭意得悉, 尊好古媚學之志, 可謂今世之古人也。況辭謝辟刹, 亦可見高尚之志。大隱隱於城市, 君平、季主、汝南仙人, 皆身處闤闠, 聲聞千古, 市中之隱, 只見其高, 未見其卑也。”

【菊溪云。】“僕入日東以後, 得接賢士大夫, 不止一二, 而或以盃酒相歡, 或以詩書相和, 而孝謹篤實, 敏於求益者, 未有如用拙齋之勤且篤也。其言曰: ‘西遊崎陽, 多覓名畫、奇書, 而從芳洲, 遊與聞吾邦文物之美, 而顧家貧親老, 不得抽身遠遊, 其志可尚, 而其言可矜。余於是不能無言, 臨別略記數語以贈之。”

【用拙云。】“二賢頓賜高文, 欽意欽意。其間過賜稱譽, 非我所敢當, 徒使人增愧汗耳。”

一。

【用拙云。】“申公獨不和我詩, 抑何意哉?”

【青泉云。】“鄙詩無足取者, 前日旣不能與公倡酬, 未知公之問意, 似無必求之事, 是以不欲強作以呈, 旣有公恨, 亦可草草構拙耶?”

【用拙云。】“昨夜於大津驛館, 有半面之雅, 今日已因毛穎, 謁成、張二君, 故有是言耳。”

走奉呈製述官申公書記成君　　　　　　　　　　　　用拙

月輝京樹臘前天, 寶地天低珠斗懸。一斗百篇相遇處, 何妨共喚酒中仙?

走和用拙齋　　　　　　　　　　　　　　　　　　　　青泉

三山蒼翠海東天, 筆下明珠月共懸。撥葉扶桑桑落酒, 金光有草便成仙。

次奎文主人

碧玉囊中別有天, 奎華瑞彩小樓懸。好詩好酒風流竝, 市上今逢李謫仙。

一。

【用拙云。】“二賢無士峯詩乎?”

【西樵云。】“有拙作矣, 今不能記憶耳。”

【嘯軒云。】“有七言長篇、五言排律、七絶等詩。”

【用拙云。】“願示一絶。”

【嘯軒操筆錄示。】

富士山

白雪英英東海灣，崔嵬士嶺聳雲間。山與白雲渾一色，不知何處是
眞顏。

一。

【用拙云。】“昨於大津館所和盛作，殊覺絶勝。”

【嘯軒云。】“倉卒之作，更不能覃思，有何可觀?”

【用拙云。】“昨今所呈鄙詩，願賜郢正。”

【嘯軒云。】“公詩儋雅圓暢，可見法唐。”

【西樵云。】“見公詩，箇箇淸圓，可誦。”

【嘯軒云。】“市館中有《孟浩然集》耶?”

【用拙云。】“此間所弄行纔二冊，聞別有全集，余未見。君好襄陽詩乎?”

【嘯軒云。】“孟浩然詩，僕平生最好之矣。”

【用拙云。】“君好陳簡齋詩乎?”

【嘯軒云。】“簡齋雖精密，比浩然 則不翅天淵矣。”

【用拙云。】“我亦是矣。今見君詩，無些宋人氣象固矣。”

【嘯軒云。】“僕非不觀宋人詩，平生着力依歸者，開元、天寶諸公之
作。”

【用拙云。】“我亦本來所歸依者，則唐人詩，但苦少，故補以明 七才子
詩，此是唐詩正脉所有。”

【嘯軒云。】“空冊之惠，多感多感。”

【用拙云。】“如此一本，貴國謂烏絲欄乎?”

【嘯軒云。】“我國云空冊謂之精簡，烏絲欄乃古語，精簡乃俗語也。”

【嘯軒云。】“昨今連得奉袂，可幸。”

【用拙云。】“諸賢發軔在明曉乎? 預催離怨實多。”

【嘯軒云。】“戀戀如此, 敢不鳴路?”

【用拙云。】“願諸賢一掃巨筆, 題我便面。”

【西樵云。】“高明所得, 可謂多矣, 何更請書耶?”

【用拙云。】“吾友人託和扇二握, 乞寫公等, 故有此言耳。”

一。

【用拙云。】“公姓名如何?”

【竹窓云。】“傖在朝職, 居朝散大夫, 通文館僉正, 今行以次上判事來
到矣。僕姓金, 世鎰其名, 字百朋, 號竹窓。”

【用拙問。】“公爲我揮椽筆否?”

【竹窓云。】“儂少有阿睹之病, 視物不甚分明, 長事藥餌, 今方少愈,
以是謝筆硯久矣。未副勒敎, 恨如之何?”

【用拙云。】“卽今少愈强乞。”

【竹窓揮毫題一張。用拙云。】“感謝高惠, 貴邦筆墨, 名于本邦, 佳品佳
品。”

【竹窓云。】“墨如眞油, 臨楮自然生潤。”

【用拙云。】“想公能詩共賦遊乎?”

【竹窓云。】“吾不能。”

一。

【用拙云。】“僕家世書肆, 藏書充棟, 賣書之處, 號奎文館。諸賢如賦
詩, 則永爲家珍, 如何?”

【西樵云。】“家多藏書云, 醫書亦有之否?”

【用拙云。】“家多經史、諸子及百家詩文集, 如其醫卜書, 雖有不甚
多。”

題奎文館　　　　　　　　　　　　　　　　　　　嘯軒

大隱仙翁城市居，淡然生計鬻群書。白頭安得從君住，盡閱奎文館裏儲？

次成嘯軒韻贈奎文館主人　　　　　　　　　　　　西樵

身學君平市肆居，家藏萬卷鄴侯書。晴窓檢點閑相對，滿篋全勝寶玉儲。

次成嘯軒題奎文館韻　　　　　　　　　　　　　　青泉

徐生采藥海山居，留得秦灰以上書。千載奎文臨古館，不須遙羨羽陵儲。

"羽陵，卽周穆王時藏書之所，徐生采藥，在燔經之前，天下謂古文眞本留在貴邦，故以此起語，此非强造夸詞。"

一。

【嘯軒問。】"貴庚多少？"

【用拙答。】"犬馬之齒，空度三十七。貴筭如何？"

【嘯軒云。】"癸丑生，今四十七。"【時將三更共期明，相揖而退。】

二日，余應招入侯館，退後扣製述館客館，寬齋已對申秘書、成書記，二賢各張文陣，顧余到而各微笑，而就筆硏。

一。

【用拙問。】"菊溪 張君在何處？"

【嘯軒答。】"已往淀浦。"

【用拙云。】“遺恨多多。自此音容永別, 他日君爲我傳此意。”

【嘯軒頷, 用拙問。】“秋水 姜君在何處?”

【嘯軒云。】“在上官所。”

一。

【用拙云。】“昨夕所賜士峯七絶句, 殊佳勝佳勝。”

【嘯軒云。】“馬上倉卒之作, 有何佳境?”

【用拙云。】“灞橋詩趣, 不在驢背乎?”

一。

【靑泉時頒肉, 寬齋、拙齋云。】“知我邦調味。”

【二人爲乞酒。】命童子世萬勸酒云:“酒則無朝鮮酒, 但有貴邦所給諸白, 使人溫而來。”

【寬齋傾一盞, 拙齋傾三盞。】

【嘯軒云。】“好酒又好詩, 聞謫仙之風而悅者耶?”

【用拙云。】“二賢嗜飮乎?”

【申公掉首。用拙云。】“古來達人, 多是好飮。公等不解飮, 可訝可訝。聞貴邦有秋露白, 如何?”

【靑泉云。】“朝鮮燒酒, 亦名秋露, 而味甚猛。頃與貴邦人飮, 飮時蹙鼻呼吸, 多不善飮。吾則素不嗜酒, 飮醇酒半勺, 輒顔如琥珀。”

【嘯軒云。】“寬齋好吸茶, 有王濛之癖; 拙齋好飮酒, 有伯倫之癖, 此可謂風流之士。”

【時有寬齋與靑泉酒烟草之談。用拙云。】“衣有酒暈, 則知其風雅之士; 衣有烟痕, 豈是風雅之士耶?”

【嘯軒云。】“衣有酒痕, 則可洗衣; 有燒痕, 則可縫, 何妨有之?”

【用拙云。】"聞有酒中仙, 未聞有烟中仙。"

【嘯軒云。】"高士例須憐麯蘖而好烟者, 亦不爲烟霞之士乎?"

【用拙云。】"公恐不知醉鄉妙致矣。"

【青泉云。】"公言實不知醉鄉妙也。世之多飲者, 飲五石及醉, 此却不易得, 如僕半勺輒醉, 昏昏在羲皇天地, 若論醉鄉誰可侯? 吾當作第一人。"

【用拙云。】"公等不解飲, 豈識得其妙處哉? 正見倩毛穎爲遁辭。"

一。

【用拙云。】"君早晚發軔。"

【嘯軒云。】"有些曲折少留耳。"

【用拙云。】"辛卯歲從事官李公, 《大坂城五十韻》眞傑作可賞。今猶無恙不?"

【嘯軒云。】"李公詩, 鄙適不見耳。後年前棄世矣。"

【用拙云。】"絶代奇才無命, 天哉天哉!"

【用拙云。】"卽今構一律投我, 則試速和　奉, 以漆雅筵之興。"

【嘯軒云。】"非難事, 而使相前方有招命, 未暇待間仰副了。"

【用拙云。】"君見得我國人物風俗乎?"

【嘯軒云。】"過諸州覽了, 則蓋人物精明, 而風俗皆美。今使相前方入謁, 少留幸甚。"

一。

【用拙云。】"呈菊溪 張君《杜律評叢》, 公又經劉覽否?"

【青泉云。】"《評叢》曾未見得, 頃呈菊溪, 而亦未及搜閱。不知其誰人所評, 而杜詩評論之語, 不喜見。"

【用拙云。】"是吾友人鶴溪者所選, 而披索群編。洛陽 東涯、篤所兩

先生, 序于卷首。"

【靑泉云。】"暫欲得見, 公肯許否?"

【用拙云。】"今霄猶留此地, 則必呈一本左右, 如何?"

【靑泉云。】"多謝多謝, 而去留未可知。"

【用拙云。】"公見《芝軒集》否?"

【靑泉云。】"我○見之, 已有序文。"

【用拙云。】"公文章讀得, 如其高序, 未得見。"

【靑泉云。】"見何書?"

【用拙云。】"公與戶田生書也。"

一。

【用拙云。】"公卽今賜寬齋書中, 誤及吾言。夫白石公者, 靑雲之傑魁; 芝軒君者, 詩門之宗匠, 交置我名於其間, 似無上下之分、賢愚之品。其中强賜褒美, 慚愧不堪。"

【靑泉云。】"何謂强賜褒美? 吾以勉進之意, 實多貶語, 乃實見得足下高處。"

一。

【用拙云。】"公姓名如何? 且示所戴冠名, 及貴庚多少?"

【卑牧答。】"鄙姓權、名道、字大原、號卑牧。所戴冠蘇東坡所着云, 故名東坡冠。僕年四十二。"

【用拙云。】"想公能詩。"

【卑牧云。】"僕少不閑詩律。"

【時館中雜沓, 共期薄暮, 相揖而退。】

二日夜筆語, 自黃昏已過三更。

奉呈靑泉申公詞案下 用拙

【維賢】"恭白, 卽今晝夜, 侍陪光霽數四猶未已, 加之荷酒肴之佳惠, 深謝高誼。且所乞《杜律評叢》, 今恩忙之中, 無新本可贈呈。乃取自所藏一本, 謹奉呈案下, 勿怒其不敬, 幸甚。"

一。

【靑泉云。】"初非乞得之語, 欲見所評之, 如何？今承盛意勒副至此, 感謝無住。所謂《評叢》, 只此一卷七言律而已否?"

【用拙云。】"古人評論五言律者, 亦編纂已成, 欲弄行嗣此卷, 而剞劂乏資, 姑竢歲月耳。"

【靑泉云。】"所筆跋文筆法正鍊, 有明人之遺風, 何人所寫矣?"

【用拙云。】"傭書翁姓西池、名立敬、號壽軒, 其性甚古雅, 余故人也。"

【靑泉云。】"吾不知筆, 然自少見人書法。蓋自漢、唐以來, 楷字之體, 自東坡、松雪二公之筆一大變, 漸務姿媚功幼, 而古意大奪, 雖云妙絶, 吾意不取也。明人之筆, 大抵以瘦勁、方正爲主, 雖拙猶不失古道, 僕亦以爲可賞, 故拙筆亦不似明人, 而獨抱私見, 不作世間務奇之態, 爲世人所笑。"

一。

【用拙云。】"貴邦之人, 往來淸朝, 卽今縉紳家中, 其傑出者, 有幾位否？願聞。"

【靑泉云。】"雖有使介往來, 不與其人相接, 淸使之來, 亦不與我國之

文字相應，但以公事聘問之禮，遣使而已。其朝士、儒生，文詞、學問，非所聞問，不知其處人何其狀。"

【嘯軒云。】"國朝巨室，無慮數百家，世列、顯位甚多，儒宗、名臣，項背相望。"

一。

【用拙云。】"僕屢相見，知高明厭倦。"

【竹窓云。】"幸接清範，其喜可掬，有何一毫怠惰? 有此勒示，媿恧難喩。"

一。

【用拙云。】"示文章家一大捷徑。"

【嘯軒云。】"文章捷徑云者，謂作文之法、讀書之法耶?"

【用拙云。】"謂作文之法。"

【又問。】"先時寫字官花菴、貞谷二子，共無恙否? 本邦觀瀾、篤所、若水三子，已作泉下人矣。"

【嘯軒云。】"花菴、貞谷，共無恙矣。觀瀾、篤所、若水等，謂辛卯時酬唱人耶? 今大坂有江若水，來見酬唱矣。抑是人耶?"

【用拙云。】"觀瀾、篤所二子，兩京之儒宗也。若水子姓稻、名義，北方博物之士也，與江子同號異人也。"

【用拙云。】"聞行中有畫工妙絕手，若得一見，則舒宿昔欣慕之情，幸賜指敎，幸甚。"

【嘯軒云。】"畫工在此家，西過廊中，往見爲可。"

【用拙云。】"以君爲先容如何?"

【嘯軒云。】"使人指送，往見如何?"

【卽呼一童, 導我而到, 用拙云。】“聞君畫家妙手, 不堪景仰之情, 故來見。 伏願一掃高筆, 感幸。”

【席上有二象胥傳語云:“自入馬島, 覓者如雲, 皆辭謝云。”余亦因象胥强乞, 竟爲余畫一老人坐松根圖而示, 共拜揖而去。】

“出謂因君推擧, 賜咸君一畫, 多幸多幸。 君又題一贊否?”

【嘯軒云。】“一贊非難, 但僕重患感胃大痛。”

【嘯軒時就枕。】

一。

【靑泉云。】“成公病且臥, 吾請代答。文章谿徑, 非僕所可論, 然六經以下文, 有險順二端, 尙奇者, 必曰辭修; 務順者, 必曰辭達, 此皆先輩之所定論。 後之學者, 但當自顧胸中所有, 先就此心, 偏嗜者着工, 則便當易到, 不必徒聽人言, 朝韓暮柳, 若多岐之亡羊矣。 欲學莊、馬, 以爲馳騁之計, 則此乃多讀, 然後可到。 若求捷徑, 則當從《論語》, 班、尤、柳諸家, 鍊章磨句, 言約而意有餘, 文簡而理不悖, 似是第一路頭, 未知如何?”

【用拙云。】“卽今所示文字, 意義的當 從前活路頭, 向這裏見得。”

一。

【用拙云。】“窺看貴容, 淳正閒雅, 知是養得收斂, 此心之術乎?”

【靑泉云。】“素無心學工夫, 多愧君言。”

【用拙云。】“詩禪妙處, 本來不二, 公透破是關乎?”

【靑泉云。】“禪家上乘, 自無詩律酬唱之煩, 若僕風塵作官奔走道路者, 詩亦不可能, 況於法門妙悟, 安足與論?”

【用拙云。】“卽是不立文字境界。”

【靑泉云。】 "僕今逐日操毫, 如何不立文字, 自然頓悟?"

【用拙云。】 "靜不由手, 正是不立文字。"

【靑泉云。】 "君得見僕與可竹和向相往復之書耶?"

【用拙云。】 "未聞和尙名, 況其往復之書矣?"

【靑泉云。】 "可竹乃對馬州住持以酊菴 月心長老號也。此僧亦以君命隨宗太守, 作伴而來, 今復偕去, 而與吾僅一接面, 然詩章酬倡及長書論道等, 作甚多, 情意之密, 雖古之昌黎、太顚, 無以加焉。"

【用拙云。】 "如余生平嗜詩耽閒, 多交浮屠, 較世之汲汲于利名者, 不亦愈乎?"

一。

【用拙云。】 "有一友人中西生者, 家藏《士峯畫》一軸, 而今因僕乞一贊, 領情如何?"

【靑泉沈吟暫時, 操毫題。】

士峯贊　　　　　　　　　　　　　　　　　　　靑泉

亭亭玉蓮花, 掛君堂壁間。六鼇上天訴, 烟波移碧鬢。仙人拍手笑, 謂是畫中山。

【用拙起而拜謝。】

一。

【靑泉云。】 "毅齋 朝世美, 君知之乎?"

【用拙云。】 "僕同門之人也。"

【靑泉云。】 "甚喜喜。頃與此人一番倡和於大坂, 昨夜來此相見, 傾倒夜話。且以詩律見託, 其和章方欲寫送, 未可因君付去耶?"

【用拙云。】"如示傳達，想公亦勞煩，今將退。"

【青泉云。】"公等今少坐，共酌酒。"

【時使童子世萬，持盃酒來，各三酌，青泉贈陳玄、毛穎，余輩留別。】

一。

【用拙云。】"公有令嗣乎？"

【青泉云。】"賦命奇薄，三十以前，所生子女皆夭，晚有二男，長者今八歲。"

【青泉云。】"公有子否？"

【用拙云。】"有一男一女，寬齋亦有一女子。"

一。

【用拙云。】"余今入醉鄉，去嘯軒君已入睡鄉遊，公亦欲遊彼鄉乎？"

【青泉云。】"君亦思彼鄉否？今少坐，欲寄詩寬齋。"

【用拙云。】"悠悠構成焉。公如無厭，余輩雖斗轉參橫，又何辭？"

一。

傍有童子。

【青泉操毫書示云。】"童子名世萬。我國方言呼人，必曰某阿。"

【此諺文又青泉所書。用拙云。】"公於我國諺文能通，奇哉寄哉！"

走次青泉詞宗席上贈寬齋韻奉呈 　　　　　　　　用拙

笑吾傾一斗，見子賦三都。剪盡東窓燭，詩成擊唾壺。

用拙齋和余贈寬齋韻復次以奉　　　　　　　　　　青泉

邂逅吟芳草 君詩淸且都。百年相照地, 秋月在氷壺。

一。

【用拙云。】 "今將辭去, 自此永相別, 離恨與天長與海深。"

【靑泉云。】 "此行明早當發, 一去雲波萬里長矣, 未知諸賢時時念得此夜孤燈否?"

【用拙云。】 "余云爾。"

【時半夜又過半, 共相揖而退。】

偶檢亂稿, 得用拙齋見示諸作, 吟玩數四, 足以宣客居湮鬱之懷, 追次其韻却寄之。

次中秋不見月韻　　　　　　　　　　　　　菊溪

夜色迢迢白玉樓, 密雲斜掩一輪秋。蟾宮桂樹寒無影, 添得姮娥萬叚愁。

次夜赴緖方老人韻

長路驅馳節序流, 鴈聲催報海雲秋。逢人幾解陳蕃榻, 賞月頻登庾亮樓。把菊吟詩渾漫興, 佩茰呼酒亦奇遊。書生眼目從今大, 身在東南第一州。

次夜懷韻

海天孤月照愁眠, 悄悄羈懷亦可憐。繞砌風篁他自韻, 映堦霜菊爲誰姸。江山富有吟詩料, 囊槖貧無買酒錢。塵事未忘唯是肉, 淡然幽

趣學逃禪。

【是詩三章, 臘月朔, 自攝之浪華傳寄。】

奉謝用拙齋惠以杜律評叢　　　　　　　　　　　　　　菊溪

故人綺語少陵篇, 多謝殷勤向我傳。他日案頭披翫日, 每思高義望
東天。

【是詩一篇, 臘月望, 自湖州 大津重到。十一月二日過午, 寬齋會于秋水、
西樵二子, 其筆語及不佞, 韓人云：“夜來相伴而來。” 寬齋爲傳語, 不佞帶昏,
扣其客館。秋水子偶在正使面前, 而不能會。不佞前後相會韓人者頻頻, 而
於秋水子, 無半面之識, 一篇之詩空附, 一大恨耳。用拙齋誌。】

《韓客筆語》畢。

桑韓塤篪
七・八・十

【영인자료】

桑韓塤篪
七・八・十

여기서부터 영인본을 인쇄한 부분입니다. 이 부분부터 보시기 바랍니다.

享保己亥秋九月八日會朝鮮國學士申維翰及

書記姜柏成夢良張應斗等于大阪客館西本願

寺席酬并筆語

通刺

僕姓水足氏名安直字仲敬自號屏山又號成章

堂濟邦西藩肥後州僕源拾遺之文學也前聞貴

國僚普隣之好星軺既向我日東切有儀封請見

之志於是跋涉水陸一百數十里里數言之難除

季夏先來于此西望翹企待文旆貴臨有日矣今

也三大使君及諸官員行李無恙動止安泰弊館

纜於河口弄玉節於館頭天人于眷朝野交歡是

兩國之慶也萬福至祝

此兒名安方號出泉僕之所生之豚犬也今年十

有二略誦經史聊知文字前聞有通信之事願一

觀諸君子輿馬衣冠之裝威儀文章之美於是遂

凌海山風濤之險首我肥後州攜來耳

鄙詩二章謹奉呈朝鮮學士青泉申公館下伏

靳郢政

　　　　　屏山

皇使暫鬒蜃城市邊衣冠濟濟自潮仙奇才虎嘯風千

4

里大氣鵩飛雲九天早聽佳名思德範今看羊來慕

音詮古來金馬最豪逸須爲簪纓著一報

矩行規步有威儀風化遠傳殿大師列位賓中名特

重文才實德文臭疑

泰酬屛山惠贈　　　　青泉

避逅鳴琴落木邊將雛一曲亦神仙雲生藥卅三山

徑日出樗桑萬里天自道青禍多致契休言丹竈有

眞詮淸談共俗秋蟋短明發征駒懶樂鞅

皇華正樂盛賓儀文采風流是我師共賀太平周道

始百牛肐膽莫相疑

奉呈進士姜公 五言律 七言絶　　　　屏山

善隣漢使槎冠盆淡雲涯蓮襯仰風来奇詩視國華
秋花萍水偶相遇奇遊又暍加

松篁千歳月桂第一

魯連千古氣離群踏破東滇萬里雲邂逅先知才調

別胸中星斗吐成文

次贈屏山詞案 五言律 七言絶

超上漢槎久縈橫津涯客意鴻賓日天時夢有華　耕牧子

談窮海外事詩動鏡中花故國登高節他鄉恨轉加

如君詩學獨無群筆下東滇幾尺雲邂逅従来萬里

外黃花白酒細論文

奉呈進士成公〔五言律／七言絶〕　屏山

嘉容盡豪雄益餐舍館中馬嘶城市北星指海天東

煜筆氣機活賦詩心匠工龍門高竣詐欲上似蒼穹

于檣錦纜渡滄瀛玉節鏨罍大坂城此地由來三水

含遠遊莫微異卿情

閩貴國舊漚洲汕三水合而得名此地亦高津數

津難汶津合而名三津浦故後詩三四句云爾

奉和屏山惠示韻〔五言律／七言絶〕　嘯軒

才堂八义雄猿宋蓮幕中辭家漢水北觀日石橋東

蓬島琴將化四陵句未工嘉君弊玉砒披霧見壽穹

千里踰山又涉瀛感君高義魏聊城夢中已返江郎

錦馬副慇懃遠訪情

唐魏萬行三千里遠訪李白聊城乃魏萬故鄕故

云之

秦皇進士張公〔五言律〕

韓使入狀衆隣盟百代長文花開海外喜氣滿江堂

屏山

臨席人如猪泰風心欲狂高儀階下不及翹首仰蒼蒼

橋葉飄零夕日紅鴻臚館裏感秋風多情我亦天涯

客莫以韓衾作異同

奉次屏山惠示韻〔七言絶〕

菊溪

滄海接韓桑脩程萬里長險波絕綯窈靈境歷龍堂

蘗子新篇雅懇吾舊態狂論襟猶未了慇絕舊山碁

霜後楓林幾處紅客懷隙儷九秋風逢君卻恨相知

晚言語雖殊志則同

僕不自揣奉呈俚詩於申姜成張四公旋次四

公各賜和章不勝感喜奉謝〻公等造語之

妙神出鬼沒速如注射然矣吾輩何敢闚其藩

薩耶走賦一律謹供四公之電矚　屏川

飾近重陽秋氣爽文奎星集五雲端肇飛千紙風煙

起詩就百篇流水寒執卷眼究天地大乘槎身渡海

瀲覽泰然物外神仙醉態復令人增感嘆

走次屏山州贈扇　　　　青泉

歷歷疎星照樹杪嘤嘤鳴鴈亦簮端少生解袈千秋

曲客子長愁九月寒永夜角聲如有意明晨杯酒君

爲覽臨分重把仙童臂滄海思君幾發嘆

走次屏山韻　　　　嘯軒

彩鳳將雛更妍嫋翩然來自碧梧端秀骨死帶青嵐

氣佳句俱舍白雪寒詩菊散金重九近客愁如海十

分寬問關命駕真高義一唱新篇又一嘆

奉呈水足屏山座次要和　　　　卑牧子 權道

同來父子甚間都死必眉州大小蘇我有瑤琴方拂

莊爲君彈出鳳將雛

　　走次界牧燕辱示韻　　　　屏山

信宿浪華舊帝都新詩廣我意如蘇伊々看雲際大鵬

舉翅企難拳歸下雛

　　席上奉呈對州松浦詞伯　　屏山

結盟浪速津勝會忽秋曼已接鷄林客文逢馬附人

金蘭應共結詞賦欣相親至哂君無更秘爲電鼇珍

　筆語

一屏間朱子小學原本行于貴國不勝欽羨然界所
行則求先儒闇齋山崎氏抄取小學集成所載本註
本註而所定之本也貴國原本與集成所載本註
增減與同之處耶　青泉　朱子小學則我國固有刊本
人皆誦之而尊尚朱子本註耳貴國山崎氏所鈔書
求之得覽不知其異同之如何耳　屏山　近思
國凡原本而行耶葉承之所讀貴國書生讀以貴
讀諸書否　青泉　近思錄亦有刊本而葉氏註諸生皆論
事　　青泉
一屏貴國儒先寒楦堂金宏弼從佔畢齋金氏而學

12

佔畢何人耶名字如何　答 <small>青泉</small>　佔畢齋金氏諱宗直

一屏　貴國儒先錄所載李晦齋答忘機堂書其言稿

微淺詩實道學之君子我國學者仰慕者多晦齋所

著大學章句補遺續或問求仁錄未見其書以爲憾

願必其書各有立言命意之別顧不大略 答 <small>青泉晦齋</small>

所著大學章句補遺則大意在於止於至善章本末

章有所疑鑿而爲之然先生亦以僭妄自謙不廣其

亦後生之得見者益寡今不可一二枚舉

一屏　僕嘗讀退溪李氏陶山記已知陶山山水之流

一山　時不凡之境也聞陶山卽靈芝之一支也今八道中

慶何州郡耶陶山書堂隴雲臺鑒欲李尚有遺蹤耶　泉

答陶山在慶尚道禮安縣書堂猶有宛然猶在復之

廟宇於其傍春秋享祀　問　屏山　本退溪所作陶山八絕

中有郡說青天在服前零金朱笑覓爐邊之句零金

朱笑何言耶　答　青泉　零金朱笑未及詳或詩家別諗

一山嘗有貫國石刻書殘缺僅存紙半片者題曰宋

季元明理學通錄其下記寫退溪李氏所著不知有

全書否有則願教大意及卷數　答　青泉　理學通錄我國

間今之所罕博關之問　屏山　開退溪之後有寒岡鄭氏

栗谷李氏牛溪成氏沙溪金氏等蔚蔚山而道學

世不之其人實貴國之榮也顧諸氏皆有所述其經

解道書以何等題名耶　答 青泉　寡而有五服圖梁谷有

聖學韓英蒙家要訣等書十餘有不集沙後有

一山東國通鑑貴國以嘗梓行之書也聞無此書不

知然否　答 青泉 東國通鑑尚有州本行世

件張書識録之

　青泉 勿答九

　梟

　　　　屏山

小兒安方厚蒙寵眷不勝感謝貧士貴國儒先鄭汝

昌八歲其父鄭公乞攜之見天使浙江張寧蕭來

名復寧名之以汝昌里作說昌今公為此兒暢

15

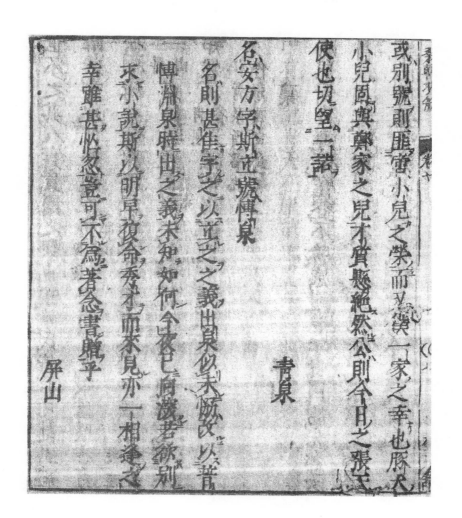

或別號則匪當小兒之榮而又彙一家之幸也豚犬

小兒固與弊家之兒才質懸絕然公則今日之張毛

使也切望一講

名安方字斯立號懽泉　　　　　　　　　青泉

　名則甚雅字之以又ヱ之義出泉必未協改以普

悃洲泉將出之義未知如何今汝已向漢若欲別

求小號斯立明早復命委才而求見亦一村達之

幸難甚以忽豈可不爲著念書顙乎

　　　　　　　　　　　　　　　　屏山

小兒學號急速賜教何榮若之我願字號說書二三
十字而賜之顧明日蓐裝忽忙難必來見會面只在
今夕至切惟望

　　字號說

巳亥重陽前一日余留大坂見永足氏童子年十
三號出泉以刺自近日某名安方嬭讀書呟誇行
卅願茅君子半日曜便之書所爲薄詩筆昂然加
汗血駒虚坐玉雲閒坐墻麗一肺脉而可占云
育羽毛余爲撫麾再三字之曰斯立以其有
大方之象更其號曰博兒寔他傳時出之義手書

詩之。且告以無相忘。即起拜。終日齎冀風夜不取

屬以所志言俱可書。

朝鮮國宜寀即秘書著作兼直大常寺申維翰題

于大坂城使館西本願寺

字晁說謹此領得感佩曷極多謝々々　　屏山

菊溪

○僕姓張名應斗字弼文號菊溪。今以從事官記室

來此。而藻簇雅儀遠自肥後不憚于郤里跋涉之勞

枉顧於旅館寂寥之中。既接辛沈對阿戎鬢眉可

愛但恨諺言不同只憑筆舌而相通不盡所懷耳

　　　　　　　　屏山

示諭委委不勝感謝且豚兒厚蒙恩眷黃筆玄墨色
紙之惠既特出意外與兒奉謝

　　　　　　　菊溪

公生子如此教子又如此可謂百不憂矣勿以小得
而解弛蓋加淬礪也些々薄物何足致謝

　　　　　　屏山

一小兒飽荷鍾愛且紙筆之惠不勝感幸荷々

　　　　　嘯軒

郎見寧馨丰姿異材過此凡眼所謂陸家之駒謝宅

之樹珍重萬已若干紙筆以寓眷意及荷勤謝慇懃

慇懃

　　　　　　　　　　　　　屏山

一諸公從三大使君發軔東行則僕乃摧一小童兒，

解纜西歸此會難再臨別甚悵悵焉乎

草保已亥重陽前二日會朝鮮學士及書記筆予

浪華賓館唱酬并筆語

謹奉呈朝鮮學士帚先生

　　　　　　　　　　出泉

韓使東歸路不難相逢萍水約金蘭秋風千里旌旗
動夜月三山劍佩寒煙外藪峰分遠近天邊大海瀰
漫瀰何思殊域玉堂客榻鳳如今共倚欄
積水萬里錦帆無恙先生動止牡健暫延玉節于
此百福至祝今幸不憎階前盈尺之地使小子得
吐氣揚眉微仰青雲甚慰所望何榮如之奉呈之
詩謹祝郢政若賜高和大昌九閣以爲至珍耳

　　奉酬田泉秀才惠贈韻　　　青泉

海陸追近未嘗難鬢姿衣帶結秋蘭書樓再完南山
色劍栻豐城北址褱握手浮雲慮哭氣離心秀日瀾

21

驚瀾清平起州他年事綠髮看詠玉欄

謹奉呈書記姜先生

　　　　　　　　　　　出泉

隣好東西遠我誠秋風清道雨初晴錦帆映日來天
地玉節輝波澈海瀛一斗杯中撮彩筆五千里外發

英名勿言異域無相識夜夜雲涯月色明

和出泉韻

　　　　　耕牧子

鐵硯工夫有至誠論詩寶饌屬新胼巳看龍格多奇
骨欲學文章法大瀛早歲重烏多數蟄蟄年王勒有
高名何時南斗星邊望佇見奎花一點明

　　　　　　　　　出泉

謹奉呈書記成先生

壽盤千里向天東雲浪煙壽只任風曉日射波三島

外秋帆挂月大洋中潮聲一面琉璃碧楓樹萬山錦

繡紅勿謂殊邦言語別藝園更有筆頭通

和贈出泉童子

嘯軒

一簡明珠出海東穉齡詩學自家風等身書誦清燈

下貫月槎尋暮色中妙質芳春芝秀紫華篇晴日曜

浮紅咲迎不覺怩吾從喜甚王門孔刺通

出泉

謹奉呈書記張先生

渺茫碧海泛仙槎修好千年自麗羅玉節來聘局嵩

氣牙檣過處浩煙浪巳看冠蓋禮容重定識江山詩

23

思多此日北風鴻鴈去鄉書萬里竟如何

走犬氷足童子清韻　　　　　菊溪

漢使初停上漢偐浪葦秋景政森羅水風吹去霞彼

錦鳥霜收來月漾波歟我歸期何日定羨君奇思此

時多東勞西燕匆迎送槮秋臨歧意若何

　奉呈申先生　　　　　　　　出泉

脩隣千古自朝鮮帆影隨風到日邊爲問海山奸詩

料滿囊珠玉幾詞篇

　　　　　　　　　　青泉

　奉酬　出泉

扶桑浴日日拜鮮漢使孤槎逗海邊上有仙童貌似

雲口吟王母白雲篇

奉呈姜先生

遠求萬里海雲東飛鶴暫留攬水中逢槎雞林和氣

客秋風郤似坐春風　　　　　　出泉

和贈出泉

見爾後知詩道東芙蓉秀出綠池中他時欲記相逢

地岸菊汀鴻九月風　　　　耕牧子

奉呈成先生

韓國豪才作遠遊芳名先入日東流江南明月天涯

色氣與金剛楓樹秋　　　出泉

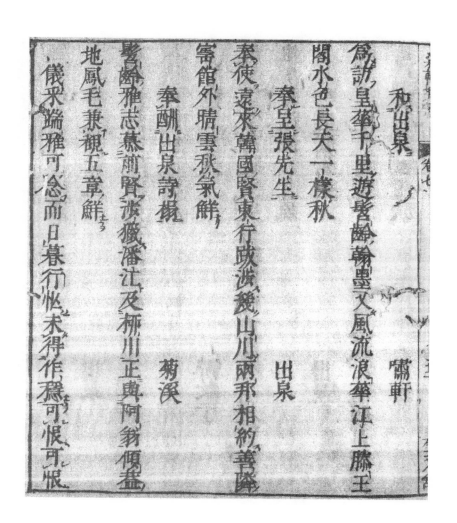

和出泉　　　　　　　　　嘯軒

為訪皇華千里遊聲齡翰墨又風流浪華汀上勝王

閣水色長天一樣秋

　奉呈張先生　　　　　　　　出泉

奉使遠來萬國賢東行政後幾山川兩邦相約善隣

寄館外晴雲秋氣鮮

　奉酬出泉詩槻　　　　　　　菊溪

髫齡雅志慕前賢游澀潘江及柳川正與阿翁傾盖

地鳳毛兼覩五章鮮

儀采端雅可念而日暮行忙未得作穩可恨可恨

又贈水足童子

嘯軒

滕閣王生歲丹山瑞鳳毛青紅濺黤編資爾弄柔毫

楷尾書玉雪可念四大学佛肇墨紙贈之出泉

謹次成先生辱賜韻兼奉謝中成兩公惠貺

出泉

詞律鳳鳴曲卻冕舞彩毛松煌將玉版賜及似樣臺

交嘴眶韻復贈水足秀才

菊溪

鷄雛將奮翮霧豹已斑毛鳳惠眞堪愛燈前弄彩毫

書贈出泉童子

卑牧子

此子甚聰慧十二能作詩既矣陶家買唯知覓東穎

奉次良醫權公辱賜韻　　　　　　　　　　出泉

辱陪君子席賜我五言詩且媿櫻才客只知飲泉瓮

狴吟二絶贈別出泉童子　　菊溪

筆嵒方英拟觀才巳老成愛其將遠到袪此表淺情

黃筆一枝玄毼二丁色紙二張以資吟弄擧之不

慊則必將遠到勉旃

走帥贈出泉秀才　　　菊塘

燈前一笑對仙童燗似蓮花出水中容帆明朝又將

裵怊然回晉海雲東

奉和菊塘彥丈惠贈韻　　　出泉

何草海四一小童結盟豪傑滿堂中　新詩畫蜀開秋霄
月併見荊花籠溶東

　　席上奉呈松浦霞沼先生

俊才海內發豪英俾地兒童亦記名今日相逢君勿
歎瀟林秋葉玉金鳴　　　出泉

　　筆語

一　出泉申成張三先生處賜賚國筆墨紙荷恩甚多
一　奉謝々々
一　霞沼同
玉雪可念退之評公書顯之出泉果何意軒

29

答
愛童子穎秀故書退之語贈之

一云 庸軒　小兒文筆可准僕謝詩贈我爲堂　答
和呈　詩出于前庸軒　云　所作詩佳甚如玉人如玉詩　出泉　便當
可愛可愛

一　子云　姓名　答　出泉　姓水足名宲方刖號出泉　卑牧　牧年
出泉　丁亥生下有三子　卑牧云　僕詩贈之姑待之　詩出
答　于前

一云　和筆艱校奉呈由成兩先生展大青泉　此物
出泉　童子情眄非物爲美美

吾當贈君君將贈我　庸軒　云
人之貺

一問　出泉　公姓名如何　答　菊塘　僕姓鄭名后儁別號菊畦

足下姓名與所居幸畫示ととと出泉 小童姓水足名安

方西海路肥後州人卽屏山之男

述官申維翰書記成夢良張應斗唱酬筆語自巳

享保四年十月六日於大坂本願寺與朝鮮國製

至申

謹稟青泉申公囑軒成公菊溪張公三詞宗

菊洞 小子姓藤原名維禎宇佐仲治號菊洞今聽

諸君旣畢聘禮雍容旋敬賀今來拜芝冒寒是天

幸故在卿之日不自揣寫䙡傾之情賦詩記芳洲

一云

一云

兄奉寄諸君不知幸達八前否猶未蒙賜高和顧

獲珠玉之報橋歸謗卿里　答　嘯軒　曾和瓊作付子芳

洲公已得照否遠訪條程厚意良感照入王雲今

菊洞　承家君野什及拙詩得電囑高製已付芳洲
云

人艶羨尊大府亦平康否曾荷賜詩何異識荊也

公不甚感謝懇問及家君感荷

　奉呈青泉學士　　　　菊洞

萍水相交浪速濱岬峽氣格更無倫入倅韓狐詩陶

謝白是青丘第一人

　奉和菊洞惠韻

　　　　　　　　　　　青泉

朱茲一拍浪江濱野鶴昂昂態絶倫我是乗槎問津

者看君蓬島朱真人

奉呈成書記

錦帆千里至天涯賓館相逢亦雅詩才德如君幾人

菊洞

任忽忽恨不盡襟期

和菊洞見宗

嘯軒

辛勤遠訪浪蓬涯玉雪清標慰所思交契何曾有老

少旦將山水許鍾期

奉呈成書記

菊洞

策試三場第一名今來海外以文鳴犬鵬斥鷃志雖

異相論寺樓共述情

天酹菊洞滿韻

　　　　　　　　　　　　　　菊溪

里袖詩相訪最多情

座間申學士書示曰余之從大坂而東也得菊
洞秀才所送詩眞書驚賞不釋手以爲嶽瀆之瑞
略以和章表我心眼而付之魚鳥去了恨未能一
撫頂旣邂事西歸復次大坂忽有姚變清揚一雄
予以詩爲贄自言名號果菊洞也余得君詩已想
見其人及見之文驗燈夫麒獜不世出入之見之

遞筒來去巳知名每羨鱗壇昂大鳴此去備州三百

者百無一所以稱麒麟者天下同然也余於君獲

瑩音笑貌皆世間所希有者益信余不負僕眼

也所恨域殊而言不同齊然相見又將邑邑然別

去更於何地觀君之壯且大辧一代弘業也聊書

此而示意　菊洞　小子前月發邑鄉雨住浪速得諸

君求解續今因成先生示諭始知先所望之拙稿

幸免濟沈已賜寵和多荷辱蒙徽賞古云聲聞過

情君子恥之小子何當之顏厚恧恧多謝多謝問

足下有令郎岐嶷否答　菊溪　豚有一女而無男可恨

可恨

軒之武城鳳嶼者何公願審知姓名　答　菊溪曰姓河

洞齊名而四美矣勉之余傷觀問菊溪曰所示碩

之一駢似不可多得可與武城之鳳嶼備州之羽

過舞象之歲以其翁齡而貌若成人詩似宿寫永

端潔而雅靜見君之詩辭約而意懇聞君之年纔

和碩軒年方廿六張應斗示碩軒書同對君之貌

　菊洞
一云　同席有八田節翁者攜子碩軒而與韓客唱

八歲

　菊洞
一問　足下有主器乎否　答　青泉　晚有二男而長者今

　菊洞　嘯軒
一橐　足下有家督否　答　只有一子名遠基

口名噂號鳳順年今十七聰明過人文才敏捷其

爲人自是端雅之士䂖洲故人之子也君與之文

遊可也

菊洞
一問　學士登科詩賦文章以何題取挑乎答　青泉乙

酉秋以詩中進士二等十八人詩題明日訪荷篠

丈人不逢癸巳秋以賦登第一等第十八人賦題作

詰釋湯﨟乙酉座主今丞相李頤命癸巳座主今

荊書趙泰耉

菊洞
一稟　足下綴科第以詩乎以文乎答　肅軒　癸巳春以

詩登進士詩題則箕城月夜遇鄭司諫評詩

一槖足下及第詩平賦乎示其題　答　菊溪　詩題佇見

君王櫻玉展

一菊洞賤號菊洞二字大書見貽請持歸以作齋扁

臬青泉即執筆大書菊洞

如何二宅作數語於紙尾曰

菊之愛淵明後無聞

今君之愛之而名之者慕淵明乎不然則非真愛

菊者試向菊花下鼓琴而詠陶詩淵明在是矣

一菊溪餽榴一顆書示曰甞見君詩今㸃雅儀如逢

舊識心手愛矣不欲相離而對客紛擾未得穩話

可嘆可嘆明日欲迂賁卿邪如齧一日則更來如

何　答

菊洞小子以樸樕之才眷愛至此心歿感之然

而家君在宦久遠定省明日當上䲔再會未期別
後唯對明月相思而已恨也如何所賜之佳茱雖
鄙陋墜郎慈母不在世感物傷心稟今日始蒙良
藥幸不可言今將告別鯨海萬里勤加調攝不
勝黯然之至

　　遙奉寄青泉申公　　　菊洞

小子姓藤原名維禎字佐伊治號菊洞今聽東西
路通諸君予來我邦雖欲瞻範然商地遠不得
逐宿志景慕之餘萬不憚醜劣謹賦七言律于化奉
寄客庭筆世俯懷之萬不別呈疑問敷件伏冀賞海

滿之量蒙賜瓊和并沐慈誨則小子之至願足矣

凌雲志氣壓群英走卒兒童亦記名八斗才高山微

等三都賦就鬼神驚遂東暑日辭宦闕海外秋風吹

旆旌景仰忩忩身未遂今慙漸信述微情

　秦謝藤原菊洞詩案下

扁舟駛千里出沒蛟鯨之波七尺雖幸全精神之　　青泉

逗者未盡召政伏枕滄溟忽得足下一律及嚴行

致語粲粲有生色令人蹶然起坐三嘆秋香至麗

芳筆僅沿濆濆知足下再離亂也筆陣之矯健詩格

之瀟秀已自有汗血龍駒一息崑崙之勢是非特

癡儂眼中未嘗見王爺山之審刀二句廼足下今

年所以短氣于臬先者共言具在紛紛俗下寞寞

兒何足與論然其力學求多之意惓惓若不及辭

荄以往沛塵洋虜吾知河漢矣如僕診祓狂聲在

世間但飽澹海雲烟實巨以強胃綸藝應突西子

方且掩覃之不暇爲足下草此爪報益旧於艷嘆

悵望而不自巳者覆訊之幸甚屈麗名姓巳煩於

復尊八會文字中別錄疑問尚在兩森氏書尉蕭以

果日

儀福 天素美如英十五男兒巳盛名雲崎扶成仙鶴

穩夜珠燈出老龍驚羨萬花洞口風吹袂碧海津頭月

滿旌驛使歸時聊寄語水長天闊望君情

遙奉寄姜書記

菊洞

傳聞畫為泛險不遇石尤乎檣已達難波岸至祝

至祝小子行年十五天涯路遙不能趨望舲光斂

恨甚沒敬慈長句一篇呈諸左右若憐微志蒙賜

珠玉之報藏之篋笥永為至寳

東萊艀纜槐夏天一葉飛時正繫船水陸驛程應萬

里江山詩城滿千篇避秦採藥曾聞古入海求書豈

讓先果域路通情命隔此生空負好因緣

熊羽 答

遂奉寄成書記　　　　　菊洞

竊聞錦帆無恙今著犬坂察孤之志得遂歟緬之
厄巳脱喜幸可知小子生在邊鄙不獲往拜盛儀
實此生之一大恨也乃不恥抽肥寅賦一律奉寄
旅館倘蒙賜高和則雖軒晃之榮不能過之

三韓衝命渡滄溟求至盛名先巳翰仙鳥秋來千樹
復每天雲盡一輪高奇思橫發叩征筇通懇自然揮
健毫不克微軀生羽翼無緣一往拜旌旃
　　　　　　　嘯軒
和呈菊洞几下
蓉峯一書令人忯聳況童年清顏已有老成風焉

艷歎不已少加錬鍜足爲登壇高手兩世趾美豈

非翰墨家盛事耶恨妹婦玉雪淸姿揚挹間天間

文字也

童羊筆下有波濤耀彩訶林瑞鳳翺芸簡莟忘嫌日

過新羅秋興與山高爲才自信非雄手驟價何能長

一毫大貝南金元富炎炎將見子干庵

　逸寄呈張書記　　　　　　菊洞

小子齡已追舞象性狓疎志學然而蒙慈父之敎

育七歲就學晨雞暮蘂一日無懈今聞蕭老先生

來於此不勝傾向之情冀裁二絶呈蕭座前冀於

微誠逮賜研和

西風蕭索屬商秋仙客乘槎至我州今過雞林通好

且恨吾不得待文遊

　遙次菊洞惠寄韻

　　　　　　　菊溪

赤葉黄花滿眼秋一篇瑠律且何州杜陵詩史君應

繼十五詞場已吐遊

童雅而能於詩者古難其人雖或有一二可稱者

而能繼家聲者尤不易得今者叔叢之胤菊洞至

總二五才器夙成淺服家庭之訓能解聲韻之徑

童雅而能於詩者今有其人矣不惟能詩之爲黄

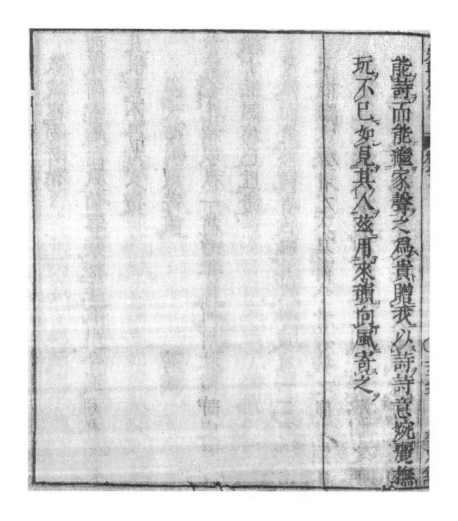

能詩而能繼家聲之爲貴贈我以詩意婉麗無
玩不巳如見其人玆用來韻向風寄之

奉呈青泉申公　　龍洲

欲收野馬臺中名應撰詞場第一英邁識丹墀修聘

鼇蕭堂英唱使平聲

奉齊龍洲惠贈　　青泉

把袂高樓見大名龍洲詩筆自豪英共亭玉女青峨

隊遙唱涼州第一聲　龍洲

奉呈秋水姜公　　龍洲

去國以來幾樣帆第還喜見漢官章歸帆忙日青丘

地靈南海東阿每鄉

奉齊龍洲惠贈　　秋水

大坂城觀漿谷航逢君且欲說文章文章不朽東南

氣休道山河各異鄉

　　奉呈嘯軒成公　　　龍洲

折桂早應摧體閥闈志詞金選刷驂騑豆圖花落辭鄉

國歸去還看花片飛

　　奉酬龍洲惠贈　　嘯軒

落花時節別金闕原隰長吟四牡騑海上忽違騎鶴

侶逢山夜月興先飛

　　奉呈菊溪張公　　龍洲

仙楂遠自海西來沙白江頭鳥鷹回燕舊敢望鳬鳴

48

冀休言相從聞詩才ヲ

奉爲龍洲惠贈

菊溪

秋風滄海泛槎來蓬島烟霊晉幾同今日嘉辰文酒

會歎君詩律惠多才ヲ

再奉呈青泉

龍洲

造物欲生文雅雄故發豪士學飄蓬浮驚白雲飛雲

際月山黄金砂海甲客路關山神女雨高秋天地大

王風屬君化作短長可登粹會補詩賦聚ト

再奉龍洲

青泉

梁園詞賦漢時雄家落青衫奈轉蓬萬里客星停槎

（七七）

外三山仙月把盃中西關杳杳眞人氣東海決浹大

國風邈逈談詩誰最長急看君衣帶集蘭蕆

　　再呈秋水

末逢先仰斗山名相値夢魂一夜淸瑚璉本非堂下

　　　　　龍洲

飛雲和登是世吵聲波紅靈珦湖頭見天黑巨鼇海

　　再秦龍洲

　　　　　秋水

底横經歷感涛無限險相歡大邑結詩盟

蓬山仙侶久聞名一笑相逢神骨淸袖裏春光泰女

　　　　　秋水

卿客中秋色越吟聲歡吾對境禪心寂羨千逢場墨

陲横報道黃花開爛熳不妨花下結詩盟

再呈嘯軒　　　　　龍洲

馬斯數里未入明翠壁丹峰幾送迎雨後添青湖外
艸潮頭分白鷺邊城紺園信佀鳳鸞集□地徇伴金
石鳴澗為硐中無物戒相逢先信可憐生

再奉龍洲　　　　　嘯軒

楓落吳江愧信明東來喜得泉仙迎主盟敢執箒壇
耳卷甲思聖墨芋城落紙珠璣千顆亂停毫金鐵一
時鳴十年花鳥驚人語知爾秋來太瘦生

再呈菊溪　　　　　龍洲

花飛舟楫發難林繫纜浪華秋也渓桂魄頓圓游

恨束龍屢下細君心風撼鴛鸞誰家俏月到蓬瀛何

處吟虎踞龍蟠住麗地定知經歷動金音

　再奉龍洲　　　　　　菊溪

早年聲譽擅詞林學海波瀾幾許深沒鶯笛彩雲間

思鶴天明月照琴心謝家價重青山句卽容才高白

雲吟照嶺連篇奇且富沂泗千古續遺音

　　　呈青泉申公記室

前家延詞得承妙坐擁簪纓賦飛陽稿二百疑身

飛人李唐朝覲與太白摩詰相爲鄰駟逐不俊匆

惟自東聚求此百此適也足下肯羅萬象肇掃千軍

實是詞壇衛霍文軍貔貅且其爲人間端雅善言辭

在筹午倥偬中獻自泊然無營想其恬澹眞欲樂

道忘勢之君子决非大瑣細支閡犖逐物名之儔

末俗譌訛中若足下者亦難多得可敬可敬別後

非不願重邂逅潭庭更聽緖論而門有豹關不免屬

躄瘀爲負歎覩足下歸途日適當不俟祇役時必

不得相見而東西兩地荒蓁遼隔乃萬無生前會

回理每一念至茲然不知涙之無從也尝望金玉

其身東到江城早勉辦事早圖辦歸耳將修敬事

耶寫葉東島惟心月

奉復伊藤冝齋案下

青泉

浪華城第一名勝得奉…第一、風流人半日津津

千古文場自惟三韓遠客何以辨此於滄海外歲

里天耶別來回首耿然若安興憂喜在眼中郎玆飄飄有十州

行李到吉田足下華翰忽忽飛來薫之飄飄有十州

煙霞氣一洗我征衫塵豎欲聊頌佳有不遑言足

下才甚高氣甚宏詩旣矯矯情致文又秀拔奢素

不惶而志於古誠以千金之璧豈於閭花女畫長

與碧桃仙花並照夫桑之日使不倦一榱光暴再

嗅清香亦自謂三生好緣不意盛卷乃悠邑美人

以能而問於不能其浮辭過甚余人恥汗發背田

安平之北高事華等有所詭施者申間山水

弦朗姝絶以足下淵雲之藻日日魄坐廣文院裏

跌宕書史載秋詠其視僕於車反夜在途者

不曾如琰天之鳥俯眠榆枋然海嶠書著一別無

涯人生兩眼祇恨囊者之空忍耳旅燈涼夜握管

神花種種所欲言天半住爲自之御佢所妒

愛佗持向西風念此人好歸去是外個所害不偶

巳亥九月十八日夜三夏　青泉申維翰頓首

奉　耕牧子記事

冝齋

不侫猥以庸愞致同候門墻幸不為闈人所麾乃
厠坐盛筵欲沐簪論不侫何幸乃能致然自顧駑
且慚也足下揮筆成句此酲成玉若従兄脱籃鑒
星流電而白雪之音綠水之節非東野巳人同且
之談也諦戰巳終文能言談雄辯舉動四逹組不
見卷疲委頓之氣東對之吾徒安二字排一例巳
自沈頓低乗瓜銳枚檀書金窞審樂非夹成讀在
応借書於予者其氣能至於此乎誠與君並坐同
里間所常相交會矧瀟灑自諽理讀文發巍典籍之
境涿息篇章之圓壽雁僧原徜徉乎楚出有执還

之樂人有剪燈之芝則寔是天人間第一愉快然
而今既爲兩地人川川悠遠良絕因緣嘆乎固
是天之所以頒西北地之不滿東南而所以人之
不能無憾于天地者也言之可爲於邑行矣自愛

奉復伊藤宜寗詞案　　耕牧

坐對黃花容懷無際此際雨森芳州人傳歎一書
上高者伊藤字驚抃躍如悅若更接芝眉拾燦花
之餘論也古人所謂赤廣書疏千里而目者眞寔
底語也難波江上帝水之邈思之如夢幻境而其
所歷歷如目前事者賞作醒置冗囊時時展看則

57

潚緎塊寶珠琅琋姈入波斯國坐市肆閱明珠

大貝而與買胡論價平足下於詩家必有積累工

夫頓悟本色如儂者不過河伯之一秋水徒見別

拘於大方家也只幸生並二天雕隔數千里山河

猶得與諸蠧簡與高明輒弭忘足而所可恨者僕

之疲羸終不免退遜三舍以讓高明之銳而自甘

於巾幗之亞也且非徒高明之詩風神香色絕出

流輩至於萊蹄片札亦自不凡波得歐蘇于簡法

綜緒經緯詞理俱到眞足詩文雙絕宜乎前日雨

森芳洲之極口稱道高翹於我輩者也第筆慈橫

驚之間終不免濫炎過蹇然於不佞至以不佞如得

古伶者門戶貼咘不已於不佞雖羊而或恐高明

似有下語不審之病未知高明意如何竊顧高明

蒙在越甲去距大坂甲間水陸道路未知幾千里

然則僕之東歸之日似朱鎮難浦前日之香嚥然

之悵臨風引領而已唯望高明保嗇十金以慰遠

念年當菊甚馮流之日開箧中文字如見不候之

面如何之餘不備統希照亮

　　再拜

已亥菊秋下澣朝鮮國進士姜栢子青耕牧堂

奉補軒成公座右 　　　冝齋

別違數日悠若經年追憶前遊足下輩君東扁不
偁等坐西碢拜揖禮終主賓谷坐足下以譯傳語
乃云蒙訊多謝既而不偁等呈詩席上足下手批
口唫洋洋響匝梁樽詳期今日怱耳黃鐘奏亦偶
然犬幸也唫終馮毫洒紙如坐高屋建瓴水若雲
煌之氣蒸蒸騰千山谷之間而其必曄如春榮劉如清
風真使觀者駭瞶者蘇耳不但詩才與書
阻謝兼精書法筆跡遒勁墨色淋潤暴皆所賜瑝
和留在僕所謹當藏弆韞櫝以爲傳世至寶國殊

途阻難可言再逢淒慘愴恨離竹君美書惟加發自珍

身雖胡越心在膝添時向東風幸一相思　元熙　頓

首

　奉復伊藤龍洲案下　　嘯軒

　　瞑投山館

赤廣興求書菊辰啟處中裕感慰交至日者坂

城之在得接手儀更奉華什崇編好意蕭然屬詠

之地使破菊佳節得免葵葵底槐子實霧旅中駭

事也但客磑是短未得從頌而罷追今耿恨如焚

中鈞不料高明不忘二日之雅又飛華牋之書庸

紙縷縷其非戀嫁之意何以贖希之質受知於僕
者若是之厚耶況久停越旅遠候壁桂則雖魏魏
之江沭呂安之命駕未足以喩其勤不遒來世復
見世人之高義也參商一別雲海萬重颙然之懷
曷以筆舌容也只憑筆箚中璵什以鎭萬里面目
耳餘屬燈下滑卿不備

奉呈一律

幾向天西候客星歸期人貢越山青魏生淫泆來千
里葦氏傳家事一經同詠菊香波淺酌相思書到

長亭可琪別後重關喝落月空稼想畫形

62

己亥九月十八日　　成夢良拜

奉寄菊溪張公梧石　　宜齋

足下咳唾吐玉口出唉成章辭旨典雅韻度瀟散有

孤鶴唫風閒鷗立海之氣象如不俟述作乃是聚

山之邐迤百里之身徵耳戟之登東嶽至尊者

不啻天淵黑蜚猶幸業受願厠坐眾隆優游終日非

天假良緣爭能得此千載一逢平郭驪旅死紛中

無復扶寸有惰以爲歡娛而足下高風雅慶果能

引吾人坐于春風中終不至窮關無歡所可恨者

觿收紀暫未得徜徉而躍靈匪尤會是取別耳此

夕不使歸舎塊然獨坐孤燈前蕭思往歸歡樂誠
不可忽登非愷弟嘉樂之懿德自歟能動物之波
耶不然則莽水之一逢何至景慕之深哉今歲地
隔萬里人無一面同與足下為偶然之會者載曲
風雲相會千大虚然而當時忽然不自知其為樂
若將復相見者欸然而一旦分別遇為此距不圖
當時一別乃為生死訣安為鬼為魅之恨是不能
自己蓋希足下寢線自玉使官路日進且福偏報
則雖相離之人猶相見之驩取布心瞽級希內照

奉復宜齋詞案

　　　　菊溪

向者大坂城文酒之會實是槎後第一勝事而
短晷催人告別悤劇每二念至吟取江月湖煙之
句斯日嘿然之懷仍搆五律一篇以謝來勅之
勤而芺無悉便未得奉行到吉田自芳州所傳
示一封藥歳乃高明訊札也怱尒投緘再三重復
衍行厚意字字溢情古人所謂一見如舊者高明
之謂也慈釋欣慰當復如何至於過獎之語以僕
逗右不敢者然譽陶磨礪於翰墨之場分必不無
相長之益而一帶東西之限果如所示而再會逗
絶之言足令人懐愴也且竊聞尊先君詩學之富

冠絕當時蔚爲士林之望而高明克傳家庭之訓

不止作詩之工而實多明經之譽此眞吾所願從

遊而高明所居遠在越州復路之日亦無由相問

臨書尤不勝悵然惟希以時自愛爲薦麗瓜餘對

燈撥盡語未圓而字未措還用婢歎不備

　　已亥九月十八日　　　菊溪張應斗

地蓄山河美人鍾秀氣生學仙三島近載籍五車盈

遙旅勤相訪詩篇感遠行再逢何日是惆悵解携情

同來諸公敍羣南陰若水如有相逢之便同啟如

何

　　　　　　　桑韓塤篪卷七終

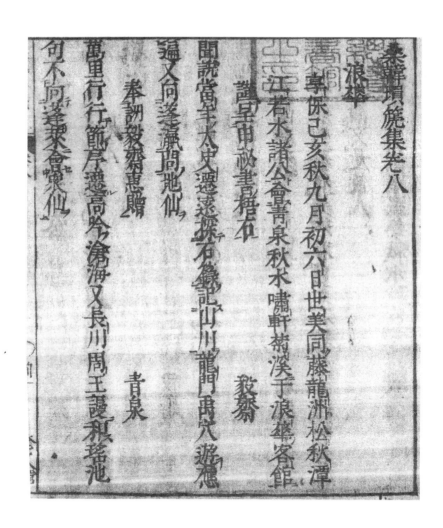

疊前韻奉呈申公　　　　　　　　毅齋

煙渚風汀幾轉還寵影動向秦川今辰頼得世槎

路先仰月中第一仙　　　　　　　毅齋

奉呈姜書記

鷁首乘雲鰈域賓初延仰見筆花新誰知浪速津頭

月也照金剛山下人　　　　　　　毅齋

奉酬毅齋

書劍行裝愧幕賓異鄕秋色菊花新休言避近皆生

面携酒論文是故人　　　　　　　耕牧子

疊用前韻奉呈姜秋水　　　　　　毅齋

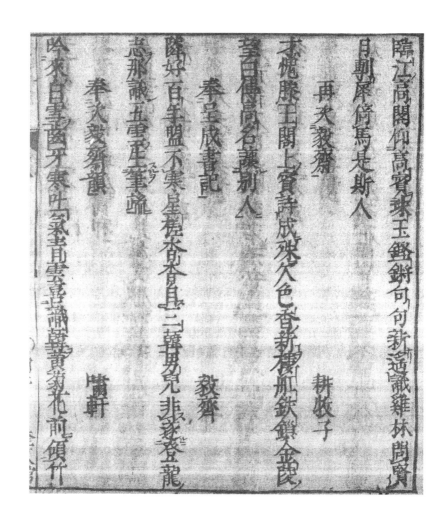

臨江高閣仰高寛球玉鏘可句新適讖雞林間賢

旦朝尿侍焉是斯人

　再次教猶

耕牧子

未愧滕王閣上賓詩成殊久色香新橋瓜鉄鑲金陵

望日傳信同名護別人

　奉呈成書記

教齋

陸妤百年盟不寒星楂木免且三韓男兒非教登龍

　志那誡五雷正筆疏

嘯軒

　奉次教齋韻

吟水日雲商牙寒吐采書用雲章識華黄菊花前領竹

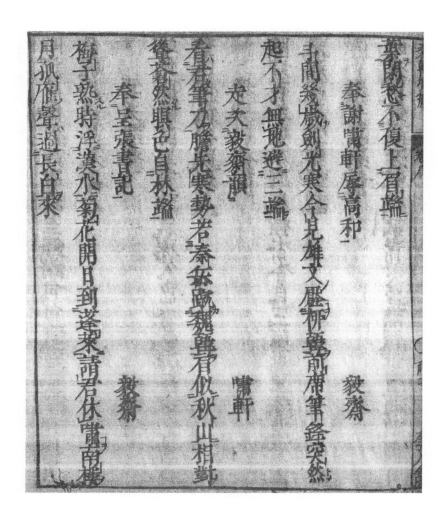

竟閒忌不復上口端

奉謝嘯軒辱高和　　教齋

主間幾歲劍光寒今見雄文歷怀華前廊筆鋒突然
起不才無覺進三輪
　　走夫敬次韻
看君筆力膽先寒勢若奏弦觀魏壘有似秋山相對
峯峯...眼已自尬端　嘯軒
　　奉呈張書記
梅子熟時浮漢水菊花開日到蓬萊請看石休龍南榻　教齋
月孤雁聲遼長白來

奉次火毅齋見贈之韻　　　　　　菊溪

昨夜星槎泊煙渚日東真境即瀛莢列仙迎客偏多

意袖得明珠萬顆來

　　奉詶菊溪辱和　　　　　　　毅齋

木贝自慙瓊琚報覽龍光照卿來東路風光無限

好他晛収拾錦囊來

　　再和毅齋見贈韻　　　　　　菊溪

偃蹇風儀違俗狀喬松百丈出九宵筆端珠玉紛紛

落者自雲云所月咨求　　　　　毅齋

　　筆語

一問貴國申叔舟著海東諸國記其書旨流于我國識

者嘆其博物僕嘗觀慇挍錄中載其各苔成宗之語

則知非但博物又其有宠識矣其名號履歷之詳

可得而聞乎公與叔舟同姓抑得非其裔耶　苔泉

〔申公〕叔舟號保閑齋旨至相國賜諡文忠其文學事

業皆在焉兼不可勝記鄙僕甡乎雖同而曾無勝

魯之系矣

一問

毅齋辛卯之歳甞來是邦李巖洮南諸公今無恙

僕讀其所著詩文圖知其非泄泄中物今富名噐

顯達敢問其詳　南溪　搿公歷典筆邑今作幷文隱

校擒南公方以顯位在朝㱕公以年老䄂實㱕別

鏨李公不幸去年七月巳作泉下人矣

　　嘆齋

眞甲青泉書

某白鵬之従于南溟也舉其翼附其尾者幾千萬

矣夫南溟之路不為迩乎天之翼不為輕㪯杖桃

之蜩違蒿之鵬豈豈相諛固不勝其厘攬而去之

不過一枝真一摶尾之力然以圖南之量而取之

㢠之志綏其翼乘其尾保護愛春干物不遺㪯光

其摩九霄優踰大堤之㝵彌使廏物各得㱕南溟天

池之遊登雅庶物得其志耳鵬亦由是益見其大

也何則其沐恩者多而望風者衆也何使鵬搏鵾

摸尾挾身適飛則登有沐恩惶惠者哉伏惟製述

官申公臺下風躬八斗之才背居文房之職令兹

從僕驄大使而遠涉吾邦吾邦人士想其風采投

贄求謁者幾千萬兵臺下怳大鵬之量泛容而不

拒於是閶者聳其疑歌者得其和人各滿其志莫

不益瞻仰頌想之爲登謁百萬之量容一人而有

餘耶又豈可求彼而捨此耶僕延朝枝名世芳孚

德濟遊學在洛陽會聞大邦修好文檣迴臨即裝

而求此瞻望延佇以目爲羊臺下幸察鄙悃使僕

得接其翼則終身之榮實踰萃豢況僕之無似豈

既踰冠袱守如昨恐無怙毘之效而從孤教吾之

恩若得一聆玄提而接其榛恭就其熟路則東隅

雖往而桑榆登晚此吾所以有太鵬之說也博所

著文三篇謄錄以呈觀覽之次幸加雌黃則其為

賜也登唯百朋庶突煩瀆尊聽不勝怖懼之情伏

冀亟恩採納早悰巳亥秋九月朔枝世美頓首

右書有故不達後再會京師相語及此故亦併

錄云

桑韓塤篪卷八

備後州鞆津

嘯軒寫云

梅宇子 本韻未到故不錄

普在本國慣聞藤仁齋蔚爲日東儒宗思欲望仁齋

門下一聞性理之說今獲私於執事執事實仁齋

之胤也其爲忻幸如何如何先公論辨性理書必

有家藏伏望惠賜一本俾逐平昔尊慕之意且使

歸示本國學者以知貴邦儒風之盛如何如何

一尊先集許以贈行歸誇本國使知道學一脈在于

浴日之東忻幸忻幸

一慵齋說話卽我國成俔所著成俔號慵齋二號虛

白堂成侃號眞逸齋慵齋之弟也二公於僕爲族

祖

一東人詩話卽徐四佳居正所著也今行別無奇書

齋來

一荷葉綠卽鍮銅器上所生綠也我國以此物飾樓

閣丹青之資

一辛卯上副使無恙而從事李南岡棄世李東郭前

年亦已作古人而書記三公皆好在

一神主題式予則題曰已子某神主妻則曰已室某

氏神主弟與姪若無後班附則亦稱兄弟以姪此

矩我國士大夫家通行皇明儀禮亦不出此規中

國今世聞有需霖為名者以學名世知尊朱子云

矣

一懲怨録即棚西涯成龍所謂

　奉祀梅宇碣示韻

嘯軒

花宮臨大鼇形勝擅寰瀛簾外鼇山色枕邊鮫杵聲

欄艫三影會對棚一燈明襟抱元相照何勞問姓名

　奉呈梅宇几下

嘯軒

聞說仁齋學能超北野暨溯源河洛至理窮魚

澤與滇波遠名俱島日懸典刑庭玉在青眼一燈前

奉和伊藤梅早見寄　　　　　　　青泉

孤雲獨鶴與爲鄰落月空汀繫纜邊何處素琴傳別

調古梅香裊屋三椽

　　奉呈朝鮮國學士申公詞案下　　東郊

長途萬里起居多福敬賀今貴船在于忽尺尺不得

遂御李詩人兼葭之思何能已爲因裁俚語呈之

左右金繩玉尺得賜呈正幸甚

仙醉鳥邊迎彩鶴旌旗壓海閃霜風三韓人士簇夫

俊中認申公氣作虹

富峰白雪洛川月囊底新詩幾許篇定識江山入詞

藻扶桑煙景滿歸船

時甲學士姜張二書記在于舟中惟成書記

隨二使就館

舟中和門岡公見寄　　　　　青泉

扁舟夜泊三山下忽得清歌響遠風滿目雲煙開活

畫知君綵筆似晴虹

覺爺使者乘槎去艷唱瑤池得幾篇千載陸生真可

笑黄金空載越中船

僕姓名字號想巳在盛盃咫尺神仙會亦有造物

兒戲之悵望瑤金聊結數言而去

奉呈嘯軒成公詞案下

東郊

雞林詞客服章鮮蘭梜暫留仙醉邊羨月飛鴻動歸

思沁馳萬里海西天

奉和東郊韻

嘯軒

高樓夜靜燭華鮮永夜濤聲在枕邊斜倚曲闌清不

寐月光如水水如天

再和

東郊

得遂識荊仰渴頓足且辱高和實出望外水桃之

瓊瑤實足以愧託此得知於後是亦杜家之黃姉

于欣悚陳欣悚再用前韻以奉謝

羈覊六字玉冠鮮古寺小樓病海邊文采清標都絕

世高名長壓日東天

奉送書記嘯軒成公歸朝鮮　　　　　東郊

海上禪樓逢異容詞情懇懇後多篇今宵一別參商

隔千里眼穿送去船

周防州上關

東行

僕姓宇都宮名三的字一角號主齋襲世仕防

州岩國主吉川侯今茲遇韓桑脩妈聘使鎌孔

域僕不揣不才敬賦燕詞一章奉呈申公學士

案下瀆溷覽伏冀賜郢削幷高和家藏以爲至

實

　　　　　　　　　　　　　圭齋

病來益覺詩才退大手渴望靳望漫遣與高樓先喚

酒浴恩溥世昌彈冠白圭常誦客二復丹府自存軹

四端二國昇平看有象水棠會去滿堂歡

　　僕月號主齋
　　故五句言之

奉訓圭齋見贈

　　　　　　　　　　　青泉

楓葉棕香迷遠浦白雲東望海漫漫相逢好客先投

顏午倚高樓爲整冠北斗寒光生劍外西山爽氣在

襟端百年唇齒修盟日幸麈吻吻盡意歡

僕姓甲名維翰字周伯號青泉官令祕書著作

選而采席承社間復惠瓊琚感不容口木瓜之報

出於匆匆不知冩許覆覔否

希望書記美公詞案下　　　　菊溪

搢紳賢叟吁儒門體貌從容言不喧鐘鼓鏘鏘鏜鏜

疎已遠俗吳今祿

和期羹齋
　　　　　　耕牧

聖學吾邦溯孔門家家絃誦不聞喧百年培養清朝

化子孝臣忠國俗存

詩家妙境等空門意到玄安寂不喧成佛在君功業

滿黃敎塵念二毫孫

短棹西風傷海門孤燈客枕暮濤喧詩情到處如蠶

緝續續金孫滿腹存

奉呈書記成公吟壇下

　　　　　圭齋

素聽詩腸韻繡堆壇壇通軻愧微不難拳崔嶽龍門

浪跋足鑑顒祝其雄

病中走筆圭齋投元韻二首

　　　　閙軒

眼前珠玉忽成堆戰詞場見逸已不身欲奮逃那可

得臥猿猶著枕邊腮

夏溪燭淚欲生堆彩筆縱橫驟妙才清韻鼎來指涮

目羅浮雪裏見梅颩

奉上張公書記詞案

鰈域高賓擅德音馬肇一履價千金輪才陪席空誠
　　　　　　　　　　　　　　　　　　圭齋

口爲使毛公通素心

奉次主亦見贈韻以謝厚況
　　　　　　　　　　菊溪

十

日東高士惠清荳滿紙鏗鏘擲地金不恨逢場言語

異炯然相照一般忠

僕姓張名應斗字彌文自號菊溪居士文號飛丘

散人年今五十以從事官記室來到貴邦耳

西歸

奉呈青泉申公詞案

　　　　　　　　圭齋

芝蘭一揆浴恩榮夏覽德馨仙骨清三代遺風今在

眼兩邦宿契已同情富山高秀東關府合嶺遠望北

斗城萬里梯航多少景象囊珠玉自鏟鋑

向賜尊和欲添蛇足卯帆匆匆不能呈上今改

寫而乃高覽耳

　　　　　　　　　　全

臂門得入仰離學証用補衡剌字漫雲外星光輝翰

墨海邊魗衣冠吟肩山岳幾千眥學脉淵源不

兩端淸代民生無物櫌盡簪文容其安歡

慰親炙高標諒何盛眷慈慰無極矣雙闕東都覲

禮巳畢且榮旋再維錦纜子上關僕近者羅小恙

無緣拜餞惟馳神魂耳多罪多罪炎教鄙詞著面

別且貢徼儀表寸悃萬祈亮存幸甚

　秦和圭齋遙寄韻二首　　　青泉

南州桂樹愛炎炎榮千里烟霞到底消憶昨華筵當容

禮通霄緯筆話君惝歸帆落日尋青館極浦浮雲近

赤城驛使梅花傳舊好翩翩佳句以陰鏗

歲暮佳人詠采蘭仙關趂日水浸浸洲邊月照芙蓉

25

劔洞裏雲底蘚莪冠千里客帆隨博望一筵詩酒憇

蘇端瑤池玉字光如昨青鳥飛來道舊歡

　　　　　青泉

不佞今擊神西矣自料仙關舊席必得君子場駒

之好忽此蕙詩說魚鳥而來審一場嘉會巳在凶

何有之卿候忽徘徊若蓬萊金闕風飆引去者夜

臥花褥誦足下佳句且雲浪杉桂煜朗生色因慨

兼葭秋水之曲不知今霄改入亦同此懷客一別

菉茫山海萬重言之長矣徂祈珍重自愛憪和幸

在清梧特特西向一展看是跋三　奉雷荷延以

橐裝如孺只得陃戔二十枚伴簡多愧

奉呈嘯軒成公詞案 　主齋

錦繡織功生筆端幾經勝地駈鳴鑾詩壇徒被遊雲

霧鬢月光風不得着

前賜高和已搆再和出舩忽卒不克呈上令漫

書而瀆電騳耳

泊洎消泗浪似堆賦成先識木華才職魚賴得西江

水東海報恩暴二腮

杜詩常曝報恩䐃者診工腮者非 松江集鱸魚四䐃

圭齋

往日趨上關希荊識時公病在舟中不獲聆誨

狼忩男恓呈郡蕃屌惠瓊報榮逾筌冡今聞阻西

歸再駐鷁舩于上關僕有寒疾關拜餞天何慳良

緣不遂披雲聊祇自悵恨耳虔奉呈蕪詞丐清覽

聊具荒儀以申微忱叱留為幸僕姓宇都宮名三

的字一角號主齋

　奉和圭齋惠踩韻　　　嘯軒

突兀奇峰起舌端銷然清𥶒中泑鑒齐生未免蕪鴻

歎那得青天披霧看

　別呈一律　　　　同

君來我疾愁撫頓我來君病怯風寒皇天無乃良緣

憐浮世方知一會難靈舘寂寥燈火耿暮林蕭瑟竹

聲乾清風別有齊紈贈顏面依俙月樣圓

同

日者之狂適値眹疾方苦御枕舟中未克追越席

末躋諸賢唱酬之列其爲耿結迫君魚鈎歸途忄

撼開懷又以尊體失和未免緯藟登好事多魔一

面有觏而然耶惠詩吟諷再三珠琅溢目充篋笥

之既出中心珍謝如何如何王程有期飛艪難淹

遑爾淮角登龍無路臨風只自悵黯而已僕姓戌

29

名夢良字汝彌自號長嘯軒成均館進士

奉呈菊溪張公詞案　　主齋

詩城文陣執爭衡壽去錦袍卿里榮星使窮源張博

望長令肅史記功名

　又　　　　　　同

皎潔清標凜若霜毫冠筆頭勿見鳳鸞翔欲知別後相思

處明月高懸天一方　　　主齋

暴者承惠顧辱賜高和僕無似奚蒙此榮事耶奄

聞聘事已竣星軺再泊于上㴞僕屬有採薪之勞

關面別敬、以蕪詞二章及輕篚一筐表、隴敬、仰冀

笑存

上關舩上遙大圭齋見寄韻　菊溪

子惠才多似士衡、曳裾、嚴國被恩榮、詩篇帶得風雲

熊一代何人悲美名、

歲暮行人侵暮雲、海天誰與共翺翔離心壹鬱仍成

病手摻裝橐徐緜方、

削竹裁牋壽筆三圭齋　居士手親緘天寒不肯裁諸

醫爲足深憫自眠兀、

奉呈秋水姜八公詞宗

圭齋

雞林豪客擅鴻名筆下鏦錝金石鳴學海文淵空濶

地長竿投去響長鯨

又

遼東鶴唳遠聞天日域盤旋西欲還風翩一飛千萬

同

里群雞爭識九霄邊

秋水却葦不到

水路萬里起居無恙龍節到此多賀多賀僕姓飯

因名玄機字道彌號葵陽爲防州岩國醫人阿跛

高儀願借淸容謹賦野詩一章奏呈甲學士高案

下乙方正

　　　　　　　　　　葵陽

闔國文章推檀科相逢半面見温和何期伊洛二川
水遠入扶桑萬里波

　奉和葵陽惠寄韻

　　　　　　　青泉

揺筆一曲聽殊科認得聲和氣亦和采藥囊中隹句
満紅塵不涤白鷗波

詩書耕鑿自同科一域民風太古和安得攜君来仙
帅蓬泉山下弄雲波

憶昨浮名擅甲科明光殿裏聽雲和文章萬巻還多

事贏得孤槎越海波

至道斬岐自一科青囊神格固民和從君好乙金丹

餇濯髪朝陽萬斛波

不佞姓申名維翰字周伯青泉自號也乙酉以詩

進士癸巳以賦登及第狀元官今宣務郎秘書館

著作兼直大常寺諉朝選隨使者遠來海陸萬

里幸得竣事復路幸荷萬前者過此聘已聞令

名得惠什未盡覽而遽矣之恨仍以記遊奉存問

感謝無涯謹呈㶚和四篇可解前怨否歸帆不日

抵下關識面未有路是切悒悒

奉寄姜成張三書記　　　　　葵陽

秋高瀛海錦帆輕關上物光卜泰平意氣楊揚羽庵

　奉笑葵陽見寄之韻以傳一粲　　　菊溪

美從來二國不寒盟

貫月孤槎花法輕天淸海嬰樂現平共將信義修郷

好不翅銅盤歃血盟

　　　　時屬昇平降盟不渝龍鸞緊此起居安祥萬福萬

福僕姓飯田名玄機宇道珊號葵鳴爲防州岩國

醫人頃聽高風倏出久矣謹因左右願獲御李辛

不退葦辱允賜敎感荷感荷因賦一律奉呈良醫

檻公玉案下伏乞高和且有疑問數件漫奉讀尊

聽伺察微悃垂敎誨幸甚

　　　　　　　葵陽

聞名在遠月膽望一樓芝眉萬慮怱滿面豪英思邊

膽通神診察晉公省天涯物候屬翔北鄉里歸心葵

向陽何待會情勞澤古寸胸交義靉無量

　奉和葵陽惠寄韻

　　　　卑牧

仙凡自古恨相望拜覩儀耿未忘詩欲驚人窮造

化業專醫國起膏肓山中採藥追弘景眼裏東瀛曉丹慕

伯陽我似襄嬴空瑞頂高飛黃鵠香難量

奉呈良醫權公   癸陽

退聞使事正畢彩幣西指其抵上關當在通也玄
猿暴在上閘通刺於左右辱蒙階下一梅之許恨
天不假良緣行裝匆匆錦帆發逆無由遂披雲臉
清教也乃錄鄙詩及嫗問記而呈左右幸
高明不見弄辱賜復答縷縷詳悉厚意不知所謝
而枛什偶以誤認姓氏而還之不替之罪伏乞省
原今改寫呈上別詩一首問條二件併賣高聰幸
賜盛報實愜志願彩紙一箇聊表芹意尖納是荷
僕今罹小恙不能往奉送而風治歉耳萬緒亮察

星槎風度送仙郎雲秋輕飄衝雪霜何日得來上地

水人間分與添心腸

秦覆葵陽公案下

　　　　卑牧

弇水避追亦有寛數頃者上關維舟之日終失一

場清聆悵然之懷想彼是一般即承華翰兼領彩

紙珍脫沒感眷眷之盛意而第書中間條可謂備

聽於聾者也僕自必多病偶感於古仙聖神氣之

論欲爲康濟自家一身之計非敢有意於康濟衆

生以瞽道自任耳尊問誤及實不勝赧面第有問

無答亦久道埋故以數行陳言仰頁尊聽幸無一

笑而擲之如何

萬里空隨黃帽郎天涯時節過嚴霜霹愁不放吟眉
展縱有新聲只觴腸

　　筆語

一玄梅　貴國衡度斗斛一據中華之法耶別有貴國
間　之法耶或若傚中華之法用何代之法乎復
度斗斛古今各具本艸所載東垣之論正理之說權道衡
正傳之法亦各不同東垣云古之一升今之十大
蓋也正傳云白茶盞約計半斤之數活人云一升
若用一合半則庶幾云然國俗各異升合之大小

不同我國升合與貴國之升合吻合與否不可知
也而量斛則與貴國同

一
問
　玄橫
僕嘗讀皇朝類死日哲宗時高麗獻到書內
有黃帝鍼經九卷此書久經兵火幾以失偶存於
東方今此來獻篇秩具存不可不空 云貴邦傳
到之事今猶有可徵者乎 僕 黃帝鍼經我國固
有之而古時自中華而來間在人家近無剞劂之
事甚稀貴矣

一
問
　玄橫
我國婦人姙娠者至五月用軟布重疊如帶
或濶三四寸自脊纏至腹束縛至分娩之日晝夜

不解爲倘胎長大覺腹中有氣急狀方可少故三
分或五分不可滿寸也漸序調護如此不使胎然
長大也從來因循而爲胎養家之常法也偶有煩
婦少背法者必憂産難然中華方書率無言此者
唯竊囊便方載此法知中原亦有此法也不知貴
邦胎養亦有用此法者耶　　　　　　従道　　　我國閭里間或有
用此法者然此法有効胎氣改士大夫家絶無用
此法耳
一問　玄機　人參本艸以上黨及晝國所産爲最而其所
說苗狀各異未知孰其今取奉問其莖葉花實色

41

澤形狀及其地之寒暖肥瘠高下陰陽向背伏乞

詳示且今畫工圖苗狀一本賜之幸甚後 獺道 人參

本州以上黨所産者爲上品而我國則以北道爲

英處所産者爲絶品以全羅道身爲處所産者爲

賤品北道人參枝葉與本州所畫上黨人參

無異全羅道人參則小異以此言之其優劣可知

耳至於獺畫則唯畫師能之郎今畫師痛臥或未 玄 根

創恐甚耳 玄 問 蘇恭曰自此子木出高麗徐表曰

生東海新羅國果如其言則爲貴盧所産可知而

二氏所說苗狀各異未如所適從幸示其眞復 獺道

白附子以新羅所產色白苗似黑附子者爲正新

羅卽我國慶尚道也　問　　我國和藥一服者大法

次下錢至二錢爲準較諸元明方書所載一劑之

量大率十分之一也若服大料卻有泄瀉等患未

知貴國方劑量數幾何示之如何　　　復　我國方劑

過一兩以上謂大劑二兩以下謂中劑五錢以下

謂輕劑輕銖則與貴國同耳　　問　　中華方書金箔

雖百片者重數幾何銀箔之重數亦齊金箔或

有輕重之別乎　　復　　權道　金箔醫家只以片數計用之

不稱量爲未許其重之爲幾何也問子金工後可

得其詳也〔玄機〕問 中華方書論煆煉炮炙之法有以

牲香爲度其香之大小長短幾何大法幾時準之

乎復〔權道〕我國煆煉炮炙之際不用牲香法只以時

刻爲正求詳其大小之如何耳〔玄機〕中華方書生

姜稱一片者其大小及重數幾何詳示之復〔權道〕我

國生姜一片重幾至一錢未知貴國何以爲法耶

一〔玄機〕問 貴國鍼法今猶拔靈樞九鍼之古法後世

別有一法耶詳示之復〔權道〕鍼法以黄帝鍼經爲主

〔而靈樞經神應經所論或有大同小異處他餘鍼

經所論亦各不齊唯在術者之折衷而善用之耳

一玄機贈剪裁櫻花曰今所谷至之剪裁花本此云櫻

花樹高三四丈自徑尺至于合抱樹皮光滑紫黑

老者皺癟斑點多生䒷捲杉含子之屬合縫之處

皆用此嫩樹皮縫緘三月初生葉開花葉間三五

蒂爲叢而生花及葉俱似乘絲海棠唯枝條不柔

軟爲異其葉釋者淺紫老者綠綠不罩其實

夏熟其色紅紫似郁李子而小味甘酸無毒其花

白者紅者粉紅者淡青者重瓣者單瓣者其品最

多又有早發者花墜而生葉然單葉雅清者重葉

富麗者群芳莫能出其右是以品題家亟賞曰花

而不稱其名徧索諸中華古今載籍不言有此花
常爲一大嫌恨往牟貴國信使來聘之日吾邦人
問以此花者多矣或答以櫻桃櫻桃亦我國所有
而其高數尺花色零碎固不足賞幾可食其實耳
其於櫻花不及遠矣不知貴國所產之花樹有如
我國櫻花者耶其名謂何復　　我國櫻桃亦叢生
鬱密葉茂花細無足賞者誠如來示所云而又有
一種單瓣者高三四大皮光滑紫黑恰似稈少桃
樹狀二月初開花或曰或紅淡至夏結子狀如郁
李子色紅紫而重瓣者曾所未見不敢強爲之解

46

一玄機示剪裁紅葉樹曰此樹吾國名紅葉樹其木
高大枝葉扶疎皮蒼白色葉似初生海桐葉而甚
細小也又有尖狹數十多者春初開細青黃花結
小實見用其不足秋後霜葉丹紅如猩血甚可愛
觀也又有黃色如鶯黃者及一枝黃紅相間者秋
容絕姒特在此樹山谷背陰所生者色最淺也一
種有春初先紅及長反青秋後復紅者又有自春
至秋葉紫者皆奇品也貴國亦有此樹耶名稱如
何復道紅葉樹則葉狀暫似我地丹楓而楓葉形
視此稍廣大而樹皮色紫黑中有蒼斑點葉莖細

長處即有節目下似擁腫朮之高者或至五六丈

則有之而春花亦無青黃色與此大異此亦未甞

見者求之本艸則或有可得彷彿處而未及掘閱

不敢傳會穿鑿應而名之唯俟博物君子 右係來將筆語

一問 玄巖 前問人參苗狀及生處高明所眎敎略暨於

生土而未詳苗狀也今問莖葉花實色澤形狀及

採似之法再復詳之且高明復示云比道人參枝

葉莖苗與本艸所畫上黨人參無異全羅道人參

則小異桉本艸陶隱居云人參根莖都似薺苨而

葉小異唐本云苗似五加而濶莖圓有三四椏椏

頭有五葉兩説未知孰是也而本艸所畫滁州人

參似弘景所説也滁州人參似唐本所説也時珍

云上黨今滁州也然則高明所言北道人參果指

滁州之物乎又全羅道人參苗狀似何物未可知

也詳示之又按本艸載人參下種耕作之法貴邦

亦有此等法乎復　權道　參之苗似五加而濶莖圓有

三四椏者此眞僕所云北道人參而與上黨所產

無異者也全羅參苗狀與上黨所產者亦無異特

其根色黃肥脆如防風者此小異耳陶隱居所云

根莖都似薺苨者僕未嘗得見不敢懸解下種作

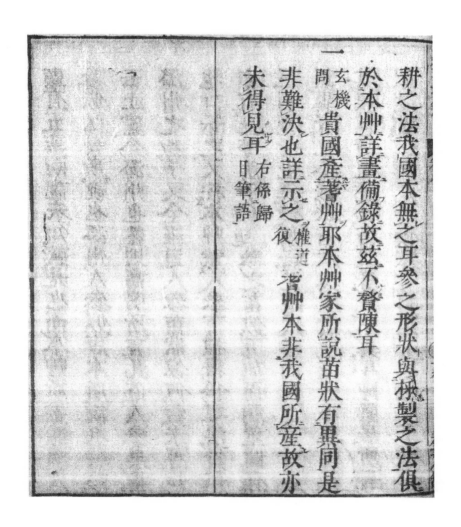

耕之法我國本無之耳參之形狀與機製之法俱

於本艸詳畫備錄故玆不贅陳耳

一問 貴國產蓍艸耶本艸家所說苗狀有異同是

　玄機

非難決也詳示之復　權道 者艸本非我國所產故亦

未得見耳　右係歸

　　　日筆語

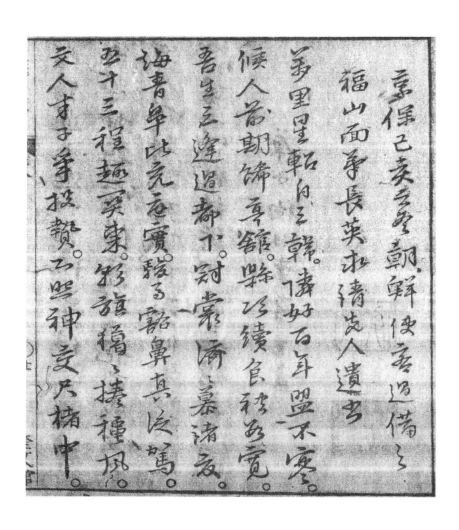

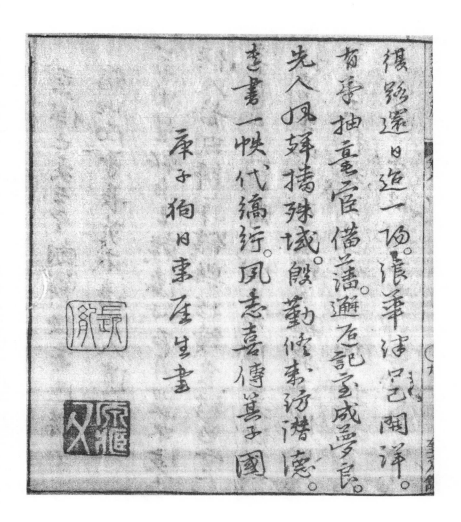

復路遝日迫一何涼筆速已闌洋。

有事抽童宦僃藩邇存記云成夢寐。

先入風韓搞殊域餒勤修素汸潛德。

奉書一帙代篇行風憲喜傳甚子國

康子狗日東崖生書

韓客筆語序

余見幹靈之服寄意於文字且贖詩酒而放下

世漂歲乙亥三韓使人沿海而東傳車都城甲

觀連王書記等在行中聞其文章如濤敬往觀

焉夜館紛擾不許一人投刺來余偶函與蕭溪

函樵二子筆語唱酬若干後西歸之日余同二

朋過琵湖及長安喜館與彼名流俊士文鎬相

赫其筆話唱鼎成卷時南北諸賢託魚雁敬一

見其縣記者亦多余筆甚拙而辜不能記固一

友人錄吾胸次之所蘊題曰韓客筆語自謀拜

事有客卒然而謂曰吾子辛卯之歲汝槎和韓

唱和粹行于世今何不編慕而布海內余尚未

喏然四方之騷士勞倦促之竟於多病百磨之

中而隨得編錄序與後先盡上烏錄命曰桑韓

塤篪渠松山文嶺菊叢已題卷首如余筆語則

附其後必行于當世云

享保庚子上巳前一日闰擶擻人自序

4

韓客筆語

京華書坊　用拙齋　瀬尾維賢

者用拙問
一齋中有先來君姓名如何　答　一新僕姓朴名萬根號

一新　用拙　以何職來　答　一新　以書記來耳
時有一童子而持糖糕來　用拙
欺我　一新君予言不可欺　一新須贈余費用拙問

想君善詩且示貴箪　答　一新甲寅生　問用拙製述官及

三書記來以君為先容未知容乎否　答　一新學士三
書記來後可以容矣　一新時指示梅軒持筆墨請

寫　乞錄記
竟通刺記

5

在綵船中作　　　　　　梅軒

東韓通信使河口泛樓船人服皆金碧却疑上九天

淀浦　　　　　　梅軒

使軺去欲通天挾岸人家百里連■嬋娟爭楫

黔楊州迢與浦斯船

暮梅軒老人船中韻　　　用拙

海口風晴好掉金雀船蓬山知有路直擬上蒼天

嗣前賢淀浦韻　　　用拙

中流簫鼓靄雲天一望鴟波與岸連清道旗飄明月

外淀城五鼓繫樓舡

一問　君姓名如何　答　吳判事云　用拙雖長途疲倦且
用拙

賦詩遊谷　判事　掉首

享保己亥之秋朝鮮國聘使來我日東夏四月
上船六月著馬嶋秋七月浮海而九月四日抵
浪華下船越十一日月出入京華館僕自
午天先來製述官客館而待欲觀殊邦人物及
禮樂威儀也諸賢師鞍已向初更竟煩一護官
通刺製述館青泉申維翰在三使面前不及和
答如秋水姜栢嘯軒成夢良二書記一雞徵慂
一因路疲而不相會

一從事官李公記室問僕云尊別號則既聞之矣

更欲聞尊姓名　僕姓張名應斗字彌文號菊溪

尾士文貌丹溪散人　答　僕姓瀨尾名雜賢字源

左衛門毼用拙齋門　貴庚多少　答　菊溪　今年五十

　　　奉呈菊溪詞仙案下　　　　用拙

檻客多來藍包天扶桑樹外燭龍懸三山原是非他

土採藥與君問地仙

　　　奉次用拙齋惠贈韻　　　菊溪

肩與緩步月明天笑向燈籠處六懸曾是秦童求藥

地喜逢三嶋駕鸞仙

8

奉謝菊溪居士高和

浩氣重滇東極天何論析木迤相懸二韓詞傑瓊琚 用拙

　什幾度序來賞欲仙

　　復疊前韻奉呈

闌干星斗夜深天坐久松梢片月懸對榻挑燈談笑 菊溪

地愛君毛骨邁真仙 真仙

一云

一用拙僕自始識字鉛槧二十霜懶惰無效且困於

多病迷詩酒性好遠游林湖奇壤畧已搜窮袖裏

偶有近詩亂稿漫奉呈高明不愧其醜仰煩高藻

顆加閏色幸甚

近詩亂稿　　　　用狛

中秋遊河東別莊不見月

諸賢濟、坐東樓靈碩雞宮三「五」秋淅瀝金風空

透脊一盃瀉下洗千愁

菊溪許云絶句首聯極精楚末聯亦佳而空字

似未穩嘗改之則似奸而未知何字能得穩

嘗耳首句之坐字不如集字未知公意如何

既曰濟々則象盛之貌若下集字則似勝耳

中秋後一夜應緒方先生之招席上作

鳳城儒雅舊風流不負狐輪兩度秋昨夜橋東尋

別墅今宵洛下會高樓任他公子管絃賞筆似君

家父酒遊通想雞林泛檻客望鄉看月在何州

菊溪評云七律音韻精麗意趣雅靜可佳也未

聯亢有情

夜懷

孤燭照愁人未眠半牕形影獨相憐寒蛩伴我聲

尤苦歲月爲誰色更妍病廢身、何待賈文章元

之不當錢詩家風致生涯淡泛似江湖夜坐禪

菊溪評云尢字攺作偏則如何

九日

11

飭房驚心雲外鴻鬢毛吹亂一秋風浪葦津口黃

花發應有韓人泛酒中　　共四首

菊溪評云音節婉麗氣格整楚雜置古詩之中

雖有具眼者似不能辨此絕句之佳境也佳

矣

大抵句語精緊音調清亮正合古人之口氣

求之一代似不可多得可貴可實須益加勉

勵以至遠大之境如何如何

用拙舞起云古人雖一字師猶下拜是誠鄙生

之大幸況賜數覼鄧正事出望外其中誤亲

嘉尖過實揚勝感々

一　用拘君船中有中秋詩否幸蒙錄記　後在慈照

逢中秋之望不無所詠而忌未記得　云　用拘遺恨遺

恨君多蒙員愛甚是不當足下佳作珠玉玲瓏溪

答述懷而已安有珠玉之可比者哉蒙公過褒慚

一　蠅々々

云　用冊僕京華人家世以鬻書為生計其刊行之書

盈于庫藏然世事紛擾天性疎慵不能一々閱覽之

而盆神智恨甚藏書之處罷至又館　云

肆多蓄寶訣功欲一覽而觀此行蒙鬱煬無路貿

取陵事西歸之後書篋一夢必將來往於奎文館
縹帙芸箋之間也
一問　僕
卒邪之歲嘗來吾曰東趙任李三使公猶尚
無恙否　僕嘗視其所著文詩愛玩不止敏捷無倫
實不減古人者也觀乎雅可德邸益顯尊其詳可
得而聞乎　客趙公今以更曹參議掌端墨之任
其詩與筆俱絕佳任公以兼言辯嘗居家李原郭
不幸去年七月奄化泉下人矣
一問　僕聞嶺南三君無恙益關官在朝欣慰懶
共君以老休官飜子花竹矣李君不幸去秋下世

14

宏才博洽遺恨多〻李君嘗云無子取從弟之子為

嗣不隆其家聲乎應李君將年將七十其遺集行

于世父有諡兒否願示答 荷渠 嚴南二公歷典八郡邑

方在顯官洪公年今六十七歲猶尚康健身居顯

職家在京城只以詞翰花竹吟弄為日其平生文

集多至數十卷李公之繼子亦佳而但不及其後

之善鳴其父集貧不能刊布必將俟後入梓耳諡

兒亦未及請得

菊溪 尊家有趙公詩稿乎答 用拙 我家不貯趙公詩

閟

筆社朋之中往〻珍藏想公勞煩企得盡情姑期

他日俱拜揭

一問君姓名如何　答　西樵　僕姓自名戲鎰字君平號

西樵用拙　僕見君題吾友人便面詩文雅可愛清

新遍大因嗣其韻呈　用拙

彩鸞得子桑海畔過幾許州欲酬珠玉句沉醉不言慙

一云　西樵　高明知西村方觀瀾爲名人耶　答　僕未知

其人也僕友人姓朝枝名世美號敎彌君於浪華

館題詩易面所示者也　問　時方見在何地耶

答本西防人遊學都下僕同門人也

萬里孤卅客昨過大坂州那知爲面句傳誦只壎篪

16

二云 厭之

一云 別揭

即今初接芝眉殊領玄教喜出望外顧足下

西樵 慚愧慚愧 共拜揖而退
時已過半夜

明朝使輸將發京而事務益紛而不能徧吟遊

而止也右二詞容貌間雅博知強記風驪

如湧連臺即成非吾人所能彷彿也留滯一夕

州人辭去是爲可恨耳

享保巳亥九月十二日瀬尾維賢趨于用招饌

中

九月十二日朝鮮國聘使發京華館二十七日

入東都十月一日賜宴十五日發東都二十九

日省湖州大津驛寬齋飲窪慶鵬齋林義卿用

拙齋瀬尾維賢入夜扣制述官客館會祕書青

泉申維翰書記嘯軒成夢良菊溪衰應斗醫員

西樵白興銓于客館 書記秋水姜栢 有恙不會

奉送製述官青泉申公歸朝鮮國兼呈嘯軒

成書記詞案下　　　用拙

歳月蝶白雲紛驪歌聲斷送諸君錦帆晴掛千江

月王節過衝三島雲奉命珠方修大禮結盟際壞共

斯文星軺歸去知何日名入麒麟見異勳

　　奉和用拙齋見贈　青泉

蓉、仙姿謝俗粉青春才調就如君彫琴夜對蓼魚頭

月彩筆秋橫鶴翥雲東海千羊生瑞州西京八籍應

奎文太平天地無烽火奸起詩篇頌國勳

　　奉和用拙辮

　　　　嘯軒

秉燭高堂笑語粉手動來詩謝諸君清篇撼地鎮金

玉醉墨揮毫見亂雲已幸湖山成妨會應知奎鍙動

星文東來萬里真仙外詩艸盈襄當策勳

　　呈蓉溪張先生閣下書　　用拙

海山航緋萬里跋涉能竣公事起居清勝欣憫〻〻

晏者文姝將東暫戟焉於都下館中忽忙之間唯公

不以余不似至唱酬再三且所賜製作典重古雅其
驚人也大矣因本拙詩絶律數首伏乞郢正公三復
不棄拜賜金抹使余董大悟詩趣感懷實多令復不
顧拙力奉呈近作數什如有可觀者幸賜潤色銘感
易逝竊想東都者文質彬彬之地縉紳先生鱗次蝟
貫玲瓏相競錦繡成卷實應對不暇而所謂戶外履
滿者不遑矣余雖駑駘趫足於萬里之外徒悵然
耳因思所到江山琶湖之烟土峯之雪一一拍取爲
公錦囊中物且雅從佳句感懷大作想亦不少若蒙
佳惠不堪雀躍且聞征驂隔宵尤不遑怏今呈社

20

律詩叢三卷巳調二律寫別餞之意府寒自重惶悚

惶悚

日本國享保巳亥冬十月瀬尾維賢頓首拜

　奉送菊溪張書記還朝鮮國　用拙

輶軒又喜鳳城即〼〼于翻一見後才義氣傲霜秋後

菊詞華映雪朧前梅風瘠大攬歸轡慇澥海門去

鵁催元是寒酸一詩客欲衝使節定慰推

　　　云　菊溪用拙

想之也　元　詩則今當和之文則忙惱求及致思惟高明

際則可以剖示矣然亦知此日則何可必乎然到

入京華舘則必賜画翰　菊溪云　知得間

21

對陽後如得搞成則或因芳洲有傳送之道耶

奉次用拙齋惠贈韻

臨岐欲發首頻囘詩社諸賢絕代才皎潔儀容資慶

菊溪

鶴清高韻挌總寒梅縱喜深更吟橺共可堪明日去

帆催迢〻涯角星離沒月下雪扈底霜摧

近作吟稿

讀漢記

天下紛紜誰是王寬仁大度入咸陽留侯去後無

用拙

良士渭水悠〻山夏長

菊溪評云識見高遠

22

春寺

春風衣冷輕微間喨聞鳥落花僧目闌倚履悠々陰
半日軸侵禪榻坐看山

菊溪評云侵字似欠穩恾改以憑字知何恰調

清峭似劉文房遺韻

安井傲作

兎

杜鵑花謝後燕子花開來開謝因誰問錦照掛雀

賀

嘯軒評云未可湊空有致有唐人本色可賀可

菊溪評云落句清峭

登湖州大悲閣追和久人嶺老人韻

危閣秋高湖水寬四明鐘磬好縱觀故人一去年
光遠騷客重遊景已衰梵聲岑靄闇下界漁舟破
浪過前灘範韓酌盡吟終日誰道人間行路難

菊溪評云縱製之耤宇似灰匹之如何全篇圓
兒有雋人口氣

山寺

寂寂招提路斷橋澗水前霞籠黃葉寺日没白雲
嶺野鹿慣聽法山猿亦解禪歸途正昏黑竹隙一

燈戀・

菊溪評云第一第三聯精緊落句盡中境界

　　廣剛齋遊高雄山韻

小春攜友上高雄佛閣凌雲磴桷東深出霜楓紅

似錦停車入在畫圖中

菊溪評云似樊川韻致

　　題通天橋

珠林紅葉地百尺架危橋徑滑無褙掃山幽只鳥

啼風吹浮碧澗霜榮照寒溪與客攜壷去醉眸望

慾迷　　　共七首

菊溪評云第二聯幽趣可想

篇八精鍊下字作句務去俗氣深得詩家妙

逕求之令世似不易得桂矣〇〇

青泉云所作勿爆未能記得未可評品耳
時對譯官指通天橋第一聯為可譯官傳示此語

肅軒云公詩圓活且有韻格遂到可期何待不

俟之言奎文舘中靜閒群書可見彌中歟〇

肅軒正使相號北谷堂上三品副使相號鷺汀堂

一云

答云三使相公官階姓民已得聞知其別號知何

用拙

下三品從事相號太湖通訓三品

一問　用柚　曾聞明暦乙未天和壬戌貴國聘使來于本

邦其桑唱韓酬之文詩皆刊行于世卷帙幾許後

正德辛卯歲三使公及李君三書記贈答詞章極

多〻復今刊布否　答　荷溪　各有全集具載前後行事

耳纔已登之　　　菊圃　各有全集刊行世而其中皆收

唱和諸作耳

一問　用柚　貴邦典籍上木則用何木彫刻耶　答　西樵　未解

示意　問　用菊溪　復答云多用梽木耳　問　梽者何木菊溪

答粲近頗蕃庶近樺木而差薄而白色我國俗名

自作木又名巨濟木蓋高麗時多運此木於巨

濟郡刻佛氏八萬大藏經故仍名焉

一　甚者謁見君之時傍觀行裝中有題狀桑錄

一　小冊知入吾土而記取風光事實如許一覽乎

答　果是紀行而念忙如此何暇披覽耶

一　若水江子者詩人也前遊浪華與諸賢唱

和篇六字玲瓏江子今朝南行復於浪華館成

騷賣多美竹若水果與吾輩唱酬從容今

歸亦嘗來訪於客館復續前歡君與若水有癸分

乎　僕本與江子好平生唱酬多

如逢若水公爲傳令夜唱酬同浪華風物應依悵

不携君逆旅中
用拙

一問學士及三記室所戴冠名字樣如何 西〇學

士及嘯軒所看即幅巾吉之禮服涑水公常服者

菊溪冠八卦冠後面象山形耳 後日申公所戴選後面同

一云 前時曾智吳明濟子魚編朝鮮詩選又選高

麗世記一卷俱傳貴國乎詩選有幾帙百濟本記

百濟新撰此二部於吾國史引用之貴國人之編

集而傳之不東文選十卷聞韓人徐達城撰即傳

于今哉編體一擬昭明文選乎日本行錄未經劉

覽想貴邦人朴氏所著之書乎云 青泉 吳明濟朝鮮

詩選高麗世記僕未省閱見百濟本記及新撰省

我國所未傳者豈非何處而引用之予可訝至八

東文選則我國徐大學名居正魏四佳所編而傳

以達城者以其不卿乃達城也不必與珀明文選

取則而為也曰日本行錄僕未聞其書我國設科有

明經科文詞科僕乙酉以詩甲進士二等癸已以

賦得狀元及第此皆當國家大殿別設科取士此

則謂之增廣別試皆以文詞進云　西樵　朝鮮詩選高

麗世記傳本絶少百濟記及新撰未見傳本有東

國逼縣焉東文選向今刊行編伯一知昭明文選

30

矣

一用拙浪華館君如不得間隙則上祇後搆成面翰
託雨森橋邊二子則無浮沈之患耳　云菊溪託橋邊
子則豈有浮沈之患耶

云

一用掛乞諸賢爲余寫大字及艸書　云庸軒　多磨墨汁
而求　因使童子磨墨搆軒題　一承菊溪題二張春
館三人字時傳半夜鐘共拜揖而退
挨宿旅舍終夜酌酒論詩不絲

十一月二日辰後星軺入京華余於第二橋西
觀而入本能精舍造製述官客館

云

一用拙僕人願西遊崎陽交其八受其學而探究奇

冊名畫文欲赴馬島侍芳洲箬老覽聽貴邦文物

品彙而今世故紛擾不畏況父老兒幼不得遠遊

徒在於市朝之間班養了多慙人人 云 嘯軒 所示語

意得悉尊好古媚學之志可謂今世之古人也況

辭謝碎刻亦可見高尚之志大隱隱於城市君乎

季主夜南仙人皆身處闌閩聲聞千古市中之隱

只見其高未見其早也 云 菊溪 僕入月東以後得竢

賢士大夫不止一二而或以盃酒相歡或以詩書

相和而孝蓮篤實敏於求益者未有如用拙窩之

勤且篤也其言曰西遊崎陽多覓名書奇書而從

32

芳洲遊與聞吾邦文物之美而顧家貧親老不得
抽身遠遊其志可尚而其言可矜余於是不能無
言臨別略記數語以贈之用抽一賢頓賜高文欵
意 其間過賜殊甚非我所敢當從使人贈魂
汗耳
一云 用抽申公獨不和我詩抑何意哉青泉鄙詩無足
取者前日既不能與公倡酬未知公之間意似無
必求之事是以不欲強作以呈既有公恨亦可删
 攝拙耶云 用抽昨夜於大津驛館有半面之雅今
日巳因毛嶺謁成張一君亥有是言耳

走奉呈製述官申公書記成君　　用拙

月輝京樹朦前天寶地天低珠斗懸　　斗百篇相遇

處何妨共喚酒中仙

　　　走和用拙爾

　　炎奎文主人　　　　　　　　　青泉

三山蒼翠海東天筆下明珠月共懸樓臺扶桑桑器

酒金光有卅傯成仙　　　　　　　鳴軒

碧玉囊中別有天奎華瑞彩小樓懸好詩好酒風流

並市上令逢李謫仙

一云用拙二令逢李謫仙

一云二賢無士峯詩乎　西雄云　有拙作矣令不能記

憶耳云 嘯軒 有七言長篇五言排律七絶等詩二云 嘯軒

顧示一絶 嘯軒操 筆錄示

冨士山 嘯軒

白雲英々束東海灣崔嵬士頂聳雲閒山與白雲渾

色不知何處是眞顏

一云 用拙昨於大津舘所和盛伯殊覺絶勝 云 嘯軒 倉

之伧夏不能覃思有何可觀 云 用拙昨今所呈鄙詩

願賜郢正云 嘯軒 公詩偓雅圓暢可見泛唐 云 西樵見

公詩箇々清圓可誦 云 嘯軒 市舘中有孟浩然集耶

此間所弄行篋一冊聞別有全集余未見君

云 用拙

好襄陽詩乎　云〔晴軒〕孟浩然詩僕平生最刻之矣〔拙〕

云　君好陳簡齋詩乎　云〔晴軒〕簡齋雖精密比浩然則

不翅天淵矣　云〔拙〕我亦是矣今見君詩無此二天人

氣象固矣　云〔晴軒〕僕非小觀宋人詩平生着力依歸

者開元天寶諸公之儔　云〔用拙〕我亦本來所歸依焉

則唐人詩但苦少故補以明七才子詩此是凡庸

正脉所有　云〔晴軒〕空冊之惠多感句々　云〔用拙〕如此

本貴國謂烏絲欄乎　云〔晴軒〕我國云空冊謂之精簡

烏絲欄乃古語精簡乃俗語也　云〔晴軒〕昨今連得奉

袂可幸　云〔用拙〕諸賢發軔在明曉乎預催雖怨惜實多

嘯軒
云 戀今如此敢不鳴謝 用栅
願諸賢一掃居筆

題我便面 西熊 高明所得可謂多矣何更請書耶
云

吾友人託利扇一握乞寫公等故有此言耳
用栅
云

公姓名如何 竹窻 僕在朝職居朝散大夫通
用栅 云

丈舘食正今行以次上判事來到矣僕姓金世燮
其名字百明甥竹窻 公爲我揮椽筆否 竹窻
用栅 云

儂少有何贈之病視物不甚分明長事藥餌今五
少慇以是謝筆研之未未副勒教恨如之何 用栅
即今少慇殫乞 竹窻揮毫懇一張 感謝高惠貴邦
用栅云

筆墨名子本邦佳品各各 竹窻墨如填油臨格角
云

默生潤云用柚　想公能詩共賦遊乎云鬚吾不能

一云用柚　僕家世書辭藏書充棟賣書之麗覬奎文館

諸賢如賦詩則永爲家珍如何云西樵　家多藏書云

醫書亦有之否云用柚　家多經史諸子及百家詩文

集如其醫卜書雖有不甚多

　　題奎文館

大隱仙翁城市居淡然不計醫群書百頭安得從容君

　　　　嘯軒

住盡闕奎文館畫裏儲

　　次成嘯軒韻贈奎文館主人　西樵

身學君平市肆居家藏萬卷鄴侯書蠹魚憐我頻開相

對清後全勝寶玉備

一次成嘯軒題奎文舘韻

　　　　　　　　　　　　青泉

徐生采藥海山居留得泰以以上書千載奎文慚

舘不須遙羨羽陵備

羽陵即周穆王時藏書之所徐生采藥在燔經之

前天下謂古文員孝留在貴邦故以此起語此非

強造之詞

一問　貴庚多少　答　用柳犬馬之齒空度三十七貴筭

　　　　　　　　如何　云　嘯軒　癸巳生今四十七　時將二更共期明相揖而退

二日余應招入候舘退後加製述舘客舘覺齊

已對申秘書成書記二賢客張文專顏余到而

各微笑而就筆研

一問菊溪張君在何處 嘯軒 已往淀浦云 用拙 遺恨

多、自此音容永別他日君爲我傳此意 用拙 嘯軒領 用拙問

秋水姜君在何處 嘯軒 在上官所

云 用拙 昨夕所賜壬筆七絶句殊佳勝公々 示 嘯軒 馬

上倉平之作有何佳境云 用拙 瀾橋詩趣不在驢背

乎

一 青泉時頒肉 寬齋拙齋云 知我邦調味二人爲 命萬子世勤 乞酒

酒云酒則無朝鮮酒祖有貴邦所給諸戶徒人油

而水　　　　　一盞　嘯軒
而悅者耶　用拙　一賢踏飲乎　申公博首　好酒又好詩聞謂仙之風　　古來豈人
多是好飲公等不解飲可訝　　聞貴邦有秋露
白如何　云　青泉　朝鮮燒酒亦各秋露而味其猛頂與
賞邦人飲飲時感鼻呼吸多不善飲吾則素不嗜　嘯軒　寬齋好吸
酒飲醇酒半勺輙顏如琥珀　云
玉瀅之癖拙齋好飲酒有絕倫之癖此可謂風流　嘗有寬齋與青泉酒
之士衣有酒量則知其風雅　嘯軒　衣有酒痕
之士衣有煙痕豈是風雅之士耶　云
則可洗衣有燒痕則可縫何妨有之云　用拙　聞有酒

41

一

中仙未聞有烟中仙[嘯軒]高士例須嗜麯蘗論好
烟者亦不爲烟蠹之士乎[云][用拙]公恐不知醉鄉妙
致矣[青泉]公言實不知醉鄉妙也世之多飮者飮
五石乃醉此却不易得知僕平勺輒醉肯令在義[云]
皇天地若論醉鄉誰可候吾當作第一人[云][用拙]公
筆不解飮豈識得其妙處哉正見槁毛穎爲道[辭][云]
[用拙]君早晚[疲][軟]云[嘯軒]有些曲折少留耳[云][用拙]芋
卵[云]歲從事官李公大城坂五十韻眞饒俗可賞[今]
猶無恙不[嘯軒]李公詩鄙過不見耳懷手前華也
免[云][用拙]絶代奇才無命天哉[六][云][用拙]則今摘一

伻役我則試速和奉以添雅筵之興　二云　嶺軒　非難事

而使相前方有招命未眼待間仰副々　用抑　君見

得我國人物風俗乎　云　嘯軒　過諸州賢了則蓋人物

精朗而風俗贍美令使相前方入覿少留幸甚

一　用抑　呈菊溪張君杜律評叢公又經劉覽否　云
　　云　青泉

評叢曾未見得項呈菊溪而亦未及檢閲不知其　再抑

誰人所乎而杜詩評論之語不喜見　云　是吾友

人鶴溪者所選而披索群編洛陽東涯篤所兩兑

生序于卷首　云　青泉　暫欲得見公肯許否　云　用抑　令青

倘留此地則必呈二本左右如何　云　青泉　多謝々々

而去夫可知〔用拙〕公見芝軒集否〔青泉〕我思見

之已有序文〔用拙〕公文章讀得如其高序未得見

青泉見何書〔用拙〕公與戸田生書也

一〔用拙〕公即今賜寛齋書中誤及吾言大白石公者

青雲之傑魁芝軒君者詩門之宗匠交置找名於

其間似無上下之分賢愚之品其中殊賜褒美

愧不堪〔青泉〕何謂殊賜褒美吾以勉進之意賜多

賤者乃實見得足下高處

一〔用拙〕公姓名如何且示所戴冠名及貴庚多少

〔云〕鄙姓權名道字大原晁甲牧所戴冠鷉東坡所

一云

一青泉初非乞得之語欲見所評之如何今義谿憖

怒其不敬幸甚

中無新本可贈呈乃取自所藏一本謹奉呈案下勿

酒有之佳惠深謝高誼且所乞杜律評業令息忙之

縄賢　恭白即今晝夜侍陪先壽數四猶未已加之荷

　　奉呈青泉申公詞案下　　　　　用拙

二日夜筆話目黄昏已過三更、

云僕少不閑詩律府館中雅皆共期萬慕相握而退

眷云故名東坡冠僕年四十二一用拙想公能詩故

勒副至此感謝無任所謂詩叢只此 ⌊卷七言律⌋

而已否 云 ⌊用拙⌋ 古人詩論五言律者亦編纂已成欲

舁行嗣此卷而剞劂之資姑俟歲月耳 云 青泉所筆

跋文筆法正鍊有明人之遺風何人所寫矣 云 ⌊用批⌋

傭書翁姓西池名立敬號彝壽軒其性甚古雅余故

人也 云 青泉 吾不知筆然員少見人書濫蓋自漢層

以來楷字之體自東坡松雪二公之筆一大變漸

務姿媚功切而古意大奪雖云烈絕吾意不取也

明人之筆大低以瘦勁方正爲主雖拙猶不失古

逮僕亦以爲可賞故批筆亦不必明人而獨抱私

見不作世間務奇之態爲世人所笑

一云　貴邦之人徃來清朝即今縉紳家中其儔出
用拙

者有幾位否願聞云　青泉　雖有使介徃來不與其人

相接清使之來亦不與我國之文字相應但以公

事聘問之禮遣使而已其朝士儒生文詞學問非

所聞問不知其處人何其狀云　嘯軒　國朝巨室無處

數百家世列顯位甚多儒宗名臣項背相望

一云　僕屬相見知高明厭倦云　嘯軒　慇幸接清範其書
用拙

可摘有何一毫急惰有此勤示媿悉難喩

一云　示文章家一大捷徑云　嘯軒　文章捷徑云澄鄙
用拙

伧文之法讀書之淊耶　云　用抽　謂作文之淊　剛　兆塀

寫字官花菴貞谷二子共無恙否本邦觀瀾篤所

若水三子已伧泉下人矣　云　嘯軒　花菴貞谷共無恙

矣觀瀾篤所若水等謂辛卯時酬唱人耶今大坂

有江若水來見酬唱矣抑是人耶　云　用抽　觀瀾篤所

二子兩京之儒宗也若水子姓稲名義比方博物

之士也與江子同颖異人也　云　用抽　閭行中有盡工

妙絶手若得一見則舒宿胃欣慕之懼幸賜指教

幸甚　云　嘯軒　盡工在此家西過廂中往見爲可　云　用抽　即呼　云

以君爲先容如何　云　嘯軒　使人指送往見如何　一童

尊我而到　聞君畫家妙手子堭景仰之情故來見
用拙云

伏願一掃高筆感幸　席上有二象矣傳語云主人
亦四象皆強乞竟爲余畫一老人坐松根圓而承共拜梅而去出謂因君推擧賜余

咸君一畫多幸ヶヶ君又題一贊否　嘯軒　一贊非
云

難但僕重患感冒大痛就枕　嘯軒時

一云
青泉成公病且臥吾請代答文章黥徑非僕所可

論然六經以下文有險順一端尚奇者必曰齡修

務順者必曰辭達此皆先輩之所定論後之學者

但當自顧胸中所有先就此心偏嗜者著工則便

當易到不必徒聽人言朝譽暮柳芬弓峩之高

49

矣欲學莊焉以爲馳騁之計則此乃多讀然後可

到若求捷徑則當從論語班㐲柳諸家錄章擇句

言約而意有餘文簡而理不悖似是第一路頭未

知知何[用抛][云]即今所示文字意義的當從前活路

頭向這裏見得

一[云]竊看貴容淳正間雅知是養得收斂此心之

術乎[青泉云]素無心學工夫多愧君言[云 用抛]詩禪妙

處本來不二公透破是關乎[青泉云]禪家上乘自無語

律酬唱之煩若樸風塵化官弁走道路者詩亦不

可能况於法門妙悟安足與論[用抛][云]即是不立文

字境界〔青泉云〕僕今逐目摅毫如何不止文字自然

頓悟〔用拙云〕動靜不由手正是不正文字〔云青泉君得〕

見僕與可竹和尚相往復之書耶〔用拙〕未聞和尚

名況其往復之書矣〔云青泉〕可竹乃對馬州住持以

斲卷月心長老號也此僧亦以〔省命〕隨宗太守

伴而來令復情去而吾儕一撥而然詩草酬

倡及長書員論道等作甚多情感之緲羅古之昌黎

太顛無以加焉〔用拙如奈余生平嗜詩肷間多交遊〕

屠龤世之汲汲于利名者不亦愈乎

用拙右一友人中西生者家藏士峯畫一軸而今

一云

因僕之一賛領情如何 青泉初席贈
肆操筆姬

　　　　　　　　　　　　　青泉

士峯賛

亭々玉蓮花掛君堂薩間六鼇上天所以淡移碧嶺
用拙起師揮翰

仙人拍手笑譖是盡中山 用拙

一云 毅篤斡世美君知之手 用拙 僕同門之人也

青泉 甚喜頃與此人一番倡和於大坂眠夜泉
云

此相見傾倒夜話且以詩律見託其卅草方欲為

送禾可因君付去耶 云 用拙 如示傳達想公亦勞頒

今將退 云 青泉 公等今少坐共酌酒 時使童子世萬
持盃獻茶於各三

青泉贈陳玄毛
頗於余輩留別

一云　公有令嗣乎 青泉 賦命奇薄三十以前所生

子女皆夭晚有二男長者今八歲 青泉 公行乎否
云

用拙 有一男一女寛齋亦有二女子
云

一云　余令入醉郷去嘯軒君已入睡卿遊公亦欲

遊彼卿乎 青泉 君亦思彼卿否今少坐欲乎轉參寛
齋云

用拙 悠一搏成爲公如無厭余輩雖斗酒參飲

又何辭

一偹有童子 青泉 抹毫 童子名世萬我國方言呼人
昔示云

必曰其阿 此諺文又 青泉所書云 公於我國諺文能通乎

哉今令

53

走次靑泉詞宗席上贈寬齋韻奉呈　用拙

笑容顧一毛見子賦三都剪盡東廊燭詩成擊唾壺

用拙齋和余贈寬齋韻復次以奉　　靑泉

避近吟芳卅君詩淸且都百年相照地秋月在氷壺

一用拙　今將辭去員此永相別離恨與天長與海深

云　靑泉此行明早當發一去雲波萬里長矣未知前

堅時一念得此夜孤燈不云

揖而
退

偶檢亂稿得用拙齋見示諸作吟玩數四足以

宜客店運幇之懷追次其韻却寄之

次中秋不見月韻　　　菊溪

夜色沼〻白玉樓密雲斜掩一輪秋蟾宮桂樹寒無

影添得狂斑萬段愁

次夜趂緒方老人韻

長路驅馳節序流鴈聲催報海雲秋逢人幾解愁

錫賞月頃登夜発樓把菊吟詩凍漫興偏憂呼酒楽

奇遊畫屋眼目從今大身在東南第一州

次夜懷韻

海天孤月照愁眠悄〻羈懷亦可憐繞砌風筵他自

韻映堦霜菊為誰妍江山富有吟詩料老景泉空照賀

酒錢廳事未怂唯是肉淡然圖趣學逃禪

是詩三章臘月朔自撰之浪華傳奇

奉謝用拙齋惠以杜律評義　　菊溪

故人綺語小陵篇多謝殷勤向我傳他日奈頹放惋

日每思高義望東天　重到

十一月二日過午寬齋曁于秋水西樵二子其筆

語及不佞韓人云夜來相俟而來寬齋

佞帶昏拟其客館秋水子偶在正使面前而不龍

飱不佞前後相會韓人著頹頻而忝秋水子無子

面之識一篇之詩空附余一大恨耳

韓客筆語　眼

조선후기 통신사 필담창화집
번역총서를 간행하면서

20세기 초까지 한자(漢字)는 동아시아 사회의 공동문자였다. 국경의 벽이 높아서 사신 외에는 국제적인 교류가 불가능했지만, 문자를 통한 교류는 활발했다. 중국에서 간행된 한문 전적이 이천년 동안 계속 한국과 일본을 비롯한 주변 나라에 전파되었으며, 사신의 수행원들은 상대방 나라의 말을 못해도 상대방 문인들에게 한시(漢詩)를 창화(唱和)하여 감정을 전달하거나 필담(筆談)을 하며 의사를 소통했다.

동아시아 삼국이 얽혀 싸웠던 임진왜란이 7년 만에 끝난 뒤, 조선에 군대를 파견하였던 중국과 일본은 각기 왕조와 정권이 바뀌었다. 중국에는 이민족인 청나라가 건국되고 일본에는 도쿠가와 막부가 세워졌다. 조선과 일본은 강화회담이 결실을 맺어 포로도 쇄환하고 장군이 계승할 때마다 통신사를 파견하여 외교를 회복했지만, 청나라와에도 막부는 끝내 외교를 회복하지 못하고 단절상태가 계속되었다. 일본은 조선을 통해서 대륙문화를 받아들일 수밖에 없었고, 그 방법 중 하나가 바로 통신사를 초청할 때 시인, 화가, 의원 등의 각 분야 전문가를 초청하는 것이었다.

오백 명 규모의 문화사절단 통신사

연암 박지원은 천재시인 이언진(李彦瑱, 1740~1766)이 11차 통신사 수행원으로 일본에 다녀온 지 2년 만에 세상을 뜨자, 이를 애석히 여겨 「우상전」을 지었다. 그 첫머리에 일본이 조선에 다양한 전문가들로 구성된 문화사절단을 파견해 달라고 요청한 사연이 실려 있다.

> 일본의 관백(關白)이 새로 정권을 잡자, 그는 저축을 늘리고 건물을 수리했으며, 선박을 손질하고 속국의 각 섬들에서 기재(奇才)·검객(劍客)·궤기(詭技)·음교(淫巧)·서화(書畫)·여러 분야의 인물들을 샅샅이 긁어내어, 서울로 모아들여 훈련시키고 계획을 갖추었다. 그런 지 몇 달 뒤에야 우리나라에 사신을 파견해 달라고 요청하였는데, 마치 상국(上國)의 조명(詔命)을 기다리는 것처럼 공손하였다.
>
> 그러자 우리 조정에서는 문신 가운데 3품 이하를 골라 뽑아서 삼사(三使)를 갖추어 보냈다. 이들을 수행하는 사람들도 모두 말 잘하고 많이 아는 자들이었다. 천문·지리·산수·점술·의술·관상·무력으로부터 퉁소 잘 부는 사람, 술 잘 마시는 사람, 장기나 바둑 잘 두는 사람, 말을 잘 타거나 활을 잘 쏘는 사람에 이르기까지, 한 가지 기술로 나라 안에서 이름난 사람들은 모두 함께 따라가게 되었다. 그런데 이들 가운데서도 문장과 서화를 가장 중요하게 여기지 않을 수가 없었다. 왜냐하면 그들은 조선 사람의 작품 가운데 한 글자만 얻어도 양식을 싸지 않고 천리 길을 갈 수 있기 때문이었다.

도쿠가와 이에하루(德川家治)가 쇼군을 계승하자 일본 각 분야의 대표적인 인물들을 에도로 불러들여 조선 사절단 맞을 준비를 시킨 뒤, "마치 상국의 조서를 기다리는 것처럼 공손하게" 조선에 통신사를 요

청하였다. 중국과 공식적인 외교가 단절되었으므로, 대륙문화를 받아들이기 위해 조선을 상국같이 모신 것이다. 사무라이 국가 일본에는 과거제도가 없기 때문에 한문학을 직업삼아 평생 파고든 지식인들이 적어서, 일본인들은 조선 문인의 문장과 서화를 보물같이 여겼다.

조선에서도 국위를 선양하기 위해 여러 분야의 문화 전문가들을 선발하여 파견했는데, 『계림창화집(鷄林唱和集)』이 출판된 8차 통신사(1711년) 때에는 500명을 파견했다. 당시 쓰시마에서 에도까지 왕복하는 동안 일본인들이 숙소마다 찾아와 필담을 나누거나 한시를 주고받았는데, 필담집이나 창화집은 곧바로 출판되어 널리 읽혔다. 필담 창화에 참여한 일본 지식인은 대륙의 새로운 지식을 얻었을 뿐만 아니라, 일본 사회에서 전문가로서의 위상도 획득하였다.

8차 통신사 때에 출판된 필담 창화집은 현재 9종이 확인되었으며, 필담 창화에 참여한 일본 문인은 250여 명이나 된다. 이는 7차까지 출판된 필담 창화집을 모두 합한 것보다 훨씬 많은 수인데, 통신사 파견이 100년 가까이 되자 일본에서도 한문학 지식인 계층이 두터워졌음을 알 수 있다. 8차 통신사에 참여한 일행 가운데 2명은 기행문을 남겼는데, 부사 임수간(任守幹)이 기록한 『동사록(東槎錄)』이나 역관 김현문(金顯門)이 기록한 또 하나의 『동사록』이 조선에 돌아와 남에게 보여주기 위해 일방적으로 쓴 글이라면, 필담 창화집은 일본에서 조선과 일본의 지식인들이 마주앉아 함께 기록한 글이다. 그러기에 타인의 눈을 통해 자신의 모습을 객관적으로 볼 수 있다.

16권 16책의 방대한 분량으로 다양한 주제를 정리한 『계림창화집』

에도막부 초기의 일본 지식인은 주로 승려였기에, 당연히 승려들이 통신사를 접대하고, 필담에 참여하였다. 그 다음으로 유자(儒者)들이 있었는데, 로널드 토비는 이들을 조선의 유학자와 비교해 "일본의 유학자는 국가에 이용가치를 인정받은 일종의 전문 지식인에 지나지 않았다"고 규정하였다. 그 가운데 상당수는 의원이었으므로 흔히 유의(儒醫)라고 하는데, 한문으로 된 의서를 읽다보니 유학에도 관심을 가지게 된 것이다. 이노 작스이(稲生若水)가 물고기 한 마리를 가지고 제술관 이현과 서기 홍순연 일행을 찾아가서 필담을 나눈 기록이 『계림창화집』 권5에 실려 있다.

> 이　현 : 이 물고기는 우리나라의 송어입니다. 조령의 동남 지방에 많이 있어, 아주 귀하지는 않습니다.
> 홍순연 : 이 물고기는 우리나라의 농어와 매우 닮았습니다. 귀국에도 농어가 있는지 모르겠지만, 이것과 같지 않습니까? 농어가 아니라면 내가 아는 물고기가 아닙니다.
> 남성중 : 이 물고기는 우리나라 송어입니다. 연어와 성질이 같으나 몸집이 작으며, 우리나라 동해에서 납니다. 7~8월 사이에 바다에서 떼를 지어 강으로 올라가는데, 몸이 바위에 갈려 비늘이 다 떨어져 나가 죽기까지 하니 그 성질을 모르겠습니다.

그는 일본산 물고기의 습성을 자세히 설명하고 조선에도 있는지 물었지만, 조선 문인들은 이 방면의 전문가들이 아니어서 이름 정도나

추정했을 뿐이다. 홍순연은 농어라고 엉뚱하게 대답하기까지 하였다. 조선 문인이라면 모든 것을 알 수 있을 것이라고 기대했기에 생긴 결과인데, 아직 의학필담으로 분화되기 이전의 형태다. 이 필담 말미에 이노 작스이는 이런 기록을 덧붙여 마무리했다.

> 『동의보감』을 살펴보니 "송어는 성질이 태평하고 맛이 달며 독이 없다. 맛이 진기하고 살지다. 색은 붉으면서 선명하다. 소나무 마디 같아서 이름이 송어이다. 동북쪽 바다에서 난다"고 하였다. 지금 남성중의 대답에 『동의보감』의 설명을 참고하니, '鮏'은 송어와 같은 것이다. 그러나 '송어'라는 이름은 조선의 방언이지, 중화에서 부르는 이름이 아니다. 『팔민통지(八閩通志)』(줄임)『해징현지(海澄縣志)』등의 책에 모두 송어가 실려 있으나, 모습이 이것과 매우 다르다. 다른 종류인데, 이름이 같을 뿐이다.

기록에서 보듯, 이노 작스이는 다수의 의견에 따라 이 물고기를 '송어'라고 추정한 후, 비교적 자세한 남성중의 대답과 『동의보감』의 기록을 비교하여 '송어'로 결론 내렸다. 그런 뒤에 조선의 '송어'가 중국의 송어와 같은 것인지 확인하기 위해 중국의 여러 지방지를 조사한 후, '송어'는 정확한 명칭이 아니라 그저 조선의 방언인 것으로 결론지었다. 양의(良醫) 기두문(奇斗文)에게는 약초를 가지고 가서 필담을 시도하였다.

> 稻生若水 : 이 나뭇잎은 세 개의 뾰족한 끝이 있고 겨울에 시들지 않으며, 봄에 가느다란 꽃이 핍니다. 열매의 크기는 대두만하고, 모여서 둥글게 공처럼 되며, 생길 때는 파랗고, 익으면 자흑색이 됩니다. 나무

에 진액이 있어 엉기면 향이 나고, 색이 붉습니다. 이름은 선인장 나무입니다. (줄임)

　기두문 : 이것이 진짜 백부자(白附子)입니다.

제술관이나 서기들이 경험에 의존해 대답한 것과 달리, 기두문은 의원이었으므로 자신의 지식을 바탕으로 확실하게 대답하였다. 구지 현박사의 연구에 의하면 이노 작스이는 『서물류찬(庶物類纂)』이라는 박물지를 편찬하기 위해 방대한 자료를 수집·고증하고 있었는데, 문화 선진국 조선의 문인에게 서문을 부탁하여, 제술관 이현이 써 주었다. 1,054권이나 되는 일본 최대의 백과사전에 조선 문인이 서문을 써 주어 권위를 얻게 된 것이다.

출판사 주인이 상업적인 출판을 위해 직접 필담에 참여하다

초기의 필담 창화집은 일본의 시인, 유학자, 의원 등 전문 지식인이 번주(藩主)의 명령이나 자신의 정보욕, 명예욕에 따라 필담에 나선 결과물이지만, 『계림창화집』 16권 16책은 출판사 주인이 직접 전국 각 지역에서 발생한 필담 창화 원고들을 수집하여 출판한 것이다. 따라서 필담 창화 인원도 수십 명에 이르며, 많은 자본을 들여서 출판하였다. 막부(幕府)의 어용 서적을 공급하던 게이분칸(奎文館) 주인 세오겐베이(瀬尾源兵衛, 1691~1728)가 21세 청년의 몸으로 교토지역 필담에 참여해 『계림창화집』 권6을 편집하고, 다른 지역의 필담 창화 원고까지 모두 수집해 16권 16책을 출판했을 뿐 아니라, 여기에 빠진 원고들

까지 수집해『칠가창화집(七家唱和集)』10권 10책을 출판하였다.

『칠가창화집』은『계림창화속집』이라고도 불렸는데, 7차 사행 때의 최대 필담 창화집인『화한창수집(和韓唱酬集)』4권 7책의 갑절 규모에 해당한다. 규모가 이러하니 자본 또한 막대하게 소요되어, 고쇼모노도코로(御書物所)인 이즈모지 이즈미노조(出雲寺 和泉掾) 쇼하쿠도(松栢堂)와 공동 투자하여 출판하였다. 게이분칸(奎文館)에서는 9차 사행 때에도『상한창화훈지집(桑韓唱和塤篪集)』11권 11책을 출판하여, 세오겐베이(瀨尾源兵衛)는 29세에 이미 대표적인 출판업자로 자리매김하게 되었다. 그러나 안타깝게도 38세에 세상을 떠나, 더 이상의 거질 필담창화집은 간행되지 못했다.

필담창화집 178책을 수집하여 원문을 입력하고 번역한 결과물

나는 조선시대 한문학 연구가 조선 국경 안의 한문학만이 아니라 국경 너머를 오가며 외국인들과 주고받은 한자 기록물까지 연구해야 한다는 생각으로, 첫 번째 박사논문을 지도하면서 '통신사 필담창화집'을 과제로 주었다. 구지현 선생은 1763년에 파견된 11차 통신사 구성원들이 기록한 사행록 9종과 필담창화집 30종을 수집하여 분석했는데, 박사학위를 받은 뒤에도 필담창화집을 계속 수집하여 2008년 한국학술진흥재단의 토대연구에『조선후기 통신사 필담창수집의 수집, 번역 및 데이터베이스 구축』이라는 과제를 신청하였다. 이 과제를 진행하면서 우리 팀에서 수집한 필담창화집 178책의 목록과, 우리가 예상

한 작업진도 및 번역 분량은 다음과 같다.

1) 1차년도(2008. 7.~2009. 6.) : 1607년(1차 사행)에서 1711년(8차 사행)까지

연번	필담창화집 책 제목	면 수	1면 당 행수	1행 당 글자 수	예상되는 원문 글자 수
001	朝鮮筆談集	44	8	15	5,280
002	朝鮮三官使酬和	24	23	9	4,968
003	和韓唱酬集首	74	10	14	10,360
004	和韓唱酬集一	152	10	14	21,280
005	和韓唱酬集二	130	10	14	18,200
006	和韓唱酬集三	90	10	14	12,600
007	和韓唱酬集四	53	10	14	7,420
008	和韓唱酬集(결본)				
009	韓使手口錄	94	10	21	19,740
010	朝鮮人筆談幷贈答詩(國圖本)	24	10	19	4,560
011	朝鮮人筆談幷贈答詩(東京都立本)	78	10	18	14,040
012	任處士筆語	55	10	19	10,450
013	水戶公朝鮮人贈答集	65	9	20	11,700
014	西山遺事附朝鮮使書簡	48	9	16	6,912
015	木下順菴稿	59	7	10	4,130
016	鷄林唱和集1	96	9	18	15,552
017	鷄林唱和集2	102	9	18	16,524
018	鷄林唱和集3	128	9	18	20,736
019	鷄林唱和集4	122	9	18	19,764
020	鷄林唱和集5	110	9	18	17,820
021	鷄林唱和集6	115	9	18	18,630
022	鷄林唱和集7	104	9	18	16,848
023	鷄林唱和集8	129	9	18	20,898
024	觀樂筆談	49	9	16	7,056
025	廣陵問槎錄上	72	7	20	10,080
026	廣陵問槎錄下	64	7	19	8,512
027	問槎二種上	84	7	19	11,172

028	問槎二種中	50	7	19	6,650
029	問槎二種下	73	7	19	9,709
030	尾陽倡和錄	50	8	14	5,600
031	槎客通筒集	140	10	17	23,800
032	桑韓醫談	88	9	18	14,256
033	辛卯唱酬詩	26	7	11	2,002
034	辛卯韓客贈答	118	8	16	15,104
035	辛卯和韓唱酬	70	10	20	14,000
036	兩東唱和錄上	56	10	20	11,200
037	兩東唱和錄下	60	10	20	12,000
038	兩東唱和後錄	42	10	20	8,400
039	正德韓槎諭禮	16	10	18	2,880
040	朝鮮客館詩文稿(내용 중복)	0	0	0	0
041	坐間筆語附江關筆談	44	10	20	8,800
042	七家唱和集－班荊集	74	9	18	11,988
043	七家唱和集－正德和韓集	89	9	18	14,418
044	七家唱和集－支機閒談	74	9	18	11,988
045	七家唱和集－朝鮮客館詩文稿	48	9	18	7,776
046	七家唱和集－桑韓唱酬集	20	9	18	3,240
047	七家唱和集－桑韓唱和集	54	9	18	8,748
048	七家唱和集－賓館縞紵集	83	9	18	13,446
049	韓客贈答別集	222	9	19	37,962
예상 총 글자수					589,839
1차년도 예상 번역 매수 (200자원고지)					약 8,900매

2) 2차년도(2009. 7.~2010. 6.) : 1719년(9차 사행)에서 1748년(10차 사행)까지

연번	필담창화집 책 제목	면수	1면 당 행수	1행 당 글자 수	예상되는 원문 글자 수
050	客館璀璨集	50	9	18	8,100
051	蓬島遺珠	54	9	18	8,748
052	三林韓客唱和集	140	9	19	23,940
053	桑韓星槎餘響	47	9	18	7,614

054	桑韓星槎答響	106	9	18	17,172
055	桑韓唱酬集1권	43	9	20	7,740
056	桑韓唱酬集2권	38	9	20	6,840
057	桑韓唱酬集3권	46	9	20	8,280
058	桑韓唱和塤篪集1권	42	10	20	8,400
059	桑韓唱和塤篪集2권	62	10	20	12,400
060	桑韓唱和塤篪集3권	49	10	20	9,800
061	桑韓唱和塤篪集4권	42	10	20	8,400
062	桑韓唱和塤篪集5권	52	10	20	10,400
063	桑韓唱和塤篪集6권	83	10	20	16,600
064	桑韓唱和塤篪集7권	66	10	20	13,200
065	桑韓唱和塤篪集8권	52	10	20	10,400
066	桑韓唱和塤篪集9권	63	10	20	12,600
067	桑韓唱和塤篪集10권	56	10	20	11,200
068	桑韓唱和塤篪集11권	35	10	20	7,000
069	信陽山人韓館倡和稿	40	9	19	6,840
070	兩關唱和集1권	44	9	20	7,920
071	兩關唱和集2권	56	9	20	10,080
072	朝鮮人對詩集1권	160	8	19	24,320
073	朝鮮人對詩集2권	186	8	19	28,272
074	韓客唱和/浪華唱和合章	86	6	12	6,192
075	和韓唱和	100	9	20	18,000
076	來庭集	77	10	20	15,400
077	對麗筆語	34	10	20	6,800
078	鳴海驛唱和	96	7	18	12,096
079	蓬左賓館集	14	10	18	2,520
080	蓬左賓館唱和	10	10	18	1,800
081	桑韓醫問答	84	9	17	12,852
082	桑韓鏘鏗錄1권	40	10	20	8,000
083	桑韓鏘鏗錄2권	43	10	20	8,600
084	桑韓鏘鏗錄3권	36	10	20	7,200
085	桑韓萍梗錄	30	8	17	4,080
086	善隣風雅1권	80	10	20	16,000
087	善隣風雅2권	74	10	20	14,800
088	善隣風雅後篇1권	80	9	20	14,400

089	善隣風雅後篇2권	74	9	20	13,320
090	星軺餘轟	42	9	16	6,048
091	兩東筆語1권	70	9	20	12,600
092	兩東筆語2권	51	9	20	9,180
093	兩東筆語3권	49	9	20	8,820
094	延享五年韓人唱和集1권	10	10	18	1,800
095	延享五年韓人唱和集2권	10	10	18	1,800
096	延享五年韓人唱和集3권	22	10	18	3,960
097	延享韓使唱和	46	8	14	5,152
098	牛窓錄	22	10	21	4,620
099	林家韓館贈答1권	38	10	20	7,600
100	林家韓館贈答2권	32	10	20	6,400
101	長門戊辰問槎상권	50	10	20	10,000
102	長門戊辰問槎중권	51	10	20	10,200
103	長門戊辰問槎하권	20	10	20	4,000
104	丁卯酬和集	50	20	30	30,000
105	朝鮮筆談(元丈)	127	10	18	22,860
106	朝鮮筆談1권(河村春恒)	44	12	20	10,560
107	朝鮮筆談1권(河村春恒)	49	12	20	11,760
108	韓客對話贈答	44	10	16	7,040
109	韓客筆譚	91	8	18	13,104
110	韓人唱和詩	16	14	21	4,704
111	韓人唱和詩集1권	14	7	18	1,764
112	韓人唱和詩集1권	12	7	18	1,512
113	和韓文會	86	9	20	15,480
114	和韓唱和錄1권	68	9	20	12,240
115	和韓唱和錄2권	52	9	20	9,360
116	和韓唱和附錄	80	9	20	14,400
117	和韓筆談薫風編1권	78	9	20	14,040
118	和韓筆談薫風編2권	52	9	20	9,360
119	鴻臚傾蓋集	28	9	20	5,040
예상 총 글자수					723,730
2차년도 예상 번역 매수 (200자원고지)					약 10,850매

3) 3차년도(2010. 7.~ 2011. 6.) : 1763년(11차 사행)에서 1811년(12차 사행)까지

연번	필담창화집 책 제목	면수	1면당 행수	1행당 글자수	예상되는 원문 글자수
120	歌芝照乘	26	10	20	5,200
121	甲申槎客萍水集	210	9	18	34,020
122	甲申接槎錄	56	9	14	7,056
123	甲申韓人唱和歸國1권	72	8	20	11,520
124	甲申韓人唱和歸國2권	47	8	20	7,520
125	客館唱和	58	10	18	10,440
126	鷄壇嚶鳴 간본 부분	62	10	20	12,400
127	鷄壇嚶鳴 필사부분	82	8	16	10,496
128	奇事風聞	12	10	18	2,160
129	南宮先生講餘獨覽	50	9	20	9,000
130	東渡筆談	80	10	20	16,000
131	東槎餘談	104	10	21	21,840
132	東游篇	102	10	20	20,400
133	問槎餘響1권	60	9	20	10,800
134	問槎餘響2권	46	9	20	8,280
135	問佩集	54	9	20	9,720
136	賓館唱和集	42	7	13	3,822
137	三世唱和	23	15	17	5,865
138	桑韓筆語	78	11	22	18,876
139	松菴筆語	50	11	24	13,200
140	殊服同調集	62	10	20	12,400
141	快快餘響	136	8	22	23,936
142	兩東鬪語乾	59	10	20	11,800
143	兩東鬪語坤	121	10	20	24,200
144	兩好餘話상권	62	9	22	12,276
145	兩好餘話하권	50	9	22	9,900
146	倭韓醫談(刊本)	96	9	16	13,824
147	倭韓醫談(寫本)	63	12	20	15,120
148	栗齋探勝草1권	48	9	17	7,344
149	栗齋探勝草2권	50	9	17	7,650
150	長門癸甲問槎1권	66	11	22	15,972

151	長門癸甲問槎2권	62	11	22	15,004
152	長門癸甲問槎3권	80	11	22	19,360
153	長門癸甲問槎4권	54	11	22	13,068
154	萍遇錄	68	12	17	13,872
155	品川一燈	41	10	20	8,200
156	表海英華	54	10	20	10,800
157	河梁雅契	38	10	20	7,600
158	和韓醫談	60	10	20	12,000
159	韓客人相筆話	80	10	20	16,000
160	韓館應酬錄	45	10	20	9,000
161	韓館唱和1권	92	8	14	10,304
162	韓館唱和2권	78	8	14	8,736
163	韓館唱和3권	67	8	14	7,504
164	韓館唱和續集1권	180	8	14	20,160
165	韓館唱和續集2권	182	8	14	20,384
166	韓館唱和續集3권	110	8	14	12,320
167	韓館唱和別集	56	8	14	6,272
168	鴻臚摭華	112	10	12	13,440
169	鷄林情盟	63	10	20	12,600
170	對禮餘藻	90	10	20	18,000
171	對禮餘藻(明遠館叢書 57)	123	10	20	24,600
172	對禮餘藻(明遠館叢書 58)	132	10	20	26,400
173	三劉先生詩文	58	10	20	11,600
174	辛未和韓唱酬錄	80	13	19	19,760
175	接鮮瘖語(寫本)1	102	10	20	20,400
176	接鮮瘖語(寫本)2	110	11	21	25,410
177	精里筆談	17	10	20	3,400
178	中興五侯詠	42	9	20	7,560
예상 총 글자수					786,791
3차년도 예상 번역 매수 (200자원고지)					약 11,800매

1차년도에는 하우봉(전북대) 교수와 유경미(일본 나가사키국립대학) 교수를 공동연구원으로 하여 고운기, 구지현, 김형태, 허은주, 김용흠 박

사가 전임연구원으로 번역에 참여하였다. 3년 동안 기태완, 이지양, 진영미, 김유경, 김정신, 강지희 박사가 연구원으로 교체되어, 결국 35,000매나 되는 번역원고를 마무리하였다.

　일본식 한문이 중국식 한문과 달라서 특히 인명이나 지명 번역이 힘들었는데, 번역문에서는 독자들이 읽기 쉽도록 한국식 한자음으로 표기하고, 첫 번째 각주에서만 일본식 한자음을 표기하였다. 원문을 표점 입력하는 방법은 고전번역원에서 채택한 방법을 권장했지만, 번역자마다 한문을 교육받고 번역해온 과정이 다르기 때문에 재량을 인정하였다. 원본 상태를 확인하려는 연구자를 위해 영인본을 뒤에 편집하였는데, 모두 국내외 소장처의 사용 승인을 받았다.

　원문과 번역문을 합하여 200자원고지 5만 매 분량의『조선후기 통신사 필담창화집 번역총서』를 12,000면의 이미지와 함께 편집하고 4차에 나누어 10책씩 출판하는 과정이 복잡하고 힘들었기에, 연세대학교 정갑영 총장에게 편집비 지원을 신청하였다. 『조선후기 통신사 필담창수집 번역본 30권 편집』 정책연구비(2012-1-0332)를 지원해주신 정갑영 총장에게 감사드린다.

　『조선후기 통신사 필담창화집 번역총서』를 편집하는 과정에 문화재청으로부터『통신사기록 조사 및 번역, 데이터베이스 구축』연구용역을 발주받게 되어, 필담창화집을 비롯한 통신사 관련 기록을 세계기록유산으로 등재하는 작업에 참여하게 된 것도 기쁜 일이다. 통신사 관련 기록들이 모두 데이터베이스로 구축되어 국내외 학자들이 한일문화교류, 나아가서는 동아시아문화교류 연구에 손쉽게 참여하게 된다면『통신사 필담창화집 번역총서』의 사명을 다하는 것이라고 생각한다.

조선후기 통신사가 동아시아 문화교류 연구에 중요한 이유는 임진왜란 이후에 중국(청나라)과 일본의 단절된 외교를 통신사가 간접적으로 이어주었기 때문이다. 통신사 필담창화집 번역총서 60권 출판이 마무리되면 조선후기에 한국(조선)과 중국(청나라) 지식인들이 주고받은 척독집 40여 권도 데이터베이스로 구축하여, 일본에서 조선을 거쳐 청나라로 이어지는 '동아시아 문화교류의 길' 데이터베이스를 국내외 학자들에게 제공하고자 한다.

▌김정신(金貞信)

1970년 서울 출생.

덕성여자대학교 사학과를 졸업한 후 연세대학교 대학원 사학과에서 문학석사, 문학박사 학위를
받았다. 현재 연세대학교 국학연구원 연구원으로 있다.

주요 논문으로는 「조선전기 훈구사림 정치사상 비교」(박사학위논문), 「임진왜란 조선인 포로
에 대한 기억과 전승-'節義'에 대한 顯彰과 排除를 중심으로-」, 「癸未通信使行(1763)의 학술
교류-『南宮先生講餘獨覽』을 중심으로-」 등 조선시대 정치사상, 조선시대 한일관계사에 대한
여러 글이 있다.

▌구지현(具智賢)

1970년 천안 눈돌 출생.

연세대학교 국문과를 졸업한 후 동대학원에서 석박사를 취득하였고, 한국고전번역원에서 한문을
공부하였으며, 일본 게이오대학 방문연구원(일한문화교류기금 펠로우십)을 거쳐 연세대학교 국학
연구원 학술연구교수를 역임하였다.

현재 선문대학교 인문과학연구소 조교수.

저서로는 『1763년 계미통신사 사행문학연구』(보고사), 『통신사 필담창화집의 세계』 등이 있다.

조선후기 통신사 필담창화집 번역총서 21

桑韓塤篪 七·八·十

2014년 8월 28일 초판 1쇄 펴냄

역 자 김정신·구지현
발행인 김흥국
발행처 도서출판 보고사

등록 1990년 12월 13일 제6-0429호
주소 서울특별시 성북구 보문동7가 11번지 2층
전화 922-5120~1(편집), 922-2246(영업)
팩스 922-6990
메일 kanapub3@naver.com
http://www.bogosabooks.co.kr

ISBN 979-11-5516-296-5
         979-11-5516-055-8 94810 (세트)
ⓒ 김정신·구지현, 2014

정가 34,000원

이 도서의 국립중앙도서관 출판예정도서목록(CIP)은 서지정보유통지원시스템 홈페이지
(http://seoji.nl.go.kr)와 국가자료공동목록시스템(http://www.nl.go.kr/kolisnet)에
서 이용하실 수 있습니다. (CIP제어번호 : CIP2014024655)